Bardola | Elena Ferrante

Nicola Bardola

Elena Ferrante – meine geniale Autorin

Mit 59 Abbildungen

Reclam

2019 Philipp Reclam jun. Verlag GmbH,
Siemensstraße 32, 71254 Ditzingen
Druck und buchbinderische Verarbeitung: Friedrich Pustet GmbH & Co. KG,
Gutenbergstraße 8, 93051 Regensburg
Printed in Germany 2019

ISBN 978-3-15-011189-5

Auch als E-Book erhältlich

www.reclam.de

Inhalt

Für Elena

Wer mich als Autorin kennen will, darf nicht den Rahmen meiner Texte verlassen. Er muss mich lesen. Ich bin meine Schrift.

Elena Ferrante

Vorwort

Meine Mutter hieß Elena. Sie wurde in der Schweiz, in Lugano, 1929 geboren. Ihre Mutter war eine Arigoni, und ihr Vater hieß Hoeffleur. Seine Familie war aus dem Elsass in die Schweiz eingewandert. Seltsam, wie dunkel Mutters Herkunft in manchen Bereichen für mich geblieben ist. Allein schon ihre Nachnamen klingen geheimnisvoll. Und ihr Vorname – Elena – behält für mich seinen Zauber: Er steht für einen ungewöhnlich starken Willen, für Entschlossenheit, Durchsetzungskraft und auch für Eleganz und Schönheit. Natürlich habe ich mich auch deshalb von Anfang an für die Schriftstellerin Elena Ferrante und später für ihre Protagonistin Elena Greco interessiert. Diesen drei Elenas schrieb ich später ähnliche Attribute zu.

Es gibt weitere Besonderheiten in meinem Verhältnis zu Elena Ferrante: Wie sie habe ich von der Veröffentlichung des ersten Romans bis zur Veröffentlichung des zweiten zehn Jahre verstreichen lassen. Die Schwierigkeiten beim Schreiben weiterer Prosa nach dem Debüt *L'amore molesto* von 1992 (*Lästige Liebe*) erinnern mich an meine eigenen. Erst 2002 erscheint Elena Ferrantes zweiter Roman *I giorni dell'abbandono* (*Tage des Verlassenwerdens*). Sie hat in jener Zwischenzeit zahlreiche gescheiterte Romanprojekte verfolgt.

Meine Beziehungen zu Italien sind eng. Ich tausche mich aus mit Verwandten und Freunden meines Vaters, der 1925 bei Genua geboren wurde. Einige davon leben heute in Neapel. Beim Ansteigen des »Ferrante Fever« stand rasch der Entschluss fest, dem Phänomen Ferrante auf den Grund zu gehen. Es betrifft mich als Autor und als Literaturkritiker, als Biograph und als Leseförderer, als Germanist und als Italianist.

Aber wie schreibt man die Biographie einer Schriftstellerin, die lieber anonym bleiben will? Wie schafft man ein authentisches Porträt? Es dauerte lange, bis ich mich auf letztlich einfache Grundsätze festlegte: Indem ich mich zuallererst an obiges Motto Elena Ferrantes halte: »Wer mich als Autorin kennen will, darf nicht den Rahmen meiner Texte verlassen. Er muss mich lesen. Ich bin meine Schrift.« Dieser Grundsatz bildet den Kern und den Hauptteil meiner Arbeit. Aber ich wäre ein schlechter Biograph, würde ich nicht bei bestimmten Gelegenheiten den Rahmen von Elena Ferrantes Texten sprengen. Ich muss manchmal »smarginare«, wie Elena Ferrante schreibt, also das Autorenkonstrukt auflösen oder zumindest über den Rand des literarischen und essayistischen Werks von Elena Ferrante blicken, um das Weltbestseller-Phänomen besser zu verstehen. Dabei werde ich mich an Selbstzeugnisse und an die Beschreibungen der wenigen Menschen halten, die sie kennen, wohl wissend, dass Elena Ferrante sich selbst der Lüge bezichtigt. Aber welcher Schriftsteller sagt schon die Wahrheit über sich?

Bei Elena Ferrante gilt es, aufmerksamer zu sein als bei anderen Künstlern, denn sie hat viel Autobiographisches veröffentlicht und es als möglicherweise fiktiv erklärt. So lässt sie ihr eigenes Leben in der Schwebe, springt von Halbwahrheit zu Halbwahrheit. Diese Vieldeutigkeit gilt es festzuhalten. Ich werde die Autorin nicht kritiklos feiern. Ich halte beispielsweise ihre ersten drei Romane für gehaltvoller und intensiver als den vierbändigen neapolitanischen Romanzyklus, den man in Italien nach dem ersten Teil schlicht *L'amica geniale* nennt. Ich hinterfrage den Umgang der Verleger mit ihrer Autorin. Ich untersuche das Erscheinen der Figur Ferrante in ihren verschiedenen Ausformungen und das Marketing von der ersten Veröffentlichung bis zur Selbstdarstellung in den Kolumnen im *Guardian*. Und natürlich werde ich das epische Porträt der beiden Freundinnen Elena und Lila würdigen.

Noch ein Wort zu meiner Mutter: In Lugano spricht man Tessiner Dialekt. Der ist vom Hochitalienischen etwa ebenso weit entfernt wie das Neapolitanische, also sehr weit. Wir lebten in Zürich, aber Elena schaltete im Radio oft den Südschweizer Sender ein, in dem auch Dialekt gesprochen wurde. Ich verstehe nur Bruchstücke. Ich wuchs mit

Italienisch als Muttersprache, Rätoromanisch als Vatersprache und mit Schwyzertütsch im Kindergarten auf. Hochdeutsch war von Anfang an durch die Freunde meiner Eltern, durch meinen älteren Bruder und durch die Medien zu Hause präsent und verdrängte rasch die drei anderen Idiome. Aber wenn es ans Zählen geht, dann mache ich das manchmal immer noch wie die Deutschschweizer. Wenn es um Natur geht, dann ist das Ladinische wieder da. Und meine Gefühle fühlen sich oft italienisch an, obwohl ich inzwischen über die Hälfte meines Lebens in Deutschland wohne.

Ich habe alle verfügbaren Texte von Elena Ferrante im italienischen Original gelesen, manchmal zusätzlich vergleichend die Übersetzungen ins Deutsche und ins Englische. Alle in diesem Buch zitierten Sätze Elena Ferrantes habe ich ins Deutsche übertragen, wobei mir Texttreue wichtiger ist als schöne Schwingungen und gelungene Klangbilder.

Dieses Buch beschäftigt sich also mit zwei Personen, die denselben Vornamen tragen: Elena. Einerseits geht es um Elena Greco (genannt Lenù), die Erzählerin und neben Raffaella Cerullo (genannt Lila) die Protagonistin der neapolitanischen Tetralogie; Elena ist die »geniale Freundin«, so wird sie schon im ersten Band von Lila genannt. (Wie komplex und vieldeutig das Verhältnis zwischen Lenù und Lila ist, wird ein wesentlicher Aspekt meiner Interpretation sein.) Andererseits geht es um Elena Ferrante selbst, die Autorin des vierbändigen Zyklus und dreier weiterer Romane, eines Kinderbuchs sowie des Buches *La frantumaglia* (*Frantumaglia – Mein geschriebenes Leben*), das auf dem italienischen Umschlag als »Un libro che accompagna altri libri« (»Ein Buch, das andere Bücher begleitet«) bezeichnet wird.

Elena Ferrantes erstes veröffentlichtes Dokument datiert von 1991. Ihr Debütroman *L'amore molesto* erschien 1992 und wurde 1995 von Mario Martone verfilmt. Es dauerte noch viele Jahre, bis die Autorin weitere Romane veröffentlichte. Es ergibt Sinn, ihrem Werk möglichst chronologisch zu folgen, beispielsweise um die Entstehung des für ihr Werk zentralen Begriffs der »smarginatura« besser zu verstehen, der in der deutschen Ausgabe von Karin Krieger mit »Auflösung« übersetzt wird. Bis zum Erreichen ihres heutigen Kultstatus war es ein weiter Weg. Heute ist vom »Ferrante-Phänomen« und von »Ferrante Fever« die Rede, was zu Recht darauf hinweist, dass der große internationale

Erfolg der Autorin nur schwer verständlich und die Ursachen nur unzulänglich zu erklären sind. Vieles hängt mit Elena Ferrante selbst zusammen, einem Pseudonym – einem Phantom. Als der italienische Journalist Claudio Gatti im Oktober 2016 das Pseudonym Elena Ferrante angeblich lüftete, schien eine Beruhigung wahrscheinlich. Doch das Gegenteil ist der Fall.

In Deutschland urteilte man im Oktober 2016 rasch über den »Fall Ferrante«: Ein Großteil der Medien und der Literaturkritiker lehnte die detektivische Arbeit des Investigativjournalisten ab. Nur wenige fanden Claudio Gattis Arbeit legitim. So wollte man zur Normalität zurückkehren – zu einem Weltbestseller ohne identifizierbare Verfasserin. Nur das Werk sollte von Bedeutung sein, nicht dessen Urheberin. Der von Ferrante geäußerte Wunsch, personenbezogenes Psychologisieren der Leserschaft zu vermeiden, erinnert an Roland Barthes' »Papierwesen«. Ferrante postulierte dementsprechend, Wahrheit ließe sich nur in der literarischen Fiktion erzielen. Doch die anhaltende Sehnsucht der Leser und Literaturkritiker nach einer Elena Ferrante ohne verbürgte biographische Eigenschaften und somit ohne Bedeutung für die Interpretation des Werks ist auf Dauer unhaltbar und – zumindest damals im Oktober 2016 – ohne Kenntnisse der Quellenlage.

Kaum einer der mit dem Fall Ferrante beschäftigten Journalisten im deutschsprachigen Raum, keiner der Kritiker Claudio Gattis beschäftigte sich im Herbst 2016 mit dem bis dahin hierzulande unbeachteten und nur auf Italienisch erhältlichen Buch Elena Ferrantes *La frantumaglia*. Das Buch wurde erstmals bereits 2003 veröffentlicht und in einer erweiterten Ausgabe noch einmal 2016, kurz vor der Enthüllung. Darin schreibt Elena Ferrante sehr offen über ihr Werk, ihre Arbeit und ihren Wunsch, unentdeckt zu bleiben. Diese Interviews und Schriften Elena Ferrantes erlauben Blicke in ihre Werkstatt und hinter die Kulissen des Literaturbetriebs. Sie sind ein wichtiges Zeugnis von allgemeiner Gültigkeit bei der Beurteilung der Verhältnisse zwischen Autorschaft und Werk.

Berücksichtigt man also die italienische Entstehungsgeschichte der Tetralogie und die Entwicklung, die Elena Ferrantes Bücher international genommen haben, dann ergibt sich eine komplexe Quellenlage, ein großes Puzzle, das ich mit diesem Buch ordne und analysiere. Dabei versuche ich keine der plausiblen Varianten auszulassen, wie und durch wen die Bücher Ferrantes entstanden sein könnten.

Kenner der Ferrante-Tetralogie werden *Meine geniale Autorin* lesen, um sich an die vielen intimen Stunden mit den Ferrante-Büchern zu erinnern. Sie werden auf die Geschichten zurückblicken, so wie Elena auf ihre Freundschaft mit Lila zurückblickt. Zudem gibt es hier zahlreiche Fakten und Hintergründe zu entdecken, die selbst eingefleischten Ferrante-Fans unbekannt sein dürften. Das Ferrante-Fieber steigt inzwischen weiter: Weder die vermeintliche Verfasserin der Ferrante-Bücher Anita Raja noch deren Verlag in Rom e/o haben bislang gesagt, wer Elena Ferrante in Wirklichkeit ist. Die Italiener gehen seit den 1990er Jahren sehr unbefangen mit diesem Geheimnis um. Sie analysieren vorurteilsfrei die Arbeiten aussichtsreicher Kandidaten: Fabrizia Ramondino, Domenico Starnone, Marcella Marmo, Anita Raja oder Goffredo Fofi. Die Beschäftigung mit diesen Schriftstellern und Geisteswissenschaftlern – mit Marcella Marmo durfte ich mich in Neapel über den Fall Ferrante unterhalten – schadet nicht, im Gegenteil, sie erweitert das Verständnis für Ferrantes Werk und ist ausdrücklich von der Autorin und ihrem Verlag erwünscht. Trotzdem bleiben bis heute viele Fragen offen. Die vielleicht wichtigste lautet: Wird Elena Ferrante je wieder Romane veröffentlichen?

Nicola Bardola, München im Dezember 2018

1 *Lästige Liebe:* Das Debüt

L'amore molesto (*Lästige Liebe*) ist der erste Roman von Elena Ferrante. In Italien erschien er 1992 beim Verlag e/o, in Deutschland 1994 bei S. Fischer, übersetzt von Stefan Wendt, und 2003 als Taschenbuch bei List sowie in einer Neuübersetzung von Karin Krieger im Herbst 2018 bei Suhrkamp.

Der Roman ist in der Ich-Form geschrieben und handelt an nur wenigen Tagen: Vom Beginn des zweiten Kapitels bis zum Schluss des Romans im Morgengrauen an einem Badestrand bei Neapel umfasst die Erzählgegenwart lediglich zwei Tage und zwei Nächte. Allerdings enthält der Roman viele Rückblenden. Er beginnt mit einem Paukenschlag. Da ist zunächst die Widmung: »a mia madre«.

Die Erstausgabe von »L'amore molesto«, 1992

Elena Ferrante widmet ihre erste Prosaveröffentlichung ihrer Mutter. Darauf folgt der erste Satz des Romans: »Meine Mutter ertrank in der Nacht des 23. Mai, meinem Geburtstag«. Mit diesen Worten zum Auftakt eines sich daran anschließenden gewaltigen Œuvres Elena Ferrantes wird nicht nur auf engstem Raum ein Drama skizziert, sondern auch die Frage aufgeworfen, was die Mutter in der Widmung mit der Mutter im Roman gemeinsam hat: »a mia madre« – »Mia madre …« In dieser vieldeutigen Wiederholung lassen sich schon die Intensität und die Raffinesse Elena Ferrantes erahnen. In der Widmung ist die Mutter Elena Ferrantes gemeint. Im ersten Satz ist die Romanfigur Amalia gemeint.

Ertrunken ist die dreiundsechzigjährige Amalia, Mutter dreier erwachsener Töchter, in der Nähe von Minturno, einer kleinen Ortschaft, die von den Bewohnern Spaccavento (Windbrecher) genannt wird. Das liegt rund fünfzig Kilometer nördlich von Neapel, unweit von Itri, wo Fabrizia Ramondino seit dem Erdbeben in Neapel 1980 lebte, und unweit auch vom Strand bei Gaeta, wo Fabrizia Ramondino im Juni 2008 starb.

Zwei Tage zuvor war Amalia in einen Zug gestiegen, um ihre Tochter, die fünfundvierzigjährige Ich-Erzählerin Delia, zu besuchen, die kinderlos und als Single in Rom lebt, wo sie als Comiczeichnerin arbeitet und nur ungern in ihre Geburtsstadt Neapel zurückkehrt, in der sie Kindheit und Jugend verbracht hat.

Die Besuche der Mutter in Rom fanden in der Zeit davor fast jeden Monat für jeweils einige Tage statt. Delia empfand Mutters Ordnungssinn und das Herumfuhrwerken in ihrer Wohnung als unangenehm und überfürsorglich. In Mutters Anwesenheit fühlte sie sich gehemmt und heuchlerisch. »Ich hatte den Eindruck, dass sie mit ihrer Art meinen Körper in den eines Kindes mit Falten verwandelte.«

Dieses Mal aber kommt die Mutter nicht bei ihrer Tochter an. Wie so oft macht sich Delia im Vorfeld schon Sorgen. Ein Tag Verspätung wäre nichts Ungewöhnliches. Amalia pflegte Delias Befürchtungen stets wegzulachen. Jetzt ruft sie aber von unterwegs aus dreimal kurz an. Einmal, um in ruhigem Ton zu sagen, dass sie in Begleitung eines Mannes ist. Er hindere sie daran, mehr zu erzählen. Lachend legt Amalia auf. Am nächsten Morgen ignoriert sie Delias Fragen und sagt lustvoll Obszönitäten in neapolitanischem Dialekt. (Genau so schreibt es Elena Ferrante: Die Ausdrücke selbst werden in ihrem Text nicht ausgesprochen, im Gegensatz zur Verfilmung des Romans von 1995, worin viele, auch derbe, Dialoge im Dialekt gesprochen werden. Auf der italienischsprachigen DVD werden italienische Untertitel angeboten.) Im dritten und letzten Anruf wirkt die Mutter konfus. Sie spricht von einem Mann, der sie verfolgt und bedroht. Delia solle vorsichtig sein. Er wolle auch ihr schaden. »Geh schlafen. Ich gehe jetzt schwimmen.« Am nächsten Morgen entdecken zwei Jugendliche ihre Leiche im Wasser in Ufernähe. Sie trägt nur einen Büstenhalter.

Schon auf diesen ersten Seiten zeigt sich Elena Ferrantes Meisterschaft beim Knüpfen eines dichten Erzählteppichs. Starke Bilder der

Gemütszustände wechseln rasch mit präzisen Objektschilderungen. Hinzu kommt das virtuose Springen auf verschiedene Zeitebenen. So fügt *meine geniale Autorin* beispielsweise schon auf der dritten Seite eine eindrückliche Passage ein, in der sich die kleine Delia erinnert, wie sie immer Angst hatte, ihre Mutter könne sie verlassen, könne eines Tages nicht mehr zurückkommen. »Ich hauchte auf die Fensterscheibe, bis sie sich beschlug, nur um nicht die Straße ohne sie sehen zu müssen … Ich floh in eine fensterlose Abstellkammer ohne elektrisches Licht.« Dort schließt sich das Kind ein, weint im Dunkeln, denkt, dass sie ihre Mutter umbringen wird, wenn sie zurückkommt, so als habe die Mutter sie eingesperrt. Sie erfindet sich ihre Rache- und Mordgedanken.

Mit großem Unbehagen stellt Delia bei der Polizei fest, dass es sich beim Büstenhalter um ein gewagtes und teures Exemplar aus dem bekannten neapolitanischen Geschäft für Unterwäsche der Schwestern Vossi handelt. »Er hatte den stechenden Geruch von neuem Stoff« (»l'odore pungente della stoffa nuova«). Das ist nach einer Nacht im Meerwasser am Körper einer Leiche unmöglich.

Ungereimtheiten dieser Art gibt es mehrere in *Lästige Liebe.* Sie sind der Preis dafür, zutiefst menschliche Ereignisse mit Elementen einer Kriminalgeschichte anzureichern. Sie säen auch von Anfang an Zweifel am Ausmaß der Authentizität in Elena Ferrantes Werk. Manchmal scheint das Selbsterlebte sehr frühzeitig durch Ausgedachtes und Phantastisches aus- und weitergeführt zu werden, was in erster Linie dem Lesevergnügen dient und gleichzeitig allzu Persönliches verschleiert. Das gilt insbesondere für das frühe Auftreten der Polizei. Es könnte sich ja um einen gewaltsamen Tod handeln. Die Andeutung zum Auftakt, *Lästige Liebe* könnte ein Kriminalroman sein, zeigt schon bei ihrem Debüt Elena Ferrantes Willen, eine große Leserschaft zu erreichen. Fest steht, dass die Autorin die erzählerischen Mittel aus verschiedenen Gründen sehr bewusst einsetzt, was später auch in ihren poetologischen Aufsätzen erklärt wird.

Wie selbstverständlich schreibe ich hier »Autor« oder »Autorin«. Ich werde bei dieser Ausdrucksweise bleiben, wohl wissend, dass es sich bei Elena Ferrante auch um ein Autorenkollektiv handeln könnte, an dem möglicherweise auch Männer beteiligt sind. Im Bonusmaterial zum Film *L'amore molesto* (1995) wird die Schauspielerin Anna Bonaiuto interviewt. Sie spielt die Hauptrolle, die erwachsene Delia, und berichtet von den guten Vorbereitungen, von ihrer Wertschätzung des Romans und wie wichtig es ihr sei, dass die Geschichte von einer Frau geschrieben wurde. Der Journalist weist sie auf die schon damals bestehenden Zweifel an der Urheberschaft hin. Das erinnert mich an die Besprechung des Lyrikbandes *Solo* (erschienen 1986 im Verlag Piper) von Barbara Maria Kloos, die ich kurz nach Erscheinen schrieb. Ich kannte die Autorin nicht persönlich, aber sie hatte danach meine Adresse ausfindig gemacht und schickte mir als Dank eine Postkarte mit den Worten »Liebe Nicola, …«. Sie schrieb, dass nur eine Frau ihre Gedichte so einfühlsam interpretieren könne.

Eine Botschaft für Delia

Amalia muss eine besonders schöne Frau gewesen sein. Entsprechend wird sie während des Begräbnisses in Beileidsbekundungen beschrieben (»Sie lobten ihre außerordentliche Schönheit und Güte«). Entsprechend weckt ihr attraktives Aussehen Begehrlichkeiten der Männer und die Eifersucht ihres Mannes, Delias Vater. (Entsprechend wird sie auch in der Verfilmung als junge Mutter von Licia Maglietta und als ältere Frau von Angela Luce verkörpert.) Die Schönheit Amalias ist eines der erzählerischen Zentren dieses Romans, von denen sich Erschütterungen in viele Richtungen ausbreiten. Aber ist Schönheit eine Schuld? Ist Schönheit nicht Zufall? Eine Laune der Natur? In *Lästige Liebe* ist Schönheit ein Motor des Dramas, in dem sich die Protagonistin auf die Suche nach ihrer Identität begibt, die wesentlich von ihrem Verhältnis zur Mutter und deren Lebensweise abhängt.

Während des Trauerzugs, der von der Piazza Carlo III am Botanischen Garten vorbei zur Via Don Bosco führt, taucht zum ersten Mal der Name Caserta auf. Onkel Filippo hat den älteren, elegant gekleideten Mann entdeckt und mit wilden Flüchen und Verwünschungen in die Flucht geschlagen. »Wenn euer Vater da wäre, hätte er Caserta auf der Stelle umgebracht«, schreit er die Verwandten und seine drei Nichten an. Delias Vater war nicht zur Beisetzung erschienen.

Die Präsenz der Mutter wird seit ihrem Tod mächtiger in Delias Leben. Das manifestiert sich beispielsweise im neapolitanischen Dialekt, den Delia seit Jahrzehnten zu verdrängen versucht. Wenn sich Amalia und Delia in den letzten Jahren trafen, versuchte Amalia am Anfang, ihr bemühtes Hochitalienisch zu sprechen; Delia wechselte, um ihrer Mutter einen Gefallen zu tun, ins Neapolitanische. Doch sie sprach den Dialekt nicht fröhlich oder nostalgisch. Sie betonte die Silben unbeholfen, als spräche sie in einer schlecht beherrschten Fremdsprache. Der Klang des Dialekts erinnert Delia zu sehr an die heftigen Streitereien zwischen ihr und ihrem Vater und zwischen ihrem Vater und ihren Verwandten. Nach kurzer Zeit rutschen Mutter und Tochter sprachlich in ihre gewohnten Rollen: Delia ins Italienische, Amalia ins Neapolitanische, wobei auch jetzt und fortan bis zum Ende der Tetralogie Elena Ferrante fast keine neapolitanischen Ausdrücke oder gar Sätze zitiert.

Die Präsenz der Mutter wird noch stärker, als Delia die leere Wohnung betritt. Sie befindet sich zwar im Zentrum Neapels, allerdings in einer Gegend, die nachts kaum noch bewohnt und tagsüber von der geschäftigen Atmosphäre der benachbarten Bürogebäude geprägt ist. In der dritten Etage dieses fünfstöckigen Hauses fand Amalia mit ihren drei Töchtern vor über zwanzig Jahren Zuflucht, nachdem sie ihren gewalttätigen Mann verlassen hatte. Von besonderer Bedeutung ist der alte Lift mit schmalen Sitzbänken und Holzwänden, den Ferrante genauestens und liebevoll bis hin zu einem Münzautomaten beschreibt, der früher dazu diente, den Aufzug in Bewegung zu setzen. Obwohl längst kein Kleingeld mehr notwendig ist, wurde der Behälter nie entfernt. Delia erinnert sich, wie gut es ihr tat, als Mädchen in den fünften Stock hochzufahren und dort allein und still zu warten, bis es ihr besser ging.

Die Suche nach Antworten nimmt Fahrt auf: Warum hat sich Amalia umgebracht? Was ist in den letzten beiden Tagen ihres Lebens geschehen? War etwa Nicola Caserta, dieser siebzigjährige Mann, den Delia seit frühester Kindheit kennt, bei Amalia in ihrer letzten Nacht? Warum hatte Amalia zuletzt ihre gesamte altmodische Unterwäsche, die detailliert von Elena Ferrante beschrieben wird, in einen Abfallsack gesteckt? Was hatte das elegante und jugendlich wirkende Herrenhemd in Amalias Wäschekorb zu suchen? Dem eher verwahrlosten Onkel Filippo konnte es nicht gehören. »Der Kragen war verschmutzt, aber der Stoff roch nicht unangenehm: Der Schweiß hatte sich mit dem Duft eines guten Deodorants vermischt«, stellt Delia fest. Die Leser ahnen, dass es Nicola Casertas Hemd ist. Elena Ferrante fügt diesem zwielichtigen Mann im Verlauf des Romans weitere positive und auch sehr negative Eigenschaften hinzu. Delia fühlt sich zu ihm auf merkwürdige Weise hingezogen, so als hätten Amalia und Nicola ihr noch eine Botschaft mit auf den Weg geben wollen, auf deren Suche sie sich jetzt begibt.

Naturgegebene Schuld

In Rückblenden, beginnend in einer von Armut geprägten Nachkriegszeit, entsteht das Bild einer verzweifelten Familie in Neapel: Amalia arbeitet als Näherin an einer Singer-Maschine. Ihr Mann arbeitet als Maler und verdient kaum mehr als sie. Sie wohnen mit ihren drei Töchtern sehr beengt. Die Situation bessert sich erst ein wenig, als der Freund der Familie Nicola Caserta als Makler auftritt. Er hat US-Soldaten als Kundschaft ausgemacht, verwickelt sie in Gespräche und leiht sich die Fotos ihrer Liebsten (Freundinnen, Ehefrauen, Mütter) aus, die Delias Vater in kürzester Zeit in Öl auf Leinwand bannt. Das Geschäft läuft immer besser, aber gleichzeitig werden die Avancen Nicolas immer offensichtlicher: Er schenkt Amalia Blumen, Bücher, Pralinen und gar Kleider.

Die Eifersucht von Delias Vater steigert sich rasch und mündet in Gewaltszenen, die die Kinder mitansehen müssen. Amalia erträgt die Prügel, schlägt aber Nicolas Geschenke weiterhin nicht aus. Sprachlich kunstvoll schildert Elena Ferrante, wie sich der Elternkonflikt auf die kleine Delia auswirkt. Die Leser verfolgen gebannt den langsamen Prozess der Selbsterkenntnis und Selbstfindung Delias, der damit beginnt, dass Phantasien zur Beziehung Amalias und Nicolas Eingang in ihr Bewusstsein finden. Delia kann sich nicht erklären, wie es dazu kam, dass sie Nicola Caserta vor sich sieht, wie er ihre Mutter in eine Ecke schubst und zu küssen versucht. Die Vorstellungen steigern sich. Was wirklich beobachtet und was vom Mädchen imaginiert ist, bleibt offen. Fest steht: Die kleine Delia malt sich immer mehr Einzelheiten aus, woran sich die erwachsene Delia nun erinnert. Sie machte es damals und jetzt mit einer Mischung aus Faszination und Widerwillen. Rückblickend erinnert sich Delia, dass sie schon als Kind ahnte, dass sich im Ursprung jener Bilder ein Geheimnis befindet, das nicht gelüftet werden darf: »Nicht, weil ein Teil von mir nicht gewusst hätte, wie er sich Zugang verschafft«, analysiert die erwachsene Delia. Der andere Teil hätte sich geweigert, das Geheimnis auszusprechen. »Er hätte mich von sich weggejagt.«

Konditorei und Kellerwohnung

Nicola Caserta nimmt Kontakt zu Delia auf und übergibt ihr Amalias Koffer, ohne dass Delia ihn zur Rede stellen kann. Darin befinden sich alle vermissten Gegenstände der Mutter – und mehr: ein tiefgeschnittenes und enganliegendes rotes Etuikleid von der Schneiderei Vossi und der zum Büstenhalter passende Slip sowie weitere noch ungebrauchte Unterwäsche, ein Nachthemd mit Spitze und ein elegantes Kostüm. Indem sie das Dessous-Geschäft der Schwestern Vossi an der Piazza Vanvitelli im vornehmen Stadtteil Vomero aufsucht, erhofft sich Delia Aufschluss darüber, wer die teuren Stücke dort gekauft hat und wann. Elena Ferrante schildert die Schaufenster der Boutique Vossi, wie sie vor über zwanzig Jahren aussahen und wie sie heute dekoriert werden. Ausführlich wird ein Gemälde beschrieben, das früher im Schaufenster hing und heute fehlt.

Die Vossi-Schwestern hatten sich zurückgezogen. Das Geschäft gehört jetzt einem kräftigen Mann, der Delia eher an einen Rausschmeißer erinnert als an den Nachfolger der Schwestern. Um ins Gespräch zu kommen, behauptet Delia, dass ihre Mutter, womöglich in Begleitung eines älteren Mannes, die Sachen für sie zu ihrem 45. Geburtstag am 23. Mai gekauft habe. Sie würden ihr nicht passen. Sie möchte sie umtauschen. Aber Delia kommt damit nicht ans Ziel: Sie erfährt nicht, wer die Kleider tatsächlich und wann dort gekauft hat, obwohl sie sogar Amalias Personalausweis vorzeigt. Erstaunt stellt die Zeichnerin Delia dabei fest, dass jemand mit einem Stift das Foto verändert hat, wodurch das Bild jetzt der Tochter ähnlicher sieht als der Mutter. Eine Verkäuferin und der Chef überzeugen sie, dass die Kleidungsstücke ihrer Größe entsprächen und sehr gut passen würden, weshalb Delia schließlich das Geschäft im roten, enggeschnittenen Kleid und mit all der anderen Ware verlässt.

Die Piazza Vanvitelli im Stadtteil Vomero ist ein wiederkehrender Handlungsort in *Lästige Liebe*

Kapitel 13 besteht aus einer langen Hit-and-run-Szene bei einsetzendem Regen rund um die Piazza Vanvitelli, die sich später bei der Standseilbahn Funicolare di Chiaia (eine der ältesten der Welt) fortsetzen wird. Auslöser ist einmal mehr Onkel Filippo, der glaubt, Nicola Caserta entdeckt zu haben. Er jagt ihm wild gestikulierend und schimpfend hinterher, aber Caserta flieht, und Delia versucht die beiden im dichten Verkehr nicht aus den Augen zu verlieren. Zur Verfolgungsjagd zwischen Filippo, Nicola und Delia gesellt sich Antonio Polledro, der grobschlächtige Chef der nach wie vor nach den Vossi-Schwestern benannten Boutique. In den Augen Delias verschmelzen seine Züge mit denen Nicola Casertas und ergeben ein drittes Gesicht, das eines Kindes. Als Antonio auf plumpe Art Delia stoppt (er hält sie an den Handgelenken fest) und ihr erklärt, dass er der Sohn Nicola Casertas ist, dass sie also im Rione (italienisch für: Stadtviertel) Nachbarn waren und vor vierzig Jahren oft gemeinsam spielten, dauert es eine Weile, bis diese Tatsache zu Delia durchdringt. Sie ist weiterhin in Erinnerungen und Tagträume verstrickt.

Funicolare di Chiaia: Die Standseilbahn wurde 1889 eröffnet und verbindet das am Meer gelegene Stadtviertel Chiaia im historischen Zentrum Neapels mit dem hochgelegenen und wohlhabenden Stadtviertel Vomero

Manchmal wirkt Delia wie in Trance und scheint so für kurze Zeit zu einer unzuverlässigen Erzählerin zu werden, die sich selbst nicht mehr vertraut. Aber erzählt wird ja rückblickend, weshalb Kontrolle und Übersicht stets gewahrt bleiben. Das sind schon hier die ersten Anzeichen einer »smarginatura«, einer Auflösung der Person, die im weiteren Verlauf der Arbeit Ferrantes immer mehr an Bedeutung gewinnen wird. Antonio übt Druck aus und zwingt Delia, sich zu erinnern. Die Bilder aus der Kindheit, die sich allmählich einstellen, berühren Delia nicht unangenehm. Ständig vergleicht sie den korpulenten Mann von heute mit dem kleinen Antonio, dem Sandkastenfreund der Doktorspiele. Antonio bugsiert sie in ein Taxi, er habe es eilig, er müsse zu einem Termin, wo sie dann gemeinsam zu Mittag essen könnten.

Delia erinnert sich an die gemeinsame Kindheit, an die schlicht »Coloniali« genannte Konditorei von Antonios Großvater in der Via Gianturco, einer breiten Straße, die unter den Eisenbahngleisen durch einen langen und dunklen Tunnel zum Rione Luzzatti führt, ein Stadt-

Die Via Gianturco und die Bahnunterführung

viertel östlich des Hauptbahnhofs, das zum Quartier Poggioreale gehört. Es ist allen Lesern der neapolitanischen Tetralogie sehr vertraut. Die Konditorei befand sich nur wenige Schritte von Delias Wohnung entfernt: die Gerüche dort nach Backwaren, Kuchen und Gewürzen und das Ladenschild mit einer Palme, darauf eine schwarze Frau mit sehr roten Lippen, das Delias Vater schon vor ihrer Geburt als etwa Zwanzigjähriger gemalt hatte.

Sie erinnert sich an die Bonbons, die sie dort bekam, und an die vielen Leckereien, die sie probieren durfte. »Er arbeitete und ignorierte mich. Ich fühlte mich auf angenehme Weise unsichtbar«, erinnert sich Delia an Antonios Großvater. Sie probierte dieses und jenes, bis Antonio kam und hinter seinem Großvater eine Tür öffnete, die in einen Keller führte, der noch eine wichtige Rolle spielen wird und in plakativem Kontrast zum Lift steht, in dem sich Delia als Jugendliche zuoberst wohlfühlt.

Antonio berichtet, wie glücklich sein Vater Nicola im vergangenen Jahr war. Ob sie wisse, dass Amalia und er sich regelmäßig »sahen«. Dieses Verb, mit dem umschrieben wird, dass Amalia und Nicola ein

Paar waren, verwendet Elena Ferrante nun assoziativ. Sie fügt unmittelbar eine Kindheitserinnerung Delias an, in der sie sich in mehrfacher Hinsicht »sieht«: Delia sieht sich auf dem Bett, wie sie mit einem Spiegel erstaunt ihre Vagina betrachtet, wie die Mutter das Zimmer betritt und ihre Tochter unsicher ansieht und dann ohne Eile die Türe wieder schließt.

Stoff ohne Gedächtnis

Es ist noch immer Tag eins nach der Beerdigung. Das Meer ist stürmisch. Elena Ferrante fügt eine drastische Beschreibung hoher Wellen und der das Schauspiel bewundernden Menschen ein. Schon in ihrem Debüt spielt sie auf literarische Vorbilder wie Elsa Morante und Anna Maria Ortese an, später vor allem, was die soziale Stellung der Frau in der Metropole Neapel betrifft. Delia habe als Jugendliche selten eine so starke Flut im Golf von Neapel erlebt: »Sie war den Übertreibungen auf den Bildern meines Vaters ähnlich«. Hier ahmt die Natur die Kunst nach. Die Anmerkung wirkt wie ein Kompliment der Tochter für ihren Vater, hat sie doch offenbar sein Talent – das sie freilich anzweifelt – geerbt und verdient ihren Unterhalt wie er mit Zeichnen.

Antonio kommt zu seiner Verabredung zu spät. In herrischem Ton besorgt er Delia ein Zimmer, wo sie sich zurechtmachen soll. Er selbst versucht seine Termine noch wahrzunehmen. Delia zieht sich aus, geht unter die Dusche und zieht sich danach das Vossi-Nachthemd an. Überrascht spürt sie beim Abschminken mit Zärtlichkeit ihre tote Mutter unter der Haut »wie eine warme Flüssigkeit, die mir irgendwann eingespritzt worden war [...] Zum ersten Mal in meinem Leben hatte ich das Gefühl, schön zu sein«. Die angenehme Überraschung erinnert sie an ihre Freude, wenn sie Geschenke ihrer Mutter fand, die sie an den unmöglichsten Orten versteckte. »Wenn sie unser Glück sah, war sie glücklicher als wir.« Plötzlich versteht Delia, dass der Inhalt des Koffers für sie bestimmt war. Sie findet einen Zettel mit der Zierschrift ihrer Mutter, die heute kaum noch jemand beherrsche: »Alles Gute zum Geburtstag, Delia. Deine Mutter.« Delia hat Sand an den Händen und denkt, dass Amalia das Nachthemd noch trug, bevor sie ins Meer ging.

Antonio betritt das Zimmer und klagt wie ein alter Ehemann über Geschäftsprobleme. In Kapitel 18 schildert Elena Ferrante minutiös, wie der frustrierte Antonio daraufhin sein Begehren zeigt, wie Delia reagiert und wie vielfältig die Motive für das Handeln der beiden sind. Eingefügt ist hier eine Passage, in der sich Delia daran erinnert, dass ihr Vater und ihr Onkel Filippo wie zum Äußersten entschlossene Krieger zu Nicola gehen, um ihn zu töten. Kurz zuvor hatten sie von der kleinen Delia erfahren, dass Amalia sich heimlich mit Nicola traf. Sie erinnert sich, wie Nicola verprügelt und nur deshalb nicht umgebracht wird, weil er keinen Widerstand leistet. Sie erinnert sich, wie Onkel Filippo den kleinen Antonio oben im vierten Stock nur an den Fesseln festhält. Kopfüber hängt Antonio im Treppenhaus über dem Abgrund, und Nicola Caserta erklärt sich mit allem einverstanden, was Delias Vater und Filippo von ihm fordern. Die kleine Delia weiß oder ahnt, dass sie das alles verursacht hat.

Antonios Versuch, mit Delia zu schlafen, scheitert an ihrer Teilnahmslosigkeit. Er liegt mit geschlossenen Augen auf dem Bett. Sie empfindet Mitleid mit ihm, setzt sich neben ihn auf die Bettkante und befriedigt ihn mit der Hand. In dieser Szene scheint sich bei beiden die Angst aus Kindheitstagen zu lösen. Irgendwie finden sie zueinander, nicht nur bei der Masturbation als einer Art Wiedergutmachung, sondern davor schon beim Versuch, die Intimität von vor vierzig Jahren als Erwachsene neu zu verstehen: versuchte Zärtlichkeit als Hilfe beim Überwinden traumatischer Ereignisse, in die beide gemeinsam als Fünfjährige verwickelt waren. So besteht *Lästige Liebe* aus einer Reihe kathartischer Erlebnisse Delias. Die vielfache Konfrontation mit der Vergangenheit hilft ihr, die eigene Rolle in der Gegenwart neu zu sehen. Dabei macht sie überraschende Erfahrungen (sie empfindet sich zum ersten Mal als schön) und entdeckt verdrängte Verhaltensweisen von früher.

Delia fährt zurück in die Wohnung ihrer Mutter. Unterwegs kauft sie ein Pfund frische Kirschen. Sie lädt die Nachbarin, Frau De Riso, ein, die zögerlich einwilligt, da sie sich vor dem Geist Amalias fürchtet. In der Küche beginnt sie dann aber eine Kirsche nach der anderen zu naschen, was von Elena Ferrante meisterhaft beschrieben wird. So erfährt Delia unter anderem, dass ihre Mutter die Geburtstagsgeschenke der De Riso am Tag ihrer Abfahrt gezeigt hat. Die De Riso erzählt auch, dass Delias Vater aufgetaucht sei, nur eine Woche vor Delias Geburtstag, und Amalia wüst beschimpft und bedroht habe. In Kapitel 19 schildert Elena Ferrante die Arbeit Amalias als Schneiderin: Delia erinnert sich, wie die Mutter Frauen aus allen Gesellschaftsschichten einkleidete, wie sie Maß an ihnen nahm, wie sie ihre Körper verhüllte, wie sie die weiblichen Formen verbarg, so wie sie es auf Geheiß ihres eifersüchtigen Mannes bei sich selbst tat. Das galt auch für ihren eigenen Badeanzug, einen Einteiler, den sie auch noch trug, als Bikinis längst die Strände erobert hatten. Schließlich vermutet Delia, dass die De Riso die Treffen ihrer Nachbarin mit Nicola Caserta an Delias Vater verraten hatte. Die De Riso erkennt das Kleid wieder, das Amalia trägt, will wissen, woher sie es hat, der Koffer sei doch verschwunden. Doch Delia erwidert: »Es ist nur Stoff ohne Gedächtnis.«

Mit den Worten der Lüge spielen

1992 wird *Lästige Liebe* mit dem *Premio Procida, Isola di Arturo – Elsa Morante* ausgezeichnet, einem bedeutenden italienischen Literaturpreis, benannt nach Elsa Morante und der Insel, auf der ihr Roman *Arturos Insel* (*L'isola di Arturo*, 1957) spielt. Elena Ferrante (viele deuten die Namensähnlichkeit *Ferrante – Morante* als beabsichtigte Reverenz) schreibt hocherfreut ihrem Verlegerpaar Sandra Ozzola-Ferri und Sandro Ferri, wie sehr sie Elsa Morante verehrt, verfasst einen Dankesbrief für die Jury, der u. a. Fabrizia Ramondino, Dacia Maraini und Heinz Riedt angehören, und sucht dafür eine Passage aus Morantes Werk aus, die zu *Lästige Liebe* passt. Es ist ein Absatz aus der Erzählung *Der andalusische Schal* von 1985, den Ferrante ursprünglich in ihrem Roman zitieren wollte. Darin werden die Gedanken einer Mutter über ihren Sohn auf der Schwelle zum Erwachsenwerden wiedergegeben. Er habe jetzt den Ausdruck eines strengen Sizilianers angenommen, ein Ehrenmann, immer auf seine Schwestern achtend, dass sie abends nicht alleine ausgehen, dass sie keinen Lippenstift auftragen. Ein Mann, für den die Mutter zweierlei bedeutet: alt und heilig und in unförmigen Kleidern, da doch niemand, angefangen bei den Schneiderinnen der Mütter, sich vorstellt, eine Mutter könne einen Frauenkörper haben. Das Alter der Mütter sei aus Sicht der Söhne ein bedeutungsloses Geheim-

In der Unterführung, die zum Rione Luzzatti führt

nis. Elena Ferrante, die mehrfach betont, ihre Mutter habe ihr Leben lang als Schneiderin in Neapel gearbeitet, nimmt nicht an der Preisverleihung teil – dies war die erste und vielleicht ernsthafteste Herausforderung, ihre Anonymität zu verlassen –, gibt aber präzise Anweisungen, wie die Passage Morantes zu lesen sei. Am Ende der Dankesrede gibt sie ihrer Hoffnung Ausdruck, es mögen neue Schneiderinnen kommen, die bereit sind, »den Fehler der Unförmigkeit« zu bekämpfen.

Während eines Telefonats mit Onkel Filippo gesteht dieser seiner Nichte, soeben mit Nicola Caserta Frieden geschlossen zu haben. Amalia sei im vergangenen Jahr Casertas einziges Glück gewesen. Zwischen ihm und Amalia sei früher nie etwas Ernstes gewesen. Vielleicht stimmt das, gibt Delia zu. »Warum hast du uns dann diese Sachen erzählt«, fragt Filippo. »Warum habt ihr mir geglaubt?«, erwidert Delia. Sie war 5 Jahre alt, als sie weinend ihrem Vater berichtete, was ihre Mutter und Nicola Caserta zusammen machen.

Das dreifache Finale beginnt im Rione, »dort, wo ich aufgewachsen war«. Exakt schildert Elena Ferrante das Viertel und wie es sich in den vergangenen Jahrzehnten verändert hat. Sie geht durch dieselbe lange Unterführung, durch die Amalia schon als Mädchen und später als Ehefrau und dreifache Mutter musste, um die Ware ihren Kundinnen zu bringen. Darüber donnern noch heute die Züge hinweg. Delia bleibt im Tunnel stehen, um an die Ereignisse von damals zu denken, an den Mann, der ihre Mutter, bevor sie es wurde, »mit seinem Nachnamen zudecken, mit seinem Alphabet auslöschen« würde. Zwei für diese Geschichte wichtige Männer bleiben bis zuletzt ohne Namen: Delias Vater (weder Vor- noch Nachname) und Antonios Großvater, der Konditor, der vermutlich mit Nachnamen Polledro hieß oder auch wie Nicola »Caserta« gerufen wurde, aber von Elena Ferrante keinen Vornamen erhält.

Minutiös schildert Elena Ferrante die ärmliche und kleine Wohnung im Rione Luzzatti, in der Delia geboren wurde und in der ihr Vater vereinsamt als Maler immer noch lebt. »Das Meer kann nicht blau sein, wenn der Himmel feuerrot ist«, sagt Delia zur Begrüßung zu ihrem Vater. Der sitzt rauchend vor der Staffelei, erkennt sie erst nicht, steht breitbeinig auf und sagt mit aufrichtiger Überraschung: »Du bist alt geworden.« Das folgende Wortgefecht gehört zu den gelungensten des Romans. Sie wirft ihm vor, dass er nicht zum Begräbnis gekommen ist. Er erwidert, ob sie zu seinem kommen werde. Sie verneint. »Weil ich nach dir sterben werde«, sagt er und schlägt sie ohne Vorwarnung mit Wucht gegen die Schulter. Sie verliert fast das Gleichgewicht, hält ihn auf Abstand und erfährt, dass Nicola Caserta selbst, nicht die De Riso, ihm von den Treffen mit Amalia berichtet hatte. Daraufhin beschattete Delias Vater die beiden, besuchte dann Amalia und bot ihr an, zu ihm zurückzukehren. Er habe genug Geld gespart. Das Angebot macht er danach auch seiner Tochter. Die sieht das Bild, das lange Zeit im Schaufenster der Vossi-Schwestern hing. Delia traut ihm so viel Kunstfertigkeit nicht zu, aber er behauptet, es selbst gemalt und den Vossi-Schwestern 1948 verkauft und nun von Nicola Caserta zurückbekommen zu haben.

Delias Vater bezichtigt Amalia der Lüge. Sie habe ihm nie gesagt, dass Delia in Wirklichkeit nichts gesehen hatte. »Als ich dir erzählte, dass ich die beiden im Souterrain der Konditorei entdeckt hatte, wolltest du viel mehr sehen, als ich dir sagte«, wehrt sich Delia. Der Vater ist überrascht, wie genau sie sich erinnert. Delia wirft ihm vor, Amalia bei seinem letzten Besuch kurz vor ihrem Suizid die ganze Schuld gegeben zu haben. Er habe behauptet, Amalia habe ihre Tochter Delia zur Lügnerin gemacht. Vater und Tochter schonen sich nicht, und Delia glaubt zu erkennen, dass er Amalia nach so langer Zeit bei diesem Besuch noch einmal das Leben zur Hölle gemacht hatte.

Das zweite Finale findet in der nahegelegenen und inzwischen stillgelegten Konditorei statt. Delia leiht sich Streichhölzer und betritt mit einer Mischung aus Abscheu und Nostalgie die verlassenen Räume. Einiges erinnert noch an den alten Kolonialwarenladen. Sie steigt die Stufen zur Kellerwohnung hinab, in der sie mit Antonio oft gespielt hatte. Dort findet sie eine Taschenlampe, forscht weiter und entdeckt, dass Nicola Caserta heimlich hier wohnt. Sie erkennt Nicolas Hemden und Amalias antiquierte Unterwäsche und auch ihren eigenen Slip. In der Jacke Nicolas entdeckt sie Bahntickets, Hotel- und Restaurantrechnungen. Sie rekonstruiert mehrere Varianten der Ereignisse vor Amalias Suizid, in alle möglichen Richtungen, bis schließlich sie und mit ihr die Leser der Meinung sind, dass es inzwischen nicht mehr so wichtig ist, die Wahrheit zu kennen.

Von der Kellerwohnung führt eine kleine Tür in einen weiteren, drei Treppenstufen tiefer gelegenen Raum. Elena Ferrante lässt nun geschickt die Identitäten von Delia und Amalia ineinander übergehen. »Ich war ich und ich war sie. Gemeinsam begegneten wir Caserta.« Sie glaubt, ihn auch geliebt zu haben, aber anders als ihre Mutter. Wie in einer Vision wiederholt Delia Kindheitsszenen, in denen sie ängstlich und lustvoll zugleich zu Caserta geht, der sie lockt und streichelt.

Delia kauert im dunklen Keller und erinnert sich an die obszönen Worte, die Antonios Großvater zu ihr gesagt hatte. Sie stellt fest, dass es dieselben Ausdrücke waren, die ihr Amalia kurz vor ihrem Tod ins Telefon schrie. Wollte die Mutter ihrer Tochter damit zeigen, dass auch sie Delia für das hasste, was sie ihr vor vierzig Jahren angetan hatte? Oder wollte sie ihre Tochter beruhigen und zeigen, dass man diese Wörter aussprechen konnte, ohne dadurch verletzt zu werden? Oder wollte Amalia nun all das nachholen, wofür sie damals schuldlos bestraft worden war?

Delia möchte sich eingestehen, dass sie weder Nicola Caserta noch dessen Vater oder ihren eigenen Vater, sondern ihre Mutter gehasst hatte, »weil sie mich in der Welt gelassen hatte, um alleine mit den Worten der Lüge zu spielen, ohne Maß, ohne Wahrheit«. Elena Ferrante gelingt es in diesen Kellerszenen, kindliche Wut, Missbrauch und deren dramatische Folgen packend und überzeugend zu schildern.

Dieser Zorn Delias, der schon auf der dritten Seite des Romans mit ihrer Mordlust der Mutter gegenüber (später in *La frantumaglia* mit der Mordlust ihrer jüngeren Schwester gegenüber) zum Ausdruck kommt, ist auch die Wut Elena Ferrantes. Sie ist eine der dominantesten Antriebskräfte für ihr Schreiben und wird zu einem Leitmotiv ihres Werks. Charakteristisch für die variantenreich auftauchende Bösartigkeit ihrer Figuren ist ihr unerklärlicher Ursprung. Ferrantes Ich-Erzählerinnen stehen immer wieder vor einem Rätsel, wenn sie zu verstehen versuchen, was sie bewegt, ethisch verwerflich zu handeln. Deutlich wird das im folgenden Roman, in dem die Protagonistin ihren Hund sterben lässt, und im übernächsten, in dem die Anglistikprofessorin einem kleinen Mädchen am Strand die geliebte Puppe stiehlt. Auch für *L'amica geniale*, für Lenù und Lila, gilt das abgewandelte Motto: »Tue Böses und schreibe darüber«. Zwar kommen die negativen Gedanken der Protagonistinnen nicht von ungefähr: Es handelt sich immer um Frauen, die sich ausgebeutet und unterdrückt fühlen, die misshandelt und verlassen werden, aber in ihren eigenen Augen erklärt das nicht ausreichend ihren Hass. Das Verständnis der Leser ist ihnen jedoch gewiss, denn nur so können Elena Ferrantes Ich-Erzählerinnen Delia, Olga, Leda und Elena überleben: Die eigene, die oft nicht eingestandene Aggression ist es, die es ihnen erlaubt, weiterzumachen und in ihren Geschichten nicht sich selbst, nicht alles zu verlieren.

An der Kellerwand hängt Amalias altmodisches blaues Kostüm, das sie trug, als sie am 21. Mai den Zug Richtung Rom genommen hatte. Delia zieht das alte Stück an. Es passt. Im Kleid der Mutter wagt sie den letzten Schritt. Sie nimmt einen nächtlichen Bummelzug nach Minturno. Sie sitzt in einem Abteil voller Rekruten, fast so wie Amalia damals im überfüllten Zug Richtung Rom, als sie in einem Abteil voller Soldaten noch einen Fensterplatz ergatterte. Elena Ferrante organisiert ein literarisches Rondo: Mutter und Tochter befinden sich zu Beginn und am Ende des Romans in ähnlichen Situationen und im selben blauen Kostüm, so als käme Delia ihrer Mutter immer näher. (In der Verfilmung endet an dieser Stelle die Geschichte, indem Delia das Foto auf dem Ausweis ihrer Mutter übermalt, mit einem Soldaten ins Gespräch kommt und ihm sagt, sie heiße Amalia.) Delia steigt in Minturno aus und gelangt zu Fuß nach Spaccavento. Sie weiß, dass sie nie erfahren wird, warum sich ihre Mutter dort das Leben genommen hat. In der letzten Szene zeichnet sie an ihrem eigenen Foto in ihrem Ausweis herum, bis sie ihrer Mutter zum Verwechseln ähnlich sieht: »Amalia war einmal. Ich war Amalia.« So endet der Roman.

Das Unaussprechliche aussprechen

Es handelt sich bei *Lästige Liebe* also vielmehr um einen psychologischen, nicht um einen Kriminalroman. Diese Debütgeschichte ist die Basis für das Verständnis von Elena Ferrantes Gesamtwerk: Wer sich intensiv mit der »lästigen Liebe« beschäftigt, der hat die Schlüssel in der Hand, um die (Keller-)Türen zu all ihren anderen Geschichten zu öffnen. Die zentralen Erzählmotive sind hier angelegt: die Hassliebe zur Geburtsstadt Neapel und zum neapolitanischen Dialekt; die Schwierigkeiten der Protagonistinnen im Umgang mit ihrer Herkunft, mit ihren Eltern, mit ihren Freundschaften, später mit den Männern, mit ihren neu gegründeten Familien, und vor allem die Suche nach der eigenen Identität, nach dem eigenen Platz in der Gesellschaft. Das impliziert die Darstellung ökonomischer Verhältnisse (der Umgang von Delias Familie mit dem allmählich einsetzenden Wohlstand in den 1950er Jahren, das Geschäftsgebaren der Familie Polledro), die Darstellung von Arbeit, von Sexualität und Gewalt und das Hinterfragen von Machtverhältnissen und von zentralen Motiven wie Feminismus und Bildung bis hin zur Bedeutung beispielsweise von Kleidung. Mit diesem Roman lässt sich verstehen, wie es zum späteren »Ferrante-Fieber« kommen konnte.

Zu keinem ihrer Bücher hat sich Elena Ferrante ausführlicher und inspirierter geäußert, was in *Frantumaglia – mein geschriebenes Leben* deutlich wird. Sie lässt sich beispielsweise auf einen Briefwechsel mit dem Regisseur Mario Martone ein, der dem Verlag die dritte Drehbuchfassung für die geplante Verfilmung von *Lästige Liebe* geschickt hatte, mit der Bitte, Elena Ferrante möge sein Vorhaben kommentieren. In einer ersten Reaktion schreibt sie ihren Verlegern, sie sei sehr neugierig und freue sich auf die Lektüre des Drehbuchs. Sie befürchte allerdings, dass von ihr keinerlei Hilfe zu erwarten sei, ihre Lektüre diene allein der Befriedigung ihrer Neugier. »Ich habe Angst, dass ich dabei entdecken werde, wie wenig ich von meinem eigenen Buch weiß.« Diese Bescheidenheit ist typisch für Elena Ferrante. Sie kommt immer wieder sehr deutlich in ihren Briefen an die Verleger und an alle ihre Leser zum Ausdruck. Sie vertritt konsequent die Ansicht, dass den Ideen und Vorstellungen der Autorin beim Schreiben nicht mehr Gewicht beizumessen sei als den Ideen und Vorstellungen der Leser. Hier kommt eine Haltung, eine Charaktereigenschaft Elena Ferrantes zum Ausdruck, die später verschwinden wird.

La frantumaglia ist geprägt von einer Zäsur. Die ersten zwei Teile umfassen den Zeitraum von 1991 bis 2007 und sind stilistisch einheitlich, inhaltlich originell und faszinierend. Von Februar 2007 bis November 2011 klafft eine Lücke in *La frantumaglia*. Hat Elena Ferrante in diesen fast vier Jahren keinen einzigen lesenswerten Brief an ihre Verleger geschickt? Hat sie sich mit keinem Wort mehr zu ihren Werken geäußert? 2006 waren in Italien *La figlia oscura* (*Die Frau im Dunkeln*) und 2007 das bebilderte Kinderbuch *La spiaggia di notte* (*Der Strand bei Nacht*) erschienen. Danach war Pause bis zum Erscheinen des ersten Bandes des neapolitanischen Zyklus 2011 *L'amica geniale* (*Meine geniale Freundin*). Um die Jahrhundertwende waren die Veröffentlichungslücken zwar größer, trotzdem gab Elena Ferrante dazwischen Interviews und ließ sich auf viele Briefwechsel ein. Dieses Schweigen zwischen 2007 und 2011 ist insofern bemerkenswert, als sich die Ausdrucksweise Ferrantes in den Briefen und Interviews danach stark verändert: Vergleichsweise knapp und sachlich wirken die Statements Elena Ferrantes seit 2012. Die phantasievollen Ausschweifungen, die leidenschaftlichen Einlassungen zu bestimmten Themen und auch die Bescheidenheit von früher sucht man vergeblich. Fast mechanisch werden nun Interviewwünsche aus aller Welt abgearbeitet, weil eine Vertragsklausel besagt, dass Elena Ferrante jedem Land, in dem ihr neapolitanischer Zyklus erscheint, mindestens ein Interview geben muss. Das mag eine plausible Erklärung für die reduzierte Auskunftsfreude, für die fehlende Begeisterung und mangelnde Gedankenschärfe sein. Doch sie steht im Widerspruch zur frühen Elena Ferrante, zu ihrem unbeugsamen Willen, zu ihrer Durchsetzungskraft und zu ihrem hohen Qualitätsbewusstsein, das alle ihre schriftlichen Äußerungen umfasste.

Seit dem Erscheinen des Debüts *L'amore molesto* 1992 hat man in Italien versucht herauszufinden, wer sich hinter dem Pseudonym Elena Ferrante verbirgt. Diese vielfältigen Suchbewegungen, die bis heute andauern und oft linguistischer und literaturwissenschaftlicher Art sind, entstanden spontan: Alle Beteiligten hatten das als zu erwartende und legitime Reaktion auf die abwesende Autorin verstanden, allen voran die Verleger und Elena Ferrante selbst. Damals gab es noch keine Drohung der Autorin, sie werde nicht mehr schreiben, sollte ihre wahre Identität bekannt werden. Niemand empörte sich über die verschiedenen Vermutungen, wer die geheimnisvolle Autorin in Wirklichkeit sein könnte. Elena Ferrante und ihr Verlag spielten das Spiel nicht nur mit, sie bestimmten es in gewisser Weise auch als Mannschaft und Schiedsrichter zugleich, indem sie mit ihrem Wissensvorsprung 2003 das Buch *La frantumaglia* veröffentlichten, das viele biographische und auch sehr private Informationen über Elena Ferrante enthält. Mit diesem »Buch, das andere Bücher begleitet« wird deutlich, dass das Versteckspiel von Anfang an durch die Urheber bewusst gestaltet wurde. Ich streue daher an entsprechenden Stellen Beobachtungen zur Identitätsfrage ein, die sich aus der Lektüre von Elena Ferrantes Prosa ergeben.

Bei der Suche nach der Autorin (oder den Autoren) hinter dem Pseudonym Elena Ferrante fällt unter italienischen Literaturwissenschaftlern oft der Name Fabrizia Ramondino. Die italienische Schriftstellerin wurde 1936 in Neapel geboren und ertrank im Meer bei Gaeta 2008 einen Tag, bevor ihr letztes Buch in den Handel kam. Ob es sich um einen Unfall oder um Suizid handelte, ist nicht geklärt. Bei meinem Besuch in Neapel im September 2018 sprach die Leiterin des dortigen Goethe-Instituts und Verfasserin eines Neapel-Reiseführers, die gebürtige Neapolitanerin Maria Carmen Morese, davon, dass Ramondino zuletzt sehr krank gewesen sei.

Bemerkenswert ist Ramondinos Weigerung im Jahr 1993, anlässlich einer Konferenz zu Ehren der neapolitanischen Schriftstellerin Anna Maria Ortese (Ortese lebte von 1914 bis 1998 und war ein einflussreiches Vorbild sowohl für Elena Ferrante als auch für Fabrizia Ramondino) öffentlich aufzutreten. Fabrizia Ramondinos Erklärung für ihre Abwesenheit entspricht der Elena Ferrantes in *Frantumaglia* im Wortlaut: »Engagement und Verpflichtungen einer Autorin manifestieren sich in ihrem Werk, nicht in ihrer standesamtlichen Identität.« Auch in den darauffolgenden Jahren machte sich Ramondino rar.

Liest man Essays, die über die Schriftstellerin Ramondino verfasst wurden, stellt man verblüfft fest, wie gut man sie auch auf Elena Ferrante beziehen kann. Dazu passt, dass im Erscheinungsjahr von Ferrantes Debüt *L'amore molesto* (bei e/o im ersten Programm der von Anita Raja 1992 gegründeten und geleiteten Reihe für italienische Autoren »Azzurri«) in der allgemeinen Taschenbuchreihe von e/o eine Anthologie erschien: *Leggere gli anni verdi. Racconti di letture sull'infanzia* (*Beim Lesen der frühen Jahre. Erzählungen zu Lektüren über die Kindheit*), die einen Originalbeitrag von Fabrizia Ramondino über Elsa Morante enthält: »›*La storia*‹ *di E. Morante*«. Morante lebte von 1912 bis 1985 und war ein weiteres gemeinsames Vorbild für Ramondino und Ferrante.

Noch eine Besonderheit: Ebenfalls 1992 erscheint bei e/o Domenico Starnones (der Ehemann Anita Rajas) Buch *Sottobanco* (*Unter der Bank*). Für e/o ist Anita Raja schon seit 1982 als Übersetzerin (vor allem von Christa Wolf), später auch als Verfasserin zahlreicher Vor- und Nachworte tätig. Ebenfalls bei e/o veröffentlicht Fabrizia Ramondino 1998 einen weiteren Text, *L'isola dei bambini* (*Die Insel der Kinder*), worin sie von ihren Erfahrungen mit Kindern und Jugendlichen in Neapel berichtet.

Schon Anfang der 1990er Jahre arbeitete Fabrizia Ramondino eng mit Mario Martone zusammen, u. a. beim Drehbuch *Morte di un matematico napoletano* (*Tod eines neapolitanischen Mathematikers*), der den Mathematiker Renato Caccioppoli würdigt. Mit Martone arbeitete sie zudem für das von ihr verfasste Theaterstück *Terremoto con madre e figlia* (*Erdbeben mit Mutter und Tochter*) und die Episode *La salita* (*Die Steigung*) des Films *I vesuviani* von 1997. Die ersten beiden Produktionen fanden wenige Jahre vor den Aufnahmen zu *Lästige Liebe* statt. Mario Martone berichtet, er habe *Lästige Liebe* aufgrund einer Empfehlung Fabrizia Ramondinos gelesen.

War Fabrizia Ramondino die Autorin hinter Elena Ferrante bis zu ihrem Tod 2008? Auch zahlreiche stilistische und inhaltliche Bezüge stützen diese These. Was geschah, nachdem Fabrizia Ramondino im Meer ertrunken war? Haben Anita Raja und ihr Mann Domenico Starnone (alle drei kannten sich gut, u. a. wegen ihrer gemeinsamen Herkunft aus Neapel und ihren Arbeiten für dieselben Institutionen, Verlage und Zeitschriften) gemeinsam mit den e/o-Verlegern Sandra Ozzola und Sandro Ferri (die Wahl des Namens Ferrante könnte auch mit dem Nachnamen des Verlegers zusammenhängen) beschlossen, Fabrizia Ramondino wenigstens literarisch weiterleben zu lassen?

In ihren ersten veröffentlichten Äußerungen zu Beginn der 1990er Jahre bis hin zu ihren Gesprächen von 2007 ist Elena Ferrante (oder Fabrizia Ramondino?) die enorm geistreiche Begleiterin ihrer eignen Romane und später nur noch ein Schatten davon. Oder war doch schon Anita Raja von Anfang an Elena Ferrante? Anita Rajas Mutter, Golda Frieda Petzenbaum, starb 1986, und fünf Jahre später erscheint *L'amore molesto*. Anita Raja und Fabrizia Ramondino sehen sich auf einigen Schwarzweißfotografien so ähnlich, dass sie in Artikeln über Elena Ferrante manchmal vertauscht werden.

Der Briefwechsel zwischen Elena Ferrante und Mario Martone dauert bis kurz vor Drehbeginn im Jahr 1994, setzt sich nach der Kinopremiere fort und ist ein Lehrstück für alle, die sich für Literaturverfilmungen interessieren. Einigen grundsätzlichen Veränderungen stimmt Elena Ferrante sofort zu, aber bei vielen Einzelheiten pocht sie fast pedantisch auf Korrektur, wobei sie ihre Entschlossenheit relativiert, sie sei ja nicht vom Fach. Der vielfach preisgekrönte Film hat sehr viel dem beherzten Eingreifen der Autorin der Romanvorlage in das Drehbuch zu verdanken. Rührend ist Elena Ferrantes Zurückhaltung bei der Beurteilung einiger ihrer Figuren (»ich glaube [...], vielleicht ist es wirklich das Bild des Vaters im Schaufenster der Schwestern Vossi«) oder beim Zitieren einiger Sätze in neapolitanischem Dialekt, die im Roman ja fehlen, die aber Martone für den Film braucht. Sie schreibt sie und entschuldigt sich dann sofort bei ihm.

Das Unaussprechliche wird auch im Briefwechsel nicht ausgesprochen, weder von Elena Ferrante noch von Mario Martone. Dort heißt es nur immer kursiviert »*der Satz*«. Er ist eine Obszönität, die Amalia in neapolitanischem Dialekt ihrer Tochter durch das Telefon zuschreit: »Jetzt nehme ich ihn in den Mund!« (»Adesso glielo prendo in bocca!«) Hinter ihr steht Nicola Caserta, und »das alte, schöne Paar«, wie Delia die beiden nennt, lacht schallend. Der Satz wird am Ende variiert, als Antonios Großvater, der Konditor, zu der kleinen Delia im Keller sagt: »Nimm ihn in den Mund«. Es ist Mario Martones Verdienst, diesen verdrängten Satz gefunden und aus den seelischen Tiefen Delias hochgeholt zu haben: So schlecht er sich im Roman gemacht hätte, so überzeugend wirkt er auf der Leinwand. Die Leerstelle in der Prosa ist angebracht, die Ausführung für das schockverwöhnte Kinopublikum ebenso. Elena Ferrante ist von Anfang an einverstanden mit Mario Martones drastischer Entscheidung, auf diese Weise das Unaussprechliche auszusprechen, denn »*der Satz*« stehe am Anfang von Delias Dialekt-Blockade, eine Blockade, deren Opfer Elena Ferrante weiterhin bleibt, bedenkt man ihre Hemmung (oder ihre mangelnde Kenntnis?), Dialektwendungen auszuformulieren. Am Ende bedankt sie sich ausdrücklich für die ihr gebotene Möglichkeit der Mitarbeit: »Manchmal schien es mir, als könnte ich so meinen eigenen Text verbessern.« Das Resultat auf dem Bildschirm begeistert sie. Mit dieser so gelungenen Umsetzung ihres Romans sei ihre Wertschätzung für Mario Martone weiter gewachsen. Ferrantes Fazit: »Sie haben einige Vorurteile weggewischt, die ich gegenüber den begrenzten Möglichkeiten filmischer Erzählweisen hatte.«

2 *Tage des Verlassenwerdens:* Nach über zehn Jahren der zweite Roman

I giorni dell'abbandono (*Tage des Verlassenwerdens*) ist der zweite Roman von Elena Ferrante. In Italien erschien er 2002 beim Verlag e/o (zehn Jahre nach *Lästige Liebe*), in Deutschland 2003 bei List und 2005 als Ullstein Taschenbuch, jeweils übersetzt von Anja Nattefort. Eine Neuübersetzung von Karin Krieger für den Suhrkamp Verlag ist in Planung.

Diesem Buch, wie auch dem Debüt und dann dem dritten Roman *Die Frau im Dunkeln*, wird kein Motto vorangestellt. Auch eine Widmung fehlt, anders als im Debütroman. *Tage des Verlassenwerdens* ist wieder in der Ich-Form geschrieben, springt gleich mit dem ersten Satz in das Geschehen und spielt diesmal in Turin während eines heißen Sommers von April bis September, wobei auch jetzt Neapel, die Stadt der Kindheit und Jugend der Erzählerin (die »Mutter-Stadt«, »madre-città«, wie Fabrizia Ramondino sie nennt), eine wesentliche Rolle einnimmt. Weitere Motive wiederholen sich aus dem Debüt, vor allem das der neapolitanischen Mutter, die in diesem Roman noch bis Ende der 1960er Jahre maßgeschneiderte Kleider für ihre Kundinnen anfertigt.

Cover der Erstausgabe von »I giorni dell'abbandono«, 2002

Zeitlich wird *Tage des Verlassenwerdens* genauer eingeordnet als *Lästige Liebe*, etwa wenn Olga, die achtunddreißigjährige Ich-Erzählerin, berichtet, dass sie »1978, vor über zwanzig Jahren« als Jugendliche in der Schule von der Französischlehrerin einen Roman empfohlen bekommt. Sie sieht den Buchumschlag in allen Einzelheiten wieder vor sich. Die Lehrerin hatte schlicht »lies das« zu ihr gesagt, nachdem ihr

Olga »mit zu viel Ungestüm und unschuldiger Leidenschaft« eröffnet hatte, sie wolle Schriftstellerin werden. Olga zitiert rückblickend aus dem Gedächtnis den Satz: »Ich bin sauber, bin ein Spiel mit offenen Karten.« Mehrfach erinnert sich Olga – ähnlich wie davor Delia –, wie sie als Kind spielend unter dem Tisch ihrer Mutter saß, die sich beim Nähen mit ihren Kolleginnen unterhielt: »Ich lauschte. Die Notwendigkeit, zu schreiben und Geschichten zu erzählen, habe ich dort unter dem Tisch entdeckt.«

Bemerkenswert: Im ersten Roman war die Protagonistin Delia 45 Jahre alt, Single und kinderlos. Hier ist Olga (vom Erscheinungsrhythmus her zehn Jahre später) sieben Jahre jünger als Delia, zweifache Mutter und verheiratet. Demnach hätte Anita Raja in *Lästige Liebe* über eine Heldin geschrieben, die etwa sieben Jahre älter ist als sie selbst. (Das wäre eine ungewöhnliche Wahl einer Autorin für ein merklich autobiographisch gefärbtes Debüt.) Hingegen hätte Fabrizia Ramondino in *Lästige Liebe* über eine Protagonistin geschrieben, die bei Erscheinen des Romans neun Jahre jünger ist, was plausibler erscheint. Für *Tage des Verlassenwerdens* hätte Ramondino sich in die weiblichen Gefühle einer noch jüngeren Frau hineinversetzt, eine Fähigkeit, die sie auch in den unter ihrem Klarnamen veröffentlichten erzählerischen Werken wiederholt bewies.

Einerseits erkennt man in der Hausfrau Olga die Comiczeichnerin Delia wieder, andererseits handelt es sich um ein ganz anderes Setting mit sehr eigenwilligem Handlungsverlauf. Gemeinsam sind den beiden Romanen die stringente Erzählweise, die gnadenlos aufrichtige Selbstbefragung und Frauen in dramatischen Situationen auf der Suche nach sich selbst. Sowohl Delia als auch Olga sind existenziell bedroht, verlieren zeitweise die Kontrolle über sich und den Kontakt zur Realität und kämpfen verzweifelt, um wieder Boden unter die Füße zu bekommen und sich neu zu orientieren.

In beiden Romanen sind psychisch labile und unzuverlässige Männer mitverantwortlich für die Krisen der Frauen. Aber warum ließ Elena Ferrante zwischen ihrem Debüt und dem Nachfolger zehn Jahre verstreichen? Eine Erklärung könnte im letzten Satz von *Lästige Liebe* verborgen sein, der leicht abgewandelt lautet: »Mutter war einmal. Ich war Mutter.« Auch in *Tage des Verlassenwerdens* und später in *Die Frau im Dunkeln* und schließlich im neapolitanischen Zyklus ist das

Verhältnis der Protagonistin zur Mutter von besonderer Bedeutung: Immer wieder steht bei Elena Ferrante »la madre« für die Schwierigkeiten der Tochter. Das Mütterliche und damit die ärmliche Herkunft, das Proletarische und die selbstlose Weiblichkeit der vorangegangenen Generationen wollen Elena Ferrantes vier Ich-Erzählerinnen (Delia, Olga, Leda und Elena) überwinden. Diese stetige Spannung zwischen abzuschüttelnder Vergangenheit und hochgesteckten Zielen für die eigene Bildung, die eigene Karriere und die eigene Emanzipation sorgt für Dramatik und für tiefe Krisen der Frauen in Elena Ferrantes Werk.

»Eines Nachmittags im April, gleich nach dem Essen, sagte mir mein Mann, er wolle mich verlassen«, lautet der erste Satz. *Lästige Liebe* setzt im Mai ein, *Tage des Verlassenwerdens* im April. Die Kinder (die sechsjährige Ilaria und der zehnjährige Gianni) streiten sich »wie immer« im Nebenzimmer, Otto, der Schäferhund, döst vor sich hin, und das Ehepaar räumt gerade den Tisch ab. Der Mann sagt, er sei verwirrt, oft sehr müde und unzufrieden.

Mit exakt denselben drei Begründungen wird die Protagonistin Leda im nächsten Roman Elena Ferrantes *Die Frau im Dunkeln* ihrem ungläubigen Mann eröffnen, dass sie ihn und die Kinder verlassen wird. Hier verlässt jetzt der vierzigjährige Mario seine um zwei Jahre jüngere Frau Olga, seine Kinder Gianni und Ilaria und seinen Hund. Die wahren Motive für das Weggehen werden hier viel einfacher dargestellt als im nächsten Roman: Es gelingt der Ich-Erzählerin Olga trotz aller Bemühungen nicht, die Emotionen Marios in ihren Nuancen zu durchschauen und zu verstehen, ganz im Gegensatz später zur Ich-Erzählerin Leda, die bis in die kleinsten Einzelheiten das eigene Befinden analysieren wird, das sie zur Trennung bewegt. Das ist kein Manko, sondern der streng weiblichen Erzählperspektive geschuldet: Hier dient das Verlassenwerden der Darstellung extremer Auswirkungen auf Olga.

In *Die Frau im Dunkeln* dient das aktive Verlassen der Protagonistin Leda ihrer Selbstverwirklichung und -erforschung. Es ist daher unwahrscheinlich, dass an der Niederschrift der ersten drei Romane Elena Ferrantes ein Mann aktiv beteiligt gewesen sein könnte. Das ändert sich mit dem ersten Band des neapolitanischen Zyklus. Fortan wird immer wieder als möglicher Autor Anita Rajas Ehemann Domenico

Ausblick bei der Festung Castel Sant'Elmo, wo die junge Olga das erste Mal erfährt, dass Mario sie nicht mehr sehen will

Starnone genannt, der selbst auch in Neapel geboren wurde und schriftstellerisch tätig ist.

Bevor er geht, sagt Mario, er habe weder ihr noch den Kindern irgendetwas vorzuwerfen, und nimmt alle Schuld auf sich. Er ist dabei wie immer gefasst und ruhig und zieht dann leise die Tür hinter sich zu. Wie versteinert bleibt Olga am Waschbecken stehen. Die nächsten Nächte und Tage, die nächsten Wochen und Monate fragt sie sich nach dem Warum. Sie kann keine Anzeichen für eine Ehekrise erkennen. Sie weiß, dass er ein besonnener Mann ist, und glaubt, er könne ohne seine und ihre Familie gar nicht leben. Deshalb rechnet sie noch monatelang mit seiner Rückkehr. Das allmähliche Ersterben von Olgas Hoffnungen, ihr langsames Entlieben und das Erlernen der Selbstständigkeit sind zentrale Motive des Romans.

Olga ordnet ihre Gedanken und lässt ihre Beziehung zu Mario Revue passieren. Als Erstes erinnert sie sich, dass Mario, nachdem sie erst sechs Monate zusammen waren, direkt nach einem Kuss sagte, er wolle sie nicht wiedersehen. Sie aber sei in ihn verliebt gewesen. Zutiefst erschreckt und frierend habe sie unter einem steinernen Vorsprung des

Schlosses Sant'Elmo auf die jetzt farblose Stadt, auf das Meer geblickt. Fünf Tage danach rief Mario an und erklärte verlegen, ihn habe eine plötzliche Sinnleere (»vuoto di senso«) überkommen. Auch diesen Ausdruck wird Elena Ferrante im nächsten Roman unter umgekehrten Vorzeichen wieder mehrfach verwenden. Zunächst aber wird er zu einem Leitmotiv in *Tage des Verlasswerdens*, denn Olga erinnert sich auch an die Ereignisse von vor fünf Jahren: Damals spielte Marios Kollegin Gina an der Technischen Hochschule eine Rolle. Gina kommt »aus einer sehr wohlhabenden Familie«, ist intelligent und gebildet, seit kurzem Witwe und hat eine fünfzehnjährige Tochter. Auf wenigen Seiten skizziert Elena Ferrante Olgas mögliche Nebenbuhlerin, die anfangs der Familie bei der Wohnungssuche in Turin hilft, ihr Ferienhäuschen bei Cherasco zur Verfügung stellt, sich rührend um Olgas Kinder kümmert und mit Mario einen ständig vertraulicher werdenden Umgangston pflegt. Mario gibt Ginas Tochter Carla Nachhilfe in Chemie und Physik und ersetzt immer mehr den verstorbenen Vater.

Die unzuverlässige Erzählerin

Nach einer dieser Nachhilfestunden sieht Olga, wie Mario von Carla zum Abschied nicht auf die Wange, sondern auf den Mund geküsst wird. Schlagartig wird ihr klar, dass sie sich nicht vor Gina, sondern von deren Tochter in Acht nehmen muss. Olga stellt ihren Mann zur Rede, »ruhig«, wie sie betont: Wie schon bei Delia ist auch bei Olga Selbstkontrolle von größter Bedeutung. Sie steht im Kontrast zur lärmigen neapolitanischen Großfamilie ihrer Kindheit, die Olga überwinden und hinter sich lassen will. Olga achtet seit ihrer Jugend auf Besonnenheit, auf nicht zu schnelle Bewegungen und auf eine mittlere Stimmlage. Schließlich verlässt sie Neapel und arbeitet zwei Jahre in Rom, wo sie noch disziplinierter wird. Nach der Hochzeit kündigt sie und folgt ihrem Mann Mario, reist in die Städte, in denen er als Ingenieur arbeitet.

Wie in *L'amore molesto* ist auch hier die Abneigung gegen Neapel und die von der Stadt geprägte Kindheit und Jugend stark spürbar. Bedenkt man, dass Anita Raja nur ihre drei ersten Lebensjahre in Neapel verbracht hat, wäre die in ihren ersten drei Romanen zum Ausdruck gebrachte Hassliebe zu Neapel erstaunlich stark, zumal hier der neapolitanische Dialekt auch positiv konnotiert ist, als nostalgisches Element und Kontrast zum Leben in Turin. So beobachtet Olga mit Sorge, dass ihre Kinder den südlichen Akzent ganz ablegen. Auch ihr Mann, ebenfalls in Neapel geboren und aufgewachsen, benutzt ihn kaum noch.

Olga erinnert sich, dass ihre Selbstdisziplin bei der kleinen Ehekrise wegen der minderjährigen Carla unentbehrlich war. Mit ruhiger und leiser Stimme machte sie Mario nächtelang klar, wie unmöglich er sich verhalte. Er aber blieb vage und argumentierte wie ein Patient, der seine Symptome nicht genau beschreiben kann. Er erwähnte wieder die Sinnleere, und als er eines Tages nach Hause kam, wollte er etwas sagen, sagte dann aber etwas anderes. *Meine geniale Autorin* schildert brillant, wie das Ungesagte nun jahrelang ungesagt bleibt und Mario ad hoc entscheidet, dass alle Kontakte zu Gina und ihrer Tochter Carla abgebrochen werden. Weitere Anzeichen für Eheprobleme kann Olga nicht ausmachen.

Eines Nachts erinnert sie sich an eine »schwarze Figur« aus ihrer neapolitanischen Kindheit, eine dicke und energische Frau, die im selben Wohnblock hinter der Piazza Mazzini wohnte. Für den zweiten Roman hat Elena Ferrante die Kindheit ihrer Ich-Erzählerin in den zentral gelegenen Rione Sanità verlegt. Hier allerdings hat er eine weitaus geringere Bedeutung als der Rione Luzzatti im Debüt und später in der Tetralogie. Olga sieht die Frau vor sich, wie sie schwerbeladen vom Einkaufen zurückkommt, ihre drei Kinder um sich herum. Wenn die Frau der kleinen Olga im Palazzo begegnete, stellte sie ihre Einkaufstaschen ab und verteilte Bonbons an Olga, ihre Spielkameraden (es scheint, als wäre hier Lila schon präsent) und die eigenen Kinder. »Sie benahm sich wie eine Frau, die zufrieden ist mit ihren Mühen.«

Ihr rothaariger Mann stammte aus den Abruzzen, arbeitete als Handlungsreisender und pendelte zwischen Neapel und L'Aquila. Olga erinnert sich an ihn nur als an einen schwitzenden und im Gesicht oft stark geröteten Mann, wie er manchmal mit den Kindern auf dem Balkon spielte, bis die Frau rief: »Kommt zum Essen«. Aber dann zerbrach etwas: Nach vielen lauten Streitereien, von denen Olga manchmal mitten in der Nacht erwachte, verließ der Mann die Frau, die vielleicht Emilia hieß – Olga ist sich nicht sicher – und fortan nur noch »la poverella«, die Ärmste (eigentlich Diminutiv von »die Arme«), genannt

Der Vomero-Hügel auf einer alten Postkarte

wurde. Ihr Mann hatte eine neue Frau in Pescara und ließ sich in Neapel nicht mehr blicken.

Elena Ferrante beschreibt eindrücklich das schreckliche Weinen der verlassenen Frau, womit das Leiden von Melina Cappuccio, der »verrückten Witwe« in der Tetralogie, vorweggenommen wird und hier der achtjährigen Olga durch Mark und Bein geht. Olga spielt mit Nadeln und Kreide unter dem Tisch ihrer Mutter und hört den Gesprächen der Näherinnen zu. Vor allem der halb traurig, halb drohend ausgesprochene Satz »wenn du deinen Mann nicht halten kannst, verlierst du alles« bleibt ihr im Gedächtnis. Olga schämt sich für die Poverella, die laut klagend auf den Straßen des Vomero umherirrt und allen verzweifelt und wütend erzählt, dass sie von ihrem Mann verlassen wurde.

Es hat auch mit dieser Erinnerung zu tun, dass Olga ihrem Mann in liebevoller Besonnenheit zugewandt bleibt. Sie will ihn auf keinen Fall verlieren. Dann aber nimmt ihre Geduld ab, und Zweifel kommen auf, ob Mario die Wahrheit sagt. Es beginnen Szenen einer Ehe mit der Vorbereitung von Marios Lieblingsgericht: Makkaroni mit Tomaten-Salsicciasauce und Ofenkartoffeln mit Rosmarin. Die Schilderung Olgas in der Küche hat mehrere Funktionen: Olga kocht, anders als früher, nicht gern. Sie schneidet sich am Dosenöffner, dann rutscht ihr die volle Weinflasche aus und zerbricht am Boden. Dies ist der erste sichtbare Kontrollverlust, dem noch viele, immer dramatischer werdende Missgeschicke folgen werden, die Olgas besonnener Art entgegenstehen.

Das ursprüngliche neapolitanische Temperament, das sie bis zur Pubertät kritiklos angenommen und später mühselig abgelegt hat, bricht sich ab jetzt Bahn und setzt sich auf für Olga selbst überraschende Weise gegen die seit den Jugendjahren erlernte Zurückhaltung durch. Dies ist zugleich der Auftakt zum ersten Ereignis – dem weitere folgen werden –, das Olga als unzuverlässige Ich-Erzählerin präsentiert: Sie weiß fortan manchmal nicht mehr, wie ihr geschieht. Sie kann sich nicht mehr sicher sein, ob sie in einer Art Trance Dinge tut, die sie bei Verstand niemals machen würde. Es scheint, als würde sich ihr Unterbewusstsein durchsetzen und Taten begehen, die amoralisch und verantwortungslos sind. Olga kann sich selbst nicht mehr vertrauen. Ebenso verlieren jetzt natürlich die Leser ihre Gewissheit darüber, wie Olga einzuschätzen und was ihr zuzutrauen ist. Damit tritt dieser Roman noch stärker in einen Dialog mit seinen Adressaten als der Vorgänger.

Die ersten drei Werke Elena Ferrantes sind einer psychologischen Prosa zuzurechnen, die ihre Rezipienten zur Partizipation zwingt: Empathie stellt sich dank der überzeugenden Ich-Erzählerin spontan ein. Ebenso unvermeidlich ist das Mitdenken der Leser, das Imaginieren, was ist und was sein könnte. Das ändert sich radikal mit dem neapolitanischen Romanzyklus, der mit Ausnahme der Rahmenhandlung und der Spekulationen über Lilas Gefühlswelt die Ereignisse auserzählt und aus Lenùs Perspektive klar sagt, was und wie es war.

Meine geniale Autorin inszeniert gekonnt den weiteren Fortgang des Romans so, dass es die eine unumstößliche Wahrheit nicht mehr gibt. Damit beginnt eine spannende Indiziensuche, bei der jede Kleinigkeit, die Olga berichtet, von großer Bedeutung sein kann, will man verstehen, was wirklich geschieht.

Nachdem die Weinflasche am Boden zerschellt ist, fühlt sich Olga so verzweifelt, dass sie ins Bett geht und einschläft: Die Kinder, der Hund, die chaotische Küche – alles ist ihr egal. Wie bei jedem Aufwachen in den vergangenen zwei Wochen realisiert sie auch dieses Mal erst langsam und schmerzhaft, dass sie eine verlassene Frau ist. Aber sie reißt sich zusammen, eilt zur Schule und kann die Kinder gerade noch rechtzeitig abholen, dann räumt sie die Küche auf, und als abends Mario kommt, bringt sie ihn dazu, mit ihr zusammen die Makkaroni mit der Sauce und den Rosmarinkartoffeln zu essen. Zum ersten Mal seit seinem Weggang erhebt sie die Stimme: »Du kannst mich hier nicht hoffnungsvoll zurücklassen, obwohl du längst schon alles entschieden hast.« Erst dieser Satz bringt Marios Lügengebäude zum Einsturz, denn Olga setzt nach: »Ich will nicht leiser sprechen. Alle müssen erfahren, was du mir angetan hast.« Verlegen blickt er auf seinen Teller mit dem Lieblingsessen, gibt es zu, ja, es gibt eine andere Frau, und stopft sich den Mund mit Nudeln voll, um nicht weitersprechen zu müssen.

Bisher befand sich für Olga noch alles in der Schwebe. Jetzt aber spürt sie einen gewaltigen Schmerz, der ihr jegliches Gefühl zu rauben, sie zu betäuben droht. Das merkt sie, als es ihr überhaupt nichts ausmacht, zu sehen, wie Mario plötzlich aufhört zu kauen, die Gabel in den Teller fallen lässt und mit einem Stöhnen alles ausspuckt: Makkaroni, Tomatensauce und Blut. Er greift in den Mund, zieht einen Glassplitter heraus, zeigt ihn ihr, schaut sie entsetzt an und schreit mit einer Wut, zu der sie ihn nicht für fähig gehalten hätte: »Das also willst du mir antun?« Außer sich und ohne Rücksicht auf die schlafenden Kinder schreit er weiter, sie habe ihn nie verstanden, nur dank seiner Geduld und seiner Zurückhaltung hätten sie so lange zusammenbleiben können, jetzt aber sei es vorbei, sie mache ihm Angst, Glassplitter in die Pasta zu mischen, sie sei verrückt. Mario verlässt die Wohnung und schlägt die Tür hinter sich zu.

Olga betrachtet den Glassplitter in einer Blutlache auf der Tischdecke. Sie fischt zwei weitere Splitter aus der Sauce. Dann wirft sie alles weg und bricht in Tränen aus, bis Otto, der Hund, zu ihr kommt. Es war früher immer Mario, der zwischen elf und Mitternacht mit ihm spazieren ging. Zusätzlich zu all ihren bisherigen Verpflichtungen –

Kinder, Einkaufen, Kochen – kommt nun noch der Hund hinzu und die Sorge um das Geld. Jetzt werden Olga die Konsequenzen des Verlassenseins klarer. »Ich muss reagieren. Ich muss mich organisieren.« Wie in einem Refrain spornt sich Olga immer wieder an, den Alltag zu bewältigen. »Werde nicht so wie die Poverella. Lös dich nicht in Tränen auf. Vermeide es, wie jene Frauen in Splittern aus dem berühmten Buch deiner Jugend zu werden.«

Zum ersten Mal in Elena Ferrantes Werk taucht hier das Wort »frantumi« auf (»Scherben«, »Splitter«, »Trümmer«). »Andare in frantumi« heißt »zerbrechen«, »zersplittern«, »in Scherben gehen«. Olgas Leben wird in Scherben gehen. Später in Elena Ferrantes Schaffen wird daraus das Wort ihrer Mutter, mit neapolitanischem Akzent: »frantumaglia«, ein Kunstwort, das Elena Ferrante in einem ihrer Aufsätze thematisiert und das ihrem Begleitband zu den Büchern den Titel gibt. Hier leitet es sich noch konventionell von »Scherben« ab. Es bezieht sich auf das eingangs erwähnte Buch, das die Französischlehrerin Olga vor über zwanzig Jahren geliehen hatte. »Als ich es ihr zurückgab, sagte ich den hochmütigen Satz: Diese Frauen sind dumm.«

Tage des Verlassenwerdens lassen sich als reife Antwort Elena Ferrantes auf jene Jugendlektüre lesen, auf Simone de Beauvoirs 1967 erschienene Erzählungen *Eine gebrochene Frau* (*La femme rompue*). Vor allem die titelgebende Geschichte de Beauvoirs weist im Ablauf der Ereignisse und im Gefühlsleben der Protagonistin einige Ähnlichkeiten zu den Qualen Olgas auf. Umso spannender ist es, Olgas Kampf gegen den eigenen Niedergang zu verfolgen, der sich in vielen, auch in literarischen Bereichen abspielt. »Vermeide es, wie jene Frauen in Splittern aus dem berühmten Buch deiner Jugend zu werden«, sagt sie sich. Olga will nicht zerbrechen wie eine Porzellanpuppe. Die Leser pflichten ihren Prioritätensetzungen im Überlebenskampf bei und sehen mit Grauen, wie sie ein ums andere Mal von ihren guten Vorsätzen abkommt.

Während eines nächtlichen Spaziergangs im Park vergisst Olga die Zeit, vergisst auch eine Weile den Hund, und als sie wieder beim Haus ankommt, sieht sie den Musiker Carrano, der als Single eine Etage tiefer wohnt und gerade von einem Auftritt zurückkehrt. Mario kam nie mit ihm klar. Sie stritten sich oft wegen Ottos Hundedreck. Als Carrano sich die Schuhe schmutzig machte, drohte er Mario, vergiftete Würstchen im Park auszulegen. Souverän beschreibt Olga Carranos Wesen und schlaksige Statur: leicht gebeugt unter dem Gewicht des schweren Instrumentenkoffers, mit langen Beinen; ein schüchterner Mann, offenbar unfähig, stabile Beziehungen zu seinen Mitmenschen einzugehen. Er habe bei den wenigen Begegnungen mit ihr sein Interesse für sie nicht verbergen können. Olga versuchte deshalb, ihm aus dem Weg zu gehen. Jetzt aber ist das nicht möglich, und während eines kurzen Wortgefechts ist er der Erste, der es erfährt: »Ich habe keinen Ehemann mehr.«

Olga registriert minutiös ihren zunehmend labilen Zustand und ihren Widerstand dagegen, der in übertriebene Selbstkontrolle mündet. Ihr Aufgabenbereich ist seit Marios Weggang streng genommen nicht sehr gewachsen: Sie hat all das im Wesentlichen schon früher erledigt. Aber die Gewissheit fehlt, dass Mario ihr im Notfall etwas abnehmen könnte. Sein Handy ist abgeschaltet. Sie weiß nicht, wo er wohnt, und ist mit völlig neuen Reaktionen ihrer Kinder konfrontiert. Es zieht eine Unsicherheit in die Rumpffamilie ein, die zu heftigen Spannungen führt.

Wenn die Kinder in der Schule sind, versucht sich Olga abzulenken, letztlich auch mit Fernsehen: »Aber es gab kein Programm, bei dem es gelang, mich selbst zu vergessen.« Nachts versucht sie es mit Schreiben. Zuerst setzt sie ihre Arbeit an einem Manuskript fort, an dem sie seit Jahren sitzt, aber wieder ohne Erfolg. Dann fängt sie an, Mario sehr lange Briefe zu schreiben, ohne zu wissen, wohin sie sie schicken soll. Die Vorstellung, dass er sie eines Tages doch lesen werde, gefällt ihr und motiviert sie. Olga schreibt vernünftig und analysierend, fragt sich, wann sie was falsch gemacht hat, und bittet ihn um Hilfe. Sie will wirklich verstehen, warum Mario nach so vielen Jahren ihr gemeinsames Leben leichtfertig verwirft, verstehen, um nicht auszutrocknen »wie eine leere Muschel im Sommer am Strand«. Schreibend wacht sie nachts über ihren Schmerz, »gemeinsam mit einer Menge toter Worte«.

»Hau ab!«

Tagsüber wird Olga hektisch und zugleich immer vergesslicher und zerstreuter. Am Lenkrad wird sie rasch zur Furie, auch wenn sie selbst im Straßenverkehr Fehler macht. Bei einer Vollbremsung schlägt Ilaria mit der Stirn gegen die Windschutzscheibe: »Du hast mir wehgetan. Du bist blöd. Du hast mir sehr wehgetan!«, schreit das Kind die Mutter an und weint. Hier findet sich eines der wenigen Ausrufezeichen in Elena Ferrantes Werk. In einer Kolumne für die britische Tageszeitung *Guardian* im März 2018 erklärt sie, dass es ihr unbeliebtestes Satzzeichen sei, dass sie es nur in Ausnahmefällen verwende, denn die Art und die Lautstärke einer direkten Rede müsse aus dem Kontext verständlich werden. Zudem habe das Zeichen etwas Phallisches, das ihr widerstrebe.

Olgas Schlafbedürfnis tagsüber steigt. Manchmal hört sie den Wecker nicht und holt ihre Kinder nicht ab. Als sie einmal lange klingeln müssen, bis sie aufmacht, sagt Gianni: »Ich dachte, du bist tot.« An einem jener verschlafenen Vormittage ruft Mario an: Er brauche Bücher für seine Arbeit. Ob er vorbeikommen dürfe. »Das ist dein Haus«, sagt sie.

Sie räumt auf und putzt und schminkt sich, um ihn so vielleicht doch noch umzustimmen. Sie zieht ein leichtes Kleid an, das er ihr geschenkt hatte und von dem sie weiß, dass es ihm gefällt. Sie schaut auf den Kalender und stellt fest, dass bald die Regel einsetzen wird. Sie hofft, dass sich das verzögert. »Heute Abend kommt euer Vater. Wir müssen alles tun, damit er nicht mehr geht«, sagt sie zu den Kindern. Dann schmückt sie sich noch mit den Ohrringen, die Marios Großmutter gehört hatten und dann von seiner Mutter getragen wurden.

Während all der Jahre hatte sie sie nur bei der Hochzeit seines Bruders tragen dürfen. Und auch da hatte Mario nur widerwillig zugestimmt. Er hütete sie wie einen Schatz, nicht aus Angst, Olga könne sie verlieren, sondern – so vermutet sie – weil sie ihm mit seinen Ohrrin-

Neapolitanische Hochzeit: Es kommt auf jedes Detail an

gen Erinnerungen aus Kindheit und Jugend verderben könnte. Jetzt will sie ihm endlich beweisen, dass sie die Fleischwerdung seiner Träume ist.

Die Begegnung der beiden oszilliert zwischen Informationsaustausch, gegenseitigem Verständnis und Wutausbrüchen Olgas. Sie will wissen, wo er wohnt und wer *sie* ist. Aber er bittet um Geduld. Es sei auch für ihn schwer. »Der Körper des anderen ist wie eine Uhr, ein Zähler des Lebens, das vergeht und eine Spur von Angst hinterlässt«, sagt Mario. Sie attackiert ihn: Ob er den kommenden Tod auf ihrem Hintern gemessen habe, auf dessen Zartheit von früher. Sie will wissen, ob ihm die Vorstellung etwas ausmache, dass sie einen neuen Mann haben könnte. Sie deutet an, dass sie Sex mit dem Nachbarn, dem Musiker, hat. Er reagiert lustlos, will nur wissen, was die Kinder mitbekommen, und bittet sie, leiser und anständiger zu sprechen. Sie erwidert zornig, sie solle immer elegant und nett sein, aber das habe sie satt. »Hau ab, du Arschloch!« Hier vergibt Elena Ferrante in schneller

Folge weitere fünf Ausrufezeichen. Am Ende, nachdem er sie gebeten hat, die Ohrringe nicht mehr zu tragen, sie stünden ihr nicht, schreit sie ihm noch vom Fenster aus hinterher: »Ich will wissen, wie die Hure heißt, das musst du mir sagen.«

Schlimmer als ein Dieb

Olga unternimmt einen letzten Versuch: Mit all ihrer Wucht will sie sich Mario entgegenwerfen, ihn verfolgen. Detektivisch sammelt sie Informationen über seinen Aufenthaltsort und das Aussehen seiner Geliebten. Die Wohnung befinde sich wohl am Stadtrand. An einem Abend wartet Olga, bis die Kinder schlafen, und folgt der vagen Angabe, schlendert nachts durch das ihr unvertraute Viertel, sieht den schwarzen Himmel, in den »nur ein hoher und eleganter Kran« ragt. Sie stellt sich vor, wie sie die beiden ertappt, wie sie nach einem Kinobesuch »fröhlich aus dem Auto steigen, fröhlich wie er und ich es waren, zumindest so lange, bis die Kinder kamen«.

Statt des gesuchten Liebespaars sieht sie in einer Erscheinung die Poverella. Warum sollte Olga mit ihrem Schmerz und ihrem Zorn die anderen unglücklich machen, scheint sie zu fragen. Als sie zu Hause ankommt, findet sie zufällig den Personalausweis des Musikers in der Nähe des Wohnblocks: Aldo Carrano, geboren in einer Ortschaft im Süden, im August würde er 53 Jahre alt werden. Jetzt hätte sie einen Vorwand, um bei ihm im 4. Stock zu klingeln. Am Ende überwiegen die Sorge um die Kinder und die Vernunft das merkwürdige Begehren.

Tags darauf ereignet sich die alljährliche Plage, die Invasion der Ameisen, die es immer wieder bis in den 5. Stock schaffen und von Otto in kürzester Zeit in der ganzen Wohnung verteilt werden. Olga sperrt den Hund in Marios Arbeitszimmer und versucht es zunächst mit Zitronenschalen und Talkumpuder und dann mit einem Insektizid. Mit einigem Unbehagen bemerkt sie, dass die Sprühdose in ihrer Hand »die lebendige Erweiterung ihres Körpers« zu sein scheint, »ein Nebelwerfer des Grolls«, den sie in sich spürt. Sie geht auf den Balkon (»freistehend, wie ein Sprungbrett über dem Schwimmbecken«), um das Gift nicht einzuatmen. Sie sieht unten Carrano, doch der hört sie nicht.

Kein Zufall ist der Gleichklang der Namen männlicher, eher negativ konnotierter Personen in Elena Ferrantes Werk: Von Caserta aus *Lästige Liebe* und Carrano hier zur finsteren Nebenfigur Corrado in *Die Frau im Dunkeln* bis zu Carracci, dem Ehemann Lilas im neapolitanischen Zyklus schwingt akustisch (und oft auch inhaltlich) die Camorra mit. Den schlimmsten »Ca…« beschreibt sie in einer Kurzgeschichte, die in *La frantumaglia* veröffentlicht wurde. Es ist der reiche und korrupte Wohnungseigentümer auf dem Vomero Matteo Carraccio, der Elena Ferrantes Großmutter schikaniert: Caserta, Carrano, Carrucci, Carraccio – was für eine Bande! Mit Abstand am besten schneidet unter ihnen Carrano ab. Offensichtlich hatte Elena Ferrante zu Beginn dieses Romans die positive Wendung im Verhältnis Olgas zu Carrano am Ende noch nicht vorausgesehen.

Olga stellt jetzt jedenfalls noch wenig schmeichelhafte Mutmaßungen über das Sexleben des alleinlebenden Musikers Carrano an, kehrt in die Wohnung zurück, sieht die vom Pestizid aufgeschreckten schwarzen Ameisenkolonnen, befreit Otto, sprüht auch das letzte Zimmer ein und geht mit dem Hund spazieren. Als sie nach Hause kommt, sind die Kinder schon da. Sie hat wieder vergessen, sie von der Schule abzuholen. Sie haben keine Schlüssel. Wie konnten sie hineinkommen? Gianni sagt, die Tür sei nur angelehnt gewesen. Sofort denkt Olga an Einbrecher. Die Wertsachen sind aber noch da, an der Tür lassen sich keine Einbruchsspuren feststellen, und Otto verhält sich normal. Nur der Geruch des Pestizids stört alle. Und die Wohnungstür ist alt. Auch wenn sie abgesperrt ist, reicht wenig, um sie zu öffnen.

Olga ermahnt sich, ihre Verteidigungskräfte zu mobilisieren und sich als vollständiges Individuum zu bewahren. »La femme rompue, ah, rompue, rotta un cazzo.« »Die gebrochene Frau, ah, gebrochen, ein Scheiß, gebrochen.« (Es ist unmöglich, die nicht wörtlich, nur nebenbei mitschwingende Bedeutung bei »rotta un cazzo« – »gebrochen / ein Schwanz« – ins Deutsche zu übertragen.) Den Ameisen ausgesetzt, wird sie die Ameisen bekämpfen. Den Einbrechern ausgesetzt, wird sie Einbrecher bekämpfen. Sich selbst ausgesetzt, wird sie sich selbst bekämpfen. Die Leser ahnen, dazu wird es kommen. Schließlich stellt Olga fest, dass die Ohrringe fehlen. Auch wenn sich der vernünftige Teil Olgas in den folgenden Tagen immer wieder sagt, dass Mario nicht die Welt mit sich genommen habe, sondern nur sich selbst, so versetzt sie der emotionale Teil immer mehr in Aufruhr. Wenn Mario heimlich in seine eigene Wohnung eindringt, um etwas zu entwenden, dann sei er schlimmer als ein gewöhnlicher Dieb. Sie beschließt, sich und die Kinder zu schützen. Nie wieder soll Mario über diese Schwelle treten.

»Ich liebe meinen Mann«

Während in ihr der Plan einer neuen, einbruchssicheren Tür gärt, entfremdet sie sich von ihren Kindern, weil sie den Vater in ihnen erkennt. Sie ist schnell gereizt und beschimpft sie oft grundlos, beispielsweise wenn Ilaria die hundertzehn Geschmacksrichtungen ausprobieren will, mit denen eine Eisdiele wirbt, oder Gianni zur Statue des Pietro Micca will, eines Soldaten, der die Stadt vor der Eroberung durch die Franzosen rettete und dessen Geschichte ihm Mario in allen Einzelheiten erzählt hatte. In den Gärten vor dem Artilleriemuseum kommt es zum Eklat. Gianni wirft seiner Mutter vor, sie wisse ja gar nichts über Micca. Sie entgegnet, dann solle er doch zu seinem Vater gehen. Und auch zu seiner neuen Frau, bestimmt eine aus Turin, die sich mit allem hier gut auskenne. Sie will die Kinder verletzen und lässt sie stehen. Erst viel später, nach einer Suchaktion, entdeckt sie die beiden wieder, versteckt in einer Kanone aus dem 15. Jahrhundert. »Mach das noch einmal, und ich bringe dich um!«, schreit sie Gianni an. Ungläubig schaut der Sohn seine Mutter an. Ungläubig schaut diese sich selbst an: Olga steht neben sich.

Das Handy in einem Wutanfall gegen die Wand geschleudert, das Festnetz defekt, macht sich Olga auf die Suche nach einer Informationsstelle der Telefongesellschaft in der Stadt. Dabei entdeckt sie zum ersten Mal ihren Mann mit seiner neuen Frau. Es ist die jetzt zwanzigjährige Carla. Offenbar hatte Mario seine Frau fünf Jahre lang mit der vaterlosen Nachhilfeschülerin betrogen. Olga rastet aus, wird handgreiflich, zumal Carla Marios, nein, ihre Ohrringe trägt. Sie schlägt Mario blutig, zerfetzt Kleider, will Carla die Haut vom hübsch geschminkten Gesicht herunterreißen, damit Mario sieht, dass sich auch bei seiner Geliebten nur ein hässlicher Schädel dahinter verbirgt. »Eine Frau kann leichter mitten auf der Straße unter Leuten töten als ein Mann.« Aber Mario hindert Olga daran.

Das Micca-Denkmal vor dem Artilleriemuseum, der ehemaligen Zitadelle von Turin

Die Szene ist ein Wendepunkt. Ab jetzt kapselt sich Olga ein. Zornige Gedanken kreisen um die fehlgeleitete Liebe der Frau: »Oh ja, der besondere Mann, der uns als die besondere Frau auserwählt hat. Wir geben der Lust seines Schwanzes einen Namen, wir personalisieren sie. Wir nennen sie mein Liebster.« Olga richtet die Aggression auch gegen sich selbst. Sie ordnet mitten in der Nacht ihren Medikamentenschrank. Schlaftabletten fallen ihr auf. Aber dann schüttet sie die Pillen und den Cognac ins Waschbecken, sucht stattdessen Carranos Ausweis: Sein 53. Geburtstag beginnt in jenen Minuten. Es kostet sie Überwindung, aber schließlich klingelt sie an seiner Wohnungstür mit einer Flasche Wein in der Hand und seinem Ausweis.

Carrano erweist sich als guter Zuhörer, aber als schlechter Liebhaber. Sie berichtet ihm von ihrer Not, und aus der Trauer wird Zärtlichkeit, unterbrochen von der scharfen Beobachtungsgabe Olgas. Sie empfindet Carranos Zunge als viel zu groß und rau. Ihr Intellekt arbeitet beim unbeholfenen Vorspiel der beiden auf Hochtouren. Sie will, dass er sie lobt, dass er sie schön findet und es sagt und wiederholt: »Ich war vollkommen gratis, ein riesiger Glücksfall für dieses Arschloch. Das beste Geschenk, das er sich jemals hätte wünschen können in seinem Alter. [...] Ich stöhnte, um ihn und mich zu ermutigen. [...] Was ich wissen wollte, hatte ich erfahren. Ich gefalle den Männern noch«. Olga beendet das lange Vorspiel, das er betreibt, das ihn aber nicht wirklich erregt, nimmt seinen Schwanz in den Mund, der dann größer wird als der Marios. Jetzt sieht sie ihren untreuen Mann anders: Mario kann nicht mit gestandenen Frauen; er braucht zwanzigjährige, dumme Mädchen.

Bei einer Konferenz 2017 im Rahmen des *Salone Internazionale del libro di Torino* berichtete Sandro Ferri aus Verlegersicht von den Anfängen Elena Ferrantes. Er nannte minutiös die Auflagenzahlen, die bis 2010 recht bescheiden waren und einem Kleinverlag entsprachen, der kaum Geld in das Marketing investieren kann. Er erinnerte an einen Verlag in Schweden (nicht den heutigen Ferrante-Verlag), der die Rechte an *Tage des Verlassenwerdens* gekauft und das Buch ins Schwedische übersetzt hatte. Aber bevor es in Druck gehen konnte, wurde das Manuskript zurückgezogen. Das Publikum in Turin amüsierte sich sehr, und die Anekdote wurde auf dem Podium wiederholt, wobei nicht klar ist, ob alle die fragliche Passage kannten: Olgas Rache-Fick ist drastisch, rutscht aber manchmal auch ins Ironisch-Komische, als sie ihm beispielsweise sagt: »Küss mich« und er ihre Vagina tatsächlich hörbar und hingebungsvoll küsst. »Offensichtlich war die metaphorische Sprache, die ich mit Mario benutzte, nicht die seine. Er verstand nicht, was ich ihm wirklich befahl. Wer weiß, ob Carla die Worte Marios entziffern kann.« Mit den Zähnen reißt Olga das Präservativ auf, stülpt es ihm über: »Dir gefällt doch mein Arschloch. Entjungfere mich. Mit meinem Mann habe ich es nie gemacht. Ich will es ihm dann in allen Einzelheiten erzählen. Steck ihn mir in den Arsch.« Carrano, überrumpelt und überfordert, ejakuliert, bevor es dazu kommt.

Als Olga die Treppe hochgeht, kauert in einer Ecke die Poverella. Tonlos und ernst sagt sie zu ihr Simone de Beauvoirs Worte: »Ich bin sauber. Ich spiele mit offenen Karten.« Unter der Dusche sagt sie sich mit lauter Stimme: »Ich liebe meinen Mann. Deshalb ergibt das alles hier einen Sinn.« Mit diesem Satz im Kopf schläft sie nachts um halb drei ein.

Tag in Trance

Morgens um sieben wacht sie auf, und die häusliche Katastrophe nimmt ihren Lauf. Ilaria klagt, Gianni habe sich übergeben. Aber Olga ist nicht in der Lage, auf die Probleme ihrer Kinder einzugehen. Erst versucht sie, die Spuren der Nacht zu verwischen. Dann lässt sie ihr Leben als Mutter Revue passieren, die Bedeutung der Schwangerschaften, das Stillen, den Verlust an Attraktivität, die Entwertung ihres Körpers durch Mario, der sich in der Folge nostalgisch einer jüngeren Frau zuwendet, die noch nicht Mutter ist, einer neuen Zukunft also.

Olga merkt, dass ihre Tochter sie, sie aber nicht ihre Tochter braucht. In Olgas Abwesenheit hat sie sich um ihren kranken Bruder gekümmert. Ilaria hat Giannis schmutzige Bettwäsche abgezogen, und nun liegt der Bruder in ihrem Bett. Ilaria hat Olgas Aufgaben übernommen. Die Tochter hat die Mutter ersetzt. Bei allem Spielerischen schwingt ein Hauch Bedrohung mit: Ilaria eliminiert die Autorität der Mutter, indem sie ihren Platz einnimmt.

Ilaria setzt ihre Mutter unter Druck: Gianni habe hohes Fieber, man müsse ihm ein Zäpfchen geben, aber er weigere sich. Olga müsse ihm jetzt sofort ein Zäpfchen geben, andernfalls werde sie ihren Bruder ohrfeigen. Die (unzuverlässige) Erzählerin sagt, sie habe ihre Kinder nie geohrfeigt. Sie habe Ohrfeigen manchmal angedroht, das ja. Vielleicht gebe es für Kinder keinen Unterschied zwischen Ankündigungen und Drohungen und dem, was dann tatsächlich geschieht. Olga selbst war so als Kind: Was ihr vielleicht widerfahren könnte, würde sie die Verbote ihrer Mutter missachten, widerfuhr ihr wirklich. Worte ließen die Zukunft sofort real werden. Die Folgen der Strafe schmerzen noch, obwohl das begangene oder nur geplante Vergehen schon vergessen ist, gar nicht durchgeführt wurde. »Lass das, sonst schneide ich dir die Hände ab«, drohte Olgas Mutter, wenn das Kind wieder mit Mutters Nähsachen spielen wollte. Mutters Worte fühlten sich für Olga wie die große Schere selbst an. Drastisch führt Elena Ferrante diese Kindheitserinnerung aus.

Der Disput mit Ilaria eskaliert. Olgas Gedanken geraten außer Kontrolle. Sie erklärt ihrer Tochter, dass sie ihr nie Ohrfeigen gegeben habe. Sie erklärt den Unterschied zwischen der Androhung einer Ohrfeige und einer wirklichen Ohrfeige. Dann denkt sie, dass es eigentlich keinen Unterschied gebe, und erschrickt über diesen Gedanken. Sie sieht die Gefahr, dass sie die Fähigkeit zu differenzieren verliert. Weniger um die Kinder, eher um sich selbst vom Unterschied zu überzeugen, gibt sie sich eine kräftige Ohrfeige als humorvolle Beweisführung abseits jeglicher Drohkulisse. Doch Gianni zieht sich erschrocken die Decke über den Kopf, und Ilaria bricht in Tränen aus: »Du hast dir wehgetan, Mutter«. Blut tropft Olga aus der Nase auf das Nachthemd.

Olga setzt sich an ihren Schreibtisch. Sie erinnert sich, dass sie einen Gedanken festhalten wollte, weiß aber nicht mehr, welchen. Nichts steht still, alles entgleitet ihr. Ein Gestank weckt sie aus ihren düsteren Vorstellungen. Sie meint, Gianni habe sich noch einmal erbrochen. Aber der schläft. Der Gestank kommt aus Marios Arbeitszimmer, wo Otto unter dem Schreibtisch in seinen blutigen Exkrementen liegt. Es demütigt Olga, dass Otto sich diesen Platz ausgesucht hat, wo sein geliebtes Herrchen arbeitete. Was sind die Ursachen für Giannis und Ottos Krankheiten? Olga forscht, aber es gelingt ihr nicht, die möglichen Auslöser zu ordnen, zu bewerten. »Meine Krankheit ist weibliches Leben, das nicht mehr gebraucht wird«, denkt Olga. Im Arbeitszimmer kämmt sich die Poverella die Haare mit den Händen, knöpft sich die Bluse zu und lässt die Füße auf dem siechenden Hund ruhen. Wenn die Frau wirklich im Zimmer sitzt, dann bin ich jetzt ein achtjähriges Mädchen, denkt Olga. Die Wahrnehmungen fließen ineinander: Ilaria und Olgas junges Ich und die Poverella. Olga ist kurz davor, sich den Wahnvorstellungen zu überlassen. Sie deliriert eine Wohnung voller Gleichzeitigkeiten, ein Labyrinth voller Träume und Tatsachen, voller Menschen und Gegenstände, das so eng wird, dass sie daraus nicht mehr hinausfinden wird.

Olga kniet sich neben Otto hin, streichelt ihn, spricht mit ihm. Die Wohnungstür wurde inzwischen von zwei während ihrer Arbeiten anzügliche Witze machenden Handwerkern (»Schlüssel«, »Schlüsselloch«) durch eine neue mit Sicherheitsschloss ersetzt. Olga will hinaus, will Carrano um Hilfe bitten, aber sie kriegt das Schloss nicht auf. Sie versucht es mit Kraft und mit Gefühl, mit links und mit rechts, sie leckt den Schlüssel und das Schloss und versucht es mit dem Mund, aber die Tür öffnet sich nicht. Ann Goldstein, die Übersetzerin Elena Ferrantes ins Englische, berichtet von ihren Gefühlen während der Arbeit an diesem Buch: »Das ist so klaustrophobisch: Ich wollte raus aus Olgas Haus, raus aus Olgas Kopf. Aber ich konnte nicht.« Olga bleibt vor der verschlossenen Tür sitzen und versucht, die Probleme zurückzuschrumpfen auf ein erträgliches Maß mit einfachen Ursachen.

Die siebenjährige Ilaria hilft ihrer Mutter in der allgemeinen Verwahrlosung. Immer, wenn Mama den Faden verliert, soll Ilaria sie mit einem Brieföffner aus Metall stechen. »Und wenn du es nicht spürst?« »Du stichst, bis ich es spüre.« Erinnerungen an die eigene Ungeschicklichkeit tauchen auf, beim vergeblichen Versuch vor Jahren, die Tür zu Ginas Ferienhaus zu öffnen. Tags darauf die herablassenden Kommentare Marios in Anwesenheit aller. Ein vergessener oder verdrängter Blickwechsel mit Carla: Wehr dich. Sag ihnen, dass du den ganzen Alltag mit den Kindern bewältigst.

Ilaria beginnt an der Zurechnungsfähigkeit ihrer Mutter zu zweifeln. Jetzt muss sie sich womöglich um drei Kranke kümmern. Die Kinder wissen nicht, wie es um Otto steht. Olga schließt sich in Marios Arbeitszimmer ein, legt sich neben den Hund, wartet, bis er in ihrem Schoß stirbt, und weint so heftig wie nie seit Marios Weggang. Für Ann Goldstein, die alle Bücher Elena Ferrantes ins Englische übersetzt hat (Literaturkritiker sagen »she translated them up« und meinen damit, dass die Bücher im Englischen an Qualität gewinnen), ist diese Szene die schrecklichste des Gesamtwerks. Danach ist Olga wie verwandelt. Jetzt weiß sie, dass Mario wieder ein guter und gewöhnlicher Mann geworden ist, was er vielleicht immer war. »Ich liebte ihn nicht mehr.« *Meine geniale Autorin* überlässt Mutmaßungen, ob Olga den Hund an Marios statt getötet hat, geschickt ihren Lesern.

Der Roman ist voller einfühlsamer Beobachtungen, beispielsweise als Olga den Kadaver auf den Balkon schleppt, um ihn vor den Kindern zu verstecken: »Wie schwer ein Körper wiegt, der vom Tod durchquert wurde. Das Leben ist leicht. Man darf niemandem erlauben, es uns schwer zu machen.«

Rache einer verlassenen Frau

Gianni geht es besser. Olga fasst sich. Es klingelt an der Tür. Beim ersten Versuch Olgas öffnet sie sich. Es ist Carrano. Sie beauftragt ihn, Otto zu entsorgen. Olga lässt den Ehering in den Abfluss fallen und desinfiziert die Wunde am Oberschenkel, die ihr Ilaria in der Not mit dem Brieföffner beigebracht hatte. Sie lässt den Hausarzt kommen und besucht einen Tierarzt. Beiden erzählt sie »die Borderline-Situation, in der ich mich befunden habe«. Sie will herausfinden, woher Giannis Fieber kam und woran Otto gestorben ist. Beide Ärzte entlasten sie, sie trage keine Schuld, sie sei nur eine sehr sensible Frau. Die wahre Schuld sei die mangelnde Sensibilität Marios.

Entspannt und ausführlich lässt Olga ihr Leben mit Mario Revue passieren. Wie ähnlich ist sie seiner aggressiven und herrischen Art geworden? Wie war sie, bevor sie ihn kennengelernt hat? Olga weiß, dass die Beziehung zu ihm wegen der gemeinsamen Kinder nie ganz enden wird. Es kommt zu einer Aussprache. Er bestätigt indirekt, dass ihre Vermutung stimmt: Sie hat neue, wenig schmeichelhafte Seiten an Mario entdeckt. Zudem weiß er nicht, was Sinnleere ist. Sie hingegen hat sie erlebt. Danach liest sie ihre Aufzeichnungen zu *Anna Karenina* und zu den gebrochenen Frauen. »Ich merkte, dass ich sogar die verlassene Frau aus meiner neapolitanischen Kindheit begraben hatte.« Ihre Freundin Lea lädt sie zu einem Konzertabend ein. Zum ersten Mal sieht sie Carrano mit seinem Instrument auf der Bühne. Sie ist gerührt.

Meine geniale Autorin schildert komplizierte Beziehungen zwischen Frauen und Männern und ausführlich weibliche Hassliebe zu Männern (die Delias zu Nicola Polledro in *L'amore molesto* und jetzt die Olgas zu Aldo Carrano). Eine harmonische Liebe der Frau zum Mann gibt es durchaus (Olga empfindet sie für Mario vor der Trennung), aber sie wird nur erwähnt, niemals detailliert geschildert. Entsprechend lautet das fast märchenhaft anmutende Ende des Romans, als Aldo ihr wortlos zu verstehen geben will, dass sie mit ihm wieder glücklich werden kann: »Ich tat so, als glaubte ich ihm. Wir liebten uns lange und ruhig in jenen Tagen und in den Monaten, die folgten.«

Die Autorin ohne Gesicht, ohne Stimme und ohne Körper schreibt wiederholt über die Gesichter, die Stimmen und die Körper ihrer Ich-Erzählerinnen. Sie beschreibt ausführlich missglückte Sexualität, um die geglückte der Phantasie der Leser zu überlassen. Merkwürdige Puzzlesteine auf der Suche nach der Identität Elena Ferrantes liefern hier einige beiläufige Schilderungen, die man eher einem männlichen Autor zuordnen würde: der Kran, der hoch und elegant in den Himmel ragt; junge Mütter im Park, eingekreist von ihren Kinderwägen wie Siedler in ihrer Wagenburg in einem Westernfilm.

Die Autorin ohne Gesicht, ohne Stimme und ohne Körper, die immer wieder betont, dass der veröffentlichte Roman eines Schriftstellers für sich steht und keiner Kommentare des Verfassers bedarf, gibt im Anschluss an die Veröffentlichung ihres zweiten Buches auf Drängen des Verlages mehrere Interviews, die 2002 und 2003 in der italienischen und dänischen Presse veröffentlicht werden. Darin verrät sie, dass ganz am Anfang von *Tage des Verlassenwerdens* der von ihr sehr geliebte Schäferhund stand. Der Rest sei erst danach gefolgt: Sehr langsam habe sie alles andere im Lauf der Jahre ergänzend darum herum gruppiert. Der Ursprung des Romans ist demnach das Sterben eines Haustiers, nicht die Verzweiflung einer verlassenen Frau. In einem anderen Interview erläutert sie, dass der Tod Ottos die Szene gewesen sei, die ihr die größten Schmerzen beim Schreiben bereitet habe.

Die Autorin ohne Gesicht, ohne Stimme und ohne Körper gibt entgegen ihren eigenen Überzeugungen detaillierte und konkrete Hinweise zu ihrem Roman, die dem Text selbst unmöglich zu entnehmen sind. Sie blockiert mit ihren Erklärungen andere Lesarten, die beispielsweise als Auslöser für den Roman den feministischen Wunsch der Autorin sehen, den Kampf einer verlassenen Frau ums Überleben zu schildern. Sie vernichtet wichtige Aspekte ihrer erzählerischen Qualitäten. Sie reduziert wider besseres Wissen die Vielschichtigkeit ihrer Prosa. Sie begeht exakt die Fehler, die sie bei anderen Autoren in denselben Interviews moniert.

Bei der Erstveröffentlichung des Romans in Italien waren Fabrizia

Ramondino 66, Domenico Starnone 59 und Anita Raja 49 Jahre alt. Vor diesem Hintergrund könnte man sich gut vorstellen, dass die Lektorin und Übersetzerin im Ferrante-Verlag e/o Anita Raja diesen Roman geschrieben und ihr neugieriger Ehemann ihr über die Schulter geschaut hat. Dafür würde auch sprechen, dass man *Tage des Verlassenwerdens* nicht nur als Antwort auf Simone de Beauvoir, sondern vor allem als eine in den modernen Alltag übertragene Medea-Variante lesen kann, als Überwindung der Abhängigkeit vom (Ehe-)Mann, als Überwindung von Trennungsschmerzen, ja als Rache der verlassenen Frau.

3 *Frantumaglia: Mein geschriebenes Leben* – Teil 1

La frantumaglia erschien erstmals 2003, also nur ein Jahr nach Elena Ferrantes zweitem Roman *Tage des Verlassenwerdens*, und umfasste 183 Seiten. Auf dem Cover ist ein Frauenkörper ohne Kopf abgebildet. Es handelt sich um das bearbeitete Gemälde des russisch-jüdischen Malers Natan Altman: Das Porträt der Dichterin Anna Achmatowa von 1914 gehört zu seinen berühmtesten Bildern. Es fängt die Lyrikerin mit den Mitteln des Kubismus so ein, wie Joseph Brodsky sie beschrieb: »dunkelhaarig, hellhäutig, mit den graugrünen Augen des Schneeleoparden«. Das Gesicht Achmatowas aber wurde vom e/o-Grafiker Emanuele Ragnisco wegretuschiert, offenbar mit dem Einverständnis Ferrantes, denn alle folgenden *Frantumaglia*-Ausgaben erschienen bis zur Ausgabe von 2016 mit diesem Kopflos-Motiv Altmans. Damit wird die Aufmerksamkeit optisch sofort auf die Autorin ohne Gesicht, auf das Geheimnis des Pseudonyms gelenkt. Der Verlag wollte ganz offensichtlich, dass die Frage der Identität von Ferrante im Vordergrund steht.

Cover der ersten Ausgabe von »La frantumaglia«, 2003

2007 erschien eine um gut 50 Seiten erweiterte Ausgabe, die im Kapitel *Frantumaglia – Teil 2* vorgestellt wird. Im September 2016 schließlich erschien eine noch umfangreichere Ausgabe, die 380 Seiten umfasst und im Kapitel *Frantumaglia – Teil 3* vorgestellt wird. Im Deutschen erscheinen alle drei Teile zusammen 2019 unter dem Titel *Frantumaglia – Mein geschriebenes Leben.*

La frantumaglia ist Fake: Sobald Elena Ferrante in diesem Buch damit beginnt, Privates von sich preiszugeben, fängt sie gleichzeitig die Konstruktion einer fingierten Biographie an, in die sie sich immer tiefer verstrickt, was sie 2016 erklärtermaßen bereut. Der erste persönliche Hinweis auf ihr Leben ist der Grundstein für eine erfundene Lebensgeschichte.

Warum hat sie das gemacht? Warum ist sie nicht, wie ursprünglich geplant, beim Pseudonym geblieben, ohne weitere Hinweise auf ihre Person zu geben? Wie wertvoll, wie nützlich sind diese Informationen? Warum sollte der phantasierte Lebenslauf Elena Ferrantes hilfreicher für das Verständnis ihrer Werke sein als ihr wirklicher?

Elena Ferrante verheddert sich in Widersprüche, wenn sie in *La frantumaglia* sagt, ihr Privatleben gehe die Leser nichts an, und im selben Buch ein fingiertes Privatleben ausbreitet. Sie hat ihre anfänglichen guten Vorsätze fallen lassen. Artifiziell wirken auch einige Briefe Ferrantes: Schon der Beginn ihres ersten Briefes an die Verlegerin Sandra Ozzola scheint vor allem für die Leser, weniger für die Adressatin formuliert worden zu sein. Er rekapituliert, was beide, Elena und Sandra, längst wissen, aber die Leser von *La frantumaglia* natürlich noch nicht wissen können. In einem privaten Brief, der auf ein kürzlich stattgefundenes Treffen von mehreren zwischen Elena und ihren Verlegern verweist, sind so umständliche Erklärungen fehl am Platz, denn es besteht ganz offensichtlich schon davor eine rege mündliche Kommunikation zwischen den dreien. Hier scheint der Wunsch Ferrantes und ihrer Verleger deutlich zu werden, mit der Veröffentlichung vorgeblich authentischer Korrespondenz Bedürfnisse der Leser zu befriedigen.

Paradox ist einerseits Elena Ferrantes zu Beginn ihrer Karriere als Schriftstellerin formuliertes und bis heute immer wiederholtes Credo, in ihren Romanen stehe alles, die Autorin sei völlig unwichtig, andererseits dieser in der letzten Fassung fast vierhundert Seiten umfassende, von ihr selbst verfasste Band *La frantumaglia*, in dem es fast ausschließlich um sie, die Autorin und ihre Texte, geht. Es dürfte keinen anderen italienischen Schriftsteller der Gegenwart geben, der so viel über sich selbst und sein Schreiben – nicht nur in Buchform, auch in Tageszeitungen und Zeitschriften – veröffentlicht hat wie Elena Ferrante. Kaum eine andere Schreibwerkstatt ist dank der Offenheit der Schriftstellerin so öffentlich und gut ausgeleuchtet wie die Ferrantes. Wie passt das zusammen? Was bedeutet diese damit erzeugte ständige Ab- und Anwesenheit des Phantoms Ferrante? Warum schweigt Elena Ferrante nicht abseits ihrer Prosa, so wie ursprünglich geplant?

Dieses inkohärente Verhalten hat u. a. pragmatische Gründe. Einerseits schreibt Elena Ferrante gerne und viel, und dabei entstehen auch zahlreiche Texte, die keine Prosa sind. Andererseits ist sie als mitteilsamer Mensch schleichend da hineingerutscht, weil ihre Verleger in eben diesen zunächst privaten Schriftstücken ein zusätzliches Verkaufspotenzial erkannten und weil Elena Ferrante selbst mit der Zeit nicht der Versuchung widerstehen konnte, den Journalisten ihre Meinung kundzugeben. Dabei korrigiert sie die Ansichten Dritter, interpretiert ihre eigene Prosa und versucht ihr eigenes Erscheinungsbild in der Öffentlichkeit zu kontrollieren. Elena Ferrantes Impuls, Hintergründe zu erklären und schwierige Passagen zu erläutern, ist stärker als ihre ursprüngliche Absicht, einmal veröffentlichte Romane ihrem Schicksal zu überlassen. Die Position, die sie damit anstrebt, ist komfortabel und machtvoll: Einerseits ist sie unberührbar, weil nicht wirklich existent, andererseits behält sie die – zweifelhafte – Deutungshoheit über ihr Werk. Das Motiv der Manipulation in ihren Romanen setzt sie so in ihrer »Biographie« fort. Die abwesende Autorin als letzte Instanz stellt klar, wie ihre Werke zu verstehen sind.

Trotzdem und manchmal gerade deshalb ist *La frantumaglia* ein sehr lesenswertes und aufschlussreiches Buch für das Verständnis ihrer Romane. Im Kapitel *Ich bin Elena Ferrante* werde ich das von ihr an viele Stellen verstreute Selbstporträt zusammenfassen. – Hier hingegen geht es um alle anderen Überlegungen Elena Ferrantes, die nicht geschrieben wurden, um sich selbst zu charakterisieren.

La frantumaglia ist in gewisser Weise auch echt und wahrhaftig: Dort werden auf vielfältige Art von der Autorin Elena Ferrante selbst genehmigt ihre Erklärungen und Interpretationen der eigenen Prosawerke veröffentlicht. Hinzu kommen Gedanken zu den Verfilmungen, eine Dankesrede, eine Rede anlässlich des Verlagsjubiläums von e/o, zahlreiche Briefe an ihre Leser, verstreute Texte, bislang unveröffentlichte Prosa.

Im kurzen Vorwort schreiben die Verleger von e/o Sandra und Sandro Ferri 2003, *La frantumaglia* wende sich an die Leser von *L'amore molesto* und *I giorni dell'abbandono*. Zu ersterem sagen sie, die Fragen nach der Zurückhaltung (sie benutzen das Wort »ritrosia«, das auch Sprödigkeit und Widerspenstigkeit bedeutet) der Autorin hätten sich nach der Verfilmung »vervielfacht«; zu letzterem sagen sie, die Fragen der Leser zur Persönlichkeit von Elena Ferrante seien jetzt sehr dringend (»pressante«) geworden. »Um die große Neugier des fordernden und zugleich großzügigen Publikums zu befriedigen, haben wir beschlossen, hier einige Briefe, Interviews und Korrespondenzen zu veröffentlichen«, so das Ehepaar Ferri.

Italienische Literaturkritiker warfen den Verlegern schon damals vor, damit den Wunsch der Autorin nach Anonymität zu Marketingzwecken zu missbrauchen. Vor allem die Anmerkung der Verleger, die Texte stellten die Motive der Autorin klar, warum Elena Ferrante nicht Teil des Medienbetriebs werden wolle, wurde kritisiert, da Elena Ferrante sich doch mit *La frantumaglia* erst recht als im Verborgenen lebende Person in das Bewusstsein der Öffentlichkeit katapultiere.

Die Texte umfassen den Zeitraum von 1991 bis 2003 und sind von 1 bis 17 durchnummeriert. Alle Texte haben Überschriften, die offensichtlich für die Buchausgabe formuliert wurden. So heißt der erste *Il dono della Befana* (*Das Geschenk der Befana*), als handle es sich um eine Geschichte, der zweite *Le sarte delle madri* (*Die Schneiderinnen der Mütter*), obwohl es sich schlicht um Briefe Elena Ferrantes an die Verlegerin Sandra Ozzola handelt, denen die Verfasserin im Original bestimmt nicht eigens einen Titel vorangestellt hat. Stattdessen wurden Ortsangaben gelöscht und Daten und Informationen als Fußnoten eingefügt. Es wird dereinst viel Arbeit und gleichzeitig ein großes Vergnügen für Literaturwissenschaftler sein, die veröffentlichten Texte mit den archivierten Originalen abzugleichen, zumal die Abweichungen nicht nur formaler Natur sein werden. Die dauerhafte Geheimhaltung der Manuskripte durch den Verlag wäre nicht nur aus literaturwissenschaftlicher Perspektive unseriös.

Die Befana ist eine Fee, die in der Dreikönigsnacht den braven Kindern Geschenke und den bösen Kindern Kohlestücke bringt. »Liebe Sandra, während des letzten angenehmen Treffens mit Dir und Deinem Mann hast Du mich gefragt, was ich für das Marketing für *Lästige Liebe* machen werde«, schreibt Elena Ferrante am 21. September 1991. Es ist damals also nicht das erste Treffen zwischen Autorin und Verlegern; die drei duzen sich, und es geht zuallererst um die zu planende Werbung für das Romandebüt.

Der vertrauliche Tonfall im weiteren Verlauf weist darauf hin, dass sich die drei schon lange und gut kennen. »Nun antworte ich Dir schriftlich«, betont Elena Ferrante, obwohl sie schon bei jenem Treffen ihre Absichten erklärt hat. Sie schreibt, dass sie in der Öffentlichkeit nicht auftreten werde. Falls das Buch etwas wert sei, dann müsse das genügen. Sie werde an keinen Podiumsdiskussionen teilnehmen, falls man sie dazu einladen sollte, sie werde keine Preise entgegennehmen, sollte man ihr welche geben wollen, und sie werde vor allem nie im Fernsehen Werbung für ihr Buch machen. »Ich werde mich nur schriftlich einschalten, und das nur auf das notwendigste Minimum reduziert.« Diesen Vorsatz, so selten wie möglich schriftlich Stellung zu beziehen, hat Elena Ferrante später aufgegeben.

Falls das zu problematisch sei, bietet sie den Verlegern an, das Projekt einfach zu streichen: »Es ist überhaupt nicht notwendig, dass ich dieses Buch veröffentliche.« Dass sie nach der intensiven Arbeit damit zu einem anderen Verlag gehen könnte (»ich habe schon genug für dieses Buch getan; ich habe es geschrieben«), erwähnt sie allerdings nicht. Fest stehe aber, sie bleibe als Person vor der Öffentlichkeit verborgen, das habe sie mit sich selbst und ihren Familienangehörigen definitiv vereinbart. Dann relativiert sie: Es handle sich um »eine kleine Wette mit mir selbst, mit meinen Überzeugungen«. Sie glaube, Bücher bräuchten keine Autoren. Sie liebe geheimnisvolle Bücher aus der Antike und auch aus der Moderne, bei denen die Urheberschaft nicht feststeht. Sie seien für sie wie nächtliche Wunder, wie die Befana, auf die sie als Kind abends und nachts wartete, und morgens waren die Geschenke da, aber die Befana war weg.

Durch die Augen der Anderen

Die Autorin als Befana ist ein besonderes Konzept, dem im Kapitel *Autoren und ihre Pseudonyme: Wenn Schriftsteller verschwinden* nachgegangen wird. Die wahren Wunder seien diejenigen, von denen niemand wisse, wer sie vollbracht hat, so Ferrante an ihre Verleger. Diese Aussage nimmt die »Brenda-Beichte« vorweg, die im dritten Roman

Die Frau im Dunkeln eine wichtige Rolle spielen wird. Am Ende des kurzen Briefs, der wie alle folgenden auch mit »Elena« unterzeichnet ist, beweist sie Humor: Werbung koste doch. Sie sei die billigste Autorin des Verlages. Sogar ihre Anwesenheit erspare sie den Verlegern.

Der zweite Brief *Die Schneiderinnen der Mütter* ist nicht genau datiert. Elena schrieb ihn an Sandra 1992, nachdem sie erfahren hatte, dass sie für ihren Roman *Lästige Liebe* den *Premio Procida, Isola di Arturo – Elsa Morante* in der Kategorie literarisches Debüt erhalten sollte. Procida ist eine Insel vor Neapel (die weniger bekannte Schwester-Insel Ischias), auf der Elsa Morantes Roman *L'isola di Arturo* (*Arturos Insel*, 1957) spielt. Wenige Monate nach Elsa Morantes Tod, im Februar 1986, entschied das Kulturreferat Procidas, in Morantes Namen einen Preis für italienische Prosa auszuloben, der bis heute alljährlich in verschiedenen Kategorien verliehen wird und zu den wichtigen Auszeichnungen Italiens gehört.

Elena Ferrante möchte ein Dankesschreiben an die Jury, der u. a. Fabrizia Ramondino, Dacia Maraini und Heinz Riedt angehörten, und an die Preisstifter verfassen und sucht im Werk Elsa Morantes nach geeigneten Passagen. Sie stellt sich einen Text über Mütter vor, der passend zu ihrem Mutter-Tochter-Drama in jeder Hinsicht weiblich ist, merkt aber bald, dass ihr Gedächtnis sie getäuscht hat: Was Elena als begeisterte jugendliche Leserin noch leisten konnte, nämlich in Elsas meist männlichen Ich-Erzählern die weibliche Position der Autorin zu erkennen, gelingt jetzt nicht mehr oder wäre zu aufwendig. Auf der Suche nach einem guten Zitat konstatiert Ferrante: »Die Sätze, die uns damals erschienen, als seien sie extra für uns geschrieben, sind nicht mehr auffindbar, und wenn wir sie finden, sind sie banal.«

Sie entscheidet sich letztlich für die hier im Kapitel *Lästige Liebe* bereits zusammengefasste Passage aus Morantes Roman *Der andalusische Schal*, die sie ursprünglich als Nachwort für ihren Roman zitieren wollte. Der Text sei zwar nicht verbraucht, wirke aber heute nur wie eine »ironische Betrachtung der Entmaterialisierung des Körpers der Mutter«. Ferrante schreibt »smaterializzazione«, ein Wort, das auf den Menschen angewendet im Italienischen ebenso stark wirkt wie im Deutschen das entsprechende Wort »Entmaterialisierung«. Er reiht sich in die Wortgruppe rund um das Thema des Verschwindens, des sich Auflösens ein und nimmt den Begriff »smarginatura« vorweg, auf den ich später eingehen werde.

Mindestens ebenso aufschlussreich sind die Anweisungen, wie der Text Elsa Morantes vorzulesen sei. Elena Ferrante führt im Detail aus, wie die Stimmlage zu sein hat und welche Begriffe und Satzteile betont werden sollen und welche nicht. Diese minutiösen Instruktionen machen deutlich, wie gerne sie selbst die Passage vorgelesen hätte. Sie tut aus der Ferne, was sie kann, damit ihr Ersatz vor Ort es dann richtig macht. *Meine geniale Autorin* übt hier aus dem Off eine möglichst umfassende Kontrolle aus: Sie will in der Öffentlichkeit genau so erscheinen, wie sie sich das in ihrem Versteck vorstellt. Sie will ihren literarischen Willen bis in die Modulation einzelner Wörter hinein durchsetzen. Sie will als Abwesende so anwesend wie nur irgend möglich sein. Dieser Wunsch wird in *La frantumaglia* von Anfang bis Ende deutlich. Er entspricht dem Verhalten Lilas in der neapolitanischen Tetralogie: durch Distanz, letztlich durch Verschwinden Bewunderung und Neugier wecken. Meine unsichtbare Autorin versucht hier bewusst oder unbewusst ein Verhältnis zu ihren Lesern zu etablieren, das dem ihrer Freundinnen Lila und Lenù entspricht.

Schreiben auf Befehl hat man den dritten Brief Elenas an Sandra übertitelt, in dem Ferrante erklärt, sie könne jetzt eigentlich zu allem etwas auf Befehl schreiben: zum neuen Auto des Verlegerpaares, über Neapel gestern und heute, über die zu erlernende Liebe der Töchter zu ihren Müttern, über die Jugend, über die Verderbtheit des Fernsehens, über die Kunst des Gähnens. Elena Ferrante garniert diese Schilderung thematischer Beliebigkeit mit Namedropping: Im Zusammenhang mit der Liebe zu den Müttern erwähnt sie die feministische Psychoanalytikerin Luce Irigaray und die Philosophin und Feministin Luisa Muraro; weiterhin lässt sie die Namen von Francesco Jovine, dem italienischen Schriftsteller, und Salvatore Di Giacomo, dem neapolitanischen Dichter, fallen. Es gehe ihr wie Tschechow, der vor einem Journalisten auf den nächstbesten Gegenstand zeigte, einen Aschenbecher, über den er bis zum nächsten Tag eine Geschichte schreiben könne. Elena Ferrante beschließt ihre Aufzählung mit der unbeantworteten Frage, wann sich willkürliche Gelegenheiten und Zufälle des Schreibens in Notwendigkeiten verwandeln: »Ich weiß nur, dass das Schreiben dann einen deprimierenden Aspekt hat, wenn die Anlässe sichtbar sind.«

Auslöser des Gedankens war die Bitte der Verleger, ob sie zum fünfzehnjährigen Bestehen des Hauses e/o 1994 einen Text beitragen könne, worauf Elena Ferrante eine Jugenderinnerung verfasst: Es geht um einen Kapernstrauch an der Ostseite ihres Hauses, an einer schlecht gemauerten Wand aus nackten Steinen, die der Vegetation eigentlich keine Chance gab.

Bis hierhin hat Elena Ferrante kaum Informationen preisgegeben, die sie spezifisch als Privatperson charakterisieren, obwohl sie beim Schreiben dieser Briefe ja noch gar nicht wusste, dass sie viele Jahre später veröffentlicht werden sollten und sie ihr Placet dazu geben würde. Ab jetzt liefert sie biographische Informationen, wenn auch fiktive, und erweitert damit die Möglichkeiten der werkimmanenten Interpretationen ihrer ersten beiden Romane. Es zählt nicht mehr nur der autonome, in sich geschlossene Roman: Im Sinn des Methodenpluralismus der Literaturwissenschaften fördert Ferrante Interpretationen, die ihre Lebensumstände mit einbeziehen. Zum Gelingen von *La frantumaglia* hat Elena Ferrante zusätzlich beigetragen, indem sie ihr eigenes Archiv durchsuchte und einige Briefe für dieses Buchprojekt zur Verfügung stellte, die teilweise unvollständig geblieben sind und ihre Empfänger nicht erreichten. Falls sie damals allzu Persönliches notiert haben sollte, hätte noch die Möglichkeit bestanden, die Indiskretionen beim Gegenlesen und Redigieren vor der Veröffentlichung von *La frantumaglia* abzumildern oder ganz zu streichen. Was nun also an Autobiographischem folgt, ist bewusst so in den Texten stehen geblieben.

Der Kapernstrauch in Elena Ferrantes Kindheit blühte. Der Bauer, der ihrer Familie das Haus vermietete, schnitt den Busch jedes Jahr, doch der wuchs immer wieder. Als der Bauer die Fassade verschönern wollte, verputzte und strich, hoffte die junge Elena Ferrante, dass der Busch trotzdem wieder wachsen würde. Inzwischen sei es dem Busch bestimmt gelungen, sich durchzusetzen. So möge der Verlag sich gegen den Putz wehren und gegen alles, was harmonisiert und übertüncht.

Der Text Elena Ferrantes wurde in eine Festschrift für den Verlag mit Beiträgen anderer Autoren übernommen. Mit der Kapernstrauch-Anekdote durchbricht Elena Ferrante ihr selbstauferlegtes Tabu, abseits der Prosa nichts Persönliches von sich preiszugeben. Autobiographisches innerhalb der Prosa ist gut geschützt durch den fiktionalen Rahmen, durch die Gattungsbezeichnung »Roman«, durch Ich-Erzählerinnen mit anderen Namen. Autobiographisches in *La frantumaglia* ist vergleichsweise ungeschützt. Es wäre höchst unwahrscheinlich, dass die Autorin, die sich hinter dem Pseudonym Elena Ferrante versteckt und mit ihren Verlegern gut befreundet ist, für deren Feier einen Kapernstrauch aus ihrer Kindheit erfindet. *Meine geniale Autorin* wohnte in ihrer Kindheit wirklich in dem Haus mit dem widerstandfähigen Kapernstrauch.

Der vierte Brief ist nicht an Sandra, sondern an Sandro adressiert, wurde im April 1994 geschrieben und trägt den Titel *Der Roman als Drehbuch*. Er ist eine Reaktion auf eine Drehbuchfassung, die der Regisseur und Theatermacher Mario Martone zu *Lästige Liebe* verfasst hat und mit einem Begleitbrief an die Verleger z. Hd. Elena Ferrante geschickt hat. Sie äußert Bedenken, ob sie das Drehbuch wirklich lesen solle. Sie sei zwar neugierig, hat aber Angst, dadurch zu erfahren, dass sie wenig über ihr eigenes Buch weiß: »Ich werde zur Leserin des Textes eines anderen, der mir eine Geschichte erzählt, die ich geschrieben habe.« *Meine geniale Autorin* erweist sich in diesem Brief von größter Bescheidenheit und Demut. Dabei freut sie sich aber sehr auf eine neue Erfahrung. Dieser Wunsch widerspräche der Möglichkeit, dass es sich bei Elena Ferrante um Fabrizia Ramondino handelt, hat diese doch schon kurz davor zweimal intensiv mit Mario Martone zusammengearbeitet. Sehr dreist wäre es auch von Ramondino als Jurorin beim Procida-Preis, für sich als Autorin zu votieren.

Der fünfte Text trägt den Titel *Die Neuerfindung von »L'amore molesto«. Briefwechsel mit Mario Martone* und wurde bereits 1995 in der Zeitschrift *Linea d'ombra* veröffentlicht. Er beginnt mit einer gut begründeten Anfrage von Martone an Ferrante, was sie von seiner dritten Fassung des Drehbuchs halte (die ersten beiden kennt sie nicht). Verfasst hat er ihn in Campagnano bei Rom am 18. April 1994. Er erklärt ihr darin das Wesen des Drehbuchschreibens und dass er ihrem Text treu geblieben sei, ihn allerdings durch seine Erfahrungen gefiltert habe. Er habe eine neue Delia erfinden müssen, da Ferrante sie in ihrem Roman in gewisser Weise verborgen habe. »Sie beschreiben Delia nie durch die Augen anderer.« Er wolle die Delia aus dem Roman in Übereinstimmung bringen mit der Delia, die seine Schauspielerin verkörpert, Anna Bonaiuto. Vielleicht kenne Ferrante Bonaiuto aus seinem Film *Morte di un matematico napoletano*. Daran hatte Fabrizia Ramondino mitgearbeitet.

Die Bemühungen, von Ramondino als Autorin von *L'amore molesto* abzulenken, wären an dieser Stelle enorm groß. Es ist schwer vorstellbar, dass alle Beteiligten einem so starken redaktionellen Eingriff zugestimmt hätten. Trotzdem bleibt Fabrizia Ramondino bis zu ihrem Tod 2008 in Italien (also noch vor dem Ausbrechen des »Ferrante Fever« in den USA) für Ferrante-Leser die mit Abstand wahrscheinlichste Urheberin. Sie ertrank einen Tag vor Erscheinen ihres letzten Buches *La via* (das auch als Beinahe-Anagramm ihrer einzigen Tochter Livia interpretiert wurde) unter ungeklärten Umständen bei Gaeta im Meer. Manche sagen, sie sei nach dem Schwimmen am Strand zusammengebrochen und gestorben, andere, sie sei tot aus dem Wasser geborgen worden. Ihre Sekretärin solle schon mal den Kaffee aufsetzen, so war die gute Schwimmerin ins Meer gegangen. Auf Ramondinos Schreibtisch stapelten sich die Belegexemplare von *La via* zum Signieren. Ihre Handschrift war klein und zierlich (»minuta«), eine Eigenschaft, die Ferrante auch der Handschrift Olgas zuspricht, wenn sie morgens entdeckt, was sie nachts geschrieben hat.

Muttersprache

»Lieber Martone«, erwidert Ferrante (ohne Datum, ohne Ortsangabe), »Ihr Drehbuch hat mich begeistert.« Sie schreibt höflich und förmlich und entschuldigt sich vorab umständlich für die Vorschläge, die sie gleich machen wird. Um diese besser zu verstehen, wäre für die Leser von *Frantumaglia* die entsprechende Drehbuchfassung hilfreich. So nimmt Ferrante beispielsweise Bezug auf Seite 10 des Drehbuchs und charakterisiert daraufhin Delia als kalt, jeder ihrer Sätze sei ein Knoten. Erst die Geschichte würde am Ende Delia (er)lösen. Martone wollte offenbar Delias Alltag in Rom (bzw. in Bologna, wohin er Delia versetzt hatte) ausführlich und mit einem Liebhaber namens Augusto schildern. Darauf schlägt Ferrante vor – inzwischen ziemlich bestimmt im Ton –, das Leben Delias außerhalb von Neapel nicht zu berücksichtigen. So sei es ja auch im Roman. Der gesittete Schlagabtausch wird sich im weiteren Verlauf des Briefwechsels vielfach wiederholen, und in fast allen Punkten befolgt Martone Ferrantes Vorschläge, was letztlich den Film näher an die Romanvorlage rückt und für die Zuschauer vorteilhaft ist.

Elena Ferrante arbeitet sich durch das Drehbuch und nimmt im ersten Brief an Martone zu insgesamt dreizehn Passagen Stellung. Dabei interpretiert sie nolens volens ihren eigenen Roman, beispielsweise als sie betont, dass Martone manche Szenen so drehen solle, dass klar wird, dass »der Vater *immer* eifersüchtig« war. Die Kursivierung stammt von Ferrante, auch als sie von der *untreuen Mutter* spricht, allerdings ohne zu behaupten, dass sie das tatsächlich war. Ferrante streicht überflüssige Dialoge, streicht vollständig die Ich-Erzählerin aus dem Off, korrigiert die Ausdrucksweise Delias und meint, dass bestimmte Motive ausführlicher behandelt werden könnten als im Roman, wie beispielsweise das Thema des Gemäldes im Schaufenster der Vossi-Schwestern. Die blasse Vaterfigur scheint jetzt Ferrante fast ein wenig leidzutun: »Das ist der einzige Moment, in dem Delias Vater überzeugend zwischen Selbstlob und echtem Talent zur Geltung kommen kann.« Sie spricht sogar vom »›positiven‹ Zug des Vaters«. (Die vergleichsweise erschreckend geringe Bedeutung der Väter in Elena Ferrantes Werk fällt auf. Dadurch, dass ihre Protagonistinnen selten Söhne haben und die Väter ganz verdrängt oder zu Randfiguren degradiert werden, dominiert in den Romanen das Weibliche. Entsprechend stark können sich feministische Gedanken entfalten.)

Den wohl wesentlichsten Beitrag zum Gelingen des Films leistet Ferrante an den Stellen, an denen sie Martone klarmachen muss, dass bestimmte Ereignisse für die Zuschauer, aber nicht für Delia überraschend sind. Sorgen bereiten Ferrante zudem die Masturbationsszene, die von Martone in eine Terme verlegt wurde. Ferrante befürchtet, dass es dem Film misslingen könnte, Delias Körper als leidenden darzustellen, als hin- und hergerissenen zwischen Abscheu und Sehnsucht. Der Moment könne schlimmstenfalls »zum erotischen Obolus werden, den der Film den Zuschauern bezahlt«. Elena Ferrante schreibt tatsächlich »un obolo erotico pagato allo spettatore«. Dieses Bild, weitergedacht, definiert den Film als totes Produkt, als Leiche, der man den Charonspfennig unter die Zunge legt, den »erotischen Obolus«, also die Sex-Szene, beifügt, um damit nicht etwa den Fährmann Charon für die Überfahrt über den Styx, sondern das Publikum für die Akzeptanz des anspruchsvollen Werks mit Sex zu entschädigen. *Lästige Liebe* ist aber kein Leichnam im Hades der Filmindustrie, sondern ein heute noch sehenswerter Film.

Viel Raum nehmen Ferrantes Überlegungen zum Dialekt ein. Sie beglückwünscht Martone dafür, die Lücken, die sie im Roman gelassen hat, mit treffenden Sätzen aus dem neapolitanischen Idiom gefüllt zu haben. Den unfreiwilligen Höhepunkt bildet Ferrantes Kommentar in Klammern, den sie ihrer Anregung hinzufügt, was Onkel Filippo im Film zu Beginn im Zusammenhang mit den Porträts für die amerikanischen Matrosen zu Delias Vater sagen könnte.

Nach diesen zwei eher belanglosen Sätzen in neapolitanischem Dialekt – eine Rarität in Elena Ferrantes Werk – bittet sie Martone: »(entschuldigen Sie diesen lächerlichen pseudodialektalen Entwurf)«. Elena Ferrante schreibt tatsächlich »ridicolo« und »pseudodialettale«. Offensichtlich traut sie es sich nicht zu, korrekt und überzeugend in neapolitanischem Dialekt zu schreiben, wohl wissend, dass Martone ihn perfekt beherrscht. Das ist auch der Grund, warum sie es noch einige Male in der Korrespondenz mit Martone versucht, zumal ja dieser den Dialekt ausgiebig im Drehbuch einsetzt und Ferrante darauf aufbauend korrigierend und ergänzend eingreift. Zuletzt bittet Ferrante Martone darum, ihre Überheblichkeit und ihren »schlecht kontrollieren Narzissmus« nicht zu beachten.

Diese Anmerkung in Klammern Ferrantes lässt kaum eine andere Schlussfolgerung zu, als dass sie die Umgangssprache ihrer Geburtsstadt nicht wirklich beherrscht. Demnach wäre die große Inszenierung des Neapolitanischen als Muttersprache Elena Ferrantes (und all ihrer Protagonistinnen Delia, Olga, Leda und Elena) nur vorgetäuscht. Das würde gut zu Anita Raja und ihrer am 6. September 1927 in Worms geborenen Mutter Frieda Golda Petzenbaum passen. Ihre jüdische Familie zog von Worms nach Frankfurt und floh von dort 1937 vor den Nazis. Vielen gelang die Flucht nicht. Sie starben in Konzentrationslagern. Anita Rajas Großeltern wurden zuletzt in Italien, im knapp 300 Kilometer südlich von Neapel gelegenen Lager Ferramonti, interniert, das

1943 von den Alliierten befreit wurde. Ferrante, Morante, Ferri, Ferramonti: Der Nachname Ferrante erinnert auch an das Lager der Großeltern Anita Rajas, deren Mutter Frieda Golda sich bis gegen Ende des Zweiten Weltkriegs in der Schweiz aufhielt. Sie war 18 Jahre alt und hatte noch keine Gelegenheit, Italienisch zu sprechen. Erst als erwachsene Frau beginnt Frieda Golda den neapolitanischen Dialekt kennenzulernen. Anita Rajas Vater hingegen ist Neapolitaner. Interessant ist deshalb die Hypothese, dass das Neapolitanische für Elena Ferrante nicht etwa die Muttersprache, sondern die vorwiegend verhasste Vatersprache war und ist.

Hat Elena Ferrante hier also eine Verschiebung vorgenommen? Ist es für sie einfacher, ihrer Mutter den Dialekt zuzuordnen als ihrem Vater, so, wie es der Wahrheit entspräche? Ist Elena Ferrante ebenso gehemmt, über Väter zu schreiben, wie Delia gehemmt ist, Dialekt zu sprechen? Bei Kenntnis von Elena Ferrantes wahrer Biographie ergäben sich neue Lesarten ihres Werks. Die kaum vorhandenen Väter – man könnte meinen, Elena Ferrante sei als Halbwaise aufgewachsen – und ihre überdimensionierten Mutterfiguren stünden plötzlich in einem neuen Licht. Es ergäben sich für Elena Ferrante ungewohnte Stoffe, angefangen bei den Beziehungen der Töchter zu ihren (abwesenden) Vätern; es ergäben sich Erzählungen, die den vorherrschenden weiblichen Elementen adäquate männliche hinzufügen könnten. Und nicht zuletzt ergäben sich Erzählungen, an deren Ursprung der Holocaust steht, was bei der Vorstellung des zweiten Bandes der neapolitanischen Tetralogie genauer untersucht wird. Sollte Elena Ferrante sich manchmal mit diesen oder ähnlichen Gedanken beschäftigt haben, nämlich der Ausweitung ihrer Erzählstoffe aufgrund der prägenden Geschichte ihrer Vorfahren, ist sie wohl immer wieder zum Schluss gekommen, dass sie eben diese Tragödie weiterhin aus ihrem Wirken als Schriftstellerin ausklammern will. Aus guten Gründen, denn die Qualität ihrer Prosa hat auch mit diesen unausgesprochenen, höchstens angedeuteten persönlichen Erfahrungen zu tun: Sie entfalten eine subkutane Wucht, die Elena Ferrantes Prosa auszeichnet.

Weiterhin als Teil des Textes *Die Neuerfindung von »L'amore molesto«. Briefwechsel mit Mario Martone* schreibt dieser von Rom aus am 29. Januar 1995, wie wichtig ihr letztes Schreiben für ihn sei. Er habe es während der Aufnahmen immer bei sich getragen. Der Film sei inzwischen abgedreht und in der Endbearbeitung und werde im April in die Kinos kommen. Er lädt sie nach Rom zu einer Preview ein. Sie antwortet postwendend, wie sehr sie mit einer neuen Prosaarbeit beschäftigt sei, die sie nicht unterbrechen wolle. Der gegenseitige Dank der beiden und die gegenseitige Bewunderung münden in eine Arbeitsbeziehung, die bis heute andauert, vorausgesetzt, Elena Ferrante ist Anita Raja.

Der sechste Brief trägt den Titel *Medien-Hierarchien*. Elena Ferrante hat ihn mutmaßlich 1995 geschrieben, aber nie abgeschickt. Hier zeigen sich neue Motive, warum sie anonym bleiben will. Sie wirkt an dieser Stelle dünnhäutig und nervös bei ihren Kontakten mit der Presse. Anlass ist die vermutlich erste wichtige Interviewanfrage an Elena Ferrante, die Francesco Erbani, damals Feuilletonredakteur bei *La Repubblica*, in einem kurzen Brief an die Verleger begründet: Er sei vor etwa einem Jahr zufällig auf ihren Roman gestoßen, habe ihn mit großer Anteilnahme gelesen und war überrascht, die Autorin nicht zu kennen, da ihm neapolitanische Schriftsteller der Gegenwart vertraut seien. Angesichts der geplanten Verfilmung habe er sich zu dieser Anfrage entschlossen.

Meine geniale Autorin reagiert mit schlecht kaschierter Bitterkeit und einer gewissen Aggressivität, weshalb sie ja dann den Brief nicht verschickt. Dass er in *La frantumaglia* trotzdem und mit einer darauffolgenden kurzen Erklärung Erbanis veröffentlicht wird, ist ihr und den Herausgebern hoch anzurechnen. Ferrante lobt zunächst die Nüchternheit und Klarheit von Erbanis Anfrage. Dann erklärt sie, welche Mühe ihr das Antworten auf die noch zu stellenden Fragen Erbanis bereiten würde. Sie suche Ideen, indem sie den Worten folgt. Sie bedürfe vorab vieler Sätze und konfuser Salbadereien, um sich einer Antwort überhaupt anzunähern. Sie würde aber umgekehrt gerne ihm einige Fragen stellen: Warum er erst jetzt, wo er das Buch doch schon vor einem Jahr gelesen habe, die Interviewanfrage verschicke. Ob es an der angekündigten Verfilmung liege. Der Regisseur sei ja bekannt, die Autorin nicht. Erbani schreibe, das Buch sage ihm etwas, aber der Name nichts. Es folgt eine harsche Medienkritik Ferrantes: Ob er die Interviewanfrage gleich nach der Lektüre verschickte hätte, wenn ihm der Autorenname vertraut, aber das Buch belanglos gewesen wäre. Ob das Buch also, medial gesehen, vom Namen des Autors abhänge: Ob es ein gutes Buch eines unbekannten Autors nicht ins Hochfeuilleton schaffe. Wenn »einer ein Niemand ist«, bekomme er eben keinen Platz in der Zeitung.

Elena Ferrante erwartet, dass ein gutes Buch die Besprechung oder das Interview wert sei, nicht ein bekannter Autor. Sogar Tolstoj sei ein unbedeutender Schatten, wenn er neben Anna Karenina spazieren ginge. Erbani stelle das Buch an die letzte Stelle hinter Autor und Film. Ferrante plädiert für eine journalistische Initiative, die solche von Medien gemachten Hierarchien aufhebt und das Publikum ermuntert, sich selbst eine Meinung aufgrund der Qualität der Werke zu bilden. Der Brief entwickelt sich so zu einem schlecht verborgenen Wutausbruch, der gut zu Domenico Starnone passen würde: Er hat zahlreiche Interviews in diesem beleidigten und zugleich attackierenden Ton gegeben. Erbani entdeckte später Ferrantes Brief in *La frantumaglia* und schickte eine Erklärung: Er stimme ihr zu, habe allerdings nur deshalb die Interviewanfrage später verschickt, weil er davor noch nicht bei *La Repubblica*, sondern in einer Presseagentur arbeitete, zuständig für Auslandsthemen.

Francesco Erbani ließ sich nicht entmutigen und blieb am Thema dran. Es gelang ihm zwar nicht, Elena Ferrante zu interviewen, dafür aber ihren Verleger Sandro Ferri. Und immerhin beschrieb dieser Elena Ferrante erstaunlich genau, was in einem Artikel in *La Repubblica* vom 15. April 1995 veröffentlicht wurde. »Elena Ferrante hat lange in Neapel gelebt. Zur Zeit wohnt sie in Griechenland. Das ist ihr erster Roman«, stand noch auf dem Klappentext der Erstausgabe von *L'amore molesto*. Sandro Ferri ergänzte auf Anfrage von Erbani: »Ich bin ihr in Italien begegnet. Sie ist eine schöne Frau, noch keine fünfzig, brünett, großgewachsen, mit sehr ausdrucksstarken Augen. Sie schreibt seit vielen Jahren. Bevor sie etwas freigibt, muss sie lange daran feilen und korrigieren. Ich glaube, dass *L'amore molesto* schon vor etwa zehn Jahren fertig war. Wir haben es über jemanden bekommen, dessen Name geheim bleiben muss, jemand, der nicht viel mit der Literaturszene zu tun hat. Jetzt müsste sie uns ein zweites Buch geben. Aber es ist nicht klar, ob es ein Roman wird oder eine Sammlung von Erzählungen«. Ferri ergänzt, Ferrante habe bis etwa Zwanzig, Fünfundzwanzig in Neapel gelebt. Dort habe sie einen Studenten getroffen, einen angehenden Ingenieur, der vor der griechischen Dikatur geflüchtet war. Sie habe den Griechen geheiratet (daher später in der neapolitanischen Tetralogie der Name Elena *Greco*) und sei mit ihm in seine Heimat gezogen. Die Altersangabe Ferris passt am besten zu Marcella Marmo.

Der siebte Brief trägt den Titel *Ja, nein, weiß nicht. Entwurf für ein lakonisches Interview.* »Liebe Sandra, es tut mir leid, Dir sagen zu müssen, dass ich den Fragen von Annamaria Guadagni nicht antworten kann«, schreibt Elena Ferrante im März 1995, nachdem sie den Brief der Journalistin Guadagni gelesen hat, die vorab schon die Zusage für ein schriftliches Interview für *L'Unità* bekommen hatte. Es soll zur Filmpremiere gleichzeitig mit einem Interview mit dem Regisseur Martone erscheinen. Es handelt sich um sieben interessante Fragen, die sich auf den Roman *Lästige Liebe* beziehen und von großem Einfühlungsvermögen zeugen. So will Guadagni beispielsweise wissen, ob Elena Ferrante meint, dass sich Delia am Ende des Romans eher verliert oder eher findet. Andere Fragen zielen recht deutlich auf Fabrizia Ramondino, die damals ja noch als wichtigste Kandidatin galt. So will Guadagni wissen, ob Elena Ferrante aus Neapel geflüchtet sei. Sie will auch wissen, was denn die »lästige Liebe«, der Motor des Ganzen, letztlich sei: die Notwendigkeit, die eigene Mutter zu besitzen?

»Lass uns künftig keine Zusagen mehr für Interviews geben, die ich dann doch nicht erfülle. Vielleicht lerne ich es ja mit der Zeit. Aber ich bin sicher, dass mit der Zeit niemand mehr Lust haben wird, mich zu interviewen, womit das Problem an der Wurzel gelöst sein wird«, schreibt Elena Ferrante. Damals konnte sie noch nicht ahnen, wie viele Interviews sie im Verlauf der kommenden zwei Jahrzehnte noch geben würde. Und auch hier hätte sie Lust, ausführlich zu antworten, denn es liege in ihrem Naturell, zu erzählen, zu gestehen, zu argumentieren. Sie hätte Lust, für jede Frage entsprechende Ideen zu entwickeln, in geliebten Büchern nach passenden Stellen zu suchen, alte Notizen zu verwenden. Aber dann hätte sie im Nu für jede Frage zehn Seiten beisammen. Also schickt Elena ein stichwortartiges Interview, in dem sie nur mit »ja«, »nein« oder »weiß nicht« antwortet: Sind Sie aus Neapel geflüchtet? Ja. Ist *Lästige Liebe* die Notwendigkeit, die Mutter zu besitzen? Ja. Haben Sie Mario Martone beim Drehbuch geholfen? Nein. Und sogleich relativiert Elena Ferrante: Aus einem Ja könnte nach gründlicher Überlegung ein Nein, aus einem Nein ein Vielleicht werden. Selten kommt die Abneigung Elena Ferrantes gegenüber einer Kooperation mit Journalisten deutlicher zum Ausdruck. Geärgert hat sie offenbar auch der Wunsch Annamaria Guadagnis, ihr einen Text zu schicken, der vier Seiten nicht überschreiten soll, egal ob in Gesprächsform oder als Aufsatz, der sich an ihren Fragen orientiert. So, wie sich *meine geniale Autorin* weigert, als Person in der Öffentlichkeit zu stehen, so verweigert sie hier, obwohl anonym, die Kooperation mit den Medien, die durch ihre Gesetzmäßigkeiten einen Hang zur Flüchtigkeit und Oberflächlichkeit haben, der ihr zuwider ist.

Eine andere oder mehrere

Der achte Teil ist ein Brief Elena Ferrantes an den Regisseur Mario Martone vom Mai 1995, der unvollständig ist und nicht verschickt wurde: *Die Kleider, die Körper. »Lästige Liebe« auf dem Bildschirm.* Darin schildert sie die Wirkung, die der Film auf sie ausübt. Der Brief wirkt allerdings rund und vollständig, so dass sich die Frage stellt, ob Elena Ferrante ihn für die Veröffentlichung in *La frantumaglia* komplettiert hat. Einerseits lobt sie die Leistung Mario Martones und seines Teams sehr, andererseits spricht sie von starkem Unbehagen, Beunruhigung, Verwirrung und Erschütterung. Sie führt ihre heftigen Reaktionen auf die Meisterschaft Martones zurück, den Kern ihres Romans bloßzulegen. Alles Literarische sei weggefallen, geblieben sei ihre Geschichte, wie sie sie sich noch nie vorgestellt habe, durcherzählt bis zu ihren extremen Konsequenzen: Was Ferrante in ihrer Prosa noch kunstvoll andeuten konnte, kommt hier gnadenlos zur Sprache: der Missbrauch und die dazugehörigen Worte.

Insgeheim habe sie gehofft, man erkenne im Film ihre erzählerische Absicht: Eine erwachsene Frau versteht, dass als Kind ihre feindliche Gesinnung der Mutter gegenüber in einem finsteren Spiel von Männern, die eine zu verführerische Frau kontrollieren wollen, instrumentalisiert wurde. Sie habe gehofft, der Rest bleibe im Hintergrund. Sie dachte, Delia auf der Leinwand wie eine Ermittlerin in einem Thriller zu sehen, die durch ein männlich geprägtes und öffentlich wie privat unkontrollierbares Neapel geht. Stattdessen habe Martone die Mutter-Tochter-Beziehung seziert. Allein der Blick der kleinen Delia auf die stillende Mutter habe sie emotional heftig angegriffen. Sie zählt noch einige weitere Szenen auf, die »eher die psychische, weniger die physische Realität fotografieren«. Sie lobt Martone auch für die Fähigkeit, Delia in der Trambahn zur »Halluzination« zu verhelfen, zur Kindheitserinnerung der von ihrem Mann eifersüchtig kontrollierten Mutter. Restlos begeistert ist Elena Ferrante von der Masturbationsszene. Die Präsenz des männlichen Darstellers fege die von ihr erfundene Figur weg und verankere sie in einer Wirklichkeit, die sie kenne. Noch euphorischer äußert sie sich über das Spiel mit Kleidern und Farben, wie Delia mit eher männlichem Outfit in Neapel ankommt und dort zu einem weiblichen Erscheinungsbild wechselt. Elena Ferrante beschreibt die Entwicklung hin zu einem Happy End: das Wiederfinden des mütterlichen Körpers und das Aussprechen dessen, was man nicht einmal beichten kann (»l'inconfessabile«). Schließlich lobt sie über alle Maßen den Schluss, den Martone früher ansetzt als im Roman, indem er Bilder findet für den finalen Satz des Romans: »Amalia war einmal. Ich war Amalia«.

Der neunte Text *Schreiben im Verborgenen* ist ein Brief, der sich an den italienischen Autor und Literaturwissenschaftler Goffredo Fofi richtet, der ihr sieben ausführlich formulierte Fragen geschickt hatte. Offenbar kennt und schätzt sie Fofi, denn am Ende bedankt sie sich: »Dass Sie sich als ein Bewunderer bezeichnen, hat mich einen ganzen Tag lang fröhlich gestimmt.« Elena Ferrante schrieb den Brief 1995, aber angeblich, ohne ihn abzuschicken. »Hier skizziere ich einige Antworten, nur um mit Ihnen außerhalb der journalistischen Zwänge in einen Dialog zu treten«, leitet sie ihren Brief ein, indem sie ihren Schreibprozess darlegt, was daran biographisch und was fiktiv ist. Zudem thematisiert sie noch einmal ihr problematisches Verhältnis zu den Medien und zur Öffentlichkeit. Dabei erwähnt sie den Procida-Preis und widerspricht sich: Davor hatte sie noch behauptet, sie hätte ein Nachwort mit einem

Zitat Elsa Morantes für *L'amore molesto* geplant. Jetzt schreibt sie: »War es denkbar, dass mein Buch auch nur im Entferntesten etwas mit Elsa Morante zu tun hatte?«, um wenig später doch wieder von ihren vielfältigen Erfahrungen als Morante-Leserin zu berichten. Vor etwa zwanzig Jahren habe sie *L'isola di Arturo* gelesen, was sie begeistert, aber auch sehr mitgenommen habe aus Gründen, für die sie sich schämte. Sie dachte nämlich die ganze Zeit, Arturo sei in Wirklichkeit eine Frau. Ferrantes Verdienst besteht auch darin, als Frau schonungslos über weibliche Schicksale mit weiblichen Ich-Erzählerinnen zu schreiben. Im weiteren Vergleich mit Morante folgt ein bemerkenswerter Satz: »Ich fühle mich unfähig, mir große Geschichten mit langem Atem auszudenken.« Gut zehn Jahre später sollte Elena Ferrante sehr wohl dazu in der Lage sein – oder sie war dann eine andere oder mehrere?

Die literarische Fiktion ist dazu da, die Wahrheit zu sagen

Zuletzt interpretiert sie für Fofi den Schluss von *L'amore molesto*. Die Sätze »Amalia war einmal. Ich war Amalia« hätten nichts Pathologisches an sich, hätten nichts mit Identitätsverlust zu tun. Sie verstehe es als die Wiederaufnahme der Kinderspiele Delias mit Antonio im Keller der Konditorei. Sie stellte sich damals vor, ihre Mutter Amalia zu sein, und jetzt tut sie es wieder, aber mit umgekehrter Funktion. Das Spiel dient Delia nun dazu, dass eine erschreckende Seite ihres Wesens als Kind erwachsen geworden ist. Sie kann nun neben anderen Aspekten der reifen Frau bestehen, als habe sich Delia ihre Mutter zurückgewonnen und sei damit ganz geworden.

Zum ersten Mal zeigt hier Elena Ferrante in *La frantumaglia* ihre Lust, die eigene Prosa in aller Ausführlichkeit zu erklären und zu interpretieren. Es lassen sich nur schwerlich zeitgenössische Autoren finden, die in dieser Gründlichkeit Schlüsselsätze ihrer Romane selbst analysieren und damit dem Publikum ihre eigene Lesart, die des Urhebers, aufdrängen. Diese Autoren sind in aller Regel bekannte Personen, die in der Öffentlichkeit stehen und sich den Medien stellen. Aber nur in wenigen Ausnahmefällen lassen sie sich von den Journalisten so viele Deutungen ihrer Werke entlocken, wie Elena Ferrante dies ohne Not ab jetzt in fast exzessiver Weise tut. Damit nimmt sie nicht selten der Vieldeutigkeit ihrer Romane den Reiz, wobei den Lesern selbstverständlich in diesem Fall die Wahl bleibt, ein nachträglich so geschildertes Happy End zu verweigern und in den Schlusssätzen von *Lästige Liebe* beispielsweise ein Scheitern der Identitätssuche, einen Zusammenbruch der Gewissheiten und ein Eingeständnis der nicht zu überwindenden Abhängigkeit von der Mutter zu sehen. Gerade weil Delia vor Ort ihre destruktive Rolle als Kind und gleichzeitig ihre damalige Opferrolle erkennt, könnte dies zur resignativen Akzeptanz der Übermacht Amalias über den Tod hinaus bedeuten.

Der zehnte Text *Le lavoranti* (*Die Arbeiterinnen*) ist ein Brief, den Elena am 18. Mai 1998 Sandra geschrieben hat. Sie entschuldigt sich darin, dass sie ihr nicht wie zugesagt das neue Manuskript schicken werde. Sie könne keine Zeile mehr davon mit Genuss lesen. Davor muss Sandra sie angespornt haben, was Elena zu schätzen weiß: »Ich war froh, dass wenigstens ein Mensch – Du – auf mein neues Buch wartet.« Dieser Satz ist bemerkenswert und nicht nur aus Koketterie gesagt. Die wenigen Lizenzen von *L'amore molesto*, die man ins Ausland verkaufen konnte, floppten dort. Auch im deutschsprachigen Raum fand *Lästige Liebe* kaum Beachtung. Keines der bedeutenden Feuilletons widmete dem Roman eine Besprechung. Frauenzeitschriften, die als Multiplikatoren anvisiert wurden, beachteten den Titel in der Schwemme seichter Prosecco-Literatur nicht. In Italien hatte Elena Ferrante vor allem dank der Verfilmung einen Achtungserfolg erzielt. Aber sie zählte deswegen nicht zu den wichtigen Autorinnen des Landes. Diese Situation einer zwar vielversprechenden, aber unbekannten Schriftstellerin in einem engagierten Kleinverlag ohne Bestseller, die sich zudem vom Debüt zum Nachfolgeroman zehn Jahre Zeit ließ, ist einer der Gründe für die Unbefangenheit, mit der schließlich in ihrer dritten Publikation *La frantumaglia* Privates preisgegeben wird. Elena Ferrante und ihre Verleger waren sich sicher, dass niemand auf weitere Bücher warten würde, und riskierten deshalb einen sorglosen Umgang mit der Anonymität der Autorin. Mehr noch: Sie fanden Gefallen daran, das Spiel mit der unsichtbaren Schriftstellerin, das ständige Thematisieren ihrer Identität und Elena Ferrantes Gründe, sie verborgen zu halten, als Marketinginstrument einzusetzen. Wie bei Erbani weckte das Pseudonym die Neugier mancher Medien, öffnete die Türen zu Journalisten, die das bis heute als Aufhänger für ihre Berichterstattung nutzen. Sie setzen auf den Effekt, dass Abwesende unter bestimmten Voraussetzungen wegen ihrer Abwesenheit präsenter sind als die anderen Anwesenden. Am deutlichsten spürbar ist dieser psychische Effekt ja bei geliebten Menschen, die gerade gestorben sind.

Das Manuskript *Le lavoranti* ist offenbar sehr umfangreich, denn Sandra hatte Elena in einem Vorgespräch die Problematik dicker Bücher erklärt: Wenn es nicht Thriller seien, schreckten sie die Leser ab. In der Fußnote schreibt Sandra, dass der Verlag das Manuskript dann nie erhalten habe.

Elena beschreibt in ihrem Brief die Entstehung. Die Geschichte habe viel mit ihr zu tun. Sie habe mit der Zeit immer mehr den Abstand zwischen der Protagonistin und ihr selbst verkürzt. In der letzten Fassung handle die Protagonistin immer so, wie auch sie sich verhalten würde. Sie sei lange damit beschäftigt gewesen und jetzt von dieser Entwicklung sehr erschöpft. Erholung könnte darin bestehen, einfach ein neues Buch anzufangen. Oder möglichst viel vergleichbare Literatur zu lesen und weiter daran zu arbeiten und ab und an mit einem Zahnstocher in den Text zu stechen, wie man ihn in den Kuchen im Ofen steckt, um zu sehen, ob er gar ist.

Elena schildert die Arbeitsschritte von den ersten Ideen bis zum fertigen Manuskript und die dazugehörigen Gefühlszustände. Die Zweifel am Anfang, der Schreibrausch in der Mitte, die Ernüchterung am Ende, wenn man gezwungen ist, alles von vorne zu lesen, und nichts mehr so ist, wie es schien. Sie gibt die Hoffnung nicht auf, bittet Sandra um Lektüretipps rund um das Thema Frauen und Arbeit. Elena interessiert sich insbesondere für alles, was sich mit dem weiblichen Körper im Arbeitsleben beschäftigt. Vom Spruch, Arbeit adle, hält sie nichts, vor allem nicht bezogen auf die Frau. Ihr Romanmanuskript dreht sich um den Schrecken, den die Notwendigkeit, sich seinen Lebensunterhalt verdienen zu müssen, mit sich bringt. Möge es gut verwahrt werden. Auch zu einem sehr viel späteren Zeitpunkt wird es viele Leser dafür geben. Aber vielleicht wurde es zumindest teilweise schon veröffentlicht, nämlich als Teil des neapolitanischen Zyklus, worin Lilas Arbeit in Bruno Soccavos Wurstfabrik geschildert wird.

Der elfte Text *Menzogne che dicono sempre la verità* (*Lügen, die immer die Wahrheit sagen*) ist der kürzeste und ein Wendepunkt in Elena Ferrantes Verhalten der Öffentlichkeit gegenüber. Auf einer knappen Seite schreibt sie im Januar 2002 an Sandro: »Du sagst, dass man Interviews geben muss, wenigstens das. Also gut, Du hast recht.« *Meine geniale Autorin* gibt nach: Sie erfüllt den Wunsch ihrer Verleger nach mehr Öffentlichkeit. Alle bisherigen Texte in *La frantumaglia* waren ja bis zu diesem Zeitpunkt von einer unbedeutenden Ausnahme abgesehen unveröffentlicht oder wurden im Fall von Briefen gar nicht erst abgeschickt. Erst ab dem 24. Januar 2002, als Elena Ferrante jenseits ihrer erzählerischen Werke beginnt, über sich und ihr Schreiben für ein großes Publikum in den Medien nachzudenken, ändert sich ihr Status als unbekannte Autorin fundamental (nachzulesen im folgenden zwölften Text in *La frantumaglia*, einem Interview für den *Messaggero* mit dem hartnäckigen Goffredo Fofi). Ferrante weiter an Sandro: »Ich hoffe, in diesen zehn Jahren gereift zu sein.« Sie beurteilt ihren Schritt, nun doch in die Öffentlichkeit zu gehen, mit ihrer größeren Erfahrung. *Tage des Verlassenwerdens* sind gerade erschienen, und das Interesse der Medien ist wieder gestiegen. Gleichzeitig warnt sie Sandro, das Spiel mit den Zeitungen ende immer mit Lügen. Die Ursache dafür sei der Wunsch, sich dem Publikum von der besten Seite zu zeigen. Sie verabscheue zwar keineswegs Lügen, sie setze sie häufig, um sich zu schützen, im Alltag ein, aber sie würde sehr leiden, müsste sie über ihre Bücher lügen. »Mir scheint, die literarische Fiktion ist dazu da, immer die Wahrheit zu sagen«, sagt Ferrante. Und an der Wahrheit ihres zweiten Romans hänge sie sehr. Sie möchte keinesfalls nachgiebig darüber sprechen, nur um den heimlichen Erwartungen der Journalisten zu genügen.

Zugang zum Männlichen

An diesem Punkt wirkt Elena Ferrantes Gesinnungsänderung fatal: Mit einem Mal reicht es nicht mehr, den Roman geschrieben zu haben und ihn loszulassen. Plötzlich geht sie wie selbstverständlich davon aus, dass der neue Roman ihrer zu veröffentlichenden Kommentare bedürfe. Sie wirft ihre grundsätzliche literarische Überzeugung, dass das Buch, einmal im Umlauf, den Autor nicht mehr braucht, rücksichtslos über Bord. Manche Gründe dafür wurden schon genannt. Hinzu kommt die Freude darüber, dass man ihre Prosa nun offenbar wertschätzt, dass das Erscheinen ihres zweiten Romans ein kleines Event ist. Geschmeichelt von diesem Interesse, betritt Elena Ferrante die Bühne der Öffentlichkeit, um Werbung für ihr neues Buch zu machen. Es ist schwer zu sagen, ob dies ein Fehler war, denn ohne diesen Schritt hätten die Medien sie möglicherweise noch weniger beachtet als nach dem Debüt. Jetzt erst beginnt langsam ihr Aufstieg zum Phänomen Ferrante. Sie bekommt die von ihrem Verlag gewünschte stetig wachsende Publicity, die jedoch trotz ihrer anfänglichen Bemühungen, nur über Inhalte zu sprechen, viel mit ihrer Anonymität zu tun hat. Sie ahnt das, wenn sie Sandro schreibt, ihr Ideal wäre es, mit kurzen Antworten denselben Effekt wie mit ihrer Prosa zu erzielen. Doch der gute Vorsatz, in den Interviews die Lügen so mit knappen Antworten zu arrangieren, dass sie immer die Wahrheit sagen, platzt schon im ersten veröffentlichten Interview. Aber ihre Vorfreude auf die Herausforderung ist groß, und sie fühlt sich gut vorbereitet: »Ich neige ja schon dazu, wahre Lügen zu sagen, wenn ich nur eine Glückwunschkarte schreibe«. Sandro solle ihr sofort die Fragen Fofis weiterleiten.

La città senza amore (*Die Stadt ohne Liebe – Antworten auf die Fragen Goffredo Fofis*) heißt der zwölfte Text, ein Interview mit dem renommierten Autor und Literaturwissenschaftler, der in Italien selbst als möglicher Kandidat gilt, Elena Ferrante zu sein. Es erschien am 24. Januar 2002 unter dem Titel *Ferrante: Reise ins Zentrum des Planeten Frau* im *Messaggero*. Mit der Verve einer unfehlbaren Literaturkritikerin macht sich Elena Ferrante daran, der Leserschaft ihren neuen Roman zu erklären. Olga sei keine einsame, sondern eine isolierte Frau. Ihr Leben in der Isolation habe sie als Autorin am meisten interessiert. Für Olga bedeute das eigene Schreiben Widerstand und Verständnis. Als Mädchen habe sie noch hochfliegende Träume gehabt, jetzt diene ihr das Schreiben nur zur Kontrolle der Probleme, in denen sie sich befindet. Der Verlust des Partners und der Liebe sei eine der größten Herausforderungen für die weibliche Existenz. Er erzeuge Sinnleere: Eine Stadt ohne Liebe sei eine ungerechte und grausame Stadt.

Delia aus *Lästige Liebe* habe in Neapel noch ihre eigene Geschichte

Häufig anzutreffen in Neapel sind die glockenförmigen Säulen: Blick vom Vomero durch die Balustrade hinab auf die Stadt

gefunden, Olga hingegen stoße in Neapel, Turin oder anderswo nur noch auf Namen, nicht auf menschliche Wärme. »Dergestalt wird Neapel zur Metapher für eine umfassende *condition humaine* unserer Zeit. Neapel, wo es schwerfällt, zu leben, und wo man stets Lust bekommt, abzureisen; Neapel, wovon man sich nur schwer lösen kann; Neapel, das mehr als andere Städte einen ständig zwingt, zurückzukommen: Neapel, der sinnbildliche Ort für einen unbewohnbaren Planeten, aber im Wissen, dass er der einzige ist, auf dem wir bislang zu Hause sein können.« 1991, ein Jahr vor *Lästige Liebe*, erschien dieser Text, der das Ferrantesche Neapel-Paradoxon brillant antizipiert und zusammenfasst, denn in all ihren Romanen geht es ums Weggehen, ums Bleiben und ums Zurückkommen, was in der Tetralogie anhand der verschiedenen Lebensläufe von Lila, die in Neapel bleibt, und Lenù, die weggeht und zurückkehrt, um wieder wegzugehen, zu einem zentralen Erzählmotiv wird.

Veröffentlicht hat diesen Text, der so gut zu ihr passt, aber nicht Elena Ferrante, sondern Fabrizia Ramondino in ihrem Buch *Star di casa* (*Zu Hause sein*). 1992 erschien es auf Deutsch unter dem Titel *Nicht sehr verlässlich zu Haus ...*, ein Zitat aus dem von Ramondino ihrem Buch vorangestellten Motto von Rainer Maria Rilke aus den *Duineser Elegien*. In Ramondinos Essays finden sich viele weitere Passagen, die geeignet sind, Ferrantes Prosa zu erläutern: eine Fahrt von Caserta nach Neapel, die Auseinandersetzung mit Freud, explizite Schilderungen präsexueller Handlungen der Kinder in Neapel und Ramondinos eigenen Übertretungen der Regeln der Erwachsenen. Ebenso die sexuelle Belästigung durch die Jungen, die versuchen, sie zu berühren, »nicht an der Stelle, die mir verboten war, sondern am Hintern«. Es geschieht »unzählige Male« in der Trambahn, aber auch in der Kirche, im Kino oder bei Volksfesten. Ramondino nennt sie »die arabische Geste« wegen der darin bezeugten Verachtung der Frauen einerseits und wegen der Neigung zu dem den beiden Geschlechtern gemeinsamen Körperteil. »Das bestärkte mich einmal mehr in meinem inneren Widerstand, dem Schicksal der neapolitanischen Frauen zu folgen, denn auch in meiner sozialen Schicht hatten mir unzählige Erfahrungen klargemacht, dass dies hier – kaum hinter guten Manieren verborgen – ebenfalls der Gebrauch ist, den die Männer von den Frauen machten.«

Wie Ferrante kämpft auch Ramondino um ihre Befreiung vom Schicksal ihrer weiblichen Vorfahren. Bezeichnend ist die Passage ihrer ersten Menstruation nach dem Tod ihres Vaters, die an die heftige Blutung Delias beim Begräbnis ihrer Mutter erinnert: »In den ersten Wochen der Trauerzeit vergoss ich mein erstes Menstruationsblut, so als hätte die Abwesenheit meines Vaters es der Frau, die er in mir zu fürchten schien, gestattet, hervorzutreten.« An anderer Stelle beschreibt Ramondino das industrialisierte Neapel »in Richtung San Giovanni, Poggioreale, Bagnoli«. Der Rione Luzzatti, in dem die Kindheitsszenen der Tetralogie und davor schon diejenigen Delias spielen, gehört zum Stadtviertel Poggioreale. Ramondino erwähnt in diesem Zusammenhang auch die Via Emanuele Gianturco, von der man in den Rione abbiegt: »Manche Namen, wie Via Emanuele Gianturco, waren mir nicht neu, weil meine Mutter, die Tanten und Onkel mit einem der Söhne oder Enkel jenes Gianturco befreundet gewesen waren, einem jungen Dichter, der in der Tradition D'Annunzios stand«. Auch die Kirschen, die Delia in *Lästige Liebe* der Nachbarin ihrer Mutter, der De Riso, um die Ohren hängt, um die Wahrheit über ihre Mutter Amalia und Caserta, ihren möglichen Liebhaber, zu erfahren, spielen bei Ramondino eine Rolle. Eine Tante Ramondinos war Malerin und hatte ein Porträt von Fabrizia vor ihrem sexuellen Erwachen gemalt, »eine Kohlezeichnung, in der ein Büschel Kirschen, über mein Ohr gehängt, der einzige Farbfleck war. Hätte sie mich doch beim Kirschenessen dargestellt. Die Sinne sind eine Pforte zur Wahrheit«, erinnert sich Ramondino an das allmählich erkennende Mädchen, »das noch nicht in das rote Fruchtfleisch der Kirschen gebissen hatte«.

Je länger man in *Star di casa* liest, desto eher wirkt die Aufsatzsammlung wie eine Vorstudie zu *Lästige Liebe,* »denn Neapel folgt seinen Einwohnern überallhin, wie ein Schatten, wenn sie woanders hinziehen«, wie Ramondino hier schreibt. Was noch skizzenhaft angelegt ist, wird wenig später variiert und in eine Struktur, in einen durchdachten Plot eingefügt.

Ferrante präzisiert für Fofi im Interview, Olga sei ein Kämpfertyp, der weder Anna Karenina noch Beauvoirs gebrochene Frau und schon gar nicht die verlassene Frau in Neapel, die Poverella, sein wolle. Olga sei nicht gläubig. Ihr fehle jegliches mystische oder transzendente Denken. Der Schmerz erhebe sie nicht, noch versenke er sie. Daraus schließe sie, dass es nichts gibt, weder oben noch unten, das sie trösten könne. Was den Hund Otto betrifft, meint Elena Ferrante, könne sie nichts sagen, nur, dass sie die Figur – wenn man das so sagen dürfe – sei, die ihr das meiste Leid verursacht habe. Der Musiker Carrano sei die Figur, die es Olga ermögliche, wieder Zugang zum Männlichen zu finden.

Allein mit der Politik

Senza distanza di sicurezza (*Ohne Sicherheitsabstand*) heißt der 13. Teil, ein Interview mit Stefania Scateni, das am 8. September 2002 in *L'Unità* unter dem Titel *Elena Ferrante, das Schreiben und das Fleisch* erschien. Die Herausgeber von *La frantumaglia* versäumen nicht, bei der Gelegenheit zu erwähnen, wer zum Gespräch die große Einleitung und wer begleitend dazu die Buchbesprechung geschrieben hat, gleichsam als Beweis, wie lohnend Autoreninterviews für das Buchmarketing sind.

Schon die erste Frage Scatenis zielt auf Ferrantes Anonymität: Ob diese hilfreich gewesen sei, um so brutal aufrichtig über Olga zu schreiben. Ferrante antwortet ausweichend. Sie wisse es nicht. Sie habe schon immer versucht, ihren Alltag vom Schreiben zu trennen. Der Alltag sei voller hilfreicher Lügen, das Schreiben hingegen sei das Wahrhaftige. Sie versuche in der literarischen Fiktion so ehrlich wie möglich zu sein, das helfe, die Selbstzensur auf Abstand zu halten. Die damit einhergehende Frage nach der Steigerung und Übertreibung bestimmter Motive klammert Elena Ferrante noch aus. Auf die Frage, warum sie nur zwei Bücher in zehn Jahren veröffentlicht habe, verweist sie auf viele Manuskripte in der Schublade. *Lästige Liebe* und *Tage des Verlassenwerdens* seien die beiden Texte, die stärker als die anderen den Finger in ihre noch offenen Wunden legten, ohne Abstand, ohne Sicherheit. Sie verrät, welches Buch sie am meisten während der Arbeit an *Tage des Verlassenwerdens* beschäftigt habe: der historische Roman *Die Prinzessin von Clèves* von Madame de La Fayette. Er erschien 1678 anonym in Paris. Man vermutete zunächst, La Rochefoucauld oder Jean de Segrais hätten den Text geschrieben. Beide befanden sich im engen Umfeld von La Fayette. Die Geschichte passt tatsächlich gut zu *Tage des Verlassenwerdens*, geht es doch um den Unterschied zwischen der Liebe in und der Liebe außerhalb der Ehe, um Verlassen und Verlassenwerden.

Auf die grundsätzliche Frage nach der Liebe verweist sie auf das 4. Buch der *Aeneis*, auf die Leidenschaft Didos, ihre Liebe zu Aeneas und darauf, wie er sie verlässt, und schließlich auf ihren Selbstmord mit Aeneas' Schwert. Ebenso wichtig ist ihr, wie sich parallel zu diesen Ereignissen Karthago entwickelt, wie Didos Stadt von der Liebe in Hass verfällt.

Der 14. Text *Una storia di destrutturazione* (*Eine Geschichte von Destrukturierung*) ist ein Interview, das im August 2003 anlässlich des Erscheinens der dänischen Ausgabe von *Tage des Verlassenwerdens* in der Wochenzeitschrift *Weekendavisen* veröffentlicht wurde. Auch hier lautet die erste Frage, warum Elena Ferrante auf die Bekanntheit verzichte, nach der viele Menschen streben. Warum sie sich entschieden habe, nicht zu erscheinen. Sie verweist auf Sigmund Freuds *Totem und Tabu*, worin der Psychoanalytiker den Fall einer Frau schildert, die nicht mehr ihren eigenen Namen schreiben wollte, weil sie fürchtete, dass jemand anders ihn benützen und sich so ihrer Persönlichkeit bemächtigen könnte. Diesen Aspekt wird die Geisteswissenschaftlerin Marcella Marmo aufgreifen, als wir uns im September 2018 über das Phänomen Ferrante unterhalten: Man habe nach der »Enthüllungsgeschichte« im *Corriere della Sera* ihr Foto im Internet missbraucht; sie tauche jetzt in Pornoseiten auf. Später hörte Freuds Patientin aus derselben Angst heraus ganz auf zu schreiben. Der pathologische Fall klingt wirklich wie die Vorwegnahme des heute häufigen Identitätsraubs in digitalen Netzen. Elena Ferrante schreibt über sich, auch sie sei an diesem Punkt: Als sie jene Krankheitsgeschichte gelesen habe, sei sie ihr auf eine gesunde Weise bedeutsam erschienen. Jedes Individuum habe das Recht, seine Person und sogar sein Gesicht von den öffentlichen Auswirkungen seiner Arbeit zu trennen. Die Aktivitäten der Autoren zu Werbezwecken für ihre Bücher führten in immer stärkerem Maße dazu, dass ihre Werke dahinter verschwänden.

Elena Ferrante wünscht sich einerseits, dass ihre Schreibecke ein geheimer Ort bleibe, andererseits legt sie immer mehr Fährten, die diesen Ort einkreisen. Sie charakterisiert sich, ihre Schreibsituation, ihre Vorbilder, ihre Einflüsse. Zu denen gehört auch Italo Calvino, den sie zitiert: Der Autor hatte 1964 einer Leserin geschrieben, dass er ihr keine biographischen Daten liefere, und wenn, dann nur gefälschte. Er werde die Informationen ständig ändern. Sie dürfe ihn fragen, was sie wolle, aber er werde ihr nicht die Wahrheit sagen. Elena Ferrante sagt, sie habe sich diese Ansicht teilweise zu eigen gemacht. Allerdings hasse sie es im Gegensatz zu Calvino, auf Fragen dieser Art mit einer Reihe von Lügen zu antworten. Doch der dänische Journalist lässt nicht locker und fragt nun, ob es sie belustigt habe, dass italienische Medien vermuten, sie sei in Wirklichkeit Goffredo Fofi, Fabrizia Ramondino oder gar ein neapolitanischer Homosexueller.

Elena Ferrante streicht normalerweise ihr unangenehme Fragen. Manchmal verweigert sie das gesamte Interview, wenn es lästige Themen enthält. Sie hat es nicht zuletzt ihrer Anonymität zu verdanken und damit dem Abstand zu den Interviewern, dass sie nach Belieben die Gespräche in die von ihr gewünschte Richtung lenken kann. Was Delia und Olga stets anstreben, verwirklicht Elena: Vollkommene (Selbst-)Kontrolle. Sie hätte problemlos die Hinweise auf Fofi und Ramondino überspringen können. Das tut sie hier aber nicht, im Gegenteil: Sie bleibt auch bei diesen sehr konkreten Vermutungen, wer sie in

Wirklichkeit sein könnte, entspannt und auskunftsfreudig. Und ihre Verleger stimmen ihr insofern zu, als sie ihre Antworten weiterleiten und später sogar in *La frantumaglia* veröffentlichen. Dies ist deshalb bemerkenswert, weil sich diese lockere Einstellung zum Rätselraten nach der wahren Identität von Elena Ferrante bei ihr selbst und den Verlegern heute verflüchtigt hat. Sie ist bei den Ferris harscher Kritik, bei Ferrante konsequentem Schweigen gewichen. Jetzt, da die Vermutungen immer konkreter und wahrscheinlicher geworden sind, verhalten sich die drei also nur noch ablehnend zu dieser Thematik, obwohl es sich um denselben Vorgang, um dieselbe Identitätssuche handelt.

Sie schätze die genannten Autoren sehr, antwortet Ferrante (»Stimo molto gli scrittori che ha citato«). Die Vorstellung, dass man ihre Romane diesen Schriftstellern zuordnen könne, schmeichle ihr (»mi lusinga«). Auch die Schwulenhypothese missfalle ihr nicht. Elena Ferrante gebraucht tatsächlich diese doppelte Verneinung, wodurch ihre Reaktion verspielt und heiter erscheint. Sie fährt (augenzwinkernd?) fort, dies sei doch der Beweis dafür, dass ein Text mehr enthalten könne, als sein Verfasser von sich wisse.

Zur Frage nach biographischen Elementen in ihren Romanen bestätigt Elena Ferrante: Je mehr eigene Gefühle in die Geschichte Eingang fänden, desto stärker wirke die Wahrheit in der Prosa. Was aber am Ende zähle, sei die Qualität dieser Wirkung und wie der Text sie erreiche oder steigere. Hier findet sich erstmals ein kleiner Hinweis auf das Steigern und Übertreiben, wie es beispielsweise in Olgas Versuch praktiziert wird, mit dem Mund den neuen Wohnungsschlüssel im Schloss zu drehen. Der Liebesentzug in *Tage des Verlassenwerdens* führe zu einer Destrukturierung der Hauptfigur. Der Roman sei einerseits ein feministischer Roman, weil er von den weiblichen Reaktionsweisen auf das Verlassenwerden seit Medea und Dido zehre. Andererseits sei er nicht feministisch, weil er nicht versuche, eine theoretisch und praktisch korrekte Reaktionsweise der Frau angesichts des Verlusts des geliebten Mannes zu zeigen.

Der 15. Text *Sospensione dell'incredulità* (*Aufhebung der Ungläubigkeit*) geht auf eine Anfrage des Verlages e/o zurück, der seine Autoren gebeten hatte, politische Texte zur aktuellen Lage in Italien zu verfassen. Im April 2002 schrieb Elena einen Brief an Sandro und legte die

Kurzgeschichte *La bella forma* (*Die schöne Form*) bei, die wenig später u. a. im *Corriere della Sera* erschien. Die Geschichte handle vom Widerwillen. Diesen Widerwillen habe sie dann beim Schreiben selbst in die Geschichte eingearbeitet. Im Brief zeigt sich Elena Ferrante kämpferisch gegen den Populismus und vor allem gegen Silvio Berlusconi. Sie analysiert knapp und treffend, wie er an die Macht kommen konnte und warum rund die Hälfte der italienischen Bevölkerung ihn gewählt hat. Das ist hochaktuell und gut durchdacht. Sie stellt auch die Frage, welche Fehler die Linke begangen und welchen Anteil sie an der gegenwärtigen Situation habe. Sie freut sich auf ein ausführliches Gespräch zu dritt mit Sandra und Sandro – alle traditionell linksorientiert – und skizziert, wie sehr sie Lust hätte, einen großen Roman über das Thema zu schreiben, wie es dazu kommen konnte, dass ein leichtgläubiges Volk seine Kritikfähigkeit verloren hat. Sie entschuldigt sich dafür, dass ihr »Antiberlusconismus« nur in Form einer kleinen, viele Jahre zurückliegenden Familiengeschichte zum Ausdruck komme und für den Wutausbruch im Brief: »Aber wenn ich mich nicht bei euch abreagiere, bei wem dann? Umarmung, Elena«. Das lässt unwillkürlich an die verlassene Frau denken oder an die spätere Variante im dritten Roman, an die Frau, die verlässt. Jedenfalls scheint kein Partner, kein Ehemann da zu sein, mit dem sie über Politik diskutieren könnte.

Metaphern der Erinnerung

Die schöne Form ist ein stellenweise experimenteller und für Ferrante ungewöhnlich frei-improvisierter Text, der das Schreiben insofern thematisiert, als der Widerwille, den das Sujet bei der Autorin auslöst, auf den Vorgang der Niederschrift übertragen wird. Es ist die Erinnerung an ihre Großmutter – eine Rarität im Werk Ferrantes – und an deren Gegenspieler, eine »schwarze Figur« (»figura nera«) in Neapel vor zwanzig Jahren. Elena Ferrante leidet in jener Zeit (also Anfang der achtziger Jahre) unter Prüfungsstress an der Universität (geboren wäre diese Ferrante demnach Anfang oder Mitte der 1950er Jahre, was am besten zu Anita Raja passt).

Mit großer Selbstverständlichkeit nennt sie Örtlichkeiten, den Vomero, Cappella Cangiani und Camaldoli, wo ihre Großmutter in einem

Palazzo in einer Zweizimmer-Eigentumswohnung lebte. Matteo Carraccio war ein etwa fünfzigjähriger, wohlhabender und jovialer Mann, immer vornehm gekleidet, immer etwas zu laut und aufdringlich. Er war der Besitzer der meisten Wohnungen und lebte selbst dort in einer der größten mit einer vielköpfigen Familie. Sein Vater war schon Ingenieur, er war es auch und besaß zahlreiche Häuser am Vomero. Jahrelang gab es schon kleine Auseinandersetzungen zwischen Carraccio und ihrer Großmutter. Es ging um Zufahrten, um Parkplätze im Hof, um Feiern auf den Terrassen. Wer hat welches Recht? Elena schrieb im Namen der Großmutter unzählige Briefe, um deren Ansprüche zu verteidigen. Aber Carraccio saß immer am längeren Hebel. Die Situation spitzte sich zu, als er ihr verbieten wollte, weiterhin an der Hauswand über ihrem Balkon Blumen zu ziehen, was sie seit vielen Jahren tat. Der Streit eskalierte. Elena und ihre Großmutter waren fest entschlossen, diesmal nicht nachzugeben. Doch Carraccio organisierte sich eine Mehrheit bei der Eigentümerversammlung, ließ sich zum Vorsitzenden wählen und stellte den Antrag, dass an allen Fassaden des Hauses zum Schutz des Mauerwerks keine Haken für Blumentöpfe befestigt werden dürften und bestehende entfernt werden müssten. Der Antrag hatte Erfolg, und mit dem Verschwinden ihrer geliebten Blumen begann das Sterben der Großmutter.

Elena Ferrante fügt noch eine kleine Camorra-Episode in die Geschichte ein: Carraccio selbst habe die Wohnung ihrer Großmutter verkauft und auf Barzahlung bestanden. Elena meint, die Enkel hätten das ablehnen müssen, aber die Großmutter wollte unbedingt in der Wohnung bleiben. Barzahlung sei normal, sagten alle, sogar der Notar fand das in Ordnung, solange er offiziell nichts davon wusste. Also machte Elena als abenteuerlustige junge Frau mit. Aber sie hatte es mit Carraccio zu tun, ein Mann, der keine Regeln respektierte, obwohl er so tat, als wäre das genaue Gegenteil der Fall. In einem der Einschübe übt Elena Ferrante Selbstkritik: Sie habe eine Tasse Tee getrunken und könne es nun nicht mehr erwarten, an das Ende der Geschichte zu kommen und mit dieser Herstellung einer Metapher der Erinnerung (»fare metafora a una memoria«) endlich Schluss zu machen.

Dieser Wunsch, bei der Arbeit dem Umschreiben bedrückender Szenen aus der Vergangenheit ein Ende zu setzen und Klartext zu sprechen, ist insofern bemerkenswert, als ja die Autorin Elena Ferrante in ihren Romanen und selbst in *La frantumaglia* ständig Bilder mit falschen Namen und verfremdeten Ereignissen erstellt und damit ihr Gedächtnis manipuliert. Sie »macht Metaphern aus ihrer Erinnerung«, und die meisten davon nur aufgrund der selbstauferlegten Anonymität. Bezeichnenderweise fährt sie fort: »Es bräuchte die echten Namen, es bräuchte Substantive ohne Eigenschaftswörter, um zu erzählen, wie die Regeln des gemeinschaftlichen Zusammenlebens außer Kraft gesetzt werden.«

Kahlgeschorenes Mädchen

Den 16. Text *La frantumaglia* schickte Elena Ferrante im Juni 2003 an Sandra. Er war eine Reaktion auf Fragen von zwei Journalistinnen der Zeitschrift *L'Indice dei libri del mese*, die im April 2003 gestellt wurden. Hier schreibt sie sich in einen über sechzigseitigen Interpretationsrausch. Was sie bislang ablehnte, nämlich die veröffentlichten Bücher wieder nahe an sich heranzuholen und damit die starken Emotionen, die sie während des Schreibens hatte, wieder heraufzubeschwören, praktiziert sie nun in exzessiver Weise. Die Journalistinnen hatten nur fünf ganz kurze Fragen gestellt, aber Elena Ferrante reagiert darauf mit überbordendem Mitteilungsdrang. Sie schäme sich ein wenig dafür, schreibt sie Sandra. Sie schicke ihr den Text nun doch. Wer mit Leidenschaft schreibe, brauche wenigstens einen Leser. Sandra könne dann entscheiden, ob sie die Antworten den Journalistinnen zukommen lasse. Sie sei allerdings nicht bereit, ihren Text so zusammenzufassen, dass er veröffentlicht werden könne. Veröffentlicht wurde er dann aber doch und offenbar ungekürzt in *La frantumaglia*.

Erstaunt folgt man diesem »Vagabundieren in den ersten zwei Büchern«, so Elena Ferrante, die dann präzisiert, es handle sich inzwischen um zwei Bücher, von denen sie sich jetzt vorstellt, sie hätte sie so geschrieben; die wirklichen ersten zwei Bücher würden ihren Weg gehen und gehörten ihr nicht mehr. Es scheint, als wolle sich Elena Ferrante hier das Schreiberlebnis zurückholen, es variieren, ergänzen, vervollständigen (zur Veröffentlichung in den Romanen Geplantes und dann Gestrichenes wird hier nachgereicht) und vor allem ausdeuten und vertiefen. Der Text hat keine Interview-, sondern Briefform und ist im Wesentlichen ein großer Essay, der sich in fünf Abschnitten mit den Themen Selbstauflösung, Schuld, Mütter, Städte und weibliche Kleidung beschäftigt.

»Ihr fragt mich nach dem Schmerz in meinen beiden Büchern«, beginnt Elena Ferrante den ersten Abschnitt und hält die Wortwahl der Journalistinnen, die die Herkunft der Schmerzen erklären soll, für zu allgemein, verbraucht und verwirrend: »Ursprünge«, »archaische Modelle der Frau«, »mediterrane Matrix«. Sie möchte lieber über ein Schmerzenswort aus ihrer Kindheit schreiben, das sie bei der Entstehung beider Romane begleitet habe. Ihre Mutter habe es in ihrem Dialekt gebraucht, wenn sie sich von einander widersprechenden Gefühlen hin- und hergerissen fühlte, was sie quälte, ja zerfleischte. Dann sagte die Mutter jeweils, sie habe eine »frantumaglia« in sich. Das Wort hat etymologisch mit Scherben und Splittern zu tun. Die Frantumaglia deprimierte sie, verursachte Schwindel, allgemeines Unwohlsein und viele andere Leiden, die nicht auf eine deutliche Ursache zurückzuführen waren. Die Frantumaglia konnte auch zu einem lustigen Liedlein führen, das sie pfiff, oder dazu, dass sie die Wohnung verließ, vergaß, das Gas auszudrehen, und die Tomatensauce auf dem Herd verkohlte; sie führte auch zu Selbstgesprächen, für die sich Ferrantes Mutter später schämte, und vor allem zu plötzlichen Weinkrämpfen: die Tränen der Frantumaglia. Was die Frantumaglia genau ist, wisse sie aber heute noch nicht genau, und ihre Mutter könne sie nicht mehr fragen. Und dann versucht Elena Ferrante doch eine selbstbezogene Definition: »Die Frantumaglia ist das Lager der Zeit ohne die Ordnung einer Geschichte, einer Erzählung.« Letztlich also ist die Frantumaglia für Ferrante ein zentraler Schreibimpuls. Für ihre Figuren bedeutet Schmerz die Auseinandersetzung mit der Frantumaglia. Um das zu erläutern, zitiert sie eine Passage aus *Lästige Liebe*, die sie im Buch nicht veröffentlicht hatte.

Darin erzählt Delia von den feinen Haaren, die sie vom Vater geerbt hatte und mit denen sie unzufrieden war. Ihre attraktive Mutter Amalia hingegen hatte kräftiges, tiefschwarzes Haar. Delia empfand sich als hässlich und war es müde, nach der Schönheit in sich zu suchen. Mit 12 Jahren nahm sie heimlich die Schneiderschere ihrer Mutter, schloss sich ins Bad ein und schnitt sich mit »wilder Freude« den Kopf kahl. Im Spiegel erschien vor ihr eine Fremde. Sie dachte: Ich bin eine andere. Und weiter: Ohne ihr Haar wäre auch Mutter eine andere. Dann ging sie zu ihr, um sich zu zeigen, um ihr Schmerzen zuzufügen. Delia brauchte jetzt, so gestutzt, nicht mehr Amalia nachzueifern. Aber Delia wurde von ihrer Reaktion überrascht. Ihre Mutter schimpfte nicht, gab ihr keine Ohrfeige, tat nichts, was Delia hätte erwarten können. Amalia blieb stumm und reglos bei ihrer Singer-Nähmaschine sitzen und weinte. »Sie sah etwas, das sie verletzte oder erschreckte«, schreibt Elena Ferrante: kahlgeschorene Frauen.

Ferrante versteckt in ihrer Prosa Hinweise, die für kundige und verständnisvolle Leser weiterführend sein können: winzige Indizien, die manchmal stellvertretend für Erhabenes und Großes, manchmal für Grauenhaftes und Qualvolles stehen. Sollte Elena Ferrantes Mutter eine Jüdin gewesen sein, der als Minderjährige die Flucht aus Nazi-Deutschland geglückt war und deren Angehörige in Konzentrationslagern ermordet worden waren, dann sah sie beim Anblick ihrer Tochter in dem Moment nicht nur Delia, sondern auch andere kahlgeschorene Frauen. Angedeutetes und Unausgesprochenes erweitern die Erzählräume, egal, ob das hier in diesem Fall nun zutrifft oder nicht: Elena Ferrantes erste drei Romane sind Prosakonzentrate, die an der Oberfläche oft recht harmlos daherkommen, die aber in vielerlei Hinsicht erschütternde Erlebniswelten in sich bergen.

Feindliche Liebe

Bei der Erklärung, warum sie die Haar-Szene »vor zehn Jahren aus dem Buch ausgeschlossen« hatte (es ist hier konkret vom vor einer Dekade veröffentlichten Text *Lästige Liebe* die Rede), verharrt Ferrante bewusst beim Banal-Historischen: Die Assoziationen zu Samson und Delilah, zu Iris und Dido und zu vielen weiteren Mythen rund um das Haar wären zu plakativ gewesen. Zudem hätte die Passage zu viel über das Mutter-Tochter-Verhältnis ausgesagt, hätte andere wichtige Szenen zu sehr abgeschwächt. Pech ist das nur für die Leserinnen, die seit Erscheinen von *La frantumaglia* 2003 zuerst diese eliminierte Haar-Passage und danach erst *Lästige Liebe* gelesen haben oder noch lesen werden. Diese verkehrte Reihenfolge wird wegen des besonderen Editionsplans der Neuübersetzungen auch in Deutschland oft stattfinden, sind doch die beiden Bücher innerhalb nur eines Jahres erschienen.

Wie sehr Elena Ferrante mit solchen Texten und Einfügungen nachträglich in die Rezeption ihrer Romane eingreift, scheint ihr nicht klar zu sein. Falls doch, nimmt sie das offenbar billigend in Kauf, widerspricht damit allerdings immer wieder vehement ihrer mindestens ebenso vehement vorgetragenen und bis heute wiederholten Überzeugung, ein Roman brauche keinen Autor. Mit diesen Deutungen und Ergänzungen, die sie als Autorin kontinuierlich vornimmt, drängt sie den Lesern ihre eigene Interpretation auf. Mehr noch: Sie verändert den ursprünglichen Roman, der damit nicht weit von ihr weggerückt ist und irgendwo sein Eigenleben führt, wie sie sich das gerne vorstellt. Nein, Ferrante holt ihn wieder ganz nah zu sich heran. »Tochter und Mutter, Kind und Erwachsene sehen etwas, sehen, dass es genügt, Hand an die Haare zu legen, und alles verschiebt sich wie bei einem Erdbeben«, so Ferrante zur nachgereichten Passage aus *Lästige Liebe*.

Gemeinsam sei Delia und Olga die Selbstkontrolle, so die Schöpferin der beiden Figuren. Frauen früherer Generationen wurden von Eltern, Brüdern, Ehemännern, von der Gemeinschaft kontrolliert, ohne dass sie sich selbst kontrollierten. Und wenn sie es taten, dann so ähnlich, wie sie es schon von den anderen kannten, von denen sie überwacht wurden. Delia und Olga seien hingegen das Ergebnis einer neuen und gleichzeitig traditionellen Kontrolle. Nach einem langen Exkurs, nach einer Passage aus *Tage des Verlassenwerdens*, die sie im Roman nicht veröffentlicht hatte, zeigt Ferrante Parallelen im Verhältnis zwischen Ilaria und Olga und Delia und Amalia auf. Aber im Gegensatz zu Amalia gelinge es Olga, dieser Frau von heute, die »feindliche Liebe« (»amore ostile«) ihrer Tochter als vitales Gefühl zu akzeptieren, das für sie brauchbar sei, um der Faszination des Todes zu entgehen, die aus der Vergangenheit, von der Poverella aus Neapel, in die Gegenwart reicht. Gemeinsam würden nun Mutter und Tochter das Recht eines Lebens verteidigen, das sich außerhalb des Modells der gebrochenen Frau befindet.

Mehrfach betont Ferrante, dass das Neue des emanzipierteren Verhaltens ihrer Protagonistinnen viel mit der Akzeptanz und der Integration weiblicher Lebensformen aus früheren Zeiten zu tun hat. Entsprechend zieht gegen Ende Delia das alte Kleid ihrer verstorbenen Mutter an und fühlt sich gut darin. Vor ihrer Identitätssuche wäre das undenkbar gewesen. Entsprechend auch nimmt Olga beim Blick in den Seitenspiegel das Profil der Poverella als Teil ihrer selbst wahr und an. Elena Ferrante verfolgt praktisch und theoretisch das Konzept einer Versöhnung, also der teilweisen Verschmelzung früherer Traditionen mit den Geboten und Potenzialen der Gegenwart. Ihr Konzept der zeitgenössischen Frau lehnt frühere Frauenrollen nicht ab, sondern setzt sich aktiv damit auseinander und schließt ihren Frieden mit ihnen. So zielt sie auf ein vollständigeres Frauenbild, das ganzheitlich die heutigen Herausforderungen annehmen kann.

Unschuld heißt, nie den Unmut Anderer zu erregen

Im zweiten Abschnitt äußert sich Elena Ferrante zu Schuld und Unschuld und zu ihrer Schwierigkeit, eine klare Trennlinie zu ziehen. Sie nennt Beispiele und hält Silvio Berlusconi in vielfacher Hinsicht für schuldig, Adriano Sofri (er gründete 1969 die linksradikale Organisation Lotta Continua und wurde 1997 zu 22 Jahren Haft verurteilt) für unschuldig und vergleicht ihre Einschätzung mit der der Justiz, die das umgekehrt sieht. Mehrfach zeigt sie auf, wie die Demokratie mit Methoden Berlusconis manipulierbar geworden ist. Im Mittelpunkt stehen aber Kindheitserinnerungen, die ihren Gerechtigkeitssinn geprägt haben, und damit das Abstellkämmerchen, das sie schon in *Lästige Liebe* erwähnt hatte: »Ihr findet es auf Seite 8 – es war ein fensterloser Ort, ohne elektrisches Licht, im neapolitanischen Haus meiner Kindheit«. Auch hier stellt Ferrante den direkten und exakten Bezug zum zehn Jahre davor veröffentlichten Buch her. »Dort hatte ich den Wunsch, zu töten und mich für diesen Wunsch zu bestrafen.« Um diesen Konflikt kreist die Autorin nun ausdauernd und unerbittlich und erläutert detailliert, wie es dazu kam. Sie hatte Angst vor der dunklen und mit kaputten Möbeln und vielen anderen Gegenständen (u. a. eine Gasmaske, die mehrfach in Ferrantes Werk auftaucht) überfüllten Kammer. Wenn die Tür nur angelehnt war, entwich der Kammer ein Geruch von DDT. Sie stellte sich vor, das sei der Atem eines gefährlichen Ungeheuers, das sie vernichten wollte. Aber das sagte sie niemandem. Die Gefahren der Kammer waren ihr Geheimnis.

Natürlich drängen sich bei diesen Schilderungen vor dem Hintergrund, dass Elena Ferrantes Mutter möglicherweise dem Holocaust entkommen ist, ihre Verwandten jedoch in Konzentrationslagern von den Nationalsozialisten ermordet wurden, noch ganz andere Bilder auf. Diese Parallelen setzen sich an anderen Stellen fort, beispielsweise zu Beginn des ersten Bandes der neapolitanischen Tetralogie, als Lila und Linù im Keller ihre Puppen suchen und Lila sich eine Gasmaske aufsetzt und Linù damit erschreckt.

Elena Ferrante sagt nun erstmals, sie habe zwei jüngere Schwestern, eine um drei, die andere um sechs Jahre jünger. Als Ferrante etwa 9 Jahre alt war, brachte die jüngste Schwester sie zur Verzweiflung. Elena wünschte ihr den Tod. Sie dachte, die Kleine hätte das nicht anders verdient, weil sie seit ihrer Geburt nur störte. Sie zu töten war nicht nur ein Wunsch, sondern entwickelte sich zu einer Notwendigkeit, obwohl die neunjährige Elena sehr wohl wusste, dass man Geschwister nicht tötet. Als ihr dieser Satz herausrutschte, war Elena sehr zufrieden: »Wir brauchen eine Schnur. Im Kämmerchen ist eine«. Ferrante bezeichnet den Satz als den Beginn des bewussten Umgangs mit Worten. Die Syntax lässt scheinbar offen, ob Elena will, dass die kleine Schwester vom Ungeheuer getötet werden soll. Aber Elena wusste, dass sie hingehen würde, weil die Kleine so froh war, endlich eine Aufgabe zu haben. Der Satz setzte sie in Bewegung und verbarg zugleich Elenas Mordabsichten. Als sich die Kleine tatsächlich zum Kämmerchen aufmachte, blieb für Elena die Zeit stehen, blieb ihr die Luft weg. Sie stellte sich in allen Einzelheiten das grauenhafte Schicksal vor, das ihrer Schwester bevorstand. Sie rannte los, überholte sie, ging selbst hinein, zog die Tür hinter sich zu und spürte den Angriff des Monsters. Draußen schrie die Schwester, sie wolle auch hinein. Als die Stimme der Mutter ertönte, zog das Ungeheuer seine Tatzen zurück. »Mach sofort die Tür auf«, schrie Elenas Mutter. Ihre älteste Tochter gehorchte, fing sich aber eine Ohrfeige ein, auch weil es der Mutter nicht gelang, die Kleine zu beruhigen. Die Mutter wollte wissen, warum Elena ihre Schwester ausgesperrt hatte, warum sie nicht auch ins Kämmerchen durfte.

Bei Elena, dem Kind, setzt nun ein intensiver Denkprozess ein, an den sich Elena, die Erwachsene, erinnert. Sie empfand die Ohrfeige als ungerecht, schließlich hatte sie aufopferungsvoll ihre kleine Schwester vor dem Monster gerettet. Weshalb sollte sie also schuldig sein? Weil sie sich darüber beklagte, dass die Kleine die Spiele der Großen störte? Musste sie, um unschuldig zu sein, hinnehmen, dass die jüngste

Schwester die beiden älteren unglücklich machte? War nicht die Ursache für ihre Mordlust einzig und allein die kleine Schwester? War die Kleine also die Schuldige, bevor Elena es wurde?

Elena kam zum Schluss: Unschuld heißt, nie den Unmut anderer zu erregen. Deshalb wurde sie schweigsam, entschuldigte sich für jede Kleinigkeit, zügelte ihre Ausdrucksweise und war stets freundlich und zuvorkommend. Das sind die Eigenschaften, mit denen die Protagonistinnen der ersten beiden Romane immer noch zu kämpfen haben. Und auch hier in *La frantumaglia* entschuldigt sich Elena Ferrante bei ihren Korrespondenzpartnern am laufenden Band, als wolle sie ihre kindliche Strategie als Erwachsene beibehalten. Trotzdem sei sie insgeheim böse geblieben und hätte jeden Moment zur Furie werden können, erinnert sich Ferrante. »Ich wusste, dass ich das Kind bin, das in der Lage war, den Satz zu finden, um die Kleine in den Tod zu schicken, ohne sie selbst zu begleiten.«

Eine Liebesbeziehung für immer

Es herrschen Schrecken und Faszination angesichts der Macht der Worte: Elena kann Gewalt ausüben, ohne selbst gewalttätig zu sein. Sie ist zwischen den Extremen der Selbstbeherrschung einerseits und der lauernden Bösartigkeit andererseits hin- und hergerissen und leidet darunter. Ihr introvertiertes Wesen und ihre intensive Beziehung zur Sprache prägen sich im Lauf der Zeit stärker aus. Erst im dritten Roman, *Die Frau im Dunkeln*, widersetzt sich die Ich-Erzählerin, eine Anglistikprofessorin, den Wünschen Dritter und kehrt (wieder) ihre böse Seite heraus, so als habe sie endlich die Höflichkeit ihrer Kindheit und Jugend überwunden. Allerdings verhält sie sich nicht nur rebellisch gegenüber einer zweifelhaften Familie, die möglicherweise mit der Camorra zu tun hat, sondern auch ungerecht gegenüber Schwächeren, gegenüber einer schönen Frau, die ihre Tochter sein könnte, und deren Tochter, die ihre Enkelin sein könnte, als repräsentierten die beiden Ferrantes jüngste Schwester. *Meine geniale Autorin* befreite sich selbst aus ihrem Dilemma mit 18 Jahren, als sie sich »zweitausend Jahre Christenheit in kantschen Pillen einverleibte«. Es ist ungewöhnlich, dass ein in Neapel geborener und aufgewachsener Teenager Kant liest.

Ferrante half es offenbar bei der Justierung ihrer ethisch-moralischen Werte.

So sicher Elena Ferrante bei der Analyse weiblicher Verhaltensweisen ist, so oberflächlich wirkt sie im dritten Abschnitt bei der Betrachtung der entsprechenden männlichen Eigenschaften. »Wie Delias Vater im Roman *Lästige Liebe* war auch mein Vater sehr eifersüchtig. Diese Eifersucht basierte auf der einfachen Tatsache, dass meine Mutter schön war«, konstatiert Ferrante. Ob ihr Vater nicht auch bei einer weniger hübschen Mutter eifersüchtig gewesen wäre? Ob die Eifersucht ihres Vaters nicht auch in seiner eigenen Kindheit gründete, vielleicht stärker als in der Schönheit der Ehefrau, also in seiner Beziehung zu den Eltern, in seinen ersten Liebeserfahrungen?

Beim Wiederlesen unveröffentlichter Passagen erfasst Elena Ferrante eine »melancholische Befriedigung«. In *La frantumaglia* nachzulesen ist eine Szene aus *Tage des Verlassenwerdens*, in der die dreijährige Ilaria masturbiert und Olga ihr zuschaut. (Sie liest sich wie die Spiegelung der Szene in Fabrizia Ramondinos Debutroman *Althénopis*, 1981, an dessen Ende die Tochter ihrer Mutter zuschaut, wie sie sich kurz vor ihrem Tod selbst befriedigt. Auf die Erzählerin wirkt diese letzte Handlung der Mutter einerseits wie der Versuch, zur Kindheit zurückzukehren und andererseits die erotische Kraft auf die Tochter zu übertragen.) Elena Ferrante schildert ihren Schreibprozess, die wachsende Aufregung, den eigenen Schrecken, das Verlassen von Gewissheiten, aber dann auch das Bedürfnis nach Beruhigung, den Abbruch und den gesamten Ablauf somit als »verpasste Chance«. Sie weiß, an welcher Stelle sie hätte dranbleiben müssen: beim Blick Olgas, die ihrer Tochter zuschaut, beim Ergründen der wechselseitigen Hassliebe. Aber dazu sei sie nicht fähig gewesen. *Meine geniale Autorin* bietet in *La frantumaglia* zahlreiche solch fesselnder und erschütternder Einblicke in ihre Schreibwerkstatt.

Es folgt eine sehr lange im Roman unveröffentlichte Passage, die Olga in der Beziehung zu Männern auf ganz neue Weise zeigt und auch in einer weiteren Hinsicht das Buch stark verändert hätte: Hier erzählt Ferrante, wie in Olga die Liebe zu Mario entstanden und gewachsen ist. Was im Roman als Manko, nämlich nur als behauptet, empfunden wird, findet hier eindringliche und fesselnde Beschreibungen, zum Beispiel die der Entjungferung. Es ist für beide, Olga und Mario, die erste Liebenacht. Das ist einerseits zart, andererseits hart und aufrichtig beschrieben, womit Olgas uferlose Verzweiflung nach der Trennung viel glaubhafter gewirkt hätte.

Der weitaus größere Teil der Passage porträtiert Olga als Ehefrau, die sich über Komplimente von anderen Männern freut, vermehrt mit ihnen flirtet und immer öfter an einen Seitensprung denkt. Ein Buchhändler ist sich schon siegesgewiss und darf sie im Auto vor ihrem Haus küssen. In dem Kontext wird betont, dass Olga und Mario beide Nichtraucher sind. Der Kuss hat ihr nicht gefallen, allein schon wegen des Nikotingeschmacks, aber sie ist erregt und dementsprechend Mario gegenüber aggressiv statt schuldbewusst. Die Erregung hält abends an, und als er ihr vor dem Einschlafen wie so oft über die Scham streichen will, empfindet sie das als übergriffig und stellt sogleich die Institution Ehe in Frage. Zuletzt ist Olga bereit, mit einem anderen Mann, einem Freund Marios, fremdzugehen. Sie ergreift die Initiative, Mario und die Kinder zu verlassen, doch die beinahe betrogene andere Frau ahnt es und verhindert Olgas Aktion: Das stellt einen beträchtlichen Kontrast zu der bekannten Olga im Roman her, denn alles geschieht in einer Phase, in der sie ihre Ehe als intakt empfindet. Mit dieser Passage, mit dieser ganz anderen Olga hätte der Roman nicht funktioniert. Aber Ferrante wird das Motiv der Ehefrau, die ihre Familie verlässt, im nächsten Roman *Die Frau im Dunkeln* ausführen.

Bemerkenswert ist auch das Verhältnis Marios zu Olgas Familie. Ihre Mutter findet ihn sehr attraktiv, bewundert seine grünblauen Augen, die den ihren ähnlich sind. Olgas Augen hingegen sind haselnussbraun. Es nervt sie, dass die Mutter eine Beziehung zu Mario herstellt, aus der sie sich ausgeschlossen fühlt, und sie hält Mario fortan von ihrer Familie fern. Ferrante verweist im Anschluss auf Sigmund Freuds Schrift *Über die weibliche Sexualität* und betont dabei den Aspekt, den bei der Partnerwahl die Rolle der Mutter spielt. Sie postuliert drei Grundsätze. Für Frauen basiere jede Liebesbeziehung nicht nur auf dem schlechten, sondern auch auf dem guten Verhältnis zur Mutter. Die Ehen und Liebesverhältnisse der Frauen würden niemals die »lästige Liebe« und damit das eigene Bild der Mutter auslöschen können, denn das sei die einzige konfliktbeladene Liebesbeziehung, die für immer andauere. Olgas Unvermögen, Mario zu betrügen, hänge mit ihrer Vorstellung seiner Verbindung zu ihrer Mutter zusammen. Einmal mehr spielen in Ferrantes Überzeugungen die Väter keine Rolle: Die präödipale Phase ist für ihre Frauenfiguren entscheidend. Es scheint, als hätten Delia und Olga die ödipale Phase übersprungen. Ferrante sagt dementsprechend, sie habe Jung kaum gelesen. Der Elektrakomplex scheint für sie nicht zu existieren.

Der doppelt zitierte Walter Benjamin

Im vierten Abschnitt beschäftigt sich Elena Ferrante vor allem mit Neapel. Sie schildert eindrücklich eine Kindheitserinnerung: Als Elfjährige entfernte sie sich im Hochsommer unerlaubterweise von zu Hause und geriet mit ihrer Schwester in ein starkes Gewitter. Statt so schnell wie möglich nach Hause zu laufen, spürte sie plötzlich – klatschnass, wie sie war – eine stark gesteigerte Wahrnehmung ihrer Umgebung und verlief sich. Das machte Angst, aber faszinierte sie auch. Sie verirrte sich gerne und dann auch absichtlich in dieser so noch nie gesehenen Heimatstadt. Aus einer Unachtsamkeit wurde ein Fehler, aus dem Fehler ein erwünschtes Ereignis, nämlich das Erlebnis, mit dem Asphalt, dem Lärm, dem Mauerwerk, den Gerüchen, den nassen Körpern, den Sturzbächen eins zu werden. Und zudem floh sie vor ihrer Mutter, von zu Hause, das zum immer bedrohlicheren Symbol für Strafe wurde, je weiter sie sich davon entfernte. Das Sich-Verirren und Sich-Verlieren wurde bei abklingender Euphorie zu einem beherrschten Vorgang, zu einer gesteuerten Aktion, die ursprünglich auf einem Kontrollverlust basierte. Auf diese Weise entstand eine noch viel engere Beziehung des Mädchens zu Neapel. Dieses Urerlebnis entwickelte sich zum Maßstab bei der Beurteilung auch anderer Städte. Es ist kaum vorstellbar, dass Anita Raja, die mit drei Jahren Neapel verlassen hat, ein solches Ereignis so eindringlich schildern kann. Andererseits ist es denkbar, dass Raja die Gewitterepisode bei einem der gelegentlichen Verwandtenbesuche erlebt hat.

Elena Ferrante zitiert nun gleich im Anschluss daran ausführlich Walter Benjamin, »der mir sehr wichtig ist«. Bemerkenswert: Fabrizia Ramondino zitiert in *Taccuino tedesco* (»Deutsches Tagebuch«, erstmals erschienen 1987 und über zwei Jahrzehnte später in einer erweiterten Ausgabe als *Taccuino tedesco, 1954–2004* neu herausgegeben) schon im Vorwort Walter Benjamin (der seinerseits Lesenswertes über seine Erlebnisse in Neapel Mitte der 1920er Jahre geschrieben hatte). Je mehr ich von Fabrizia Ramondino las, desto deutlicher wurden die Bezüge zu Ferrantes Frühwerk, vor allem auch die intensive Mutter-Tochter-Thematik. Wie Anita Raja beherrschte auch Fabrizia Ramondino das Deutsche sehr gut und las deutsche Autoren im Original. Nach ihrem Tod kam es zu einer mehrjährigen Publikationspause Ferrantes, die auch Essays und Interviews umfasste. Hat in dieser Zeit Anita Raja das Pseudonym Elena Ferrante übernommen? Da Raja bei e/o als Übersetzerin und Herausgeberin arbeitete, wäre es denkbar, dass sie Ramondinos Fürsprecherin und Lektorin bei e/o und damals schon hilfreich bei der Geheimhaltung des Realnamens war. Der Regisseur von *Lästige Liebe* und bis heute gute Freund Anita Rajas sieht das umgekehrt: Ramondino habe Ferrante gefördert. Er habe das Buch *Lästige Liebe* von Fabrizia Ramondino bekommen. Wem gehört also das Pseudonym Ferrante? Wer hält die Rechte daran? Fließen Tantiemen an Fabrizia Ramondinos Tochter Livia? Hat Claudio Gatti nicht sorgfältig genug gearbeitet? Denn demnach gäbe es nicht die eine Elena Ferrante, weshalb sich die jetzige Elena auch nicht als die eine outen könnte. Es wären mindestens zwei Autorinnen, die sich hinter dem Pseudonym Elena Ferrante verbergen, wobei in dieser Konstellation die Rolle, die Anita Raja und ihre Verleger bis heute spielen, keine rühmliche wäre. Sie hätten dann gerade auch durch die Veröffentlichung von *La frantumaglia* im Jahr 2016 mit Texten Ferrantes von 1991 bis zum Erscheinungsjahr des Buches 2016 die Existenz einer Person von den Anfängen bis heute vorgegaukelt. Doch die Hypothese, es gäbe die eine einzige Elena Ferrante, wird im Lauf der Zeit unwahrscheinlicher, was sich auch beim Übergang von ihrem dritten Roman zum ersten des neapolitanischen Zyklus zeigen wird. Und wenn es doch von Anfang an bis heute die eine Ferrante gibt, dann wird sie angesichts des Rätselratens hoffentlich wieder schmunzeln, so wie sie es öffentlich in den 1990er Jahren noch tat. Dass *meine geniale Autorin* Humor hat, bewies sie damals mehrfach. Es ist also durchaus möglich, dass die Benjamin-Zitate von Ramondino und Ferrante ein Spiel sind, um die Literaturwissenschaftler zu verwirren. Vielleicht hat einfach die eine bei der anderen die Zitate gefunden und daraufhin die Benjamin-Lektüre vertieft.

Für keinen anderen Autor schwärmt Elena Ferrante in *La frantumaglia* jedenfalls mehr als für Walter Benjamin. In *Berliner Kindheit um neunzehnhundert* (1950) und dort vor allem im Kapitel *Tiergarten* macht sie den Kern ihrer Begeisterung für den 1892 in Berlin-Charlottenburg geborenen Kulturkritiker und Philosophen Benjamin aus. »Dort finde ich seit Jahren alles, was ich brauche«, sagt *meine geniale Autorin* und beschreibt die Arbeitsweise Benjamins. Dann zitiert sie den Auftakt zu *Tiergarten*: »Sich in einer Stadt nicht zurechtfinden heißt nicht viel. In einer Stadt sich aber zu verirren, wie man in einem Walde sich verirrt, braucht Schulung.« Danach führt sie Benjamins Konzept des geschulten Sich-Verirrens und Benjamins Schreibtechnik aus, wie er beispielsweise versucht, an »das schwer Sagbare« zu gelangen, und zitiert weitere Passagen Benjamins. Höhepunkt sind Ferrantes Spekulationen, weniger wegen ihres Inhalts, mehr wegen der Tatsache, dass Ferrante, über die man nicht spekulieren soll, selbst über Benjamin spekuliert: »Von Benjamins Seele wissen wir natürlich nichts. Er erzählt nichts darüber, aber ...«

Elena Ferrante wandert in Gedanken von Benjamins Idee der Orientierung weiter zur Vorstellung der Stadt als Labyrinth, zum Ariadnefaden und damit zur griechischen Mythologie und wieder zu Dido, die sich geschickt aus einem Stierfell den Grundriss Karthagos schneidert, und somit zurück zu ihrer Mutter, der Schneiderin. Reizvoll ist die Schilderung eines Versuchs Ferrantes, einen in die Gegenwart übertragenen Roman über die schwangere und alleingelassene Ariadne zu schreiben, die von ihren Freundinnen getröstet werden muss. Diese versuchen sich in die Psyche des verliebten Theseus zu versetzen und schreiben Ariadne Liebesbriefe. Nachdem Ferrante zwei solcher Briefe verfasst hatte, gab sie das ganze Projekt auf. Es gelang ihr nicht. Bemerkenswert ist, dass Ferrante beim Schreiben ihres zweiten Romans Vergils Passagen zu Dido noch einmal las, um ihren in der Gegenwart spielenden Roman mit den Mythen abzugleichen. Dabei stellte sich allerdings die Bedeutung der Stadt in Vergils Texten rasch als das interessantere Thema für sie heraus.

Im letzten und fünften Abschnitt bearbeitet Ferrante noch einmal die Bedeutung von Frauenkleidern. Neu ist eine Kindheitserinnerung: Die kleine Elena begleitet ihre Mutter in ein Stoffgeschäft. Die Gerüche, die schnellen Bewegungen des Verkäufers, die Art, wie die Mutter die Qualität des Materials prüft, werden intensiv geschildert. Ausführlicher als bislang erläutert Ferrante die Formulierung »die Kleider auf den Leib schneiden« (»tagliare i panni addosso«) und was dieser Ausdruck in ihrer kindlichen Phantasie für Bilder auslöste.

Hier taucht eine Frau Caldaro (»Ca…«) zwar ohne erkennbare Beziehungen zur Camorra auf, aber reich ist sie und lässt sich Kostüme von Elenas Mutter maßschneidern. Das Besondere: Elena darf ihrer Mutter jetzt aktiv helfen und schildert die Arbeit an einem Ballkleid für Frau Caldaro minutiös, als handle es sich um die eigene spätere (Schreib-)Arbeit, wobei ihr das Nähen besser gefällt als das Schneiden. Es tauchen unheimliche Komponenten auf: Als ein fertiges Kleid auf dem Ehebett (der einzige sichere Bereich) ausgebreitet ist, begutachtet und berührt es Elena verbotenerweise. Sie hebt es an und hat die Vision einer verstümmelten Frau darin. Damit nimmt Ferrante das Motiv aus der Dankesrede für den Procida-Morante-Preis wieder auf: Schneiderinnen der Generation ihrer Mutter bringen die Körper der Frauen nicht zur Geltung, im Gegenteil. Schließlich schildert Ferrante ihren entstehenden Unmut darüber, dass sie als Jugendliche die selbstgenähten Kleider ihrer Mutter tragen musste. Sie wollte sich lieber wie alle anderen Mädchen zeigen. Den Höhepunkt bilden Ferrantes Jugenderinnerungen: Um sich deutlich von ihrer Mutter abzusetzen, die nur in schicken Kleidern das Haus verlässt, trägt sie Hemden und Jeans, die zwei Nummern zu groß sind. Damit verunstaltet sie sich also freiwillig so, wie es die Schneiderinnen mit ihren Kundinnen früher taten. Elenas weiblicher Körper sollte unsichtbar bleiben. Sie kleidete sich à la »sanfrasò«, wie ihre Mutter abfällig sagte. Das Wort ist eine Mischung aus Französisch (»sans façon«) und neapolitanischem Dialekt.

Elena Ferrante hatte Delia in *Lästige Liebe* einen Traum mitgegeben und ihn danach wieder entfernt. In *La frantumaglia* wird er nun erstmals veröffentlicht. Delia steht vor einem Mann, der will, dass sie sich auszieht. Sie will nicht, er aber bleibt vor ihr stehen und beharrt darauf.

Also versucht sie es. Umsonst. Das Kleid ist ihr wie auf die Haut genäht. Er lacht. Dann versucht sie es mit Gewalt und reißt sich die Brust auf. Ohne Schmerz zu empfinden, blickt sie in sich hinein und sieht eine andere, lebende Frau und bemerkt, dass sie selbst nur das Kleid dieser Fremden ist. Delia ist wütend, versucht die Fremde in sich zu schlagen. Zwecklos. Vor ihr steht inzwischen nicht mehr der Mann, sondern ihre Mutter, so als habe sie da schon von Anfang an gestanden.

Dieser Traum sei teilweise erfunden, gesteht Ferrante und verweist auf Harey, die Heldin in Stanislaw Lems *Solaris*, die ebenso ein Kleid trägt, das sie nicht ablegen kann. Am Ende ihrer Interpretation des frustrierenden Schicksals Hareys, immer dasselbe Kleid tragen zu müssen, fordert sie selbstbewusst eine weibliche Literatur, die anders davon erzählt, und nennt ein Beispiel, wo dies schon annähernd geschehen sei, in Alba de Céspedes' *Dalla parte di lei* (*Alexandra*, 1950), eine Ehegeschichte »von großer literarischer Intelligenz«, wie Ferrante jetzt noch findet. Sie hat das Buch der 1911 in Rom geborenen italienisch-kubanischen Schriftstellerin schon mit 16 Jahren gelesen. Die politisch engagierte Feministin erzählt darin von einer Pianistin, die im Begriff ist, Ehebruch zu begehen. Ferrante beschäftigt sich mit der Suche der Pianistin nach dem richtigen Kleid für den ersten großen gemeinsamen Auftritt mit ihrem Liebhaber. Aber in ihrem Schrank hängen plötzlich nur Kostüme »wie tote Frauen« an den Bügeln. Es ist ein Kleid mit einer besonderen Geschichte ihrer längst verstorbenen Mutter, das die Pianistin zum ersten Mal auspackt. Was zu Beginn wie eine Verheißung erscheint (»macht mich schön«, ruft sie ihren Helferinnen zu), führt letztlich ins Verderben, in den Tod durch Ertrinken.

Welche Frau sollte sie werden, ohne ihre Mutter nachzuahmen, fragt sich bei der Lektüre die 16-jährige Elena. Wie sollte sie schön werden? Musste sie zuerst lernen, ihren Körper zu tragen, bevor sie passende Kleider fand? Die erwachsene Elena kennt auch keine befriedigende Antwort darauf und rettet sich mit dem Gedanken, dass ihre Mutter in den tollsten Kostümen und wunderbar geschminkt nicht wirklich schön, sondern im Grunde immer voller Ängste war. Schön war sie nur an der Nähmaschine während ihrer Arbeit.

Der 17. Text, betitelt *Ein Nachwort*, ist der Brief von Sandra an Elena vom 3. Juli 2003 als direkte Reaktion auf den vorhergehenden Aufsatz für die Journalistinnen von *L'Indice dei libri del mese*, der natürlich zuerst von ihr gelesen wurde. Dieser Brief Sandras erklärt das Dilemma der dann noch im selben Jahr in Buchform erscheinenden *La frantumaglia*. Sandra ist begeistert von Elenas Ausführungen und fragt: »Könnten wir daraus nicht ein Buch machen?« Sie geht schon in die Einzelheiten, was alles hinein könnte: eine Sammlung für Ferrante-Leser, die mehr wissen wollen. Elenas absolut legitimer Wille, nicht in der Öffentlichkeit zu erscheinen, verdiene vielleicht eine umfassendere Erklärung, die über die wenigen verstreut veröffentlichten Interviews hinausgeht. »Und das nicht nur, um diejenigen zu beruhigen, die sich in ausgeklügelten Hypothesen über Deine wirkliche Identität verlieren, sondern auch für den gesunden Wunsch deiner Leser (und ich versichere Dir, dass es inzwischen sehr viele sind), dich besser kennenzulernen.« Elena solle mit ihrer gewohnten Ruhe darüber nachdenken, »aber meiner Ansicht nach wäre es gar nicht schlecht, an Weihnachten mit einer ›Gedankensammlung‹ von Elena Ferrante oder etwas Ähnlichem zu erscheinen.« Sie solle ihr so schnell wie möglich antworten.

In ihrem Antwortbrief äußert Ferrante Bedenken, warum man ihren zwei Romanen noch so viel von ihrem »Getuschel« (»parlottio«) hinzufügen solle. Aber sie sei es satt, Sandra immer alle Wünsche auszuschlagen. Sie und Sandro seien in den letzten zwölf Jahren immer sehr geduldig mit ihr gewesen. Und schon beginnt sie das mögliche Buch als Anhang zu ihren Romanen zu planen, eine Art konzentriertes Nachwort, wie es sie früher in den Büchern von e/o gab (mehrere davon aus der Feder Anita Rajas). Die Entscheidung, das zu drucken, liege bei Sandra, Material sei ja schon im Verlag.

Woher die Eile Sandra Ozzolas? Warum übt sie so viel Druck auf ihre sensible Autorin aus? Nur aus den zwei von ihr genannten Gründen? Oder auch aus verlegerischem Kalkül? Aus der Absicht heraus, das Weihnachtsgeschäft mitzunehmen und *Tage des Verlassenwerdens* noch einmal zünftig zu pushen? Sind deshalb in der Eile die Benjamin-Zitate durchgerutscht? Welcher Autor widersteht schon seinem Verlag, wenn seine Schublade dermaßen gelobt und umworben wird? Das Schicksal, in das sich Elena Ferrante mit der Veröffentlichung von *La frantumaglia* begibt, nimmt hier seinen Lauf. Elena Ferrante weiß, dass es die Befana nicht gibt, erst recht nicht in der Literatur. Die neugierige Bücherwelt ertappt eine gestresste Mutter, die statt der Befana nachts die Geschenke versteckt und Geschichten schreibt. Jede Gabe hat einen Schenkenden, jeder Text einen Verfasser. Das ist mehr als ein Dilemma, es entwickelt sich zur Tragödie, der die Beschenkten und Leser fassungslos beiwohnen: Aus einer im Verborgenen schreibenden Autorin, die lediglich zwei Romane unter Pseudonym veröffentlicht hat und nur ihre Bücher für sich sprechen lassen wollte, wird eine Schriftstellerin, die schlecht kaschierte und sehr intime Details aus ihrem Privatleben preisgibt. Auf diesen Weg, dessen Ende noch offen ist, wurde sie von ihren besten Freunden, ihren Verlegern, ohne Not geschickt. Fabrizia Ramondino ist tot, im Meer unweit von Neapel unter ungeklärten Umständen ertrunken. Anita Raja ist von der Bildfläche verschwunden.

4 *Die Frau im Dunkeln:* Von Müttern und Puppen

La figlia oscura (wörtlich übersetzt »die dunkle Tochter«) ist der dritte Roman von Elena Ferrante. In Italien erschien er 2006 beim Verlag e/o, in Deutschland, übersetzt von Anja Nattefort, 2007 unter dem Titel *Die Frau im Dunkeln* bei der DVA und 2010 als Taschenbuch bei btb sowie 2019 in gebundener Ausgabe bei Suhrkamp als *Frau im Dunkeln.* Bessere Titel-Varianten als die bisherige scheinen mir »Die Tochter im Dunkeln« oder, gemäß der französischen Ausgabe, »Die gestohlene Puppe« (*Poupée volée*). Treffend fände ich die Lösung entsprechend Ann Goldsteins Übertragung ins Englische *The Lost Daughter.* »Die verlorene Tochter« trifft den Inhalt des Romans gut. Die Nähe zum Titel des vierten Bandes des neapolitanischen Zyklus wäre kein Hindernis, sondern im Gegenteil ein Indiz für Kontinuität. Wie im vorhergehenden Roman *Tage des Verlassenwerdens* gibt es auch hier keine Widmung.

Der Roman blieb als einziger lange unverfilmt. Im Oktober 2018 jedoch kündigte die Schauspielerin Maggie Gyllenhaal an, die Filmrechte für *La figlia oscura* erworben zu haben, um damit ihr Debüt als Regisseurin zu geben.

Der Einstieg in diese Geschichte ist nicht so frappierend wie in den vorangegangenen beiden Romanen, auch weil hier eine Rahmenhandlung vorliegt. Darin verursacht die Ich-Erzählerin Leda, eine siebenundvierzigjährige Universitätsdozentin für englische Literatur, nachts einen Autounfall: Wie die Leser später erfahren, ist sie auf dem Weg von einem Badeurlaub an der ionischen Küste zurück nach Florenz, wo sie wohnt und arbeitet. Sie spürt einen Schmerz auf der linken Seite, der ihr die Kräfte raubt. Sie vergisst, dass sie am Steuer sitzt, und erinnert sich an ihre Mutter, die Leda als Kind davor warnte, ins Meer zu gehen, wenn am Strand die

Cover der Erstausgabe von »La figlia oscura«, 2006

rote Fahne weht. Leda hält die Straße vor sich für das flache und ruhige Meer und ist trotz der Rufe ihrer Mutter kurz davor, hineinzugehen. Immer noch mit diesem Bild vor Augen erwacht sie in einer Klinik. Man sagt ihr, sie sei gegen eine Leitplanke gefahren, habe aber keine schweren Verletzungen, nur eine unerklärliche Stichwunde über der linken Hüfte. Leda bekommt von Freunden aus Florenz, von ihren Töchtern Bianca und Marta, sogar von deren Vater Gianni Besuch. Allen sagt sie, sie sei übermüdet gewesen, und erzählt nichts von ihrer unsinnigen Tat davor. Sie beschließt, mit niemandem darüber zu sprechen: »Diejenigen Dinge sind am schwierigsten zu erzählen, die wir selbst nicht verstehen.«

Nach dieser kurzen Einleitung beginnt mit der Feststellung Ledas, dass sie seit dem Auszug der beiden erwachsenen Töchter ein Gefühl der Leichtigkeit verspüre, eine Urlaubsgeschichte. Das erinnert an Olga, die verzweifelte Mutter kleiner Kinder in *Tage des Verlassenwerdens*, die in ihren Tagträumen im Park merkt, dass sie von der Tochter noch gebraucht wird, dass sie aber ihrerseits nicht die Tochter braucht. Leda nun denkt, sie hätte ihre Töchter erst jetzt mit deren Fortgang richtig in die Welt gesetzt: Sie sind zu ihrem Vater nach Toronto gezogen, um dort zu studieren und zu arbeiten. Zum ersten Mal seit fast fünfundzwanzig Jahren spürt Leda nicht mehr die Sorge, sich um ihre Töchter kümmern zu müssen. Die Verabredung, einmal täglich zu telefonieren, erfüllt sie gern.

Ihre Wohnung ist jetzt sauber und ordentlich. Sie kann die Haushaltshilfe entlassen, macht eine Diät und ändert ihre Gewohnheiten. Im Lauf weniger Monate hat Leda den Körper zurück, den sie vor ihren Schwangerschaften hatte. Sie sieht entsprechend jünger aus, spürt ein ungekanntes Wohlbefinden und frische Energien. So gestimmt mietet sie eine kleine Ferienwohnung an der ionischen Küste von Mitte Juli bis Ende August. Erst Ende Juli schafft sie es, die Stadt zu verlassen. Ihr Auto ist »mit Büchern beladen«, mit denen sie das kommende Semester vorbereiten will.

Mit der Abenddämmerung kommt sie in der Ortschaft am Meer an: angenehme Stimmen, gute Gerüche. Ein Herr um die 70 namens Giovanni mit dichtem grauen Haar kümmert sich rührend um sie. Er ist nicht der Besitzer der Ferienwohnung, aber »ein Faktotum«: Er trägt die Koffer von der Bar unten im Haus hinauf in den dritten und letzten

Stock. Das kleine Apartment gefällt ihr besser als befürchtet, sie mag vor allem die Terrasse mit Meerblick.

Am ersten Urlaubstag fährt sie ein Stück die Küste entlang, findet einen Parkplatz und durchquert ein Pinienwäldchen: »Ich liebe sehr den Harzgeruch. Als Mädchen habe ich manchen Sommer an Stränden verbracht, die noch nicht voller Betonbauten der Camorra waren.«

Zum ersten Mal in Ferrantes Prosa fällt hier das C-Wort. Ihr zweiter Roman *Tage des Verlassenwerdens* war eine Emanzipations- und Selbstbehauptungsgeschichte ohne konkrete Bezüge zur Politik. Im Debüt *Lästige Liebe* gab es Hinweise darauf, dass Antonio Polledro und wohl auch sein Vater Nicola (genannt Caserta) auf unsaubere Weise das Dessous-Geschäft den Vossi-Schwestern abkauften. Auch das Treffen von Politik und Wirtschaft im Luxushotel an der Küste, an dem Polledro teilnimmt, um die Finanzierung seines Geschäfts zu sichern, ist zwielichtig. Aber es bleibt bei Andeutungen. Das gilt auch für *Die Frau im Dunkeln*, allerdings schildert hier Ferrante eindrucksvoll die Atmosphäre, die auf privater Ebene von einem Camorra-Clan ausgehen könnte.

Nach wenigen Minuten gelangt Leda an einen gepflegten Badestrand mit einem freundlichen Mann an der Kasse und einem jungen, großgewachsenen Bademeister, der sich um ihre Liege und ihren Sonnenschirm kümmert. Sie fühlt sich sofort sehr wohl. Sie beobachtet den – wie sich später herausstellen wird – erst zweiundzwanzigjährigen Bademeister Gino: Er könnte einer ihrer Studenten sein. Gino studiert Jura und bereitet sich auf Prüfungen vor. Er ist genauso alt wie Ledas Tochter Marta. »Meinen Töchtern hätte er sehr gut gefallen, vor allem Marta, die sich rasch in wortkarge und nervöse Jungen verliebte.« Daran schließt sich Ledas bittere Erkenntnis an, dass sie viel über ihre Töchter, aber wenig über sich selbst weiß. Sie könnte nicht einmal sagen, ob Gino ihr gefällt. Sie ist es gewohnt, durch die Augen ihrer zwei sehr unterschiedlichen Töchter auf die Welt zu blicken. Schilderte *Tage des Verlassenwerdens* die Selbstbehauptung und Selbstbestimmung einer Frau, so geht es hier ähnlich wie in *Lästige Liebe* verstärkt um Selbstfindung.

Selbstauflösung

Ein unbeschwerter Strandurlaub bahnt sich an mit viel Sonne und Meer, mit Arbeit auf der Liege und Espresso an der Strandbar. Aber dann fallen Leda eine junge Mutter und deren Tochter mit ihrer Puppe auf, die zu einer neapolitanischen Großfamilie gehören, vergleichbar ihrer eigenen, als sie ein Kind war. Wie in den beiden vorhergehenden Romanen ist auch hier die Herkunft ein Problem: Leda mochte ihre neapolitanische Familie unter anderem wegen ihrer aufdringlichen Freundlichkeit nicht, der sie hier nun wiederbegegnet. Das Besondere bei der jungen Frau ist, dass die drei, Mutter, Tochter und Puppe, eine selbstgenügsame und zufriedene Einheit bilden, die sich von ihrer oft lärmigen Verwandtschaft nicht aus der Ruhe bringen lässt.

Nach und nach ordnet sie die Namen und die Verwandtschaftsverhältnisse: Nina ist die junge, in sich ruhende Mutter; Elena ist ihre kleine Tochter, die (wie später im neapolitanischen Zyklus) von den Verwandten Lenù gerufen wird; die Puppe heißt Nani, Nena oder Nennella. (Wer die »lärmige Verwandtschaft« hautnah erleben will, sollte in Neapel einen Abend in der Trattoria Da Nennella und den Quartieri Spagnoli verbringen.) Leda notiert die Namen in ihrem Heft. Nina spricht mit ihrer Tochter und der Puppe in einem »angenehm leichten Dialekt«: »Das Neapolitanisch, das ich liebe, der zarte Akzent beim Spielen und bei Zärtlichkeiten.« Leda ist wie verzaubert. Sie ist damit die erste Erzählerin Elena Ferrantes, die deutlich zum Ausdruck bringt, dass sie den neapolitanischen Dialekt in bestimmten Kontexten liebt.

Nina und Elena bilden erneut das für Ferrante typische Paar der attraktiven und schönen Mutter mit einer Tochter, die wie ihr Gegenteil erscheint. In *La frantumaglia* berichtet Ferrante, dass sie den Plan hatte, eine Geschichte über die künftige schöne Helena (Elena) von Troja zu schreiben, die als Kind ein hässliches Entlein war, überstrahlt vom Glanz ihrer Mutter Leda. Doch der Mythos ist so komplex und variantenreich, dass nichts daraus wurde. Nur die beiden Namen seien geblieben.

Ein Woche vergeht, in der die Professorin das Strandleben beobachtet, insbesondere die Mutter, die Tochter und die Puppe. Detailliert beschreibt Elena Ferrante, wie Elena mit Nennella all das variiert, was Nina auch mit ihr macht: ermahnen, loben, schimpfen mit gespielt mal kindlicher, mal erwachsener Stimme. Die eindrücklichsten Szenen ereignen sich, wenn die Puppe nicht nur passiv ist und auf unterschiedlichste Weise behandelt, eingecremt oder geduscht wird, sondern selbst aktiv wird. Als lebe Nennella, küsst sie manchmal Elena und Nina leidenschaftlich und spricht mit den beiden in unterschiedlichen Tonlagen.

Danach kippt Ledas mit Neid durchmischtes Wohlwollen in Missmut. Die scheinbar endlosen Spiele des Trios gehen ihr mit einem Mal auf die Nerven. Sie weiß nicht genau, warum. Sie erforscht die Herkunft ihrer schlechten Laune: Vielleicht hängt sie mit ihrem Verdacht zusammen, dass die Harmonie des Trios eine Zurschaustellung Ninas ist. Leda wünscht sich eine klare Rollenverteilung: je eine Stimme für die Mutter, für die Tochter und für die Puppe. Doch die Verschmelzung der drei geht unvermindert weiter.

Im neapolitanischen Zyklus wird der im Italienischen seltene Begriff »smarginatura« eine zentrale Rolle spielen. Er hat mit Grenzen und Rändern zu tun, die verschwimmen und zerfließen. Das Verb »smarginare« stammt aus der Drucktechnik und meint über den Satzspiegel hinaus drucken bis hin zum tatsächlichen Seitenrand. In den zwei vorhergehenden Romanen kämpfen die Ich-Erzählerinnen gegen Identitätsverlust, Selbstauflösung und Suizidgedanken. Sie müssen den fehlenden stabilisierenden Werten und ihrem zerfließenden Ich etwas entgegensetzen. Leda hingegen ist bis fast zuletzt die selbstbeherrschte und selbstbewusste Persönlichkeit, die Delia und Olga gerne sein möchten. Den Mangel an Individualität, an klaren Konturen des eigenen Charakters, kritisiert Leda nicht bei sich, sondern bei den anderen, beim Trio, das beim Spielen am Strand gleichsam fusioniert.

Das selbstvergessene Einswerden der drei, das zeitweilige Aufgeben der Mutterrolle Ninas hat, anders als bei Delia und Olga, entgegengesetzte Ursachen: Entgrenzung ist bei Nina, Lenù und Nennella positiv konnotiert. Bei den dreien geschieht das Fallenlassen von Rahmen und Rändern, das Überschreiten von Grenzen freiwillig und liebevoll. Bei Delia und Olga geschah es unter Druck und in der Not, weshalb sie dagegen ankämpften. Nina und Elena hingegen geben sich lustvoll der vorübergehenden Selbstauflösung hin. Das Trio am Strand aus Mutter–Tochter–Puppe demonstriert nun einen zärtlichen und wünschenswerten Identitätsverlust auf Zeit, was Ledas Neid steigert. Die scheinbare Selbstaufgabe der eigenen Persönlichkeit, um ganz Mutter zu sein, war Leda immer verwehrt. Die emanzipierte Frau und spätere Professorin hatte in ihrem Leben andere Prioritäten gesetzt.

Suchen, um zu verschwinden

Am Wochenende wird der Strand voller. Ein Motorboot mit Freunden der neapolitanischen Familie kommt an. Es herrscht Partystimmung. Erstmals taucht Ninas Mann auf. Leda beschreibt ihn so, dass die Leser im Unklaren bleiben, ob er sich zu einer sympathischen Figur entwickeln könnte: Mitte dreißig, kahlgeschorener Kopf, dicker Bauch, enges T-Shirt, grüne Badehose, stämmig und untersetzt, zehn Zentimeter kleiner als Nina, aber: »Das Gesicht war schön, die Augen wach.« *Meine geniale Autorin* beschreibt eindrücklich, wie er Nina besitzergreifend im Nacken packt, um ihr einen Begrüßungskuss zu geben, wodurch sie sich etwas zu ihm hinabbeugen muss. Später, als Leda ihn nur in der Badehose sieht, beschreibt sie seine behaarte Brust, eine Goldkette darauf mit Kreuz und eine senkrechte Narbe auf dem Bauch, die vom Hosenbund bis zu den Rippen reicht.

Elena Ferrante erzeugt mit knappen Porträts Ambivalenzen und Spannungen (die Narbe spielt im weiteren Verlauf keine Rolle, aber auch sie könnte nicht nur grundloses Beiwerk sein). Das gilt auch bei Ninas zweiundvierzigjähriger und zum ersten Mal schwangeren Schwägerin Rosaria (schwere Brüste, großer Bauch zwischen den zwei Bikiniteilen, kurze Beine, breit gebaut), die im Verlauf des Romans Leda gegenüber mal freundlich zugewandt, mal aggressiv ablehnend ist.

Am nächsten Tag schläft Leda unter dem Sonnenschirm ein, und als sie erwacht, sieht sie die neapolitanische Großfamilie in Aufruhr. Elena ist verschwunden. Das löst Erinnerungen in Leda aus. Angeblich war sie selbst als Kind mehrfach weg, dabei erinnert sie sich (wie Delia in *Lästige Liebe*), dass sie als Kind ständig Angst hatte, ihre Mutter könnte verschwinden. Zudem erinnert sie sich an einen Strandurlaub ohne ihren Mann, der auf Dienstreise war, mit der schreienden Marta im Arm auf der Suche nach Bianca. Leda suchte überall, aber blickte dabei nie aufs Meer. Umso mehr bewundert sie jetzt Rosaria, die als einzige des Clans sofort zum Wasser läuft. Leda geht langsam und wie in Trance in einem Prozess der Entpersönlichung den Strand entlang, als sei sie Lenù oder Bianca oder sie selbst als Kind. Leda sucht, als wolle sie verschwinden.

Dorothy Strachey Bussy

Das Erinnern, das Suchen und das Verschwinden sind die drei großen Motive im neapolitanischen Zyklus. Hier sind sie stark mit Mütterlichkeit verknüpft: Bilder von Ledas Mutter, die ihre Tochter so fest mit dem Handtuch abtrocknet (nur aus Sorge, weil das Kind zu lange im Wasser war?), dass es wehtut, oder von Leda, die Bianca anschreit, nachdem sie sie gefunden hat. »Wie meine Mutter« beschimpft Leda voller Wut das weinende Kind, nachdem sie es wiedergefunden hat. Was im Debüt Elena Ferrantes noch nicht möglich war, findet nun häufiger statt: Töchter, die inzwischen selbst Mütter sind, erkennen in den eigenen Verhaltensmustern die früher unerklärlichen Äußerungen und Handlungen ihrer Mütter. Durch Wiederholungen schließen sich Kreise, verlieren Verletzungen an Schärfe, werden traumatische Ereignisse auf neue und andere Weise verständlich.

Leda fand damals ihre Tochter Bianca und findet jetzt Ninas Tochter Elena. Sie sitzt weinend, verborgen unter dem neuen großen Sonnenhut, den Nina von ihrem Mann geschenkt bekommen hatte, einen Meter vom Wasser entfernt im nassen Sand. Verzweifelt sagt sie nicht, sie habe ihre *Mutter* verloren: Lenù klagt, sie habe ihre *Puppe* verloren. Leda trägt die verlorene Tochter zurück, Rosaria entreißt ihr fast das Kind, und der Jubel des Clans ist riesig. Danach bedanken sich Rosaria und Nina überschwänglich bei ihr. Es kommt zum ersten Gespräch zwischen Leda und Nina. Leda erzählt, wie ihr dasselbe vor zwanzig Jahren mit ihrer eigenen Tochter passiert sei. Nina weist am Ende auf den Unterschied hin. Hier sind auf einmal zwei Kinder verschwunden: Wenn man die Puppe nicht finde, werde Elena krank.

Früher als sonst verlässt Leda den Strand. Sie hat die unsinnige Tat begangen, die sie in der Rahmenerzählung angekündigt hatte. Leda hat etwas vermeintlich Sinnloses getan, das sie selbst nicht versteht. Es ist, als erzähle Leda das den Lesern in der Hoffnung, wenigstens sie würden dann ihr merkwürdiges Verhalten richtig interpretieren. Auf den

Dünen und sogar noch im Pinienwald hört Leda Elenas verzweifeltes Geschrei. Die neapolitanische Großfamilie wird Nennella nicht finden können. Leda hat die Puppe mitgenommen.

Auf der Heimfahrt ist Leda erschrocken und vergnügt zugleich ob ihrer unerklärlichen Tat. In ihrem Apartment ist sie dann raschen Stimmungswechseln unterworfen. Einerseits malt sie sich aus, wie sie am nächsten Morgen sehr früh die Puppe im Sand vergraben und dafür sorgen wird, dass Elena sie findet, was sie fröhlich stimmt. Andererseits findet sie ihre anfänglichen Rechtfertigungen für den Diebstahl inzwischen wenig überzeugend: Sie hatte Nennella dreckig, verlassen und verdreht entdeckt, den Kopf halb mit Sand bedeckt, als müsse die Puppe gleich ersticken. Es war ihr kindlicher Impuls, die Puppe zu befreien. »Man wird nie richtig erwachsen.« Leda malt sich die Ereignisse und die schlechte Stimmung im Clan aus und findet ihre Handlung inzwischen ziemlich schlimm, wenn auch ohne böse Absicht.

Zum ersten Mal, seitdem die Töchter nach Kanada geflogen sind, fühlt sich Leda nun einsam. Sie untersucht die nackte Puppe. Sie ist schwerer, als sie dachte. Schon Käthe Kruse wusste, wie wichtig das Gewicht bei Puppen ist. Kruses allererste Puppe mit nur einer Kartoffel als Kopf und einem alten Stück Stoff war mit viel Sand gefüllt, denn Gewicht erzeugt Gefühle, so Kruse. Leda stellt sich nun vor, Nennella zur Freude Elenas neu einzukleiden. Sie erinnert sich an ihre eigene Puppe, die Mina hieß und um die sie sich sehr gekümmert und die sie nie verloren hatte. Sie erinnert sich an ihre vergeblichen Versuche, mit ihrer Mutter zu spielen, wie kleine Kinder das gerne tun, sie zu kämmen, als wäre die Mutter eine Puppe. Sie erinnert sich an ihre Töchter, die sehr viel mehr mit ihr anstellen durften. Leda hatte versucht, mit Bianca und Marta viel geduldiger und großzügiger zu sein, als ihre Mutter es mit ihr gewesen war. Allerdings verlor Leda dann doch manchmal die Nerven.

Abends schminkt sie sich sorgfältig und geht aus, um ihre »Stimme zu hören, um sie dank der Stimme eines anderen zu kontrollieren«. Im Ort begegnet Leda dem jungen Bademeister Gino, der ihr von der ergebnislosen Suchaktion des Clans berichtet. Sie erzählt von ihrer Arbeit an der Uni (»ich arbeite zwölf Stunden am Tag und bin die Dienerin für alle anderen«), er von seinem schleppenden Studium.

Leda entspannt sich, lädt ihn zum Abendessen ein und denkt an

Bianca und Marta, die sich noch jahrelang über sie lustig machen würden, bekämen sie die Szenen zwischen ihr und dem über zwanzig Jahre jüngeren Jurastudenten mit. *Meine geniale Autorin* beschreibt auf reizende Weise die vergeblichen Bemühungen des jungen Mannes, eine ernsthafte Konversation zustande zu bringen. Als er Leda nach ihrer aktuellen Arbeit, den Vorbereitungen für das kommende Semester, fragt, erwähnt sie *Olivia*, eine Erzählung, von der er (und wohl auch die meisten Leser) nie etwas gehört hat. Wie immer in Elena Ferrantes Werk sind literarische Querverweise keine Zufälle. Sie können bestehende Motive verstärken und vertiefen oder geheime Neigungen der Erzählerin verdeutlichen oder entlasten. Womit sich Ferrantes Protagonistinnen gedanklich beschäftigen (beispielsweise Olga in *Tage des Verlassenwerdens* mit der Verzweiflung und den letzten Worten Anna Kareninas), das müssen Ferrantes Frauen selbst nicht erleben: Olga und jetzt Leda erlesen sich besondere Emotionen, was einem komplementäreren Vorgang zu den wirklichen Erlebnissen im parallel dazu stattfindenden Alltag entspricht.

Hier handelt es sich um *Olivia*, einen Roman von Dorothy Strachey Bussy, die 1865 in Willenhall in den West Midlands geboren wurde. Der Schriftsteller und Literaturkritiker Lytton Strachey und der Psychoanalytiker und erste Übersetzer Sigmund Freuds ins Englische James Strachey waren ihre bekannteren Brüder, die Dorothy in die Bloomsbury Group einführten. 1937 heiratete sie den um fünf Jahre jüngeren französischen Maler Simon Bussy, der sie schon davor mit französischen Künstlern und Schriftstellern bekannt gemacht hatte. Die Briten nennen oft nur ihren Mädchennamen Strachey, die

»Olivia, by Olivia« in der Erstausgabe 1949

Franzosen oft nur ihren angeheirateten Nachnamen Bussy. Elena Ferrante spricht in *La frantumaglia* mehrfach kritisch darüber, wie Mädchennamen von Männern überschrieben, ja durch die Heirat ausgelöscht werden. Dank ihrer Zweisprachigkeit bleibt die Literatin Dorothy allerdings mit ihren beiden Nachnamen in Erinnerung.

Dorothy Bussys einziger Roman *Olivia* erschien 1949 anonym (als Verfasserin wurde nur »Olivia« genannt) zuerst in Frankreich und kurz danach in der von Leonard und Virginia Woolf gegründeten Hogarth Press sowie in deutscher Übersetzung 1950 bei Zsolnay. 1959 erschien er in Italien bei Einaudi, übersetzt von Carlo Fruttero. Bemerkenswert ist eine weitere der vielen Parallelen, nämlich dass Elena Ferrante die Ich-Erzählerin des neapolitanischen Zyklus Elena nennt. Zur Namensgebung erklärt Ferrante in *La frantumaglia*, dass ihre Kenntnisse der griechischen Mythologie dafür entscheidend waren. Auf Leda sei sie durch Zeus gekommen, der sich in Gestalt eines Schwans Leda nähert und sie schwängert. In einer weniger bekannten Variante des Mythos habe sich Zeus als Schwan nicht mit Leda, sondern mit Nemesis gepaart. Das daraus entstandene Ei habe ein Hirte gefunden und Leda geschenkt, woraus nach einer Weile Helena schlüpfte und von Leda als Milchmutter wie eine eigene Tochter großgezogen wurde. Dieses problematische Mutter-Tochter-Verhältnis hatte Ferrante nach ihrer Aussage in *La frantumaglia* beim Schreiben ihrer modernen Geschichte von Leda und Elena präsent.

Zerstörung des Glücks

Dorothy Bussy war eng mit André Gide befreundet (sie übersetzte zahlreiche seiner Bücher ins Englische) und war selbst bisexuell. Ihr Roman erzählt in der Ich-Form und aus der Rückschau einer erwachsenen Frau von der sechzehnjährigen Olivia, die ihre englische Familie verlassen hat und sich in einem französischen Internat in die charismatische Direktorin Mademoiselle Julie verliebt, die ihre Zuneigung erwidert. Beeinflusst wurde Dorothy Stracheys autobiographischer Roman u. a. vom Film *Mädchen in Uniform* von 1931, der auf dem Theaterstück der deutsch-ungarischen Schriftstellerin Christa Winsloe basiert (in einer Nebenrolle ist Erika Mann zu sehen), und von

Colettes Roman *Claudine à l'école*. Bei seinem Erscheinen sorgte *Olivia* in Großbritannien für einen Skandal.

Leda bewegt sich bei den Vorbereitungen für das Wintersemester während ihres Strandurlaubs mental in einem lesbisch geprägten Umfeld: Es bestimmt – für die Leser unsichtbar – ihr Denken und Fühlen. In *Die Frau im Dunkeln* verbirgt sich eine zweite Geschichte, Ledas Arbeit an Dorothy Bussys Roman *Olivia*. Dorothy Bussy widmete *Olivia* Virginia Woolf: »à la très chère mémoire de Virginia W.« (»zum Gedenken an die liebste Virginia W.«). Schon 1950 wurde der Roman durch Jacqueline Audry in Frankreich verfilmt. Dorothy Strachey Bussy starb 1960, im selben Jahr wie ihr einziges Kind, die Malerin Jane Simone Bussy.

Zu Hause fällt Leda die besondere Sympathie auf, die Gino für Nina gezeigt hat. »Sie gefällt ihm.« Der Gedanke belustigt Leda nicht, sondern erzeugt ein Gefühl der Unzufriedenheit, das sich bis auf Nina erstreckt, so als nehme Nina ihr etwas weg, weil sie jeden Tag am Strand auch Ginos Aufmerksamkeit erregt. Leda gesteht es sich nicht ein, aber es ist ein Anflug von Eifersucht. *Meine geniale Autorin* beherrscht es meisterhaft, den Lesern Erkenntnisse zu vermitteln, die der Ich-Erzählerin selbst unklar sind. Daran schließen sich ausführliche Erinnerungen Ledas an ihre Töchter in der Pubertät an. Wer interessierte sich in welcher Weise für Jungs? Es ist die Vorwegnahme eines wichtigen Motivs im neapolitanischen Zyklus: Konkurrenz unter Mädchen. Hinzu kommt eine Wiederaufnahme des Motivs aus *Lästige Liebe*: die schöne Mutter, die auf Männer attraktiv wirkt, und ihre Tochter, die sich für hässlich hält.

Leda will einkaufen gehen, kommt an einem Spielwarengeschäft vorbei und sucht passende Puppenkleider. Ab jetzt sorgt Ledas Diebstahl immer wieder und bis zum Schluss für Spannung. Leda will den Laden gerade verlassen, als Nina mit der schmollenden Elena im Arm, Rosaria und ihrem Mann auf der Suche nach »schönerem« Ersatz für die »verlorene« Puppe hereinkommen. Fliegt Ledas Geheimnis auf? Sie lügt, dass sich die Balken biegen.

Ohrringe und Zigaretten

Ein zentrales Motiv in der zweiten Hälfte des Romans hat nicht direkt mit der gestohlenen Puppe zu tun, sondern zunächst mit dem Mutter-Tochter-Verhältnis: Als Nina ihr Kind auf den Fußboden des Spielwarengeschäfts absetzen will, schreit Elena wie am Spieß, so dass Nina sie weiterhin im Arm halten muss. Lenù will keine neue Puppe, Lenù will nur Nennella. Da schaltet sich Rosaria ein, der es mit einer raffinierten Schmeichelei gelingt, Lenù auf ihre Füße zu stellen. Leda ahnt, wie demütigend das für Nina ist, aber als Rosaria sie triumphierend fragt, ob ihre Töchter auch solche Schätzchen wie Elena waren, erwidert Leda kurz angebunden, dass sie sich kaum daran erinnert, sie habe ihre Töchter verlassen, als sie sechs und vier Jahre alt waren. Erst nach drei Jahren habe sie die Mädchen zu sich zurückgeholt. Warum, will Rosaria wissen. Sie wisse es nicht mehr, erwidert Leda. Sie sei müde gewesen. Und zu Nina gewandt sagt sie: »Manchmal hilft es, zu fliehen, um nicht zu sterben.«

Kleine Hinweise verstärken nun den Eindruck gleichgeschlechtlicher Zuneigung. Leda erinnert sich, wie Nina ihren jungen Körper am Strand eincremte und wie sie das Bedürfnis verspürte, zu ihr hinzugehen und das Eincremen für sie zu übernehmen. Kleine Hinweise verstärkten vor zwei Jahrzehnten schon das Gefühl, dass Leda ausbrechen müsse, um sich nicht in eine weibliche Ahnenreihe zu fügen, die nichts aus ihren Möglichkeiten und Talenten gemacht hatte. Da waren einerseits der Schaffensdrang, die vielen Ideen, ihr noch junger Körper und die Lust, sich zu verwirklichen, andererseits hemmten sie die zwei kleinen Kinder und die abnehmenden Aussichten auf eine akademische Karriere. Unter anderem erinnert sie sich an einen Arbeitskollegen Giannis und an seine kinderlose Frau Lucilla, die sich immer öfter in die Erziehung der Töchter einmischte. Lucilla wurde zu einer Art Tante, die sich auf geschickte Weise bei Bianca und Marta beliebt machte, so oft und so erfolgreich und dabei immer höflich und zuvorkommend auch Leda gegenüber, dass Leda am Ende tatsächlich das Gefühl hatte, eine Rabenmutter zu sein, und an sich zu zweifeln begann.

Mit einer Heftigkeit, die für die selbstbeherrschten, aus der Rückschau erzählenden Protagonistinnen Elena Ferrantes bis dahin absolut untypisch ist, verflucht Leda trotz des großen zeitlichen Abstands nun diese Freundin mit den Worten: »Maledetta, maledetta, maledetta«, »du Verdammte«. Leda hat also auch als bald achtundvierzigjährige Erzählerin die Wut noch immer nicht überwunden, obwohl die Auseinandersetzungen mit Lucilla schon über zwanzig Jahre zurückliegen.

Bei ihren Ausrastern in Anwesenheit der Kinder und ihres Mannes unterschied Leda damals nicht mehr zwischen Privatsphäre und öffentlichem Raum. Ich würde mich scheuen, das pauschalisierende Wort »hysterisch« dafür zu verwenden, wenn Leda es später nicht selbst verwendete. Nach einem weiteren Konflikt, in dessen Verlauf Leda einen verlorenen Ohrring als Druckmittel einsetzte, um die gerade entstehende neue Einheit ihrer Töchter mit Gianni und der Freundin zu sprengen, nimmt sie ihrem Mann das Versprechen ab, dass alle Kontakte zu Lucilla ab sofort abgebrochen werden.

Ein Vergleich der Porträtfotos von Fabrizia Ramondino und Anita Raja ergibt, dass Raja auf allen Fotos Ohrringe trägt, Ramondino hingegen nie; dafür raucht Fabrizia Ramondino auf den meisten Aufnahmen, doch in den ersten drei Romanen Elena Ferrantes kommen Zigaretten mit der einzigen, bereits erwähnten Ausnahme nicht vor. *Meine geniale Autorin* wäre natürlich in der Lage, falsche Fährten zu setzen. Fabrizia Ramondino war für ihre Nikotinsucht bekannt: Demonstrativ posiert sie rauchend vor einem Nichtraucherschild. Und die vielen Ohrringe in den ersten drei Romanen von Elena Ferrante könnten eine Hommage, das verborgene Dankeschön an die vorzügliche, stets Ohrringe tragende Lektorin Anita Raja sein.

Nachdem Leda ihre Familie verlassen hatte, begann Gianni eine Affäre mit Lucilla. Allerdings kümmerte sich Lucilla nicht weiter um die Töchter und ließ sich wegen Gianni auch nicht scheiden. Leda hat nie wieder etwas von ihrer Freundin gehört und fragt sich, ob sie dann wohl noch eigene Kinder bekommen hat, was aus ihr wurde, wie sie denkt, was sie macht. Hier ist in nuce *Meine geniale Freundin* enthalten.

Es regnet, und Leda spaziert am verlassenen Strand. Sie hat keinen Gedanken daran verschwendet, die Puppe mitzubringen, obwohl jetzt die Gelegenheit optimal wäre, sie bis in die trockenen Sandschichten zu vergraben. Beim Sonnenschirm Ninas stellt sie sich vor, wie diese jetzt auftauchen würde, ohne Elena, ganz alleine, wie sie sich nebeneinander hinlegen, aufs Meer hinausschauen, sich in Ruhe unterhalten und wie sich ihre Hände dabei manchmal berühren würden. Aber Nina taucht nicht auf, dafür das erste der zwei vielleicht wichtigsten Ereignisse in Ledas Leben.

The Man Who Sold the World

Leda erinnert sich an einen langen Brief, den sie vor zwei Jahren ihren Töchtern geschrieben hatte, als sie ahnte, dass sie bald ihre eigenen Wege gehen würden. Darin versuchte sie zu erklären, wie es kam, dass sie die Familie verlassen hat. Es ging ihr dabei nicht um konkrete Ursachen, sondern um besondere Ereignisse in jener Zeit. Aber Bianca und Marta reagierten überhaupt nicht darauf und wünschten auch keine Aussprache. Nur einmal sagte Bianca, darauf angesprochen, zwischen Tür und Angel: Du Glückliche, hast Zeit zum Briefeschreiben. »Welch ein Irrtum zu glauben, man könnte sich seinen Kindern erklären, bevor sie mindestens fünfzig sind«, denkt darauf Leda. Kurz nachdem Marta auf die Welt gekommen war, merkte sie, dass sie ihren Mann nicht mehr liebte. Die Zweitgeborene schlief nicht durch, mit der Arbeit kam sie nicht voran und für die Liebe hatte sie keine Kraft. Sexuell fühlte sie sich missbraucht als Stimulus für die egoistischen Gelüste Giannis. Was wahrhaftige Liebe bedeuten, welche Energien und welche Unvernunft sie freisetzen kann, hatte sie wenig später durch Zufall erfahren. Ihre vierköpfige Familie war im Auto unterwegs ins Ferienhaus Giannis in Kalabrien, das seinen Eltern gehörte.

Gegen Ledas Willen, die wegen der engen Platzverhältnisse protestiert, nimmt Gianni ein trampendes Paar mit, beide Engländer, er um die 40, sie unter 30. Leda schweigt mürrisch, Gianni betreibt Smalltalk, in dessen Verlauf sich herausstellt, dass die beiden für einige Monate mit wenig Geld durch Europa reisen, nachdem sie alles hinter sich gelassen haben: Brenda einen Ehemann, er eine Ehefrau und drei kleine Kinder. Als Brenda es zu begründen versucht, wird sie Leda sympathisch: Man sei von Kindsbeinen an gezwungen, so viel dummes Zeug zu tun, was sie aber jetzt mache, sei zum ersten Mal etwas Sinnvolles. Die Kinder und Gianni sind skeptisch, aber nun sorgt Leda dafür, dass die beiden nicht nachts alleine am Straßenrand stehen müssen. Das britische Paar nimmt Ledas Einladung an. Das Ferienhaus ist groß genug. Während des Abendessens und danach entsteht ein lebhaftes Gespräch. Leda lässt sich anstecken von der Energie, die vom Paar ausgeht, und spricht nur noch zu den beiden, schildert, woran sie wirklich arbeitet, was vor allem Brenda interessiert. Leda entflammt, fühlt sich zum ersten Mal richtig verstanden und von Brenda wie verzaubert. Sie stellt sich vor, an ihrer Stelle zu sein: frei, unterwegs und glücklich verliebt.

Am nächsten Morgen vor dem Abschied fragt Brenda, ob sie etwas von Leda lesen könne. Leda gibt ihr einen kurzen Artikel, den einzigen, den sie bislang veröffentlicht hat. Während Gianni das Paar zum Autobahnzubringer fährt, räumt sie das Schlafsofa auf, stellt sich Brenda nackt vor und fühlt ihre Erregung, die Feuchtigkeit zwischen ihren Beinen, die jetzt ihre ist. Zum ersten Mal träumt Leda davon, ihrem Mann und auch allen anderen den Laufpass zu geben, ein Traum, der sich fortan wiederholen wird. Knapp zwei Jahre später wird sie ihn realisieren. Die Begegnung mit Brenda war der erste starke Impuls, der später noch eines konkreten Auslösers bedurfte.

Am Strand verteilen Jugendliche ein Flugblatt mit dem Foto Elenas und ihrer Puppe darauf. Ein großzügiger Finderlohn wird versprochen. Leda wirkt wie eine Psychopathin in einem Thriller, als sie das Flugblatt »sorgfältig faltet und in die Tasche neben das neue Kleid für Nani« schiebt. Zu Hause fühlt sie sich wieder in einem Zustand der Auflösung (hier noch nicht »smarginatura«, sondern »dissolvimento«), wie »ein Häufchen Sand, das vom Wind weggeblasen wurde und nun formlos in der Luft hängt«. Nach tiefem, traumlosem Schlaf packt sie sehr früh die Badetasche und steckt dieses Mal auch die Puppe und das neue Kleid ein. Auf der Fahrt hört sie den Song David Bowies *The Man Who Sold the World.* »Er war Teil meiner Jugend«, kommentiert Leda.

Das titelgebende Stück aus David Bowies drittem Studio-Album, das in Europa 1971 erschien, verstärkt in mehrfacher Hinsicht Ledas Gefühlszustand. Das Original-Umschlagfoto von Keith MacMillan zeigt David Bowie androgyn wie nie zuvor mit langem, lockigem Haar. Bowies Gesichtsausdruck, Frisur und Körperhaltung sind Gemälden des britischen Dichters und Malers Dante Gabriel Rossetti nachempfunden, ein einflussreicher Präraffaelit. Bowie liegt seitlich ausgestreckt auf einem Diwan, eine Hand im Haar, in der anderen eine Spiel-

Cover der europäischen Ausgabe von
»The Man Who Sold the World«, 1971

karte. Er trägt ein weit ausgeschnittenes, knöchellanges und cremefarbenes Damenkleid des britischen Modeschöpfers Michael Fish. Die blumigen Phantasiemuster darauf passen zur blauen Satindecke, die über dem Diwan ausgebreitet ist. Bowie blickt konzentriert und verführerisch in die Kamera. Das Bild löste Proteste aus, weshalb das Album u. a. in Deutschland und in den USA mit anderen, »harmlosen« Motiven erscheinen musste. Allerdings zeigte sich Bowie damals in diesem Kleid bei zahlreichen Pressekonferenzen. In Italien war Bowie halb Mann, halb Frau von Anfang an erlaubt. Inzwischen hat sich dieses Foto des femininen David Bowie für *The Man Who Sold the World* für alle Ausgabeformen weltweit durchgesetzt.

Leda hat ziemlich genau mein Alter. Ich kann mich gut erinnern, welche Wirkung Glam-Rock und die Feminisierung der Popkultur auf die Jugend hatten. Lange vor Aids begann in jenen Jahren eine Blütezeit der Bi- und Homosexualität. David Bowie war eine ihrer Ikonen. Schon als Teenager hatte also Leda die Attraktivität der Lesben- und Schwulenbewegung für sich entdeckt. Aber wie bei *Olivia* verweist auch *The Man Who Sold the World* auf mehrere Motive, die Leda beschäftigen.

»Ich hörte während der ganzen Fahrt immer dasselbe Lied, *The Man Who Sold the World*«, erinnert sich Leda. Besetzt man die Szene einer einsamen Endvierzigerin im Auto, die begeistert und nostalgisch David Bowies *The Man Who Sold the World* hört, mit der selbstbeherrschten Anita Raja, sorgt das für ein ungläubiges Schmunzeln. Besetzt man sie hingegen mit der extrovertierten Fabrizia Ramondino und steckt ihr noch eine Zigarette zwischen die Lippen, wirkt das Bild schon wahrscheinlicher.

In einem Interview anlässlich seines 50. Geburtstages 1997 sagte David Bowie, er habe den Song geschrieben, weil es damals einen Teil von ihm gab, nach dem er auf der Suche war. Der Text verweise auf Gefühle, die er als Jugendlicher hatte. Damals gab es Teile seiner Persönlichkeit, die er nicht zusammenfügen konnte. Jetzt fühle er sich eher als eine Einheit. Früher aber gab es jene große Suche, die drängende Notwendigkeit, herauszufinden, wer er wirklich ist. Die Ich-Erzählerinnen Elena Ferrantes kennen solche Emotionen, die dieser Song David Bowies transportiert.

The chill of the crooked wing

Derart gestimmt fährt Leda dem Strand wie einem Showdown entgegen. Ihr stilles Lächeln hat etwas Irres, als sie im Pinienwald das Flugblatt an den Bäumen sieht und sich vorstellt, Rosarias finsterer Mann Corrado, das Oberhaupt des Clans, könnte sie für das Finden der Puppe großzügig belohnen. Wie ein kurzes Gespräch mit Rosaria zeigt, ist die Stimmung in der Großfamilie weiterhin schlecht. Elena ist krank und Nina bei ihr. Rosaria lässt einen vulgären neapolitanischen Ausdruck fallen: »scassamento di cazzo«, der auch schon in *Tage des Verlassenwerdens* vorkam, den man mit »auf den Sack gehen« oder »für den Arsch« übersetzen kann. Er löst eine lange Assoziationskette aus, in der die Bedeutung Neapels für Leda erklärt wird. Sie merkt, wie stark sie einerseits die neapolitanische Sippe ablehnt, wie sehr sie ihr aber zugleich verhaftet bleibt und dass sie sie ja in sich trägt.

Die Motive, die später in der Tetralogie breit ausgeführt werden, kommen hier in konzentrierter Form vor. Als Leda ihre Familie verlässt, gibt Gianni die Töchter immer mal wieder zu Ledas Mutter. Rückblickend fragt sich Leda, wie sie das zulassen konnte. Sie schickte tatsächlich ihre Kinder in den »neapolitanischen Sumpf«, aus dem sie sich selbst herausgezogen hatte. Jetzt, als abgeklärte Anglistikprofessorin, die sich während der Semesterferien im Strandurlaub mit dieser Puppenposse beschäftigt, weiß sie, dass die Kontakte zu ihrer Mutter den Töchtern keineswegs geschadet haben. Im Gegenteil: Ihre Töchter können ein paar Brocken Neapolitanisch und führen ein Leben, das Leda immer verwehrt bleiben wird, ein Leben in vollkommener Unabhängigkeit von der proletarischen Herkunft.

Bei einem Spaziergang entdeckt sie die Villa der neapolitanischen Großfamilie hinter dem Pinienwald in den Dünen und beobachtet heimlich, wie Nina und Gino sich küssen. Ginos und Ninas Zärtlichkeiten erinnerten sie an ihre Kindheit, als sie sich Begegnungen ihrer Mutter mit Liebhabern vorstellte und deren Berührungen selbst körperlich spürte. Hier wird das Motiv aus *Lästige Liebe* variiert. Plötzlich empfindet Leda Fremdgehen als Fehler, auch als ihren eigenen Fehler, als sie die Töchter im Stich ließ. So kehrt Leda in Gedanken zurück zu Brenda und zum Impuls, den sie von ihr bekam, sich aus der sexuellen Routine der Ehe zu befreien. Die konkrete Gelegenheit dazu kam, als ihr Professor in Florenz sie ermunterte, an einem Kongress in London teilzunehmen.

Meine geniale Autorin beschreibt lebhaft und sinnlich den Kongress, in dessen Verlauf sich Leda vom stillen Mäuschen zum Star mausert. Der Vortrag ihres Professors wird nicht sonderlich gewürdigt. Danach hält aber der hoch geschätzte englische Professor Hardy ein langerwartetes und brillantes Referat, in dessen Verlauf er mehrfach aus einer Arbeit Ledas zitiert, ihrer bislang einzigen veröffentlichten Studie, dieselbe, die sie Brenda gegeben hatte. Aus einem ersten Abendessen entsteht eine Affäre mit Hardy, die sich zwischen Florenz und London mit vielen Heimlichkeiten fortsetzt, bis Leda beschließt, ganz nach London zu Hardy zu ziehen und an seiner Universität weiterzuforschen, wodurch sie ihre Familie drei Jahre lang im Stich lassen wird. Selbstkritisch stellt Leda fest, dass ihre Mutter den Töchtern oft damit drohte, die Familie zu verlassen, es aber nie tat. Sie hingegen zwang vor

Verliebtheit in die englische Literatur ihren Kindern englische Sätze auf wie Wystan Hugh Audens »the chill of the crooked wing« als Ausdruck für schlechte Laune oder dass es an einem bestimmten Ort nicht schön ist.

Auden schrieb das Gedicht *Crisis* 1939. Bei der Erstveröffentlichung im selben Jahr in der Zeitschrift *The Atlantic* stellte er Verse aus Dantes *Purgatorio* voran. Das Gedicht wurde später unter dem Titel *They* wiederveröffentlicht. Auden interpretierte *Crisis* selbst als Ausdruck der geistigen Krise seiner Zeit: die Trennung der Vernunft vom Herzen, des Kollektivs vom Individuum. In einem Brief zum Gedicht kritsierte er liberal denkende Menschen, die mit ihrer eitlen Ineffizienz nichts gegen die brutale Demagogie Hitlers bewirken. Das Gedicht enthält düstere Vorahnungen des Zweiten Weltkriegs und des Versagens der Menschlichkeit.

Rabenmutter

Der Urlaubsort hat sich verwandelt. Leda spürt »die Kälte des krummen Flügels«. Aber sie duscht heiß, verdrängt das ungute Gefühl und kümmert sich um die Puppe mit ihrem Geheimnis, dem Wasser im Bauch, was sie an ihr eigenes Geheimnis, an die Reuegefühle wegen ihrer Undankbarkeit, erinnert. Brenda hatte ihre Arbeit Hardy gegeben. Er selbst hatte es ihr gesagt. Warum und wer Brenda war, wollte und will sie nicht wissen. Niemand erfuhr davon, dass Ledas akademischer Erfolg Brenda zu verdanken war, nicht einmal Gianni. Nur in ihrem Brief an die Töchter vor zwei Jahren gestand sie es. »Ich musste daran glauben, ich hätte alles alleine geschafft.« Bianca und Marta beachteten die Beichte nicht. Sie kamen nie darauf zu sprechen. Ich halte die verpuffte Brenda-Beichte für ein zentrales Element, wenn es darum geht, Elena Ferrante besser zu verstehen. Wie Leda brauchte auch Elena Ferrante die Hilfe eines anderen Menschen, um sich zu verwirklichen, eine Leserin vermutlich, die ihre Texte weiterempfahl.

Leda ist immer noch in ihrem Apartment und erinnert sich an Einzelheiten beim Bruch mit Gianni. Überraschend klingelt es. Der alte Giovanni, das Faktotum, will ihr einen frischen Fisch braten. Sie unterhalten sich über Kinder. Dank Giovanni erinnert sich Leda an die schönen Seiten der Mutterschaft. Ein vielleicht anfänglich eingebildetes erotisches Knistern verwandelt sich in freundschaftliche Gefühle. (Die drei Männer, die als mögliche Partner in Beziehung zu Leda stehen, tragen ähnlich klingende Namen, als wären sie austauschbar, als wären sie Symbole für eine nicht weiter differenzierte maskuline Menge: Gino, Gianni und Giovanni.) Dann entdeckt Giovanni auf der Terrasse die Puppe. Leda sagt, das sei ihre, sie heiße Mina, ihre Glücksbringerin.

Der Schluss des Romans ist plotgetrieben und spannend, auch weil Leda davon ausgehen muss, dass Giovanni sie durchschaut hat. Leda erwägt, überstürzt mit der Puppe abzureisen. Aber dann geht sie zum Dorffest, kauft für Nina eine Hutnadel mit langem, spitzem Dorn, trifft Nina und Elena und erfährt, dass das Kind unter dem Verlust immer noch sehr leidet. Leda drängt Nina das Du auf und schenkt ihr die Hutnadel. Die beiden Frauen, die Mutter und Tochter sein könnten, sprechen sich aus. Nina möchte gerne mehr Zeit mit Leda verbringen, aber Rosaria sei dagegen. Ihre Liebelei mit Gino wird erwähnt. Am Ende will Nina wissen, warum Leda ihre Kinder verlassen hatte. Leda entscheidet sich für eine Erklärung, die Nina helfen könnte. Sie habe die Töchter im Stich gelassen, weil sie sie zu sehr liebte, wodurch Leda nicht sie selbst werden konnte. Danach sei sie aus dem gleichen Grund zurückgekehrt, aus dem sie weggegangen sei, aus Eigenliebe. Wie ihr Leben danach gewesen sei. Leda erklärt, dass sie sich daran gewöhnt habe, mehr Zeit für die Kinder aufzubringen. In *La frantumaglia* erläutert Elena Ferrante den Unterschied zwischen dem bloßen Gebären und einer umfassenden Mutterschaft aus Ledas Sicht. Sie begründet die Flucht von der Familie als Versuch, sich zu emanzipieren und komplette Gleichberechtigung mit dem Mann zu erzielen, die Rückkehr als Versuch, herauszufinden, ob es ihr gelingt, von den Töchtern geliebt zu werden, ohne sich selbst aufzugeben und in der Folge selbst zu hassen.

Der Dialog zwischen Leda und Nina gehört zu den besonders bewegenden in Elena Ferrantes Werk. Als Subtext läuft Ninas Neugier mit, ob sie sich auf eine Affäre mit Gino einlassen soll. Hier taucht auch zum ersten Mal der Begriff »frantumaglia« in Ferrantes Prosa auf, als Nina wissen will, ob dann die Verwirrung und das Chaos (»scombussolamento«) mit der Zeit verschwänden. Leda erwidert, ihre Mutter habe das »frantumaglia« genannt. Das passe, sagt Nina, das Herz gehe in Scherben, man schaffe es nicht mehr, bei sich selbst zu sein, und habe Gedanken, die man niemandem sagen dürfe. Die beiden ungleichen Frauen kommen sich sehr nahe. Leda glaubt ihren Wunsch nach einer Umarmung zu spüren. Sie selbst spürt ihn auch. Zum Abschied gibt Nina ihr verlegen einen flüchtigen Kuss auf die Lippen. Vielleicht hätten die Zärtlichkeiten eine Fortsetzung gefunden, aber Leda entdeckt Rosalia und ihren Bruder, Ninas Mann. Nina schimpft, warum der schon da sei. Er hatte sich erst für den Folgetag angekündigt.

Zurück im Apartment vergleicht Leda quälend genau und mit drastischen Bildern die schöne erste Schwangerschaft mit Bianca und die unangenehme danach mit Marta. Begleitet werden Ledas düstere Erinnerungen an die Schwangerschaft von einer Art Abtreibung: Leda hält die Puppe kopfüber ins Waschbecken. Nennella spuckt schwarze Flüssigkeit. Am Ende zieht ihr Leda mit einer Pinzette einen Wurm aus dem Mund. Ohne dass Leda es ausspricht, wird hier die Puppe nicht nur als Miniatur für Töchter, sondern auch als Darstellung von Müttern empfunden. Ledas ambivalentes Verhältnis zu Puppen hat auch mit dem vorgegebenen weiblichen Rollenverhalten zu tun, das im Symbol des Spielzeugs stark mit dem männlichen kontrastiert. Jetzt quält sie das Plastikspielzeug, dieses Sinnbild für den immerwährenden Kreislauf der Frau zwischen Tochterschicksal, Schwangerschaft und Mutterschaft, und entzieht ihr den »Foetus«, um die Zwangsläufigkeit der Abfolge zu unterbrechen. Es ist, als müsse sich Leda Zeit verschaffen, als müsse sie Denkpausen für sich und andere einschalten. Entsprechend unterbricht sie durch den Puppenraub die unreflektierte Idylle zwischen Elena und ihrer Mutter. Und wenn das der ganze Sinn dieses Romans wäre, er wäre genug.

Wieder am Strand, beobachtet Leda Ninas Familienleben. Die junge Mutter ist etwas nervöser und rebellischer als zu Beginn des Urlaubs. Leda versetzt sich in Ginos Eifersucht, die auch ihre eigene ist. Nachmittags geht sie alleine ins Kino. Der Film ist nicht der Rede wert und wird nicht erwähnt. Jugendliche stören die Vorführung, worauf sie die Nerven verliert: »Ich stand auf und schrie etwas hysterisch: Jetzt gehe ich raus und hole die Polizei.« Am nächsten Tag ist die Gang aus dem Kino schon am Strand, als sie ankommt. Die Jungen kennen Rosaria und hänseln Leda. Sie packt frühzeitig ihre Sachen und fühlt sich im menschenleeren Pinienwald verfolgt. Zurück im Apartment beruhigt sie sich und geht abends zum Dorffest, wo sie mit Gino tanzt. Der fragt sie am Ende, ob Nina und er ihr Apartment nutzen könnten, nur für ein paar Stunden. Leda ist verwirrt und wütend. Warum Gino gerade sie frage, will sie wissen. Weil Nina es so will, erwidert er. Leda sagt, sie wolle zuerst mit Nina darüber sprechen.

Nina besucht Leda im Apartment. Sie ist nervös und nimmt den Zweitschlüssel, den Leda vormittags hat anfertigen lassen. Aber sie scheint nicht glücklich. Sie will wissen, was Leda davon hält. Leda verfällt in einen Ton, den sie mit ihren Studenten pflegt und den sie auch schon bei Gino eingesetzt hatte. Sie solle das angefangene Studium weiterführen und sich dann eine Arbeit suchen. Aber Nina will nur abhauen. Leda verspricht ihr Hilfe und gibt ihr ihre Adresse in Florenz. Nina will schon mit dem Schlüssel gehen, aber Leda bittet sie zu warten. Sie holt die Puppe und gibt sie der fassungslosen Nina, die den Schlüssel von sich wirft und Nennella an sich reißt. Sie schimpft in breitestem neapolitanischem Dialekt, wie Leda es nur von ihrer Mutter kennt (ohne dass die Flüche im Text formuliert werden). Leda kann ihr nicht erklären, warum sie die Puppe gestohlen hat. Sie sei eine Rabenmutter. Nina schreit, sie wolle Leda nie wieder sehen.

Beide wenden sich voneinander ab, danach durchsticht Nina von hinten Leda mit der Hutnadel an der linken Hüfte und rennt davon. Vorsichtig packt Leda die Koffer. Das Handy klingelt. Leda sieht den Anrufer und verspürt tiefe Freude. Bianca und Marta schreien etwas Lustiges ins Telefon und wollen wissen, warum sie sich so lange nicht gemeldet habe. »Ich bin tot, aber es geht mir gut«, scherzt Leda. So endet der Roman, was später von Ferrante in einem Interview als Ausdruck für ein endgültiges Erlöschen erklärt wird. Das könne mindestens zwei Auswirkungen nach sich ziehen. Danach sei man vielleicht für immer verletzt und verunstaltet oder endgültig befreit von etwas Krankem und fühle sich entsprechend gut. Delia, Olga und Leda hätten alle die eine oder andere Erfahrung gemacht. Auch sie selbst. Die glücklichere Variante entspreche aber nicht einer gelungenen Analyse beim Therapeuten. Nach den Zusammenbrüchen der Frauen, die sie als Erzählerin besonders interessieren, die sie von sich, von ihrer Mutter und anderen kenne, folge nicht der Untergang, sondern ein neues Gleichgewicht, das jedoch weder entwickelter noch stabiler als das davor sein müsse.

Der Puppenraub hat im Verlauf des Romans rund ein Dutzend Motive erhalten. Er ist Auslöser, um von all den Facetten zu erzählen, die Leda ausmachen. Zu den interessanten Nebenfiguren gehört die junge Britin Brenda, und Ledas Beichte wirkt so authentisch, dass die Leser sie als autobiographisch geprägt empfinden. Auch das ist vielleicht ein Grund dafür, dass die Autorin Elena Ferrante, die dieses Geständnis, aber auch die erotischen und die Missbrauchsszenen in den ersten zwei Romanen geschrieben und in *La frantumaglia* kommentiert hat, unerkannt bleiben möchte. Als Biograph eines Phantoms fühle ich mich Elena Ferrante selten näher als im Moment der Beichte Ledas, im Moment des Geständnisses, dass ihr akademischer Erfolg letztlich Brenda zu verdanken ist, dass sie das aber immer und allen verschwiegen hat. Die Passage scheint zu wahrhaftig, um erfunden zu sein. Man meint, aus jedem Satz die vielen Zweifel herauszuhören, die ihnen vorausgegangen sind.

Angenommen, es gibt diese Elena Ferrante, angenommen, es gibt diesen einen Menschen, diese eine Frau, diese eine Autorin, die ihre vier Ich-Erzählerinnen Delia, Olga, Leda und Elena in die Welt gesetzt hat, dann wünsche ich ihr von Herzen, die in *Die Frau im Dunkeln* so lebhaft dargestellte Energie möge sie auch weiterhin antreiben. Ich wünsche ihr, dass auch für sie, die Frau hinter Elena Ferrante, eines Tages das Alter, die Reife und der Zeitpunkt kommen, an dem sie mit derselben Kraft, mit der Leda bei ihrer Beichte über sich hinauswächst, ihre Bedenken abschüttelt und rückblickend sagen kann: »Was soll's: Ich bin Elena Ferrante. Ohne meine wirkliche Mutter, ohne meine wirklichen Freundinnen, ohne meine wirklichen Kinder und ohne meine Männer, ohne meine Lektorin hätte ich niemals diese Bücher schreiben können. Der Zeitpunkt ist da, die fehlenden Widmungen, die fehlenden Danksagungen in meinen Romanen nachzuholen.« Ich wünsche dieser Elena Ferrante, dass sie mit der Gelassenheit Max Frischs sagen kann: *Biographie, ein Spiel.* Die Folgen der Geheimhaltung sind längst aus dem Ruder gelaufen. So versucht man inzwischen in Italien die Spuren Anita Rajas zu tilgen. Der italienische Wikipedia-Eintrag wurde gelöscht. Anita Raja selbst ist von der Bildfläche verschwunden. Nahm sie früher noch viele öffentliche Termine zu literarischen Anlässen wahr, so hat es heute den Anschein, als existiere Anita Raja gar nicht mehr. Das ist ein hoher Preis für die Aufrechterhaltung eines inzwischen zweifelhaften Geheimnisses. Wie lange soll der noch bezahlt werden? Oder will Elena Ferrante damit das literarische Verschwinden ihrer Figuren in ihren Romanen jetzt in die Wirklichkeit holen? Lässt sie den Menschen hinter dem Phantom verschwinden?

Zwischen Literatur und Leben

Als schon in den 1990er Jahren in Italien der Name Anita Raja als Kandidatin für Elena Ferrante fiel, hatte das noch keine Auswirkungen auf ihr Privatleben. Sie nahm weiterhin an zahlreichen, auch filmisch dokumentierten Podiumsdiskussionen teil, zuletzt im Dezember 2015 an der New York University von Florenz im Rahmen des Graduate Studies Seminar, wo sie einen Vortrag über das literarische Übersetzen hielt und insbesondere auch über ihre Arbeit an Georg Büchners *Dantons Tod* sprach, ein Buch, das 2016 bei Einaudi erschien. Der Regisseur Mario Martone hatte Anita Raja darum gebeten, weil er in Turin im Teatro Stabile das Stück aufführen wollte und mit den bisherigen Übersetzungen unzufrieden war. Die Uraufführung fand dann im Februar 2016 statt. Kurz davor, am 9. Februar 2016, wurde ein Podiumsgespräch mit Anita Raja und Mario Martone im *Circolo dei lettori* in Turin aufgezeichnet.

Nach den wenig später erfolgten Enthüllungen Claudio Gattis hat sich das alles dramatisch verändert. Gut möglich, dass diese beiden Aufnahmen für lange Zeit die letzten von Anita Raja bleiben. Anita Raja droht zu verschwinden wie einige von Elena Ferrantes Romanfiguren. Das wäre sehr schade, vielleicht sogar gefährlich und vor allem unnötig. Hier sind Anita Raja die charakterlichen Qualitäten, die Stärken und die Selbstbehauptungskräfte einer Olga in *Tage des Verlassenwerdens* zu wünschen.

Elena Ferrantes Verleger sind inzwischen verärgert und verurteilen Gattis Veröffentlichungen. Von den vielen eher literaturwissenschaftlichen und linguistischen Enthüllungsversuchen davor fühlten sie sich allerdings geschmeichelt. Der Ferrante-Hype, der lange vor der Entdeckung von *My Brilliant Friend* in den USA bereits im Heimatland groß war und auch wegen der aufwendigen Verfilmung immer noch groß ist, muss vor dem Hintergrund der Verlagsgeschichte von e/o gesehen werden. Sandro Ferri, der spätere Verlagsgründer, war 16, als sein geliebter Vater starb, der als Sohn von Auswanderern nach dem Zweiten Weltkrieg in New York mit Stoffen handelte. Vielleicht sind es Zufälle, vielleicht auch stille Würdigungen, dass Elena Ferrantes Mutter als Schneiderin viel mit Stoffen zu tun hatte und die Nachnamen Ferri und Ferrante so ähnlich sind.

Sandro Ferri wurde in New York in der Bronx geboren, studierte in Paris Philosophie und nahm an der 68er Revolte teil. Nach der Rückkehr nach Italien gründete er 1977 an der Piazza Navona in Rom die Buchhandlung *Vecchia Talpa* (*Alter Maulwurf*), die zum Treffpunkt linker Studenten und Politiker wurde und der radikalen Bewegung *Lotta Continua* nahestand. Allerdings war der ideelle Austausch dort wichtiger als der Bücherverkauf, weshalb Ferri den Laden wieder schließen musste. Aber er hatte viel gelernt über das Verlags- und Buchhandelswesen. Als er Sandra Ozzola kennen und lieben lernte, die russische Literatur studiert hatte und später seine Frau wurde, gründeten die beiden gemeinsam den Verlag Edizioni e/o. »e« steht für »Est«, »Osten«, »o« für »Ovest«, »Westen«. (Es gibt zusätzlich die Interpretation von »e« für »und« und »o« für »oder«.) Das erste Buch erschien 1979: *L'empire éclaté* (*Risse im Roten Imperium. Das Nationalitätenproblem in der Sowjetunion*) von Hélène Carrère d'Encausse. Es folgten zahlreiche Romane und Sachbücher von Autoren aus dem Osten, u. a. Jan Potocki, Bohumil Hrabal, Max Brod, Andrzej Sczpiorski, Witold Gombrowicz, und auch zahlreiche Romane von Autoren aus der DDR wie Irmtraud Morgners *Hochzeit in Konstantinopel* von 1982, das die erste Übersetzung von Anita Raja für e/o war. Allerdings lernten sich Sandra Ozzola und Anita Raja schon 1977 bei einem von Lia Secci initiierten Kongress zur Literatur der DDR an der Universität von Perugia kennen. Ein wichtiges Thema war dort bereits Christa Wolf: Anita Raja sollte später ihre Übersetzerin ins Italienische und gute Freundin werden.

Die Bücher Christa Wolfs zählten zu den wenigen Bestsellern des Hauses e/o. Es war ein kleiner und unabhängiger Verlag, der sehr engagiert die Nischen bediente, die von den Großen übersehen wurden. Fast alle späteren Ferrante-Kandidaten tauchen bereits Anfang der

1990er Jahre mehrfach und in verschiedenen Funktionen bei e/o auf. In der Anthologie *Leggere gli anni verdi* von 1991 sind Goffredo Fofi, Fabrizia Ramondino und Domenico Starnone mit eigenen Geschichten vertreten. Im selben Jahr schrieb Starnone für Erzählungen Mark Twains bei e/o das Nachwort. 1992 gründete Anita Raja bei e/o die Reihe *Azurri. Collana di narrativa italiana*, in der im ersten Jahr Elena Ferrantes *L'amore molesto* erschien. Fofi, Raja und Starnone blieben eng mit dem Verlag verbunden, und 1998 veröffentlichte Fabrizia Ramondino *L'isola dei bambini* bei e/o. Je mehr man sich mit den Namen Ferrante, Fofi, Raja und Starnone bei e/o beschäftigt, desto eher bekommt man den Eindruck einer großen Ferrante-Familie unter dem Dach des Ehepaars Ferri. Allerdings waren die damaligen verlegerischen Aktivitäten nicht von Erfolg gekrönt. Über zwei Jahrzehnte lang blieb e/o ein Kleinverlag mit geringen Umsätzen.

Sollte tatsächlich Anita Raja seit 2009 Elena Ferrante sein und den neapolitanischen Zyklus auf Fabrizia Ramondinos Werk aufgebaut haben, dann entspräche das Verhältnis der beiden Schriftstellerinnen zueinander dem Verhältnis zwischen Leda und Brenda in *Die Frau im Dunkeln*. Beide, Anita Raja und Leda, würden die wichtigste Ursache ihres Erfolgs verschweigen. Für diesen Fall ist eine Klarstellung Anita Rajas früher oder später zu erwarten.

Sollte Anita Raja von Anfang an, also seit 1991, Elena Ferrante sein, wäre das Lügengebäude, das Raja-Ferrante seit damals errichtet hätten, kaum noch zu überblicken und trüge Züge des raffinierten Betrugs an den Lesern. Ein Beispiel: Anita Raja und der Regisseur Mario Martone sind befreundet, sitzen mehrfach, zuletzt 2016, auf demselben Podium und diskutieren über eine Übersetzung aus dem Deutschen ins Italienische, die Raja auf Bitten Martones verfasst hat. 2019, rund drei Jahre später, erscheint *Frantumaglia – Mein geschriebenes Leben* erstmals auf Deutsch, worin Ferrante und Martone behaupten, sich nie begegnet zu sein. Martone selbst gibt bis heute Interviews, in denen er das bestätigt. Wie sollte Anita Raja unzählige Falschaussagen dieser Art im Verlauf des letzten Vierteljahrhunderts heute zugeben?

In einem Interview, das Elena Ferrante im Dezember 2015 der *Financial Times* gab, sagte sie: »Es gibt keine Notwendigkeit mehr, diejenigen zu beschützen, die ich liebe. Sie wissen, dass Schreiben mein Leben ist, und lassen mich in meiner Ecke. Der einzige Pakt besteht darin,

Bis 2008 das offizielle Logo des italienischen Schriftstellerkollektivs Wu Ming (chinesisch je nach Betonung »Fünf Namen« oder »Ohne Namen«)

dass ich nichts tue, wofür sie sich schämen müssten.« Der Journalist hatte gefragt, ob es jemandem missfallen könnte, wenn ihre wahre Identität bekannt würde. Wenig später äußerte sie sich im selben Interview zum Gegensatz zwischen wahrhaftiger und stilistisch schöner Literatur: »Ich gehöre zu der Sorte von Schriftstellern, die eine formal gelungene Seite wegwerfen, um die rohe Version aufzuheben, falls sie authentischer ist.« Da die Ich-Erzählerinnen sehr viel über die Menschen berichten, denen sie nahestehen und die sie lieben, könnte also dieser Pakt aus Sicht der Autorin einem Outing im Wege stehen.

In allen Romanen Ferrantes geht es um Selbstfindung und Selbstbehauptung von Frauen. Elena Ferrante hat den schwierigsten Teil dieses Prozesses noch vor sich, denn Leda hat recht, wenn sie sagt: »Diejenigen Dinge sind am schwierigsten zu erzählen, die wir selbst nicht verstehen.« Ich glaube nicht, dass Elena Ferrantes heutiger Stand der Reflexion über ihre eigene Identität noch lange Bestand haben kann. Im oben erwähnten Interview mit der *Financial Times*, knapp ein Jahr vor Claudio Gattis Enthüllung, wurde sie gefragt, ob sie nicht glaube, dass ihre Identität bald entdeckt werde, ob das nicht ein Scoop wäre. »Ein Scoop? So ein Unsinn. Wen könnte es interessieren, was von mir übrig ist, außerhalb meiner Bücher? Mir scheint es schon übertrieben, wie sehr man sich mit ihnen beschäftigt.«

Angenommen, hinter der heutigen Elena Ferrante verbirgt sich ein Autorenteam, eine Schreibwerkstatt, die seit 2008, seit dem Tod Fabrizia Ramondinos, ein literarisches und journalistisches gut redigiertes Patchwork produziert hat, wird niemand der damit beschäftigten Kreativen auch nur das geringste Interesse an einer Offenlegung der komplexen Identität und der gebrochenen Biographie Elena Ferrantes haben. So wäre Olgas Befürchtung in *Tage des Verlassenwerdens*, zur »femme rompue« zu werden, auf makabre Weise doch noch eingetreten. Dies könnte also der sehr plausible Grund für das konsequente Schweigen aller Beteiligten sein. Hinzu kommt, dass ja diesem Autorenteam die singuläre Authentizität, die eigenwillige Autorenschaft, die zur Brenda-Beichte geführt hat, fehlen würde. Wir hätten es mit einer Art Ferrante-Fabrik zu tun, die aufgrund der besonderen Herkunft und Konstellation einen der vielleicht letzten großen Weltbestseller des Buchmarkts hervorgebracht hat.

Was jetzt noch in *La frantumaglia* als Selbsterklärung einer höchst eigenwilligen Autorin gilt, wäre ab 2008 in Wirklichkeit die Nachahmung eines Originals: Marketing-Prosa zum Brand »Elena Ferrante« eines berechnenden Autorenkollektivs nach dem Vorbild beispielsweise von Wu Ming. Linda Ferri, die Schwester des e/o-Verlegers Sandro Ferri, ist eine erfolgreiche Schriftstellerin und Drehbuchautorin. Sie schrieb beispielsweise das Skript zu Nanni Morettis auch hierzulande erfolgreichem und vielfach ausgezeichnetem Film von 2001 *Das Zimmer meines Sohnes*. Linda Ferri könnte entscheidend an den stilistischen Veränderungen beteiligt sein, die Elena Ferrantes Romane seit 2011 kennzeichnen.

Es gibt noch eine Option, die irgendwo zwischen den genannten steht, die aber wie bei der möglichen Ferrante-Fabrik das Publikum wegen der Selbstaussagen in *La frantumaglia* bewusst täuschen würde: Es gibt seit 1991 bis heute eine Autorin hinter Elena Ferrante, beispielsweise Anita Raja, die sich bei den ersten drei Romanen von ihrem Ehemann Dominico Starnone etwas beeinflussen und helfen ließ.

Seit 2011 hat sie eine viel umfangreichere Hilfe in Anspruch genommen, so dass ein Teil der neapolitanischen Tetralogie gar nicht mehr von ihr verfasst wurde.

Verhält es sich aber andersherum, gäbe es tatsächlich die eine unabhängige Elena Ferrante, die von 1991 bis heute alle ihre Romane selbst geschrieben hat, dann wäre ihr Outing ein Gebot der Vernunft, wenn es darum geht, die lästigen Spekulationen über die Ferrante-Fabrik mit all den nachgewiesenen Ähnlichkeiten zwischen Starnone- und Ferrante-Texten zu beenden. Damit wäre dann der Weg frei für ein Thema, das die bisherigen Inhalte (das Mutter-Tochter-Verhältnis, Fragen der Emanzipation, soziale Fragen oder Fragen zur Freundschaft im Vergleich zur Liebe) bei weitem übertrifft, weil *meine geniale Autorin* es wie niemand vor ihr reflektieren könnte: die Identität einer Schriftstellerin zwischen Literatur und Leben.

5 *Der Strand bei Nacht:* Elena Ferrantes Kinderbuch

Dieses Intermezzo ist eine Überraschung: ein Kinderbuch von Elena Ferrante, das einzige bisher. Anknüpfend an *Die Frau im Dunkeln* beschäftigt sie sich auf andere Weise mit einer Puppe. Im italienischen Original heißt die kurze Geschichte *La spiaggia di notte* und erschien bei Edizioni e/o im Jahr 2007. Im Deutschen erschien das Bilderbuch mit denselben Illustrationen von Maria Cerri 2018 übersetzt von Karin Krieger in der Insel-Bücherei.

2007 war der Name Elena Ferrante hierzulande den wenigsten ein Begriff. Das Buch wurde von den deutschen Verlagen schlicht übersehen. Jetzt jedoch wird alles ins Deutsche übersetzt, was die Verfasserin der neapolitanischen Tetralogie publiziert hat, also auch ihr einziges Kinderbuch.

Der Strand bei Nacht wirkt wie ein Konzentrat von Ferrantes zentralen Themen: das Verlassenwerden, die Mutter-Tochter-Beziehung, die Funktion von Puppen und in diesen Zusammenhängen Gefühle wie Neid und Eifersucht, Angst und Verzweiflung, Verantwortung und Liebe. Es ist, als wollte Ferrante *Die Frau im Dunkeln* mit dieser Geschichte vervollständigen, indem Ledas gestohlene Puppe jetzt sprechen kann. Sie geht in dieser Kindergeschichte nicht verloren. Viel schlimmer: Sie wird von ihrer »Mutter« alleine am Strand sitzen gelassen und verbringt dort eine Nacht, die an Gefahren den Situationen, in denen sich die weiblichen Protagonistinnen Ferrantes befinden, in nichts nachsteht. Das Leitmotiv Ferrantes, die Mutter, die gehen könnte und manchmal wirklich geht, wird hier variiert. Die Bedrohung geht

Cover von »La spiaggia di notte«

konsequenterweise von einem Mann aus. Hier singt er schreckliche Lieder. Die Rettung kommt unerwartet. Die Perspektive ist wie immer streng aus weiblicher Sicht. Und wieder fehlt eine Widmung, ein Motto oder eine Danksagung. Nur ganz am Ende befindet sich eine Widmung der Illustratorin »für Matilde … bei den Bagni Elsa in den 80er Jahren«. Die Bagni Elsa befinden sich südlich von Rimini, rund dreißig Kilometer von Urbino, wo die Künstlerin Mara Cerri Kunst studierte. Sie hat keine eigene Webseite, wird jedoch auf der Webseite des Verlags orecchio acerbo ausgerechnet von Goffredo Fofi sehr gelobt, dort zitiert nach der Zeitung *Il Sole 24 Ore*, in deren Auftrag Claudio Gatti seine Ferrante-Recherche unternommen hat. Als Elena Ferrante in *La frantumaglia* ihren Arbeitsplatz beschreibt, erwähnt sie ein Bild von Mara Cerri, das über ihrem Schreibtisch hängt. Cerri war auch als Zeichnerin prägend am Dokumentarfilm »Elena Ferrante – Ferrante Fever« von Giacomo Durzi von 2017 beteiligt.

Die Ich-Erzählerin in diesem Bilderbuch ist die Spielzeugpuppe Celina. Sie berichtet von dem sehr gesprächigen fünfjährigen Mädchen Mati. »Ich bin ihre Puppe«, stellt Celina selbstbewusst schon im zweiten Satz klar. Die Verbindung zur Situation in *Die Frau im Dunkeln* ist deutlich. Endlich kommt hier die Puppe zu Wort, die im Roman für Erwachsene zwar eine wichtige Rolle spielte, aber stumm bleiben musste.

Matis Vater kommt jedes Wochenende ans Meer, so wie Lenùs Vater in *Die Frau im Dunkeln*,

Plakat für den Film »Ferrante Fever« von 2017

und dieses Mal hat er ein Geschenk mitgebracht, ein Kätzchen. »Bis vor fünf Minuten spielte Mati noch mit mir, jetzt spielt sie mit der Katze, die Minù heißt. Ich bin alleine im Sand und weiß nicht, was ich tun soll.«

Matis Bruder mag Celina nicht, buddelt ein Loch, steckt sie hinein und bewirft sie mit Sand. Celina erinnert sich an die Spiele mit Mati. Sprache spielt dabei – und in der gesamten Erzählung – eine wichtige Rolle. Mit Sorge beobachtet Celina, dass Matis Mutter und dann auch ihr Vater den Strand verlassen. Und schließlich verlassen auch Mati, die nur noch Augen für ihre neue Katze hat, und ihr Bruder die Puppe.

Verlassen steckt Celina im Sand. Es beginnt ein düsteres Abenteuer, das sehr genau die Abläufe an einem unheimlichen *Strand bei Nacht* schildert. Auftritt ein furchteinflößender Bösewicht, der Bademeister mit schrecklichem Schnauzbart: »Er kommt in der Abenddämmerung an den Strand und stiehlt den Mädchen ihre Spiele.« Der Bademeister singt: »Mach den Mund auf / Friss die Scheiße / Trink die Pisse / Trink sie pur / Keine Worte / Krähenfüße nur / Hör welch Stille / Wenn alles schweigt« (Karin Krieger mildert in ihrer Übersetzung den harten Ton ab und dichtet Bedeutungen hinzu – »Wörter sind dämlich« –, die keinesfalls Ferrantes Absicht entsprechen). Der Freund des riesigen Bademeisters ist der große Rechen. Insofern können die Krähenfüße als Synonym für dessen gefährliche Zinken verstanden werden. Gemeinsam durchkämmen Bademeister und der sprechende Rechen den Strand. Celina findet sich wieder neben Murmeln, leeren Plastikflaschen, Papiertaschentüchern, Kronkorken, Strohhalmen, einem Kugelschreiber und einem Plastikpferdchen. Und der Bademeister singt: »Reiß dir die Nase aus, hock dich auf den Topf, spuck's aus, du bleibst allein.«

Celina hat Angst und hasst die neue Katze, findet auch ihren Namen Minù furchtbar und hofft, dass sie Durchfall kriegt und so sehr zu stinken beginnt, dass Mati sie verjagt. Betrübt stellt sich Celina vor, wie sie jetzt eigentlich zufrieden mit der ganzen Familie am Esstisch sitzen könnte. »Mati und ich sind Mutter und Tochter. Es ist deshalb unmöglich, dass sie mich vergessen hat. Kaum wird sie merken, dass ich hier allein am Strand zurückgeblieben bin, wird sie sicher kommen und mich holen. Vielleicht ist es nur ein Spiel, das sie erfunden hat, um mir Angst einzujagen.« Unwillkürlich denken Ferrante-Leser an Delia und

Olga, die als Kinder in ständiger Angst lebten, von ihren Müttern vergessen und verlassen zu werden.

In ihrem Bericht vermenschlicht Celina die Gegenstände, auch die »furchtbaren Zähne des Rechens aus Eisen«, die Tiere um sie herum und Naturphänomene wie das aufziehende Gewitter oder das bedrohliche, vom Bademeister entfachte Feuer. Er spricht zu seinem Rechen, ist frustriert, weil nichts Wertvolles dabei war, nur diese hässliche Puppe. »Ich bin nicht hässlich«, schreit Celina, doch niemand hört sie.

Der Bademeister packt sie, versucht ihren Mund zu öffnen: »Sie hat noch Worte drin«, sagt er zum Rechen, »wie viele hat dir dein Mamilein hineingesteckt, hm?« Celina versteckt alle Wörter, die sie von Mati gelernt hat, tief in sich drin und ist ganz still. Plötzlich taucht zwischen den Lippen des Bademeisters ein winziger Angelhaken auf, der an einem Speichelfaden hängt, sich zum Mund Celinas senkt und dort eindringt. Alle Wörter Matis sind in Sicherheit, nur der Name nicht, den sie der Puppe gegeben hat. Der Name erschrickt und ruft sich selbst: »Celina!«

Der Haken hört ihn und entreißt ihn der Puppe, was ihr sehr weh tut. Sie sieht, wie der Name im Mund des Bademeisters verschwindet. Doch das genügt ihm nicht. Er schüttelt sie und wirft sie dann wütend zurück zum Abfall. Ein Name wird auf dem Puppenmarkt nicht viel Geld einbringen. Aber genau das wollen der Bademeister und sein Rechen: Celinas Wörter verkaufen. Möge Elena Ferrante bei der Charakterisierung des geldgierigen und ungleichen Paars, des Bademeisters mit seinem Rechen, nicht an ihre Verleger Sandro Ferri und Sandra Ozzola gedacht haben.

Celina gerät mehrfach in Lebensgefahr. Sie muss mit ansehen, wie das Plastikpferd ein Raub der Flammen wird, was drastisch geschildert wird. In ihrer Panik spricht die Puppe am laufenden Band. »Hast du gehört?«, fragt der Rechen mit gieriger Stimme den Bademeister, »und ob die Puppe reden kann«. Am nächsten Tag wollen sie Celina auf dem Puppenmarkt verkaufen und reich werden. Schon kommen die Krallen des Rechens näher. Aber die Puppe, die von niemandem mehr geliebt wird, will in ihrer Verzweiflung lieber mit Matis Worten in sich verbrennen, als wieder in die Hände des Bademeisters zu geraten.

Im letzten Moment wird sie von einer Welle gerettet, wodurch sie allerdings wenig später zu ertrinken droht. Im Verlauf der nächtlichen

Ereignisse wird die Puppe, die ihren Namen verloren hat, immer unglücklicher. Die Hauptschuldige dabei ist natürlich die Katze Minù, die ihr ihre »Mama« weggenommen hat. Am Strand unter Wasser kehrt dann aber Ruhe und Frieden ein. Celina ist voller Wasser, liegt auf dem Grund und spürt Matis Worte in sich in Sicherheit. Sie schwimmen in ihr, dringen manchmal bis zum Mund, bleiben aber still, wie Wörter in Büchern oder im Kopf von Matis Mutter, wenn sie liest und nicht gestört werden will.

Das Drama erreicht seinen Höhepunkt, als sich der winzige Haken zu ihr hinabsenkt und wieder in ihren Mund dringt. Ein verzweifelter Kampf um Matis und Celinas Wörter beginnt. Diese Passage ist eine Huldigung an die Macht der Sprache, indem Ferrante aufzählt, was Mati und Celina damit alles machen konnten. Am Ende beweist Ferrante wieder ihren sarkastischen Humor, als sie Celina denken lässt, dass es bestimmt Matis Katze sein wird, die auf dem Markt all ihre Wörter dem Bademeister abkauft. Im Moment größter Verzweiflung naht aber im Morgengrauen Rettung: Ausgerechnet Minù schnappt die Puppe, die an einer Kette von Worten hochgezogen und an den Strand geschleudert wurde. Die Katze rettet Celina vor dem Bademeister und trägt sie durch den Pinienwald nach Hause, wo die überglückliche Mati sie mit verweinten Augen in die Arme schließt. Celina und Minù werden Freundinnen, und die besorgten Eltern und Matis Bruder können endlich schlafen gehen.

Zwei Motive wirken bezaubernd: Da ist einerseits die naive, aber genaue Beobachtungsgabe Celinas, mit der sie die Welt der Kinder und der Erwachsenen und ihren Umgang mit Spielsachen analysiert. Andererseits sind es die allgegenwärtigen Überlegungen zur Sprache: Celina berichtet von der Sprechweise Matis, von den Worten, die sie von ihrer »Mama« gelernt und übernommen hat und die nun der Bademeister stehlen will. Der Kampf um den Besitz heiterer Kindersprache durchzieht dieses moderne Märchen. Kinder werden beim Lesen oder Zuhören ihr Verhältnis zu Spielsachen neu überdenken, Erwachsene werden sensibilisiert für die Bedeutung, die das Spielen und das Anthropomorphisieren für Kinder haben. Elena Ferrante ist damit ein berührendes Vorlese-Bilderbuch gelungen. Kenner des Werks Ferrantes werden hier mit Interesse die Erweiterung des Motivs der Puppen und ihrer Bedeutung für Kinder verfolgen.

6 *Frantumaglia: Mein geschriebenes Leben* – Teil 2

Die Texte in der zweiten und erweiterten Ausgabe von *La frantumaglia* sind gelegentlich ausufernde Selbstbeschreibungen Elena Ferrantes sowie eigene Interpretationen ihrer Romane in Brief- oder Interviewform. Man könnte sie im Sinne Ferrantes aufgelöst und konturlos nennen, »smarginate«. Ein Jahr nach dem ersten Erscheinen 2003 hatte sich das Buch in Italien nur rund dreitausend Mal verkauft. Die Briefe, Essays und Interviews beschäftigen sich auf oft anspruchsvolle Art mit den Hintergründen ihrer Bücher. Das ermüdet manche Leser, die an ihre fesselnden Geschichten gewöhnt sind. Bis heute ist *La frantumaglia* das Buch mit der geringsten Auflage im Werk Elena Ferrantes – schade, denn hier erfahren wir viel über die Autorin und ihre Arbeitsweise. Es zeigt sich auch, wie Elena Ferrante als Vielschreiberin versucht, ihre fehlende Präsenz als Mensch mit bürgerlichem Namen anderweitig zu kompensieren: In *La frantumaglia* finden sich lange Texte, die einen manchmal vergessen lassen, dass das Bild der Verfasserin fehlt, so als könne Elena Ferrante ihre Unsichtbarkeit sprichwörtlich überschreiben, die nicht vorhandene Optik durch Sätze ersetzen.

Außerhalb Italiens wurde Elena Ferrante damals kaum wahrgenommen. In ihrer Heimat aber wurde mit der Veröffentlichung von *La frantumaglia* das Versteckspiel ab 2003 wieder sehr lebhaft. Der Verlag e/o partizipierte daran erneut gerne, was noch heute auf der Webseite erkennbar ist, wo genüsslich Artikel und Studien wiedergegeben werden, die herauszufinden versuchen, wer Elena Ferrante in Wirklichkeit sein könnte.

2004 war Domenico Starnone in aller Munde, nachdem ein Literaturwissenschaftler viele lexikalische und thematische Ähnlichkeiten zwischen Ferrantes Debüt *Lästige Liebe* und Starnones *Via Gemito* (2001) entdeckt hatte, ein Roman, der allerdings acht Jahre nach *Lästige Liebe* erschien. Plötzlich nahm die Frage, ob es sich bei Ferrante überhaupt um eine Frau handle, viel Raum ein. Die damit erzeugte mediale Aufmerksamkeit war ein willkommenes Substitut für die fehlende Präsenz des Menschen hinter dem Pseudonym in der Öffentlichkeit. Der Verlag setzte später einen Artikel aus *Vanity Fair* vom 10. Oktober 2014 auf seine Webseite, betitelt *Il giallo Elena Ferrante* (*Der Krimi Ele-*

na Ferrante) von Michele Neri, worin unter dem Abschnitt *Verdächtige und Indizien* auch Domenico Starnone, Fabrizia Ramondino und Anita Raja genannt werden. Freudiger kann ein Verlag beim Ratespiel gar nicht mitmachen. Im Abschnitt *Chancen auf Erfolg der Ermittlungen* schreibt Neri: »Fast null«.

Letztlich war es dann auch ein Italiener, der 2016 die Suche auf die Spitze trieb, indem er der Spur des Geldes folgte. Das gefiel den Verlegern dann mit einem Mal gar nicht mehr. Sie wollten weder bestätigen noch dementieren, kritisierten aber den Journalisten und seine Methoden, was sie davor bei den anderen, meist literarischen Methoden nicht gemacht hatten. Dabei ist das meistgenannte Argument gegen den Enthüllungsjournalisten obsolet: Er habe gegen den Pakt von Elena Ferrante mit ihren Lesern verstoßen. Zu einem Pakt gehören zwei. Wie viele Leser und Bewunderer Elena Ferrantes nichts von diesem Pakt halten, zeigt sich allein daran, dass zur Zeit linguistische Forschungsarbeiten von internationalen Sprachwissenschaftlern zur Identifikation der wahren Ferrante intensiv fortgeführt werden.

Der Wirtschaftsjournalist Claudio Gatti hatte betont, dass seiner Ansicht nach die Person, die sich hinter dem Pseudonym Elena Ferrante verbirgt, mehrfach gelogen habe. Er möge keine Lügen, deshalb habe er ihre Identität öffentlich gemacht. Die Kritik Gattis zeugt von mangelndem literarischen Verständnis und ist doch nicht ganz von der Hand zu weisen, denn zu keinem Zeitpunkt bestand für Elena Ferrante die Notwendigkeit, biographische Informationen über sich preiszugeben und damit leider auch Falschaussage an Falschaussage zu reihen. Diese authentisch klingenden Selbstzeugnisse werden nicht dadurch richtiger, dass Ferrante sie als fiktiv definiert und die Fiktion als einzige Möglichkeit, die Wahrheit zu sagen. Dieser rhetorische Salto lässt nicht nur Wirtschaftsjournalisten, sondern auch Literaturwissenschaftler unbeeindruckt. Allerdings vermeidet Ferrante dank omnipräsenter Fiktion, für Falschaussagen belangt zu werden. Der Vorwurf der bewussten Lüge könnte eher die Verleger Sandro Ferri und Sandra Ozzola treffen, die sich nicht hinter Ferrantes literarischem Doppelspiel verstecken können. Die Verleger beschreiben vor laufender Kamera (u. a. im Bonus-Material der DVD *I giorni dell'abbandono*) im September 2005, wie sie 1991 das erste Manuskript bekommen hatten. Eine Freundin habe es ihnen übermittelt. Erst danach hätten sie die Autorin kennengelernt. Diese Aussage würde Anita Raja als damalige Elena Ferrante ausschließen, zumal Raja ja als Herausgeberin und Übersetzerin schon seit den 1980er Jahren eng mit den Verlegern zusammenarbeitete und sie schon seit den 1970er Jahren persönlich kannte. Der Roman *Lästige Liebe* habe sie beide sofort begeistert, so Sandro Ferri weiter. Damals habe die noch unbekannte Elena Ferrante in Griechenland gelebt. Danach habe es noch einige seltene Gelegenheiten für Treffen mit ihr gegeben. »Jetzt gibt es diese Debatte um die Frage, wer sie ist oder wer sie nicht ist. Uns war von Anfang an klar, welch interessante Persönlichkeit sie ist, eine Persönlichkeit, die sehr ernsthaft an ihrem Werk interessiert ist«, berichtet Ferri.

Warum gehen Ferrante und besonders ihre Verleger das Risiko von Falschaussagen ein? In welchem Verhältnis stehen diese Angaben über die Person Ferrante zum Menschen, der sich hinter dem Pseudonym verbirgt? Nach dem Interview mit den Verlegern kommen noch der Autor und Literaturkritiker Roberto Cotroneo, der Literaturprofessor Arturo Mazzarella und der Kritiker Filippo La Porta zu Wort. Die drei sind sich einig, dass die anhaltende Recherche nach der Identität nicht nur relevant, sondern auch legitim sei. Eine Autorin, die auf so hohem literarischem Niveau und gleichzeitig so erfolgreich schreibe und dabei diesen Fall der physisch nichtexistierenden Autorin konstruiert (sic!) habe, wecke verständlicherweise eine große Neugier. Alle drei beschäftigen sich in den Interviews hauptsächlich mit der Frage nach dem Pseudonym und kaum mit den Inhalten der bis dahin erschienenen beiden Romane. Wäre Ferrantes Identität bekannt gewesen, hätten sie sich – und die italienischen Medien allgemein – wahrscheinlich weniger mit ihrer Person beschäftigt, als sie dies nun mit ihrer Nicht-Person tun. Insbesondere Roberto Cotroneo erklärt den Erfolg Ferrantes mit ihrer Abwesenheit: In einer Welt, in der die narzisstische Beziehung zwischen Autor und Text so stark sei, wiege Ferrantes Verborgenheit besonders schwer. Ihm ist gleichzeitig die Bewunderung anzumerken, dass hier jemand beschlossen hat, sein Werk und nicht sich selbst zu zeigen. Er betont das Außerordentliche, dass die beiden Romane auch noch verfilmt worden seien, dass also so vieles von Ferrante nun sichtbar gemacht worden sei, dass alles bei Ferrante nun ein Gesicht habe, nur sie selbst nicht. Er glaubt, es sei kein Zufall, dass zwei Männer die Bücher verfilmt hätten, Ferrantes Schreibweise spreche eher Männer als Frauen an. Es ist Arturo Mazzarella, der von den Widersprüchen zwischen Ferrantes Weigerung, sich zu zeigen, und den vielen Selbstaussagen in *La frantumaglia* spricht. Er beschreibt dieses Verhalten als paradox.

Wäre Ferrante auch hinsichtlich ihrer Biographie so genial gewesen wie in ihren Romanen, hätte sie sich nie oder sehr viel vorsichtiger über sich selbst geäußert. Zumindest hätte sie alle Fragen zu ihrer Person so beantwortet, wie sie es beispielsweise mit dem *Spiegel* tat, als die Zeitschrift im Interview 2016 wissen wollte, ob sie verheiratet sei, und sie schlicht erwiderte: »Diese Frage hat nichts mit meinen Büchern zu tun.«

Diese Antwort erscheint in Kenntnis von *La frantumaglia* in mehrfacher Hinsicht problematisch: Wäre Elena Ferrante nie verheiratet gewesen, hätte sie vielleicht andere Szenen einer Ehe geschrieben. Also hat der Umstand, ob verheiratet oder nicht, durchaus etwas mit ihren Büchern zu tun. Unter diesem Aspekt erscheint es aber noch viel fragwürdiger, dass sie beispielsweise auf die Frage nach ihrer Mutter sehr ausführlich antwortet: Sie habe als Näherin in Neapel gearbeitet und wird in vielen Einzelheiten von ihrer Tochter beschrieben.

Das Thema Mutter passt ja gut zu den Geschichten. Das Thema Ehemann aber offenbar weniger. Das Verhältnis der Mutter Elena Ferrantes zu den Büchern ihrer Tochter ist strukturell vergleichbar mit dem Verhältnis von Ferrantes (Ehe-)Mann oder ihren Kindern zu ihren Büchern. Rückt sich Elena Ferrante, was ihre Biographie betrifft, die Verhältnisse so zurecht, wie es ihr passt? Sind Journalisten und Literaturwissenschaftler (viele renommierte weltweit) zu kritisieren, die Verfremdungen von und über Elena Ferrante gerne trennen möchten von Tatsachen und sie in Relation zu ihrer Prosa setzen wollen?

Elena Ferrante manipuliert ihre Biographie und damit auch die Leser ihrer biographischen Hinweise. Das ist ihr gutes Recht, und sie gibt ja zu, dass sie es tut. Sie sitzt als Urheberin ohnehin am längeren Hebel. Deshalb sollte sich aber ihr Verlag nicht wundern, dass manipulierte Leser sich nicht wie von selbst damit abgeben und daher mal spielerisch, mal wissenschaftlich, mal detektivisch versuchen, hinter den *nom de plume* zu kommen. Wie am Ende des Kapitels *Frantumaglia: Mein geschriebenes Leben – Teil 1* gezeigt, war es der Verlag selbst, der diese Entwicklung – auf wenig sensible Weise seiner Autorin gegenüber – gefördert hat.

Hier geht es um die zweite, um etwa 50 Seiten erweiterte Ausgabe von *La frantumaglia*, die in Italien 2007, etwa ein Jahr nach der Veröffentlichung von *Die Frau im Dunkeln*, erschien. Der ergänzte Zeitraum umfasst die Jahre 2003 bis 2007 und enthält insgesamt neun Texte: Briefe, Interviews und einen Aufsatz.

Cover der »Cronache del mal d'amore«

Es beginnt mit einem Brief Sandras an Elena betitelt *Nach La frantumaglia*, worin die Verlegerin zwei Neuigkeiten mitteilt. In Spanien will man die ersten drei Romane in einem Band veröffentlichen, was wenig später auch in Italien geschah: *Cronache del mal d'amore* (etwa: *Chroniken der Liebesschmerzen*). Zudem möchte Sandra *La frantumaglia* als Taschenbuch veröffentlichen, ergänzt um Texte bis 2007. Elena antwortet, *La frantumaglia* sei ihr mit den Jahren sehr ans Herz gewachsen. Es erscheine ihr heute wie ein vollwertiges Buch.

Der zweite Text ist ein Interview mit dem schon aus dem ersten Teil bekannten Journalisten Francesco Erbani, der jetzt offenbar als Medienvertreter eine bevorzugte Stellung beim Verlag genießt, was mit Ferrantes schlechtem Gewissen zusammenhängen mag, hatte sie ihn doch bei seiner ersten Anfrage recht respektlos abgefertigt, ohne die genaueren Umstände zu kennen.

Das Gespräch erschien unter dem Titel *Die Schriftstellerin ohne Gesicht. Der Fall Elena Ferrante* am 26. Oktober 2003 in *La Repubblica*.

Erbani fragt, ob das Schreiben in der Anonymität ihre Texte beeinflusse. Schreiben sei ein Akt der Freiheit, solange man nur für sich schreibe, antwortet Ferrante. Man offenbare sich insgeheim selbst. Die Probleme begännen, wenn diese verborgene Beschäftigung wie die eines tagebuchschreibenden Teenagers den Drang verspüre, zu einer öffentlichen Handlung zu werden. Dann stelle sich die Frage, was von dem, was ich nur für mich notiere, von jemand anderem gelesen werden darf. Ab diesem Augenblick sei es nicht das Schreiben im Geheimen, das die Texte beeinflusse, sondern deren möglicherweise bevorstehende Öffentlichkeit.

Erbani nennt einige Beispiele bekannter Schriftsteller, bei denen die Kenntnis ihrer Biographie nicht kommerziellen Zwecken, sondern erwiesenermaßen einem besseren Verständnis ihres Werks diente. Warum sie dann immer noch behaupte, dass nichts von der persönlichen Geschichte eines Autors helfe, ihn besser zu verstehen. Da macht Ferrante einen Rückzieher: Sie sei keine Vertreterin der Ansicht, dass der Autor bedeutungslos sei, und fährt übergangslos fort: »Ich versuche nur, selbst zu entscheiden, was von mir öffentlich wird und was privat bleiben muss.« Diese Aussage ist natürlich ungenau und irreführend, denn Elena Ferrante zieht bei allem, was von ihr »öffentlich wird«, eine auf ihrem Pseudonym basierende Metaebene ein, dank der alles Öffentliche von Ferrante Fiktion sein könnte.

Diese Frage-Antwort-Passage illustriert recht deutlich die rhetorische Methode Elena Ferrantes, sich selbst zu schützen und dabei so zu tun, als wäre ihre Vita ein offenes Buch. Die »Gedankensammlung« *La frantumaglia* funktioniert nach dem Muster einer vermeintlich aufrichtigen Erzählhaltung, deren Wahrheitsgehalt jedoch unüberprüfbar bleiben muss bis hin zu den elementarsten biographischen Fakten. Ob Elena Ferrante eine in ärmlichen Verhältnissen aufgewachsene Tochter einer Schneiderin ist; ob sie wie Fabrizia Ramondino aus sehr reichem Elternhaus kommt, das nach dem frühen Tod des Vaters 1950 in eine gewisse Bedürftigkeit rutscht, als Fabrizia 14 ist; ob sie wie Anita Raja als Tochter einer Lehrerin und eines gut verdienenden Beamten aus dem angesehenen Geschlecht der Raja stammt, macht einen Unterschied. Beispielsweise ändert sich bei der Beurteilung der Rione-Szenen das Verhältnis von Ferrantes Vorstellungskraft einerseits zum selbst erlebten Realitätsgehalt der Schilderungen andererseits.

Unmittelbar danach vollzieht Ferrante einen Rückzieher vom Rückzieher: Sie denke, dass in der Kunst das Leben, auf das es ankomme, das Leben sei, das auf wundersame Weise (»miracolosamente«) in den Werken erhalten bleibe. Hier meldet sich die Befana aus dem allerersten Brief. Ferrante gehe einig mit Proust, der sich gegen den positivistischen Biographismus aussprach; sie sei auch gegen das Anekdotische von Sainte-Beuve (des von Proust kritisierten Literaturhistorikers), womit sie geschickt vom Problem ablenkt. Ferrante beharrt dann darauf: Der Weg des Biographischen führe nicht zur Genialität eines Werks. Diese Ansicht ist durchaus berechtigt, berücksichtigt aber nicht, dass der Weg des Biographischen, wie er in *La frantumaglia* von Ferrante selbst paradoxerweise zum Schutz der Anonymität beschritten wird, zu sehr vielen weiteren Eigenschaften eines Werks führen kann.

Das beweisen mithin die meisten Texte in *La frantumaglia* selbst, die Wilhelm Scherers Erwartungen, die er in den drei großen »E's« formuliert hatte, kaum besser erfüllen könnten, wären sie belegt und beruhten auf Fakten. Der österreichische Germanist Scherer sprach vom Ererbten (Abstammung und natürliche Eigenschaften), vom Erlernten (Erziehung, Bildung) und vom Erlebten (Lebenslauf, Zeitgeschichtliches) eines Autors als Elemente für das Verständnis eines Werks. In kaum einer anderen Selbstbeschreibung eines italienischen Autors der Gegenwartsliteratur werden die drei »E's« so ausführlich wiedergegeben wie in *La frantumaglia*. Nur sind sie aufgrund ihrer zweifelhaften Authentizität eher der Fiktion als der ernsthaften Biographie zuzuordnen. Die Biographie eines Autors sei ohnehin »nur die Mikrogeschichte als Beilage eines Werks«, ist Ferrante überzeugt und verweist auf Northrop Frye und seine Shakespeare-Analysen. Ihrer eigenen fiktiven Biographie hingegen attestiert Ferrante eine große Bedeutung, wie schon der Umfang von *La frantumaglia* zeigt. Elena Ferrante ist mit ihren ehrlichen Erfindungen, angefangen bei der Betrachtung ihrer Vorfahren und bei der Schilderung ihrer Kindheitserinnerungen bis hin zur Analyse ihrer aktuellsten Lektüre, selbst sehr stark dem Biographismus verpflichtet.

Der dritte Text ist ein unveröffentlichter Brief Elena Ferrantes vom Juni 2003 an den Regisseur Roberto Faenza, nachdem sie sein Drehbuch zum Roman *Tage des Verlassenwerdens* gelesen hatte. Grundsätzlich gefällt ihr die Umsetzung, aber sie hat doch einige Einwände, die deutlich machen, dass sie seine Lesart der kritisierten Stellen für falsch hält. So sei beispielsweise die gebildete Frau von heute in der Situation des Verlassenwerdens eine andere als die gebrochenen Frauen von gestern. Dementsprechend fordert sie ihn auf, deutlich zu machen, dass Olga grundsätzlich kein Wirrkopf, keine Hysterikerin ist. Dazu solle er zeigen, dass sie schon früher zwei Ehekrisen perfekt gemanagt hat, dass sie in der Lage ist, mit kühlem Kopf zu kämpfen, sonst riskiere der Film zum x-ten Mal Vergils Geschichte von Dido zu erzählen. Hier gehe es aber um eine Frau, die sich zu wehren wisse und die angesichts einer unerträglichen Situation sich und ihre Kinder vor dem Tod rette.

Der vierte Text *Die unvorhergesehene Olga von Margherita Buy* ist ein Interview, das im September 2005 in der Zeitschrift *L'Espresso* erschien und die schauspielerische Leistung von Margherita Buy in der Verfilmung von *Tage des Verlassenwerdens* würdigt. Ferrante lobt auch den Regisseur Faenza und seine Arbeit, aber die Art, wie sie sich ausdrückt, macht deutlich, dass ihr die Verfilmung ihres Debüts durch Mario Martone sehr viel besser gefallen hat. Hier weist sie auf die spezifischen Schwierigkeiten von Drehbuchautoren hin, wenn es darum geht, Ich-Erzählungen zu verfilmen, und betont, dass ihre Geschichte bis an die Schwelle des Kindesmords und des Wahnsinns der Mutter gehe, was wegen der radikalen Subjektivität von Olgas Monolog schwer auf der Leinwand darstellbar sei.

Auf die Frage, ob sie an einem neuen Roman schreibe, sagt sie, nein, sie bringe nur eine alte Erzählung in Ordnung, in der es um Mädchen, Puppen, Strand und Meer gehe. Bemerkenswert ist das Weglassen der Mütter, daher auch die Tochter im Titel *La figlia oscura*, Ferrantes drittem Roman, der 2007 erscheint. Die Journalistin weist darauf hin, dass wieder die Suche nach ihrer Identität in vollem Gange sei. Eine linguistische Recherchemethode, mit der man in den Niederlanden vor kurzem Marek von der Jagt als Arnon Grünberg »entlarvt« habe, habe jetzt in ihrem Fall zu Domenico Starnone geführt. Wie das auf sie gewirkt habe. Ob sie jemals an die Öffentlichkeit treten werde. Ferrante widerspricht in ihrer gewohnten Art, sie trete jedes Mal an die Öffentlichkeit, wenn sie etwas publiziere, auch schon mit diesen Antworten. Das scheine ihr ausreichend zu sein. Sie wisse nicht, was es darüber hinaus zu entdecken gebe. Veröffentlichte Worte gehörten allen. Dass man sie diesem oder jenem zuordne, sei ihr Schicksal. Dann fragt Ferrante zurück, ob ihre Texte sich nicht auch im Wortschatz der Leser bemerkbar machten, vielleicht wiederverwendet würden, und endet mit einer Feststellung, deren Eintreten sie selbst nicht mehr erleben wird: »Die Bücher gehören erst dann wieder denen, die sie geschrieben haben, wenn sich der Kreis geschlossen hat und niemand sie mehr liest.«

Ferrantes Schmerz

Der fünfte Text *Das Buch von niemandem* ist ein Aufsatz vom Oktober 2005 und wird erstmals in *La frantumaglia* veröffentlicht. Er dokumentiert das zyklische Denken Ferrantes, das den Emotionen und persönlichen Überzeugungen den Vorzug gegenüber der Stringenz gibt. Allerdings bezieht sich diese Art der Argumentation hier nicht auf die Frage nach dem Umgang mit ihrer Identität, sondern betrifft das Problem von Literaturverfilmungen.

Elena Ferrante hat im Kino Patrice Chéreaus *Gabrielle – Liebe meines Lebens* gesehen, eine Ehegeschichte, die auf Joseph Conrads Erzählung *Die Rückkehr* von 1898 basiert und sich in mancher Hinsicht mit *Tage des Verlassenwerdens* vergleichen lässt, allerdings wird hier der Ehemann – kurzfristig – von seiner Frau verlassen. Chéreau gewann 2001 mit seinem Film *Intimacy* auf der Berlinale den Goldenen Bären. 2003 verfilmte er den Roman *Son frère* von Philippe Besson und war dort ebenso wie bei *Gabrielle* Ko-Autor des Drehbuchs.

Ferrante wundert sich darüber, dass die Verfilmung die Handlung von London nach Paris versetzt hat, dass die Zeit, in der die Geschichte handelt, geändert wurde, und vor allem, dass man im Film der Protagonistin einen Namen gegeben hat, der dann sogar zum Filmtitel wurde, wo doch Conrad sie absichtlich namenlos belassen hatte. Ihren sechsseitigen Essay beendet Ferrante mit den Worten: »Das, und nur das sollte Literaturliebhaber betrüben.« Wie sich herausstellt, ist *das* allerdings nicht die oben genannte formale Kritik. Denn Ferrante lobt durchaus die großartige schauspielerische Leistung Isabelle Hupperts. Sie spricht vom »dritten Buch«, das niemandem gehöre, und rechtfertigt damit die Freiheit nicht nur aller Leser, sondern insbesondere von Drehbuchautoren und Regisseuren, sich von literarischen Vorlagen zu entfernen und sich zu eigenen Geschichten inspirieren zu lassen und dabei die Vorlagen sehr eigenwillig zu interpretieren. Darauf verwendet Ferrante den allergrößten Teil ihres Aufsatzes: Die »richtige Lektüre« eines Buches sei eine Erfindung von Akademikern und Kritikern. Jeder Leser lese ein anderes Buch, *sein* Buch. Wirklich gelesene Bücher seien Geister, entstanden durch Lesevorgänge, die sich nicht an Regeln halten. Das gelte auch für dieses Drehbuch, das sich vom Original Conrads deutlich unterscheide. Ob die Geschichte nun eher die Conrads oder die Chéreaus sei? Weder noch, sagt Ferrante, es sei eine Geschichte von niemandem, obwohl sie dank der großzügigen Gastfreundschaft von Conrads Text entstanden sei.

Chéreaus Geschichte, so wie die jedes Lesers von Conrads Text, sei eine ungeschriebene, ungedruckte und daher nirgends zu lesende Geschichte. Zusätzlich zum Buch, das in Druck geht, und zum Buch, das die Leser kaufen, gebe es ein drittes Buch. Dort gebe es neben den geschriebenen Sätzen diejenigen, die der Autor glaubt geschrieben zu haben, und diejenigen, die die Leser glauben gelesen zu haben. Dieses dritte Buch, aus dem auch Chéreaus Film entstanden sei, sei unfassbar, wechselhaft und doch real. Conrad hat es nicht wirklich geschrieben, die Leser haben es nicht wirklich gelesen, aber es existiert. Es sei das Buch, das im Verhältnis zwischen Leben, Schrift und Lektüre entsteht. Es wird nicht von Buchhändlern verkauft, es lässt sich in keiner Bibliothek finden, und doch lebt es und wirkt.

Elena Ferrante demonstriert »das Buch von niemandem« anhand ihrer eigenen Leseerfahrung mit Conrads Text: Die erste fand vor dem Film, die zweite danach statt. Was ihr zuvor als das Zentrale der Erzählung erschienen war, stellte sich danach als Aussagen heraus, die in wenigen Zeilen zusammengefasst werden konnten. Sie hatte Conrad seitenweise Inhalte zugesprochen, die sie in Wirklichkeit nie gelesen hatte. Es gab sie nicht. Sie waren dank ihrer Vorstellungskraft entstanden. Und nichts davon war natürlich in Chéreaus Film zu sehen.

Elena Ferrante glaubt, die Kraft der Literatur stecke in dieser immerwährenden Möglichkeit eines »träumerischen Lesens«, die Ausgangspunkt für andere Werke sei. Auch eine weitere Lektüre würde sie nicht die Aspekte von Conrads Erzählung erkennen lassen, die Chéreau darin entdeckt hatte, weil sie beim Lesen dazu neige, sich sofort auf die Inhalte zu stürzen, die ihr am meisten entsprechen.

Nur so lässt sich erklären, dass am Ende dieses Aufsatzes Ferrante dann doch die davor genannte »richtige Lektüre« von Joseph Conrads *Die Rückkehr* offenbar kennt. Schließlich entstünden aus diesen dritten Büchern nicht immer gute Filme, argumentiert Ferrante. Sie kritisiert vor allem den Hang von Literaturverfilmungen, die Vorlagen abzustumpfen. Extremes und Beunruhigendes werde allzu oft abgeschliffen oder ganz entfernt: »Es ist die kinematographische Normalisierung literarischer Texte, die stört.« Unschwer lässt sich hieraus ihre Unzufriedenheit mit der Verfilmung Faenzas erkennen, obwohl hier alles auf das Beispiel Conrad–Chéreau fokussiert ist. Dies mag auch der Grund sein, warum ihr Aufsatz damals nicht veröffentlicht wurde und danach ihr dritter Roman nicht verfilmt wurde.

Am Ende zieht Ferrante das nach der engagierten Verteidigung der Subjektivität des Lesers überraschend apodiktisch-negative Fazit, dass Chéreau »die Gastfreundschaft von Conrads Worten missbraucht« habe. Sie benutzt nach allen vorangegangenen Überlegungen zum »dritten Buch«, das niemandem gehört, tatsächlich das Wort »missbrauchen« (»abusare«, wohlwollend übersetzt von Ferrante eventuell auch als »ausnützen« gemeint). Weshalb diese Kehrtwende bei der Beurteilung der zuvor gewürdigten interpretatorischen Freiheit? Weil die Frau auf der Leinwand weniger beunruhigend sei als die namenlose Frau im Buch. Weil das Haus im Film düster, im Buch angenehm bewohnbar sei. Diese Änderungen sollten, so Ferrante, Literaturliebhaber schmerzen. Es scheinen Details, aber sie sind ihr wichtig, wichtiger als die vorangegangenen Gedanken zur Gleichberechtigung der Leser.

Die Literatur den Lesern

Bis hierher ist die Affinität Elena Ferrantes zur französischen Literatur schon sehr deutlich geworden. Jetzt aber wird ihre große Nähe zu Frankreich unübersehbar, womit Fabrizia Ramondino, die französische Philologie in Frankreich studierte, wieder stärker in den Fokus rückt, zumal Anita Rajas enge Beziehungen zu Deutschland bekannt sind, aber nicht zu Frankreich. (Kennerinnen der deutschen Literatur waren sie beide.) Der sechste Text ist wegen dieser Bezüge und der Darstellung literarischer Sensibilität einer der interessantesten (und zugleich einer der kürzesten) der frühen Ferrante. Er erschien am 28. Juni 2005 in *La Repubblica* und schildert die enorme Wirkung, die Flauberts *Madame Bovary* (1857) auf das Mädchen Ferrante hatte und weiterhin hat, und stellt Bezüge zum neapolitanischen Dialekt her.

In Fabrizia Ramondinos Buch *L'isola dei bambini* (*Die Insel der Kinder*), das 1998 in Elena Ferrantes und Anita Rajas Verlag e/o erschien, erinnert sich Marco Rossi-Doria im Vorwort, wie Ramondino ihm von ihrer Erfahrung als Lehrerin in einem Gymnasium am Stadtrand von Mailand 1968 erzählte. Sie wollte mit ihrer Klasse sofort *Madame Bovary* lesen, aber nach kurzer Zeit protestierten die Mütter der Schülerinnen, das sei ja die Geschichte eines Ehebruchs. Die Studentenrevolte hatte die Peripherie der Metropole noch nicht erreicht, weshalb Ramondino daraufhin unbehelligt mit der Klasse statt *Madame Bovary* aufrührerische 68er Texte im französischen Original las. Ramondino hatte davor schon in Neapel unterrichtet. 1963 war Marcella Marmo 17 Jahre alt, und Fabrizia Ramondino war eine junge Lehrerin von 27 Jahren mit abgeschlossenem Romanistik-Studium.

Wenn Emma Bovary zu ihrer kleinen Tochter »lass mich in Ruhe« (»laisse-moi«) sagt, dann klingt das für die junge Ferrante ähnlich wie im neapolitanischen Dialekt »làssame«. Das wiederholt sich beispielsweise auch beim Wort »Blut«, französisch »sangue«, neapolitanisch »sanghe«, oder beim »Pflaster«, französisch »sparadrap«, neapolitanisch »sparatràp«. Gebunden sind diese Begriffe an die aufwühlenden Szenen in *Madame Bovary*, die Ferrante seit ihrer Jugend nicht mehr loslassen: die Ablehnung der Tochter Berthe durch ihre Mutter Emma, der Stoß, den die Mutter der Tochter versetzt, und das Blut auf der

Wange des Mädchens nach dem Sturz gegen die Kommode. Schlimmer noch für Ferrante ist aber die Vorstellung, dass ihre Mutter »mit denselben schrecklichen Worten« Emma Bovarys gedacht haben könnte: »Es ist seltsam, wie hässlich dieses Kind ist!« Selten habe Ferrante einen durchdachteren und unerträglicheren Satz gelesen. Damals kannte sie den Kontext nicht. Später habe sie viel, auch die Korrespondenz Flauberts und seine anderen Werke, mit Bewunderung gelesen, doch jener Satz bleibe in seiner furchtbaren Wirkung unübertroffen.

Nun folgt eine kuriose Passage, in der Ferrante ihre Grundsätze en passant über Bord wirft: Sie las nicht nur Flauberts Korrespondenz, um ihn besser zu verstehen, sondern argumentiert jetzt völlig überraschend mit biographischen Fakten zu Flaubert, um ihr wechselndes Verständnis von *Madame Bovary* besser zu begründen. Sie habe in bestimmten Phasen ihres Lebens immer mal wieder gedacht, dass nur ein Mann in der Lage wäre, sich einen solchen Satz auszudenken: »Ein Mann ohne Kinder, ein giftiger Franzose, ein Bär, zurückgezogen zu Hause vor sich hin grunzend, ein Frauenfeind, der glaubte, selbst Vater und Mutter in einem zu sein, nur weil er eine Nichte hatte.«

Elena Ferrante weist in Interviews Fragen beispielsweise nach ihrem Zivilstand oder ihren Kindern als vollkommen irrelevant für das Verständnis ihrer Prosa von sich, bei Flaubert hingegen lässt sie sich durch die Tatsache seiner Kinderlosigkeit in der Interpretation seiner Werke beeinflussen.

In anderen Phasen glaubte Ferrante wütend und voller Groll, schreibbegabte Männer seien in der Lage, ihre Protagonistinnen Dinge sagen zu lassen, die Frauen wirklich denken, sagen und leben, aber nicht zu schreiben wagen. Jetzt sei sie zu ihrer Einstellung zurückgekehrt, die sie schon als Teenager gehabt habe, dass nämlich die echte Literatur das Werk der Leser sei. Und deshalb versuche sie jenen schrecklichen Satz mit all seinen Auswirkungen aus dem Französischen zu tilgen und ihn irgendwo in einem ihrer eigenen Texte unterzubringen. Sie wolle ihn selbst schreiben, um sein Gewicht zu spüren, um ihn in die Sprache ihrer Mutter zu überführen, ihn ihr zuordnen, ihn aus ihrem Mund hören, um zu verstehen, ob es ein weiblicher Satz sei, ob eine Frau ihn wirklich aussprechen könne und »ob ich ihn jemals für meine Töchter gedacht habe«. So will sich Ferrante Klarheit verschaffen, ob der Satz verstoßen und gelöscht gehört oder aus der französisch-männlichen Prosa in eine weibliche Tochter-Mutter-Sprache übertragen werden kann.

Belästigen und bedauern

Der siebte Text *Die Etappen einer einzigen Recherche* ist ein Interview mit Francesco Erbani, das am 4. Dezember 2006 in *La Repubblica* unter dem Titel *Ich, Schriftstellerin ohne Gesicht* erschien. In der Einleitung betont Erbani, dass er keine Gelegenheit hatte, bei Ferrantes Antworten nachzuhaken. Dasselbe tun nach ihm mit Bedauern viele seiner Kollegen. Als Erstes fragt er Ferrante, ob sie von ihrer Entscheidung, im Schatten zu bleiben, immer noch so überzeugt sei. Die Formulierung »im Schatten bleiben« gefalle ihr nicht. Es klinge nach Komplott. Sie fügt ein neues Argument zu den bisher bekannten hinzu: Sie habe vor 15 Jahren beschlossen, Bücher zu veröffentlichen, ohne die Verpflichtung, Berufsschriftstellerin zu werden. Sie habe es bislang nicht bereut. Zur Frage, was sie von den Nachforschungen zu ihrer Identität halte, antwortet sie: »Sie sind legitim«. Gleichzeitig wirkten sie vereinfachend. Wer solle sich schon für ihre kleine persönliche Geschichte interessieren, wenn man auf die Homers oder Shakespeares verzichten kann. Wer die Literatur wirklich liebe, sei wie ein Gläubiger, der wisse, dass es über den einen Jesus, der für ihn wirkliche zählt, beim Standesamt keine Informationen gebe.

Meine geniale Autorin bringt sich mit dieser Parallele zwischen Literatur und Religion, zwischen Autor und Jesus in eine bemerkenswerte Position. Sie entwirft als Einzelne aus der Perspektive der Schöpferin eine große Menge von »Gläubigen«, die freiwillig und blind den Worten ihrer Schriftsteller folgen. Wie beim vermeintlichen Pakt zwischen Autor und Leser postuliert sie verallgemeinernde Verhaltens- und Denkweisen für ihr Publikum. An dieser Stelle hätte der arme Erbani bestimmt gerne nachgehakt: »Halten Sie den Vergleich zwischen Autor und Jesus nicht für vermessen? Gläubige pflegen die Botschaften ihrer Propheten kritiklos hinzunehmen: Sollten Leser die Schriften ihrer Autoren nicht hinterfragen? Sollten Gläubige nicht die Motivation ihres Propheten kennen und hinterfragen? Wären die Gläubigen schlecht beraten, bei zweifelhaften Verkündigungen ihres Propheten genauer auf seine Herkunft, seine Erziehung oder seine Lebenserfahrung zu achten, um das Fundament besser zu kennen, auf dem seine Überzeugungen gewachsen sind? Gelten all diese Anforderungen an einen mündigen Gläubigen nicht ebenso an einen selbstbestimmten Leser, der mehr über die Hintergründe erfahren will, die einen Autor prägen und die zu bestimmten bewunderten oder auch zu umstrittenen Sätzen und Werken führen – so wie Sie das ja selbst als Leserin von Flaubert überzeugend praktizieren?« Aber Erbani durfte nicht nachfragen, und *meine geniale Autorin* und ihre Verleger werden sich hüten, sich mit meiner Lesart von Ferrantes Fehlern und Widersprüchen auseinanderzusetzen.

Verändert hat sich Ferrantes Haltung den möglichen Kandidaten Starnone, Fofi und Ramondino gegenüber. Keine dieser Vermutungen fasziniere sie, sagt sie Erbani. »Ich finde, das ist ein banales Spiel der Medien.« Diese nähmen einen Namen zweifelhafter Konsistenz, nämlich den ihren, und gesellten ihn zu den bedeutenderen Namen. Es geschehe nie das Umgekehrte, dass man sie mit einem alten Archivar in Pension oder einer jungen Bankbeamtin in Zusammenhang bringe.

Hier hätte Erbani wohl auf die Absurdität dieses Vorschlags hingewiesen und zur Belustigung der Leser vielleicht gefragt, was sie denn lieber wäre, alter Archivar oder junge Bankerin, und natürlich, was sie wirklich ist, professionelle Schriftstellerin, Übersetzerin, Universitätsprofessorin, Leiterin einer Bibliothek. Aber das durfte er nicht, weshalb sie ihre Antwort mit dem Hinweis abschließt, dass es ihr leid tue, dass man nun diese Personen – Starnone, Fofi, Ramondino – belästige, die sie so schätze. Doch ihr Bedauern reicht bis heute nicht aus, um der Belästigung ein Ende zu setzen.

Leiden und streiten

Schlagfertig erwidert sie auf Erbanis Frage, ob es sie störe, dass das Problem ihrer Identität literarische Fragen überlagere: »Ja, das stört mich«, denn es scheine ihr der Beweis zu sein, dass sich die Medien nicht oder kaum für Literatur interessierten. Erbanis Fragen selbst zielten ja bis dahin alle auf ihre Identität und nicht auf ihr neues Buch. »Sie tun auch nichts dafür, an der Situation etwas zu ändern«, wirft sie ihm vor. Und weil Erbani ihre Reaktion nicht ahnen konnte, fragt er sie noch, was sie von dem Verdacht halte, dass das Mysterium Ferrante dazu beitrage, den Absatz ihrer Bücher zu steigern. »Darauf antworte ich, dass das ein Blödsinn ist. Das Kino, ja, das hat zu steigenden Verkaufszahlen meiner Bücher beigetragen. Das ›Mysterium Ferrante‹ ist nur eine Störung für meine wirklichen Leser.«

Leider hat Erbani hier keine Gelegenheit, Ferrante nach ihrer Differenzierung der Leserschaft zu fragen: Wie wären die unwirklichen Leser im Vergleich zu den wirklichen zu charakterisieren? Wie sähe im einzelnen eine Typologie ihrer Leserschaft aus? Über Erbanis Vermutung, ihre drei ersten Romane seien Momente eines großen Romans, in dem das Mutter-Tochter-Verhältnis herausrage, freut sie sich, weshalb davon auszugehen ist, dass sie Erbani als wirklichen Leser akzeptiert. Sie betont das Autobiographische ihrer ersten Romane. Die drei gehörten im Gegensatz zu den vielen unveröffentlichten Texten wahrhaft zu ihr, seien wie Etappen einer einzigen Recherche.

Ob es zutreffend sei, dass die Familie in *Die Frau im Dunkeln* allem Anschein nach zur Camorra gehöre? Ferrante bestätigt und berichtet, dass sie als Kind ihre Umgebung als nicht der Camorra zugehörig, aber ständig in Gefahr wahrgenommen habe, zur Camorra überzuwechseln. Die Grenze sei fließend gewesen und der Seitenwechsel, das Abrutschen in die Kriminalität, schon vorbereitet, nicht nur durch Armut, sondern auch durch eine »kulturelle Normalität«. Zur Lage der Stadt befragt, die 2006 wegen der steigenden Gewaltspirale und dem Müllproblem oft in den Schlagzeilen war, fordert Ferrante, man solle kontinuierlich die Scheinwerfer auf Neapel richten. Die Metropole nehme die Schwierigkeiten Italiens, vielleicht ganz Europas, vorweg.

Der achte Text *Die Temperatur, die Leser entzünden kann*, geht auf Hörerbriefe des Radiosenders *Radio 3* zurück. Ferrantes Antworten wurden am 7. Dezember 2006 im Rahmen der Büchersendung *Fahrenheit* von einer Journalistin vorgelesen. Offenbar lag in der vorbereitenden Sendung ein Schwerpunkt auf der Frage, ob Elena Ferrante eine Frau oder ein Mann sei, da viele Hörerinnen danach fragen, auch wenn sie die Bücher nicht gelesen und nur die Filme gesehen haben. Ferrante geht in ihren kurzen Statements geduldig auf das Geschlechterthema ein und lässt kaum eine Gelegenheit verstreichen, die Hörerinnen (alles Frauen) zu ermuntern, ihre Bücher, insbesondere den neuen Roman *Die Frau im Dunkeln,* zu lesen. In den Büchern befinde sich alles Wissenswerte.

Stella fragt, ob den ersten Roman Mario Martone, der Regisseur von *Lästige Liebe,* geschrieben habe. Ungewöhnlich entschieden entgegnet Ferrante, alle drei Bücher seien ihr Werk. Das klingt nach einem Namen und einer Autorin, so als sei sie in ihrer Ehre verletzt worden. Eine entsprechende Bestätigung nach 2016 fehlt, alle Ferrante-Bücher seien nur ihr, einer einzelnen Person, zuzuordnen. Mafalda kann sich gut mit den Protagonistinnen identifizieren und spielt durch, was es in ihren Augen bedeuten würde, wäre Ferrante ein Mann oder ein Frau. Mafaldas Fazit: Es spielt keine Rolle. Ferrante gefällt diese Einstellung, sie relativiert aber, dass der Geschlechterunterschied entscheidend sei: »Ich weiß, dass meine Bücher nur weiblich sein können«, sagt Ferrante. Allerdings gebe es keine absolute Weiblichkeit oder Männlichkeit. Jede und jeder befände sich in einem prekären Gleichgewicht. Sie halte ihre Geschichten dann für besonders gelungen, wenn sie den Blick auf Dinge öffneten, die sich außerhalb eines reduzierten Geschlechterschemas befinden. Cristiana weist auf Paula Fox hin, deren Roman *Was am Ende bleibt* von einem Mann ins Italienische übersetzt worden sei, was nicht geschadet habe. Ferrante bestätigt den Eindruck und sagt bescheiden, sie fühle sich vom Reichtum in Fox' Roman weit entfernt.

Sie äußert sich knapp zum Thema Sterbehilfe, diese sei ein fundamentales Recht. Der Schmerz ihrer Erzählerinnen ist ein weiteres Thema: Delia, Olga und Leda seien Frauen, die versucht hätten, mit den Traditionen ihrer Mütter und Großmütter zu brechen, was ihnen nicht gelinge. Die alten Geister kehrten zurück, die schon ihre Vorfahren heimsuchten. Die junge Generation leide aber nicht mehr passiv darunter, sondern kämpfe dagegen an. Sie gewinne zwar nicht, fände aber ein neues Gleichgewicht. Sie empfinde diese Frauen nicht als leidende, sondern als streitende.

Delly

Der neunte und letzte Text *Die erotische Ausstrahlung des mütterlichen Körpers* des zweiten Teils in *La frantumaglia* ist ein kurzes Interview, das am 27. Januar 2007 in der Zeitschrift *Io Donna* erschien. Danach herrschte fast vier Jahre Funkstille. Erst am 20. November 2011 erschien wieder ein Gespräch mit Elena Ferrante im *Corriere della Sera*, das danach in den dritten Teil von *La frantumaglia* aufgenommen wurde.

Im Gespräch mit *Io Donna* variiert Ferrante frühere Aussagen zu ihren zentralen Themen und interpretiert mehrere Passagen in *Die Frau im Dunkeln*. Es scheint, als traue sie ihrem Roman nicht zu, alleine für sich zu sprechen. Sie reichert ihn mit Informationen beispielsweise zur griechischen Mythologie oder zur Schwangerschaft an. Vielleicht wurde er aus diesen Gründen nicht verfilmt. Vielleicht war aber Ferrante auch mit Faenzas Umsetzung von *Tage des Verlassenwerdens* unzufrieden. Es ist jedenfalls kaum vorstellbar, dass kein Regisseur nach den Filmrechten gefragt hat, zumal von den drei ersten Romanen *Die Frau im Dunkeln* der bildmächtigste ist, der schon bei der Lektüre filmische Eindrücke vermittelt. Im Herbst 2018 wurde bekannt, dass die US-amerikanischen Schauspielerin Maggie Gyllenhaal mit der Verfilmung des Romans ihr Regiedebüt geben wird, so dass die Wahrscheinlichkeit steigt, Leda und ihren Puppenraub bald auf der Leinwand zu sehen.

Im Gespräch mit *Io Donna* vertieft Ferrante zwei Themen: die Geschlechterthematik, bezogen auf Schriftsteller, und das Verhältnis anspruchsvoller Literatur zur Unterhaltungsliteratur. Die beiden Journalistinnen von *Io Donna* wundern sich, dass bei der Frage, wer sich hinter Ferrante verbergen könnte, mehrheitlich Männer genannt werden. Ob Ferrante etwas Nichtweibliches in ihren Schriften entdecken könne.

Elena Ferrante befürchtet, das Schreiben beim Verschlingen der Literatur von Männern gelernt zu haben. Sie habe die Texte der Männer immer wieder reproduziert. Es habe lange gedauert, bis sie anfing, die Bücher von Frauen zu schätzen. Das Weibliche der Männer habe sie mehr fasziniert als das Weibliche der Frauen. Bovary oder Karenina schienen echte Frauen zu sein. Deshalb sei es nur natürlich, dass Männliches noch heute streckenweise in ihren Texten enthalten sei.

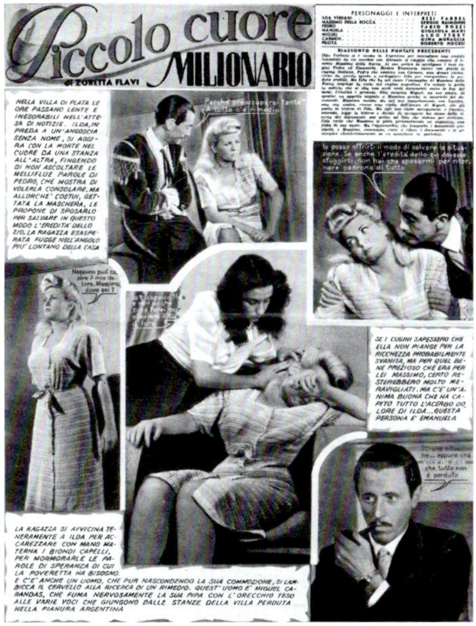

Titelblatt der Zeitschrift »Il Mio Sogno«, die zusammen mit »Grand Hôtel« und »Bolero Film« ab 1947 in Italien den Fotoroman populär machte, und eine Seite aus dem Inhalt

Ferrante sieht es als eine wichtige Aufgabe, der Frage nachzugehen, was es bedeutet, als Frau zu schreiben, und was es bedeutet, ernsthaft mit dem Männlichen abzurechnen, vor allem mit dem Weiblichen in den Männern, das Frauen in Fleisch und Blut übergegangen sei. Ferrante hält nicht die Fragen nach dem Verhältnis der Frauen zu den Männern für vordringlich, sondern das viel komplexere Verhältnis der Frauen zum Männlich-Weiblichen oder zum Weiblich-Männlichen.

Im darauffolgenden Abschnitt bekennt sich Elena Ferrante noch viel stärker als früher zu ihrer Leidenschaft für Fotoromane. Sie seien ihre ersten Leseerfahrungen gewesen, die sie sehr genossen habe. Sie habe heute noch keine Freude beim Schreiben, wenn nicht jede Seite die Leser aufwühle, so wie ihr das als Kind geschah, als sie die »fotoromanzi« las. Als Jugendliche entwickelte sie allerhöchste literarische Ansprüche und schämte sich für ihre frühe Liebe zur Unterhaltungsliteratur. Jetzt mache es ihr Freude, wenn jemand ihr sage, ihr sei ein fesselnder Roman gelungen wie beispielsweise einer von Delly.

Anita Raja wirkt zu seriös und dem Verhältnis der deutschen zur italienischen Literatur zu sehr verpflichtet für eine solche Spitzfindigkeit und ist eigentlich auch zu jung dafür. Zu Fabrizia Ramondino hingegen würde der spaßige Vergleich mit Delly sehr gut passen. »Delly« war das gemeinsame Pseudonym der 1947 und 1949 verstorbenen französischen Schriftsteller Jeanne-Marie Petitjean de La Rosière und ihres Bruders Frédéric Petitjean de La Rosière. Ihre gemeinsam geschriebenen Romane (zunächst vor allem Liebesromane, später auch Abenteuer- und Kriminalromane bis hin zu Science Fiction) waren von 1910 bis in die 1950er Jahre hinein nicht nur in Frankreich sehr erfolgreich, sondern gehörten zu den weltweit größten Bucherfolgen ihrer Zeit. Trotzdem gelang es dem Geschwisterpaar, vor der Öffentlichkeit und der Literaturkritik verborgen zu bleiben. Zu Beginn schrieb vor allem Marie, Frédéric kümmerte sich mehr ums Geschäftliche. Aber mit der Zeit brachte sich der Bruder verstärkt in die Entwicklung der Plots und auch in das Verfassen vieler Passagen ein. Erst bei Maries Tod 1947 wurde das Geheimnis Delly gelüftet.

Als zwei Jahre später auch Maries Bruder starb, wurde bekannt, dass die beiden einen Teil ihres Vermögens der *Société des gens de lettres* vermacht hatten, eine heute noch aktive Gesellschaft, die kranke und bedürftige Autoren unterstützt. Dellys Romane gehören zu den Prototypen der Trivialliteratur und wurden schon damals von den Intellektuellen verschmäht. Trotzdem wurden sie bis in die 1980er Jahre immer wieder neu aufgelegt, und gelegentlich gibt es Vorstöße auch von akademischer Seite, sich ernsthaft mit Dellys Werk zu beschäftigen.

7 *Meine geniale Freundin:* Erster Teil der neapolitanischen Tetralogie

L'amica geniale (*Meine geniale Freundin*) ist der erste Teil des vierteiligen neapolitanischen Zyklus von Elena Ferrante. In Italien erschien er 2011 beim Verlag e/o, in Deutschland 2016 beim Suhrkamp Verlag, übersetzt von Karin Krieger.

Elena Ferrante hat thematisch in ihren ersten drei Romanen nie direkt an das vorangegangene Buch angeknüpft. Ganz anders hier: Gleich zu Beginn wird das Motiv der Puppe aus *Die Frau im Dunkeln* (und aus dem Kinderbuch *Der Strand bei Nacht*) aufgegriffen, so als habe sie sich überlegt, wie am besten Kontinuität zu den früheren Werken herzustellen ist.

Cover der Erstausgabe von »L'amica geniale«, 2011

In drei Jahren hat Elena Ferrante nach eigenen Angaben über 1700 veröffentlichte Seiten, nämlich die Bände zwei bis vier für diesen Zyklus, geschrieben. (In Wirklichkeit war es noch deutlich mehr Text, aber vieles wurde dann wieder gestrichen.) Das ist zwar von einer einzelnen Autorin allein zu schaffen, entspräche aber nicht im Entferntesten Elena Ferrantes perfektionistischer Arbeitsweise bis zum Jahr 2007.

Weitere Merkwürdigkeiten sind die erstmalige und ausführliche Nennung der Ausschlussklausel (»Alle Ereignisse und Personen [...] sind frei erfunden«), die Ferrante für ihre früheren Bücher nie verwendet hat, obwohl sie wohl ebenso nah an wirklich Erlebtem sind. Auch das dem Zyklus vorangestellte Motto Goethes passt nicht ins Bild.

Bis dahin hat Elena Ferrante für ihre Romane nie ein Motto benutzt. Für das deutsche Hörbuch liest Eva Mattes es nicht, und auch in der schriftlichen Leseprobe lässt der Suhrkamp Verlag es weg:

> IL SIGNORE: Ma sì, fatti vedere quando vuoi; non ho mai odiato i tuoi simili, di tutti gli spiriti che dicono di no, il Beffardo è quello che mi dà meno fastidio. L'agire dell'uomo si sgonfia fin troppo facilmente, egli presto si invaghisce del riposo assoluto. Perciò gli do volentieri un compagno che lo pungoli e che sia tenuto a fare la parte del diavolo.
>
> (DER HERR: Du darfst auch da nur frei erscheinen; / Ich habe deinesgleichen nie gehasst. / Von allen Geistern, die verneinen, / Ist mir der Schalk am wenigsten zur Last. / Des Menschen Tätigkeit kann allzu leicht erschlaffen, / Er liebt sich bald die unbedingte Ruh; / Drum geb' ich gern ihm den Gesellen zu, / Der reizt und wirkt und muss als Teufel schaffen.)

Ferrante und Faust, Ferrante und vier Herren: Goethe, Faust, der Herr (Gott) und Mephisto (der Teufel). Das Zitat stammt aus dem *Prolog im Himmel.* Es spricht der Herr sehr zuversichtlich, dass sein ihm verworren dienender Knecht Faust nicht vom rechten Weg abkommen werde. Aber »des Menschen Tätigkeit kann allzu leicht erschlaffen«, darum gibt der Herr dem Menschen gerne einen Teufel zur Seite, der ihn reizen soll. Dass die feministische und ungläubige Elena Ferrante nicht ein treffenderes Motto beispielsweise bei italienischen Klassikern gefunden hat, um auf das Verhältnis zwischen Lila und Lenù hinzuweisen, überrascht. Aber thematisch passt die Passage, und innerhalb der Tetralogie wird mehrfach darauf angespielt. Zudem könnte sie eine Hommage an Fabrizia Ramondino sein, die im *Taccuino tedesco, 1954–2004* ihrerseits Goethe zitiert: *Ich bin Weltbewohner, / Bin Weimeraner.*

Die auffälligste aller Abweichungen ist aber das Personenverzeichnis zu Beginn des Romans. Es umfasst annähernd 50 Romanfiguren und verweist auf viele weitere, vor allem nicht näher genannte Familienmitglieder. Entsprechend werden in den ersten Kapiteln so viele Handelnde genannt, dass es zunächst kaum möglich ist, den Überblick zu bewahren. (Es entbehrt nicht einer unfreiwilligen Komik, dass Elena Ferrante im Verlauf des Romans Vornamen nennt und manchmal dazu flapsig in Klammern den Nachnamen und den Beruf, so als bräuchte sie selbst eine Gedächtnisstütze.)

Es finden sich zudem stilistische Seltsamkeiten: Beispielsweise schreibt Ferrante, Lilas Vater hätte Ähnlichkeit mit dem US-amerikanischen Schauspieler Randolph Scott, oder vergleicht je nach Entwicklungsphase Lila mit Jacqueline Kennedy und anderen prominenten Frauen. Manchmal schwadroniert Ferrante, paraphrasiert sich seitenweise selbst, zählt zahlreiche Synonyme auf oder reiht für denselben Sachverhalt ein Beispiel an das andere. Diese additiven Erzählverfahren werden vor allem aus zwei Gründen nicht langweilig, sondern entwickeln im Gegenteil einen enormen Sog: Ferrante benutzt einerseits beim Plaudern (der Text wirkt streckenweise wie diktiert) sehr intensive Bilder, die manchmal die Verhältnisse überzeichnen, aber durch den Textfluss sofort zur angestrebten Authentizität zurückkehren. Andererseits lässt Ferrante ihre vielen Geschichten innerhalb der Geschichte in stilistische oder inhaltliche Höhepunkte münden, die meistens eines der sehr kurzen Kapitel beenden und mit Begeisterung zum Lesen des nächsten animieren. Auf diese Kunststücke, die in der Textmasse unterzugehen drohen, lohnt es das Augenmerk zu richten.

Der keine fünf Seiten umfassende Prolog *Die Spuren löschen* ist in drei nummerierte Abschnitte unterteilt. Sie bilden ausgehend von der Erzählgegenwart im Jahr 2010 die große Rahmenhandlung, zu der Elena Greco, die 66-jährige Ich-Erzählerin, eine erfolgreiche, in Turin lebende Schriftstellerin, über 2000 Buchseiten später zurückkehren wird.

»Heute Vormittag hat mich Rino angerufen …«, beginnt Elena ihren riesigen Roman. Rinos Mutter, die Neapel nie verlassen habe, sei verschwunden. Elena schildert Rino als massigen Mann, ein gut vierzigjähriger Taugenichts, der ständig um Geld bettelt. Seine Mutter sei schon seit zwei Wochen verschwunden.

So zieht *meine geniale Autorin* die Leser nach dem Motto »don't tell it, show it« rasch in ihren Bann. Ein Telefonat voller kleiner Hinweise, die der Charakterisierung der Figuren dienen, kündigt ein Werk an, das mal in konzentrierter Art viele Informationen liefert, mal in epischer Breite von den kleinen Dingen des Lebens erzählt, um in der Summe an bestimmten Wendepunkten existenzielle Fragen zuzuspitzen.

Die Mutter von Rino ist die mit Elena gleichaltrige Raffaella Cerullo, die von allen Lina, aber von Elena Lila genannt wird. Seit drei Jahrzehnten schon sagt Lila zu Elena, dass sie verschwinden wolle, ohne Spuren zu hinterlassen. Sie habe aber nie an Flucht, an einen Identitätswechsel oder Suizid gedacht. Sie wollte sich in Luft auflösen.

Elena rechnet damit, dass ihr das nun gelungen ist. Sie stellt fest, dass sie nichts, nicht das geringste Andenken an Lila besitzt. Wenn sie mal etwas hatte, schmiss sie es weg. Elena ist selbstkritisch, fragt sich, warum sie nichts von Lila aufheben wollte. Rino stellt fest, dass er in Lilas Wohnung gar nichts mehr von ihr finden kann. Sie hat sich sogar aus den gemeinsamen Fotos mit ihrem Sohn herausgeschnitten.

Elena denkt sich widersprechend, Lila wolle vielleicht wie immer übertreiben. Sie regt sich auf, setzt sich an den Computer, fühlt sich herausgefordert und will sehen, wer dieses Mal den Kürzeren zieht. Hier machen sich also auch schon nebst der Freundschaft die Rivalität zwischen Elena und Lila und die Sprunghaftigkeit der Erzählerin bemerkbar, die oft Zweifel hat und auf Vermutungen angewiesen ist: Elena will alles aufschreiben, jede Einzelheit ihrer gemeinsamen Geschichte.

Im ersten Teil *Kindheit – Die Geschichte von don Achille* erinnert sich Elena an die beginnende Freundschaft der beiden fünfjährigen Mädchen im Rione, einem nicht näher genannten Viertel Neapels, das sich aber dank späterer Hinweise als der Stadtteil Luzzatti erweist, der durch den eineinhalb Kilometer langen Stradone, die einstige von Bäumen gesäumte Prachtstraße, mit dem Hauptbahnhof verbunden ist. Es ist derselbe Rione, den Ferrante schon in ihrem Debüt *Lästige Liebe* geschildert hat. Lila und Lenù, wie Elena von ihrer Freundin genannt wird, leben als Nachbarinnen beengt in Ruf- und Sichtweite in einfachsten Verhältnissen in mehrgeschossigen Blocks, die in den 1920er Jahren erbaut wurden.

»Dopo« (»nach«) ist das Schlüsselwort bei der Vorstellung Lilas. Elena ist immer nach ihr dran, Lila immer einen Schritt voraus, und Elena folgt ihr, beispielsweise im Treppenhaus hinauf zu dem furchteinflößenden don Achille, der ihre Puppen gestohlen haben soll. Dort stellt ihn Lila mutig und frech zur Rede, was ihn so verblüfft, dass er ihr Geld gibt, damit sie neue kaufen kann. Stattdessen kauft sie sich ein Buch: *Piccole donne* (*Little Women or, Meg, Jo, Beth, and Amy*, 1868/69) von Louisa May Alcott.

Die nummerierten Kapitel innerhalb der Tetralogie sind in den beiden Teilen des ersten Bandes auffallend kurz. Das erste endet damit, dass Lila überraschenderweise beim Treppensteigen innehält, auf Elena wartet und ihr die Hand gibt. »Diese Geste veränderte alles für uns und für immer.«

»Wir schreiben zusammen ein Buch«

Diese emotional aufgeladenen Kapitelabschlüsse sind ein Markenzeichen des ganzen Zyklus und haben nichts mit der Erzählweise Elena Ferrantes bis 2007 zu tun. Und auch die Kapitelanfänge sind atypisch. Nach obigem Satz beginnt das zweite Kapitel mit: »Es war ihre Schuld.« Danach erst erfahren die Leser, wie es sich zugetragen hat, dass die beiden Mädchen zu don Achille hinaufgehen. Davor sind sie nämlich hinabgestiegen in den Keller, in den Lila die schönere Puppe Elenas hinabgeworfen hat. Elena hadert immer damit, wie sie sich der dominanten Lila gegenüber in solchen Situationen verhalten soll. Schließlich riskiert sie Lilas Freundschaft und wirft deren Puppe in den Keller hinterher. Also müssen beide hinunter, wo sich die Gasmasken-Szene abspielt. Elena graut es im staubigen Dunkel so sehr, dass sie nicht gründlich sucht. Die Leser ahnen, dass Lila hier Möglichkeiten hat, ihre Freundin zu manipulieren, und die lässt es gerne zu. So geraten die beiden angetrieben von der dunklen Lila mit dem stechenden Blick von einer Mutprobe zu nächsten.

Meine geniale Autorin springt zeitlich

»Piccole donne«, Umschlag der Salani-Ausgabe von 1956

immer mal wieder von Kapitel zu Kapitel vor und zurück. Im Dienste einer gesteigerten Spannung antizipiert sie dramatische Schlüsselszenen, um dann die eher bedächtige Vorgeschichte nachzureichen. Würde Ferrante streng chronologisch vorgehen, müsste der Roman mit dem dritten Kapitel beginnen: »Lila erschien in meinem Leben im ersten Jahr der Grundschule und beeindruckte mich sofort, weil sie sehr böse war.« Am Anfang und am Ende platziert Ferrante die reißerischen Sätze, wie nach der Steinschlacht: »Einen Augenblick später lag Lila ausgestreckt auf dem Gehsteig mit kaputtem Kopf«.

Es ist die kindliche Wahrnehmung, die zur Freude der erwachsenen Leser die Dramatik der Ereignisse stetig steigert. Hinzu kommt ein Subtext zu den oft blutigen Gewalttaten und den hochemotionalen Ereignissen, den die Kinder noch nicht verstehen können, den die Ich-Erzählerin aber einbaut, damit die Leser ahnen, dass vieles, was den Kindern widerfährt, mit den Machtverhältnissen unter den Erwachsenen zu tun hat. Diese Abhängigkeiten ihrer Familien werden erst allmählich von den heranwachsenden Mädchen erkannt und durchschaut.

Enzo Scanno ist drei Jahre älter als die Mädchen, führt eine Jungenbande an und trifft Lila bei der Steinschlacht am Kopf. Er ist, wie Ferrante in *La frantumaglia* erklärt, ihre männliche Lieblingsfigur im Zyklus. Dafür gibt es viele Gründe, die schon ganz am Anfang deutlich werden. Als er sieht, was er angerichtet hat, bricht er in Tränen aus. Als in der Folge eines Schulwettbewerbs Gewalttaten auch unter Erwachsenen ausbrechen, ist er derjenige, der die Spirale beendet, indem er aufhört, sich über ein ihm angetanes Unrecht zu beschweren. Enzo hört auf sich zu rächen. En passant liefert Elena Ferrante hier Lösungen, wie Fehden beigelegt werden können. Später wird Enzo, der Sohn des Gemüsehändlers, für Jahrzehnte der geduldige und verständnisvolle Partner Lilas, der sich zunächst rührend um den Ziehsohn Rino kümmert und schließlich Vater der gemeinsamen Tochter Tina wird. Er ist die einzig durchgängig positiv gezeichnete männliche Figur der Tetralogie. Als er Jahre nach dem Verschwinden Tinas die immer unruhiger werdende Lila gegen Ende des vierten Bandes verlässt und nach Mailand zieht, haben die Erzählerin und die Leser Verständnis für seinen Schritt.

»Ich sehne mich nicht nach meiner Kindheit zurück. Sie ist voller

Gewalt«, beginnt ein Kapitel im ersten Teil. Gewalt ist ein Thema, das interessiert, und wird von Elena Ferrante detailliert geschildert: Ob nun Lila sich mit einer rostigen Nadel unter die Haut fährt oder die irre Witwe Melina ein Bügeleisen aus dem Fenster wirft – stets droht Gefahr. Nur in der Schule, innerhalb des Unterrichts, kommt Gewalt subtiler zum Ausdruck: Lilas Blick lässt die Lehrerin Oliviero stolpern, und Kinder einflussreicher Familien lässt man besser bei mündlichen Prüfungen schlauer dastehen. Innerhalb des Unterrichts etabliert sich auch die Freundschaft von Lenuccia und Lila. Erstere hatte ihrem Vater versprochen, eine brave und gute Schülerin zu sein, da sie als Gegenleistung dann studieren dürfe. Seither ist die blonde Lenù eine Streberin und meistens die Klassenbeste und somit der Liebling der Lehrerin Oliviero. Lila hingegen ist ein frecher Bengel, zappelig und aufmüpfig, aber äußerst begabt. Sie kann vor allen anderen Kindern lesen, was sie sich offenbar selbst beigebracht hat. Elena muss anerkennen, dass sie es mit einem Naturtalent zu tun hat. Sie lässt Lila gerne den Vortritt, will aber dann mindestens immer die Zweitbeste sein.

Meine geniale Autorin nennt viele Gründe, warum die Freundschaft zwischen Lenù und Lila schon in der Kindheit so eng wurde. Ein wichtiger Grund hängt mit Lenùs Mutter zusammen, die hinkt. Lenù hat Angst, das Hinken ihrer Mutter zu erben, auch deshalb hängt sie sich an Lila, an ihre Eleganz und Schnelligkeit. Nur so könne sie sich davor schützen.

Die Ausgangslage entspricht Strukturen der Trivialliteratur: Zwei herausragende Mädchen sind beste Freundinnen; eine ist blond und schön (auch wenn sie oft daran zweifelt und eine Brille tragen muss); sie ist Klassenbeste, weil sie fleißig ist. Die andere ist schwarzhaarig und – wenn sie es will – noch besser, weil sie hochbegabt ist. Die eine ist reflektiert, vorsichtig und fasziniert, die andere ist leichtsinnig, brutal und stets zum Äußersten entschlossen. Die beiden wachsen in ärmlichen Verhältnissen auf und werden jahrzehntelang auf verschiedenen Wegen diesen Bedingungen entkommen und sozial aufsteigen. Trotz vieler Enttäuschungen und Brüche in ihrer Vita werden beide im Lauf der Jahrzehnte beruflich erfolgreich und wohlhabend. Und natürlich ist auch Lila schön, vor allem wenn sie sich geistig anstrengt und alles um sich herum vergisst, dann strahlt sie. Elena ist gutgläubig, verehrt ihre Anführerin und nimmt viel Leid in Kauf, um die Freundschaft zu erhalten. Schon der Verlust ihrer Puppe macht sie krank, so wie die kleine Elena in *Die Frau im Dunkeln* krank wurde, als Delia ihr die Puppe stahl.

Weitab der Trivialität sind jedoch Elena Ferrantes literarische Fähigkeiten, Zweideutigkeiten und Zwischentöne einzufügen, die ihren Charakteren Glaubwürdigkeit und Tiefe verleihen. Das gilt insbesondere auch für die Familien Scanno und Sarratore, aus denen Söhne hervorgehen, die bei genauer Betrachtung Ferrantes oft kritisiertes, weil zu negatives Männerbild etwas korrigieren. Enzo Scanno wurde schon genannt. Nun folgt Nino Sarratore, der, kaum größer als Lenù, dem Mädchen einen Heiratsantrag macht und prompt einen Korb bekommt, womit der Beginn einer lebenslangen On-Off-Dreiecksbeziehung (Lila – Nino – Lenù) markiert ist, die dadurch verkompliziert wird, dass Elena niemandem etwas davon erzählt, nicht einmal Lila.

Hingegen weiß Elena, dass Lila nie einen Antrag bekommen hat: Jungs respektieren die Göre, ungepflegt, mit Krusten an Armen und Beinen oder frischen Verletzungen, frech und provozierend, aber sie lieben sie nicht. Nur der kleine Enzo macht einmal eine Andeutung.

Neben Lila und Lenù ist Gigliola Spagnuolo die dritte Schlaue im Bunde. Die Lehrerin Oliviero will, dass die drei die Aufnahmeprüfung ablegen, um nach der Fünften auf die Mittelschule zu gehen. In den 1950er Jahren lag die Quote der Analphabeten in Stadtvierteln wie Luzzatti bei fast fünfzig Prozent. Die Bildungsfrage ist entscheidend für die Lebenswege der Freundinnen.

Elenas Eltern waren skeptisch, erlaubten es dann und verstärkten den bestehenden Pakt, dass sie nur weiter zur Schule gehen darf, wenn sie gut ist. Lilas Eltern aber verboten es ihr. Ihr Vater ärgerte sich schon, wenn er sie beim Lesen erwischte. Gigliola ist die attraktive Tochter des Barbesitzers und wird gern gefördert.

Im 15. Kapitel ist viel vom Wunsch Lilas und Elenas die Rede, reich zu werden. Erst verbirgt sich der Reichtum in einer Kiste mit Goldmünzen, verborgen irgendwo im Rione, dann wird der Reichtum konkret verbunden mit der Ausbildung und dem Schreiben eines Buches. Das zerlesene Exemplar von *Little Women*, deren Geschichte die beiden Mädchen schon fast auswendig kennen, hat die Liebe zur Literatur geweckt. Nun fällt ein bemerkenswerter Satz Lilas, der Lenù mit Stolz erfüllt: »Wir schreiben zusammen ein Buch«.

Die Freundinnen wollen damit nach der Aufnahmeprüfung anfangen, weil aber Lila nicht zu den Vorbereitungsstunden der Oliviero gehen muss, hat sie mehr Zeit und schreibt vorher schon einen »Roman« alleine, etwa zehn Seiten, *La fata blu* (*Die blaue Fee*). Lenù ist verletzt, dass Lila wieder vorgeprescht ist, andererseits gefällt ihr die Geschichte, sie lobt Lila dafür und will, dass sie den Text der Oliviero gibt. Lila will nicht, also bietet sich Elena an. Aber die Lehrerin reagiert nicht darauf, rät nur Lenù, sie solle Lila fallenlassen. Wer zum niederen Volk über Generationen hinweg gehören wolle, der bleibe das auch. So beginnt der schulische Ehrgeiz Lilas nachzulassen, die zwar immer noch vor Lenù und Gigliola die Beste ist, aber inzwischen von den Lehrern schikaniert wird. Die Entscheidung von Lilas Vater, der Schuhmacher ist, dass seine Tochter nach vier Jahren Grundschule ihr Ausbildung beenden soll, bestimmt fortan das Schicksal Lilas.

Das 16. Kapitel beschreibt den berühmten Ausbruchsversuch von Lenù und Lila aus dem Rione. Die Mädchen wollen endlich zum ersten Mal das Meer sehen und schwänzen einen Tag lang die Schule. Ein Gewitter kommt auf, wodurch die Geschichte eine Variante der Benjamin-Passage und der Erinnerungen Elena Ferrantes an das Sich-Verirren in den eigenen Straßen wird (damals mit ihrem kleinen Bruder). Doch der Ausbruchsversuch misslingt, die Mädchen werden bestraft, das heißt geschlagen, und Elena bekommt Zweifel, ob Lila insgeheim die ganze Aktion gestartet hatte, damit die Eltern auch ihr die weiterführende Schule verbieten.

Bei den Abschlussprüfungen wird Lenù Klassenbeste. Lila hat nachgelassen und wendet sich immer öfter Carmela Peluso zu, der Tochter des Schreiners und Glücksspielers. So entsteht ein neues Trio mit Lila als Anführerin, Carmela als Claqueurin und Lenù abgeschlagen, passiv und niedergeschlagen.

Die Anspannung in der Schuhmacherfamilie Cerullo wächst. Lilas Aggressionen steigern sich, weil sie nicht weiter mit Elena auf die Schule darf. *Meine geniale Autorin* lässt die Cerullos im Erdgeschoss wohnen und den Vater in einer Wutattacke Lila aus dem Fenster werfen. Bei meinem Besuch im Rione Luzzatti ist mir zunächst die Ebene aufgefallen, das flache Terrain. Nach dem Auf und Ab im Zentrum

In der Via Gianturco

Neapels wirkt das Gelände seit dem Verlassen der Bahnhaltestelle Gianturco spiegelglatt. Der berühmt-berüchtigte Tunnel unter den Gleisen hindurch ist wirklich so dunkel und lang und verwahrlost wie erwartet. Und danach tauchen mehrere Tankstellen auf. Irgendwo dort könnten Antonios Kinder arbeiten. Mario Martone hat die Schlüsselszenen von *L'amore molesto* hier gedreht. Ich folge gleichsam Delia hinein in den Rione auf der Suche nach dem Kellergewölbe. Ich komme an den heruntergekommenen Wohnblocks vorbei, schaue in die teilweise begrünten Höfe, wo manchmal eine einzelne Palme steht, und stelle mir vor, wie Lila aus einem dieser Fenster geworfen wurde. Bei eigener Anschauung wirkt der Vorgang realistischer als bei der Lektüre der Geschichte ohne Ortskenntnis. Die Szene wird zum Symbol für die viele männliche Gewalt, die im weiteren Verlauf geschildert wird und oft auf Geldknappheit und Gier, auf Eifersucht und Machtstreben zurückzuführen ist.

Ferrante berichtet in *La frantumaglia*, dass dieser Fensterflug eine Kleinigkeit sei im Vergleich zur übrigen Gewalt im Rione, vor allem in Lokalen wie der Bar Solara, wo Alkohol und Glücksspiel das Ihre dazu beitragen. Im selben Kapitel 18 steigert Ferrante wie zum Beweis die Brutalität, indem sie detailliert schildert, wie don Achille erdolcht

Bar im Rione Luzzatti, die vielleicht das Modell für die Bar-Pasticceria der Familie Solara ist

wird. Verhaftet wird Carmelas Vater Alfredo Peluso. Erzählerisch organisiert das Ferrante so, dass sich die kleine Lenù zufällig meist an den Schauplätzen der Ereignisse befindet. Selten werden Szenen nacherzählt, wie der Mord an don Achille. Der Kontrast zwischen redundant ausgeschmückten Schilderungen und knapp erwähnten Ereignissen ist stark: Das Abführen des früheren Schreiners durch die gefürchteten Carabinieri nimmt eine knappe Seite ein.

Der zweite Teil *Jugend – Die Geschichte der Schuhe* ist mit 62 Kapiteln viel länger als der erste (18 Kapitel). Er beginnt mit einem Datum, dem 31. Dezember 1958: »Lila hatte ihre erste Phase der Auflösung«. Erstmals erhält der Roman den Charakter einer Krankheitsgeschichte. Lila wird Opfer des ursprünglich aus dem Druckgewerbe stammenden und nicht von Elena Ferrante erstmals neu geprägten Begriffs »smarginatura«, dem Entfernen oder Überschreiten der Ränder. Gebräuchlich ist der Begriff auch in der Botanik, dort aber nicht passend zur Beschreibung von Lilas psychischem Problem. Analog zur Etablierung ihres Neologismus »frantumaglia« hat Elena Ferrante Jahre später »smarginatura« geprägt, das zwar nichts mit dem Neapolitanischen zu tun hat, aber in ähnlicher Weise jetzt aus einer Fachsprache in den allgemeinen Gebrauch überführt wird. Handelt es sich bei »frantumaglia« um einen echten, aus dem Dialekt hergeleiteten Neologismus, so ist »smarginatura« lediglich ein semantischer Neologismus. Ein bestehender Begriff wird in einem neuen Zusammenhang mit entsprechend neuer Bedeutung verwendet.

Weltweit geht die Ferrante-Forschung davon aus, Elena Ferrante habe als Erste den Begriff »smarginatura« im Zusammenhang mit außergewöhnlichen geistigen Wahrnehmungen, mit seelischen Erfahrungen und auf fast klinische Weise auch mit psychischen Problemen verwendet. Das ist unzutreffend. Sucht man das Wort »smarginatura« vor 2011, also vor der Veröffentlichung von *L'amica geniale*, findet es sich zwar fast nur im Kontext von Botanik oder Drucktechnik. Einige wenige Ausnahmen gibt es jedoch, die nur über eine vertiefte Recherche zu finden sind.

Die 1971 in Turin geborene Literaturwissenschaftlerin Raffaella Scarpa verwendet den Begriff in einer Besprechung von Giorgio Ficaras Buch *Riviera – La via lungo l'acqua* in *L'Indice dei libri del mese* vom Oktober 2010, also mitten in Ferrantes Schreibphase an *L'amica geniale*. Scarpa ist seit 2003 Redaktionsmitglied von *L'Indice dei libri*, einer der wichtigsten Literaturzeitschriften Italiens, und lebt heute noch in Turin – der Stadt, in der auch Elena Greco und Olga leben. Raffaella Scarpa unterrichtet an der dortigen Universität und beschäftigt sich insbesondere mit Sprache im Verhältnis zu psychischen Erkrankungen. Sie ist Fachfrau für russische Literatur (wie Sandra Ozzola) und für italienische und zitiert beispielsweise provozierend Elsa Mo-

»Riviera – La via lungo l'acqua«, 2010

rante: »Eine der richtigen Definitionen des Schriftstellers würde für mich sogar folgendermaßen lauten: ›ein Mensch, dem alles, was geschieht, am Herzen liegt, nur nicht die Literatur‹.«

Es geht in Scarpas Besprechung um einen glücklichen Ort, um die ligurische Riviera, die von Giorgio Ficara (seines Zeichens Literaturprofessor in Turin) als ein verschobener und nicht-zugehöriger beschrieben wird, der einen das Entwurzeln lehre und das Gewöhnen an »eine Ferne«. Hier kommt Ferrantes Schlüsselwort *vor* Ferrante zum Einsatz: Verschiebungen; das Gefühl, nicht dazuzugehören; Entwurzelung; Ferne. Es sei ein geographischer Ort, in dem die Grenzen des Meeres dazu anstiften, darüber hinwegzugehen (»smarginare«). Scarpa verwendet hier als eine der Ersten vor Erscheinen von *L'amica geniale* das Wort »smarginare« außerhalb der Fachsprachen in Bezug auf einen psychischen Vorgang der Entgrenzung. Und weil Elena Ferrante sich nicht im Anhang ihrer Bücher, sondern auf unkonventionelle, versteckte Weise bei ihren Ideengebern in ihren Texten zu bedanken pflegt, könnte sie ihre vom Morbus Smarginatura geplagte Protagonistin nach der Sprachwissenschaftlerin Raffaella Scarpa benannt haben, nämlich Raffaella, also Lila, die Tochter des Schusters (»scarpa« heißt Schuh).

In der Typographie spricht man im Deutschen von »abfallend«, wenn Texte – und viel öfter Illustrationen – den Satzspiegel, also die vorgegebene Nutzfläche auf der Seite eines Buches, überschreiten und in die den Rahmen bildenden Stege hineinreichen bis hin zu den tatsächlichen Seitenrändern. Im zweiten Band *Storia del nuovo cognome* wird noch ein weiterer, weit weniger origineller Begriff hinzukommen. Während eines Strandurlaubs auf Ischia unterhalten sich Lila, Lenù und Nino über Samuel Beckett, und Lila wirft das Wort »sformare«, also deformieren, in die Runde, was Nino, der sich wenig später heftig in Lila verlieben wird, nachdenklich stimmt.

Die Erzählerin Elena Greco hört den Begriff »smarginatura« erstmals beim Erdbeben 1980 von Lila. Da sie aber die Tetralogie als 66-jährige Autorin rückblickend schreibt, weiß sie, dass ihre Freundin schon als Mädchen erste Anfälle von »smarginatura« hatte, die sie zunächst jedoch mit gebräuchlicheren Worten wie »sformare« beschrieb. Die Übersetzerin Karin Krieger spricht schlicht von Auflösung.

»Smarginatura« sei nicht ihr eigener Ausdruck, sagt Elena Greco, sondern Lilas Wort, das sie benutzte, um die plötzliche Auflösung der Ränder bei Menschen und Gegenständen zu bezeichnen.

Ausgerechnet bei dieser Thematik ermöglicht es Ferrante den Lesern nun, die Ereignisse zeitlich einzuordnen. Demnach wurden Lenù (am 25. August) und Lila (am 11. August) 1944 geboren und sind nur etwa zwei Jahre jünger als Domenico Starnone oder ein Jahr älter als Marcella Marmo.

Lila hat ihren ersten starken Anfall von »smarginatura« schon als Mädchen, den sie aber für sich behält und ihrer Freundin erst mit 36 Jahren 1980 schildern wird. *Meine geniale Autorin* springt gerne von einem Jahrzehnt ins andere und erhöht damit die Erwartungshaltung bei den Lesern.

Die Schilderung der ersten starken »smarginatura« von Lila in der Neujahrsnacht am 31. Dezember 1958 hat mit der Lautstärke der Böller und Raketen, später der Pistolenschüsse, mit den Begeisterungsschreien der Feiernden, mit der insgesamt stark aufgeladenen, auch aggressiven Atmosphäre zu tun. Nicht nur ein hochbegabter und hochsensibler Mensch wie Lila, der später beinahe an einer starken Erkältung zugrunde geht und Anzeichen einer Magersucht zeigt, könnte in einer solchen Situation überfordert sein: Schweißausbrüche, Herzrasen, Übelkeit, Halluzinationen bis hin zu einem unerklärlichen Abscheu vor ihrem eigenen Bruder, der sie stets gefördert hatte, sich jetzt aber besonders laut benimmt, quälen Lila. Schrecklich Unbekanntes eröffnet sich dem Mädchen, und ihre gewohnte Sicht auf die Welt zerbricht.

Die erste Menstruation; die Sorge, Lila als Freundin zu verlieren; die neue Freundschaft in den Sommerferien mit Carmerla Peluso, der Tochter des vermeintlichen Mörders, die sich in den Sohn des Opfers Alfonso Achillo verliebt: »Was für eine Geschichte«, fasst Elena Greco zusammen, »nicht einmal Lila hätte sie erfinden können.« Carmela liest leidenschaftlich gerne Fotoromane. Die Veränderungen während der Pubertät machen Elena zu schaffen. In der Schule kommt sie gerade so durch, ohne sitzenzubleiben, derweil Lila nach einer Reuephase ihres Vaters den Versuch, eine Handelsschule zu besuchen, geschmissen hat. Elena bekommt zehn Lire, weil gleichaltrige Jungs wissen wollen, ob ihr Busen echt ist, wobei sie den aggressiven Tonfall Lilas mimt, um sich das Geld zu verdienen. Sie erfährt die Geschichte von Lilas Vater, der sich als Jugendlicher »emanzipieren« wollte (Ferrante benutzt diesen Begriff) und das Schuhgeschäft seines Vaters nicht übernehmen wollte. Es beginnt die zunehmende Bewunderung für Lilas Engagement im Schuhgeschäft und für Lila selbst, die ihrerseits für das von ihrem Vater in Casoria von Grund auf erlernte Handwerk schwärmt.

Beim gemeinsamen Blättern mit Carmela in der Boulevardzeitschrift *Sogno* sieht Lenù schöne Schuhe, begeistert sich dafür und spürt, dass sie sich Lilas Leidenschaft bereits zu eigen gemacht hat. Gleichzeitig werden den Mädchen die sozialen Unterschiede deutlich, wenn beispielsweise Carmela den Sohn des Apothekers Gino für eine Art unerreichbaren Prinzen hält, der Elena, die Tochter eines Pförtners ist, nie heiraten würde.

In der Schule macht unter den Jungs die Nachricht die Runde, dass Elena ihren Busen zeigt. Sie versucht, sich zunächst à la Lila zu wehren, aber dann verzweifelt sie, weint und lernt viel für die Schule, geht kaum noch außer Haus und auch ungern in den Unterricht. Schließlich macht ihr Gino tatsächlich Heiratsanträge, die Elena schmeicheln, die sie aber aus Rache ablehnt, weil er die Busen-Aktion herumerzählt hat. Schließlich ist es Lila, die ihr rät, Gino auf die Probe zu stellen: Wenn er ihr und Carmela und Lila den ganzen Sommer über jeden Tag ein Eis spendiert, dann liebt er sie wirklich. Gino zieht sich sofort zurück, was Elena nicht weiter stört, aber Lila – das Mädchen ohne Busen, ohne Menstruation und ohne Verehrer – wird als 12-Jährige zur begehrten Fachfrau in Sachen Liebe, die neben ihrer Leidenschaft für Schuhe heimlich die in der Grundschule eingerichtete Bibliothek besucht. Lenù liest langsam, Lila schnell.

Derweil ist Elenas Versetzung unsicher. Ihre Noten sind inzwischen schlechter als die von Gigliola Spagnolo oder Alfonso Carracci. Sie bräuchte Latein-Nachhilfe in den Sommerferien, was für ihre Eltern zu teuer wäre. Elena weint Tag und Nacht und macht sich selbst hässlich, um sich zu bestrafen. Hier erfahren die Leser, dass Elena die Erstgeborene ist, zwei jüngere Brüder, Peppe und Gino (die im weiteren Verlauf der Tetralogie kaum noch eine Rolle spielen), und noch eine kleine Schwester, Elisa, hat. Rührend ist das Angebot Lilas, einmal täglich mit Lenù Latein zu lernen, das Lila aber als Gefallen maskiert, den Lenù ihr machen soll. Die Aktion hat Erfolg, und Elena schafft es in die nächste Klasse.

Erzählt wird das alles in wie gewohnt kurzen Kapiteln, in einfacher und wirklichkeitsnaher Sprache, so dass man gern die Entwicklung Elenas und ihrer Freundinnen immer weiter verfolgt, allerdings fehlen die emotionalen Höhepunkte, die zu Beginn den Roman ausgezeichnet hatten. *Meine geniale Autorin* fügt stattdessen historisierende Kapitel ein, die den allmählichen sozialen Aufschwung des Rione anhand konkreter Veränderungen zeigen: die Vergrößerungen der Bar Solara, die ersten Autos, daneben aber noch Enzo mit seinem von einem Pferd gezogenen Gemüsewagen oder die expandierende Salumeria der Witwe von don Achille. Neue Geschäfte, neue, mehrgeschossige Wohnhäuser, die Abholzung entlang der Eisenbahntrasse, die Asphaltierung der Straßen im Rione und des Stradone, der zum Bahnhof führt.

Die Pläne einer eigenen Schuhkollektion Lilas nehmen Gestalt an und sind Anlass, sich über die entstehende Konsum- und Wegwerfgesellschaft im Kontrast zu Manufakturen Gedanken zu machen. Lila besucht gleichzeitig sehr häufig die Bibliothek, hat sich Ausweise für all ihre Familienmitglieder ausstellen lassen, um den eigenen Lesehunger zu befriedigen, und wird in einer besonders unterhaltsamen Szene mit vielen Preisen dafür ausgezeichnet. Linù ist inzwischen wieder die Klassenbeste, fühlt sich aber nur als Zweitbeste, weiß sie doch ganz genau, dass Lila die Beste wäre, hätte sie die Schullaufbahn nicht beenden müssen.

Die Solara-Brüder versuchen Elena auf eine Spritzfahrt in ihrem neuen Auto einzuladen, aber sie widersteht, wohl wissend, was das für Konsequenzen hätte. Mit Lila dekliniert sie nicht nur Lateinvokabeln, sondern analysiert auch die Spirale der Gewalt, die aus verletzter Ehre und Rache und erneuter Vendetta immer mehr Unbeteiligte einbezieht. Beide verstehen: Wer Geld hat, hat das Sagen im Rione. Und das sind die Solaras und die Caraccis. Mädchen aus anderen Familien sind immer in Gefahr, denn es herrscht das Recht des Stärkeren. Die Ermordung don Achilles war Beweis genug. Daher ist das oberste Ziel: viel Geld verdienen. Vielleicht mit Schuhen, vielleicht – Lenù macht wieder einmal den Vorschlag – mit einem gemeinsam geschriebenen Roman. Aber Lila winkt ab: Es brauche etwas Handfestes, eine ökonomische Tätigkeit. Elena Ferrante berichtet später in *La frantumaglia* von einer

Mehrgeschossige Wohnhäuser aus den 50er Jahren im Rione Luzzatti

geheimnisvollen Freundin, die ihr als Vorlage für Lila diente. Diese Freundin – vielleicht Fabrizia Ramondino? – sei gestorben, bevor Ferrante die Arbeit an *L'amica geniale* aufnahm. Sie konnte also nicht mehr miterleben, wie *meine geniale Autorin* es doch geschafft hat, mit dem Schreiben tatsächlich reich und berühmt zu werden.

Die These, dass Fabrizia Ramondino nicht die Autorin der ersten drei Romane von Elena Ferrante war, sondern lediglich eine gute Freundin und Mentorin Elena Ferrantes, wird dadurch gestützt, dass es Ramondino war, die dem Regisseur Mario Martone das Buch *L'amore molesto* empfahl. Es war auch eine Frau, die davor dem Verlag e/o das Manuskript empfahl. Ramondino hatte gute Beziehungen zum Verlag in Rom. So drängt sich die Möglichkeit auf, dass in Wirklichkeit Marcella Marmo durchgehend von 1991 bis heute Elena Ferrante ist, denn der einzige Aspekt der Tetralogie, der konstruiert und künstlich wirkt, ist die übertriebene statistische Nähe von Lila und Lenù (ihre Geburtstage und gleichzeitig ihre Schwangerschaften). Die zwei scheinbar so verschiedenen Persönlichkeiten Lila und Lenù können auch als zwei

Seiten eines Menschen interpretiert werden: Lila als das Sehnsuchtsbild, als Möglichkeit der eigenen Biographie, in manchen Aspekten als Wunschvorstellung, Lenù als der tatsächliche Charakter der Autorin mit Ähnlichkeiten zum wirklich bestrittenen Lebensweg. Ramondino war zehn Jahre älter als Marmo, weist mit ihrer oft trockenen und harschen Art im Umgang mit Mitmenschen Gemeinsamkeiten mit Lila auf und könnte das Vorbild gewesen sein, dem Marmo mit der Tetralogie ein Denkmal setzt. Anita Raja käme dann die Rolle als Lektorin, möglicherweise auch als Agentin zu.

Bewunderung, Eifersucht und Neid

Das Verhältnis zwischen der hochbegabten Lila, die sich außerschulisch selbst Latein beibringt, und der strebsamen Freundin setzt sich fort, denn Lenù soll auf Geheiß der Lehrerin Oliviero aufs nächstgelegene Gymnasium. Es ist wieder Lila, die lange vor Lenù weiß, dass »Grammophon« ein griechisches Wort ist. Nicht nur dieses Vorpreschen Lilas stört Lenù, sondern auch die rasch wachsende Attraktivität ihrer besten Freundin: Seitdem sie ihre erste Periode hatte, wandelt sich ihr Körper, wird weiblich und wächst. Lila bewegt sich elegant und ist eine hervorragende Tänzerin. Die Jungs aus dem Rione, ein fremder Pizzabäcker, ein fremder älterer Familienvater, alle starren sie an und umschwärmen sie.

In drei ausführlichen Szenen wird das Motiv aus *Lästige Liebe* variiert: attraktive Frau, stille oder gut sichtbare Verehrer, beschützende und eifersüchtige Männer. Hier sind es nicht Amalia und ihr Mann (Delias Vater), sondern Lila und ihr Bruder Rino. Aus kleinen Streitereien werden manchmal ausgewachsene Schlägereien, bis hin zu solchen zwischen ganzen Banden. Als die Solara-Brüder wieder aus dem fahrenden Auto versuchen, Lenù hineinzulocken, eskaliert die Lage, denn Lenùs Armreif, der ihrer Mutter gehört und den sie als Belohnung für ihre guten schulischen Leistungen tragen darf, fällt unters Auto. Lila verteidigt ihre beste Freundin, indem sie einem der Brüder ihr Messer an die Kehle drückt. Auch diese Art, wie Lila sich Respekt verschafft, zu der sie selbst nie fähig wäre, beeindruckt nicht nur Lenù, sondern vor allem auch die Solara-Brüder, deren Eltern der Camorra nahestehen.

»Frutta e Verdura«: Obst- und Gemüseverkäufer prägen oft noch heute das Ortsbild in Neapels Rioni

Lila ist im politischen Bewusstseinsprozess Lenù weit voraus: Das »Davor« wird zu einem ihrer wichtigen Themen, die Geschichte der Eltern, Großeltern und Vorfahren. Imperialisten, Nazifaschisten, Kommunisten und auch die Camorra, mit der es Enzo, der Obstverkäufer, ganz praktisch zu tun bekommt. Die Mädchen diskutieren und recherchieren, und immer noch steht fest, dass man dem Kreislauf im Rione nur durch gutes Geld entkommen kann. Ob das mit dem Veröffentlichen von Büchern möglich ist, wird erneut zum Thema, als Donato Sarratore, der Bahnangestellte und Poet (Domenico Starnones Vater war Bahnangestellter), einen Gedichtband veröffentlicht. Weil das Büchlein eine Widmung enthält, »Für Melina, Quell meiner Worte. Donato. Neapel, 12. Juni 1958«, freut sich die »verrückte Witwe« über die Maßen und Lenù heimlich mit ihr.

Die scharfsinnige Lila hat aber ihre Zweifel: Warum geht Donato nicht selbst zu Melina, die sich als Putzfrau verdingen muss, und ge-

Die Fontana del Gigante an der Uferpromenade

steht ihr seine Liebe? Warum lässt er ihr einen Gedichtband überbringen? Und so bewundert Lenù ihre Freundin auch für ihre brillanten Analysen, für die Art, wie sie hier die Funktion von Literatur hinterfragt und mit der Realität abgleicht. Lenù schätzt Lilas Art, die Ereignisse im Viertel zu prüfen und wie sie mit ihren Worten von ihren Beobachtungen und Erfahrungen erzählt und dabei »der Sprache Energie verleiht«.

Es folgt erstmals und dann gleich mehrfach das Wort »gonfiare«, aufblasen, beispielsweise als die beiden Mädchen sich die irre Liebe zwischen Melina und Donato vorstellen, wie sie sich dank des Gedichtbandes nun weiter entwickeln könnte. Es scheint, als habe Elena Ferrante an dieser Stelle bemerkt, wie sehr sich gerade ihre eigene Geschichte aufbläst. Mehrfach wird sie in Interviews beteuern, dass sie ursprünglich einen Roman etwa im Umfang der vorangegangenen für die spätere Tetralogie *Meine geniale Freundin* geplant hatte. Aber sie kann oder will sich nicht bremsen. Manchmal rutscht sie in eine geradezu mündliche Erzählweise, wenn sie beispielsweise von Gigliolas Mutter spricht und in Klammern hinzufügt: »(sie hieß Rosaria, falls ich mich recht erinnere)«. Einerseits wirkt der Text flüchtig, wie hingeworfen, andererseits erhört dieser orale Duktus die Authentizität.

Elena Ferrante lässt die Leser an einem schönen Stadtrundgang teilhaben, zu dem ihr Vater sie zur Vorbereitung des Wechsels aufs Gymnasium mitnimmt. Inzwischen sind diese Seiten im Buch die Grundlage von Ferrante-Führungen durch Neapel. Die Szene zeigt aber auch Lenùs distanziertes Verhältnis zum Vater, war dies doch der einzige Tag ihres Lebens, an dem Vater und Tochter von früh bis spät zusammen sein konnten. Elena Ferrante porträtiert ihn sympathischer und verständnisvoller als die früheren Väter in ihren Romanen.

Lila ist bei den Jungs inzwischen so begehrt, dass Lenù ihr nichts von Nino Sarratore sagt, dem Sohn des Dichters, den sie im Gymnasium wiedertrifft und der ihr immer noch sehr gut gefällt. Auch Gino geht in ihre Klasse. Der Apothekersohn macht ihr wieder einen Antrag, und diesmal sagt sie Ja. Lenù ist wieder Klassenbeste, und als ihr Lila von ihrem nur langsam voranschreitenden Schuhprojekt erzählt, hat Lenù zum ersten Mal das Gefühl, ihrer Freundin voraus und überlegen zu sein.

Bei den Cerullos häufen sich wieder die Probleme. Die Geschwister streiten immer öfter, weil Rino keinen schnellen Weg aus der Armut sieht und Lila perfektionistisch ihren Herrenschuh-Prototypen, Größe 43, entwickelt. Schließlich gibt aber Lila das Vorhaben auf, was Rino in keiner Weise besänftigt. Er lässt sich von den Carracci-Brüdern Stefano und Alfonso überreden, Silvester bei ihnen zu feiern. Die Rivalitäten zu den Solaras werden mit sich ständig überbietenden Böller-Aktionen ausgetragen. Hier hat Lila ihren ersten starken Anfall von »Smarginatura«. Sie sieht förmlich, wie ihr Bruder zerbricht. Die Situation bei der Familie Cerullo eskaliert wenig später, als Rino ohne Lilas Wissen die Schuhe an Befana (dem Dreikönigstag) dem Vater schenkt, der sie erst sarkastisch lobt und dann aus Bewunderung, Eifersucht und Neid zugleich seinen Sohn verprügelt.

Alfonso würde lieber sterben, als vor der ganzen Klasse wegen schlechter Noten zu weinen, »was für einen Jungen als sehr demütigend galt«, kommentiert Elena Ferrante. Gino, Alfonsos Banknachbar, lacht darüber. Unmittelbar danach erklärt ihm Lenù, dass sie deswegen ihre Verlobung löst (»wir hatten uns ja nur geküsst, aber ohne Zunge«). Wie hier werden immer wieder die Möglichkeiten gezeigt, wie Mädchen ihre Interessen gegenüber den Jungs selbstbestimmt durchsetzen können.

Lila bekommt Anträge von Pasquale Peluso, Sohn des vermeintlichen Mörders von don Achille und militanter Kommunist, und von Marcello Solara, dem reichen, gewalttätigen Schönling, gewohnt, jedes Mädchen zu bekommen. Das beunruhigt Lenù, denn damit ist Lila aufgestiegen vom flachbrüstigen Mädchen zur jungen Frau, die jeden rumkriegen kann. Lila lehnt auf ihre typisch drastische Art beide Verehrer ab, aber vor allem Marcello Solara bleibt lange hartnäckig und versucht sie auf verschiedene Arten zu erobern, auch über den Bruder Rino und über die Eltern Cerullo. Letztlich wird Lila mit viel Mühe auf Stefano Carracci ausweichen, den Besitzer der gutgehenden Salumeria, der sie wie fast alle Männer umschwärmt.

Lenùs Erfolge in der Schule werden stets auf Lilas Einfluss zurückgeführt, auch bei einem Aufsatz zum Thema »Die verschiedenen Phasen von Didos Drama«. Wie früher von Lila geschildert, schreibt Lenù nun über die Folgen des Verlassenwerdens, über eine Stadt ohne Liebe, über ein Volk ohne Glück. Von den positiv überraschten Lehrern wird sie nach Beispielen gefragt, was man sich darunter vorzustellen habe: »Italien unter dem Faschismus, Deutschland unter dem Nationalsozialismus, wir alle, menschliche Wesen in der heutigen Welt«, antwortet Lenù. Sie hadert mit dem Einfluss Lilas auf ihre Erfolge. Aber auch Lila hat ihre Unsicherheiten: »Wegen mir verhalten sich Menschen falsch«, sagt sie und erzählt, wie Rino immer unzufriedener wird.

Die nächste Schlägerei wird nicht durch Eifersucht ausgelöst, sondern durch soziale Unterschiede. Lenù, Lila, Pasquale und Rino flanieren in den vornehmen Straßen Neapels. Einerseits herrscht Bewunderung für das Benehmen und die Eleganz der Reichen, andererseits auch Belustigung, beispielsweise über eine ganz in Grün gekleidete junge

Frau. Daraus entstehen Beleidigungen und Tätlichkeiten, die ohne das Eingreifen der Solara-Brüder mit einer Eisenstange für Rino und Pasquale schlimm geendet hätten.

Marcello Solara hilft den Cerullos gegen den Willen Lilas, ihren einstigen Traum einer eigenen Schuhmanufaktur zu verwirklichen. Er fördert mit Beziehungen und Geld die Herstellung individueller Modelle auf der Grundlage von Lilas Zeichnungen. Die Lehrerin Oliviero fördert inzwischen immer noch Lenù und vermittelt ihr einen Badeurlaub auf Ischia, da ihre Cousine dort Zimmer vermietet und eines frei ist. So entdeckt Lenù zum ersten Mal die Verlockungen des Meeres. Als der Poet und Zugschaffner Donato Sarratore mit seiner Familie in dasselbe Haus einzieht, kommt Lenù ihrem Schwarm Nino Sarratore wieder näher. Bei der Gelegenheit erfährt sie viel über das schwierige Vater-Sohn-Verhältnis. Nino verachtet seinen Vater, weil er nicht nur mit seinen poetischen Worten ein Ehebrecher sei. Schließlich ist es nicht der Sohn, sondern der Vater Donato, der nachts an Lenùs Bett kommt, sie mit dem als widerlich empfundenen Schnauzbart (anknüpfend an den schrecklichen Schnauzer des Bademeisters in *Der Strand bei Nacht*) küsst und ihr seine Finger auf die Scham drückt. Lenù bleibt stundenlang erstarrt liegen, reist am nächsten Tag mit dem ersten Schiff ab und kann trotzdem nicht leugnen, dass der übergriffige Poet auch sinnliche Gefühle in ihr ausgelöst hat, was sie selbst wiederum widerlich findet. Ihr sexuelles Erwachen setzt sie später im Rione als fast Einzige braungebrannt behutsam mit Antonio Cappuccio, dem Sohn der »verrückten« Witwe Melina, fort.

Stefano Carracci macht Lila erfolgreich den Hof. Seine Großzügigkeit, Geduld und Folgsamkeit überzeugen Lila. Zudem löst er das Problem mit Marcello Solara, der Lila immer noch nicht aufgegeben hat. Die Aussicht, bald die Herrin über eine eigene Wohnung zu sein und über viel Geld zu verfügen, begeistert Lila. Viele kleine Hürden müssen genommen werden, bis die Hochzeit in die Planungsphase gehen kann: die Wahl der Lage des neuen Heims; die Frage, ob Lila im Laden mitarbeiten oder Hausfrau sein wird; die Konkurrenz zur künftigen Schwiegermutter und zu Stefanos Schwester oder das Ziel der Hochzeitsreise.

Lenù wird zur wichtigsten Beraterin Lilas, damit Stefanos Verwandtschaft in Schach gehalten werden kann. Das führt zu schlechte-

Die neapolitanische Hochzeit ist ein besonderes Ereignis, auch heute noch, bei dem nach außen hin Harmonie herrscht. Die Spannungen werden weggefeiert

ren Noten. Zudem schreibt Lenù in Religion einen ketzerischen Aufsatz, der mit einem Rundumschlag den Glauben und insbesondere den Heiligen Geist anzweifelt. Auslöser waren die nicht endenden Tiraden des Religionslehrers gegen die atheistischen Kommunisten. Der Vorfall sorgt in der Schule für Aufsehen, und Nino, der inzwischen nebenbei für eine Studentenzeitschrift arbeitet, bietet ihr an, den Aufsatz als Artikel zu veröffentlichen.

Die Vorstellung, ihren eigenen Namen zum ersten Mal gedruckt zu sehen, beflügelt Lenù. Sie geht den Aufsatz mit Lila durch, die ihn stark verbessert. Am Ende aber bittet sie Lenù, ihr nie wieder einen Text von ihr zu geben, es tue ihr weh. Sie klopft sich auf den Kopf und lacht. Dass wenig später die Lehrerin Oliviero die Hochzeitseinladung ablehnt, macht Lila zu schaffen. Daraufhin nimmt sie im 57. Kapitel Lenù das Versprechen ab, immer weiter zu studieren, immer weiter zu lernen, sie werde das notfalls selbst finanzieren: »Du bist meine geniale Freundin. Du musst die Beste von allen werden, von allen Männern und allen Frauen«, sagt Lila zu Lenù. Dieses Motiv wird auch den zweiten Band prägen.

Der Roman endet mit mehreren sich gegenseitig übertreffenden Höhepunkten: Am Tag der Hochzeit bittet die noch nicht 17-jährige Lila ihre beste Freundin, sie zu waschen. Das Brautkleid liegt leblos wie ein Zitat aus Ferrantes vorhergehenden Romanen ausgebreitet auf dem Bett. Lenù hat Lila noch nie nackt gesehen. Die homoerotische Szene ist nicht nur schön, denn Lenù empfindet auch Abscheu bei dem Gedanken, dass der makellose Körper Lilas in wenigen Stunden von Stefano beschmutzt und vielleicht geschwängert werden wird. Lenù nimmt sich vor, während Lilas Hochzeitsnacht gleichzeitig mit Antonio zum ersten Mal Liebe zu machen. Die doppelte Entjungferung wird aber nicht stattfinden.

Bei der Hochzeit selbst überkommt Lenù erstmals das Gefühl der Fremdheit, das Gefühl, nicht mehr zur Gesellschaft des Rione dazuzugehören, als handle es sich um eine schwache Ausprägung von »smarginatura«. Nur Nino Sarratore, der ähnlich fleißig lernt wie sie selbst, scheint ihr jemand zu sein, der sie versteht. Sie liebt ihn heimlich immer noch und bewundert seine Unabhängigkeit vom Rione. Lenùs Aufsatz aber wurde nicht veröffentlicht, was ihre Selbstzweifel wieder vergrößert.

Lila hatte Stefano das Versprechen abgenommen, dass Marcello Solara bei der Hochzeit nicht auftauchen darf. Das fiel Stefano schwer, denn die beiden korrupten Familien arbeiten gut zusammen. Als klar wird, dass Stefano die Bewirtung manipuliert hat, kommt Unruhe auf: Unbeliebte Gäste bekommen billigen Wein und werden schlecht bedient. Als aber beim Anschneiden der Hochzeitstorte doch Marcello Solara auftaucht und dabei das erste Paar Schuhe trägt, das Lila und Rino gemeinsam hergestellt haben, wird Lila »blasser als ihr Hochzeitskleid«.

8 *Die Geschichte eines neuen Namens:* Zweiter Teil der neapolitanischen Tetralogie

Storia del nuovo cognome (*Die Geschichte eines neuen Namens*) ist der zweite Teil des vierteiligen neapolitanischen Zyklus von Elena Ferrante. In Italien erschien er 2012 beim Verlag e/o, in Deutschland 2017 beim Suhrkamp Verlag, übersetzt von Karin Krieger.

Das Personenverzeichnis zu Beginn des Romans ist noch ausführlicher als im ersten Band und charakterisiert manche Figuren schon so gut, dass die Lektüre dieses Buches auch ohne Vorkenntnisse möglich ist. Es ist umfangreicher als der erste Band, hat aber nur einen Teil, *Jugend*, und 125 Kapitel. Das Erzähltempo hat sich verlangsamt. Variierende Wiederholungen nehmen zu, ein gemächliches Hin und Her mit weniger dramatischen Höhepunkten lullt die Leser in Lilas und Lenùs Geschichte ein. Das gilt allerdings nicht für die ersten vierzig Seiten des Buches, die wie ein starkes Gewitter der großen und lang anhaltenden Ruhe vorausgehen.

Das erste Kapitel bildet eine Rahmenhandlung innerhalb der Rahmenhandlung. Elena erzählt, dass Lila ihr im Frühjahr 1966 eine Metallschachtel mit acht Heften zur Aufbewahrung anvertraut. Entgegen der Weisung liest Lenù alles. Sie beschreibt die stilistischen Eigenarten und Lilas Meisterschaft, Erlebtes in Worte zu fassen, ohne Lila zu zitieren. Von Lilas Texten, die Lenù so begeistern und beeinflussen, wird in der gesamten Tetralogie kein einziger Satz zu lesen sein. Die Hefte beginnen bei der Kindheit und betonen bestimmte Vorkommnisse, beispielsweise den Kauf aus Liebe für Lila des ersten Paars Schuhe, das sie und Rino geschaffen haben, durch Stefano Carracci und dessen nicht gehaltenes Versprechen, sie für immer aufzuheben.

Lenù ist zu diesem Zeitpunkt in Pisa und schiebt die Schachtel mit den Schriftstücken Lilas langsam über das Geländer der Solferino-Brücke. Sie schaut zu, wie die Hefte für immer im Arno verschwinden, »fast als wäre sie es, Lila in Person, die mit ihren Gedanken, ihren Worten und ihrer Bosheit hinunterfällt«. Aber dadurch, dass Lenù die Hefte gründlich gelesen hat, entfalten und erhalten sie Lilas Einfluss auf Lenù. Nach dieser kurzen Einleitung setzt das zweite Kapitel das Ende des letzten Kapitels des ersten Bandes fort.

Elena erinnert sich an ihre Fassungslosigkeit, dass der so verliebte Stefano Lilas Schuh-Werk an den von ihr verhassten Marcello Solara geschenkt haben soll. Sie erwartet, dass Lila vor der Festgesellschaft ihrem Bräutigam eine Szene macht, dass die Ehe vorbei ist, bevor sie richtig anfängt, und dass sie dann mit Lila doch gemeinsam aus dem Rione verschwinden und Mädchenträume verwirklichen kann: gemeinsam die Welt erkunden. Aber der heimliche Wunsch Lenùs erfüllt sich nicht.

Lila zieht sich rasch um, verteilt achtlos die Hochzeitsmandeln und drängt Stefano zur sofortigen Abfahrt zur viertägigen Hochzeitsreise in ein Luxushotel an der Amalfiküste. Dieser entschuldigt sich bei den Gästen für seine impulsive Frau und fährt mit ihr los. Erst im Auto zeigt Lila ihre Wut, steigert sich immer weiter hinein und beschimpft Stefano mit den schlimmsten Flüchen. Aber das weiß Lenù noch nicht. Sie fühlt sich allein und verlassen. Draußen auf der Terrasse wartet ihr eifersüchtiger Liebhaber Antonio. Er weiß, dass Lenù für Nino Sarratore schwärmt, der vorzeitig die Hochzeitsgesellschaft verlassen hat. Mit Mühe gelingt es Elena, Antonio zu besänftigen. Der ausgefeilte Dialog zeigt Lenùs Überlegenheit, die zu schlecht versteckten Tränen Antonios führt. Sie gehen dann versöhnt zum gewohnten Liebesversteck bei einer stillgelegten Tomatenfabrik, an dem Lenù sich wünscht, zum ersten Mal mit Antonio zu schlafen. Der jedoch will nicht unter solch unwürdigen Umständen (Mäuserascheln im Laub).

Lilas Abwesenheit, Antonios Eifersucht und Unsicherheit und Ninos Achtlosigkeit stürzen Lenù in eine neue Krise. Sie schwänzt längere Zeit die Schule, ohne dass ihre Eltern oder Antonio es bemerken. Sie beginnt sich in Gedanken damit abzufinden, dass sie für immer im Rione bleiben wird. Sie würde die Schule abbrechen, Antonio möglichst bald heiraten und ihm bei der Arbeit an der Tankstelle helfen, die er in Aussicht hat: für immer die Frau eines Automechanikers.

Lila, die längst von der Hochzeitsreise zurück sein müsste, meldet sich nicht bei Lenù. Sie verbirgt Wunden im Gesicht mit einer großen Sonnenbrille und einem Kopftuch. Schließlich erzählt sie Lenù, was passiert ist: Ihr Bruder Rino, ihr Vater, Marcello Solara und Stefano steckten wegen der Schuhe unter einer Decke. Als Lila von der Intrige erfuhr und Stefano im Dialekt einen Scheißtypen nannte, sah er rot. Schon im Auto schlägt Stefano sie einmal so hart ins Gesicht, dass sie

Der Ponte Solferino in Pisa auf einer alten Postkarte

danach bis zur Ankunft im Hotel schweigt. Dort zeigt Stefano Schwächen: Er war noch nie im Urlaub und benimmt sich tollpatschig schon an am Empfang. Beim Abendessen überlegt Lila, heimlich ein Messer mitgehen zu lassen, tut es dann aber doch nicht und bereut es wenig später.

Meine geniale Autorin schildert über mehrere Seiten die brutale Vergewaltigung Lilas in ihrer Hochzeitsnacht. Auch hier liegt die Wut Lilas und Lenùs gegen Männer begründet. Die einzigen beiden Männer, die in der Tetralogie einigermaßen gut wegkommen, sind der unfassbar geduldige Enzo und der intellektuelle und feminine Sohn des dichtenden Bahnangestellten Nino. Lila und Lenù kannten schon von ihren Familien her Männer, die Frauen schlagen, aber diese Gewalt in einem Hotelzimmer an der Amalfiküste ändert alles. Lila zerbricht nicht. Als könnte sie es selbst beeinflussen, wird sie auch in den folgenden Monaten nicht schwanger, was Stefano immer mehr in Verlegenheit bringt. Gleichzeitig genießt sie den Status als Frau Carracci in der Neubauwohnung mit viel Luxus und gibt das Geld mit vollen Händen aus. Für Stefano hat sie aber nur noch Verachtung übrig. In einer komischen Szene machen sich Lila und Lenù mit tiefen Stimmen über die »herrschenden Männer« lustig, indem sie sie nachäffen.

Lenù geht wieder zur Schule, aber die Wissenslücken sind groß. Lila bietet ihr an, bei ihr zu lernen, und bemuttert fortan ihre beste Freundin. Lenù nutzt das leere Kinder- als Studierzimmer und nimmt zum ersten Mal ein Bad in einer Wanne mit viel Schaum. Sie denkt, dass Lila es vielleicht trotz des prügelnden Ehemannes geschafft hat, ihre Kindheitsträume zu verwirklichen. Doch der dubiose Hintergrund des Geldes wird im Lauf der Zeit immer deutlicher. Stefano ist auf die Solaras angewiesen, damit nicht nur seine Salumeria, sondern auch das Schuhgeschäft Cerullo expandieren kann. Das war schon vor der Hochzeit klar, doch Stefano hatte es vor Lila geheim gehalten.

Geheimnisse und Lügen prägen auch zunehmend das Verhältnis zwischen Lila und Lenù. Die Schneiderin, die Lilas Hochzeitskleid nähte, bekam von Lila die Erlaubnis, das Foto mit Lila im Kleid zu Werbezwecken ins Schaufenster zu hängen. Vittorio De Sica und viele andere bedeutende Männer sollen es schon bewundert und nach Lila gefragt haben. Stefano fordert Lenù auf, ihn zur Schneiderin zu begleiten. Auf der Fahrt bittet er sie, Einfluss auf Lila zu nehmen, damit sie sich nicht in so vielen Angelegenheiten so widerspenstig benehme und endlich Kinder bekomme.

Auf merkwürdige Weise findet Lenù Gefallen daran, den rabiaten Stefano so schwach zu erleben und von ihm als Vertrauensperson auserkoren worden zu sein. Dieses lange Gespräch erwähnt sie Lila gegenüber nicht. Sie spürt eine zunehmende Entfremdung. Diese Passage gehört zu den feinsinnigsten, in denen Elena Ferrante über Freundschaft schreibt. In derselben Zeit lügt Lenù auch, was ihre heimliche Liebe zu Nino betrifft. Doch der hat inzwischen eine Freundin aus wohlhabenden Kreisen, die er nach dem Unterricht auf den Mund küsst. Später stellt sich heraus, dass es Nadia ist, die Tochter der Gymnasiallehrerin Galiani, die Elena sehr fördert. Auf diese Weise tauchen zu den schon sehr zahlreichen bestehenden Figuren aus Lilas und Lenùs Kindheit im Rione immer weitere Figuren auf, von denen viele im Verlauf des Zyklus wichtige Rollen spielen werden.

So übernimmt Nadia beispielsweise nicht nur das kommunistische Gedankengut ihrer Mutter, sondern radikalisiert sich und wird später zur Terroristin, der Lenù unwissentlich Unterschlupf gewährt. *Meine geniale Autorin* beweist hier mit scheinbarer Leichtigkeit die bewundernswerte Fähigkeit, viele Figuren und Erzählstränge, die so zahlreich sind, dass sie hier längst nicht alle erwähnt werden können, immer wieder aufzugreifen und fortzuführen. Die Leser schätzen es, sich auf diesen vollkommen authentisch wirkenden Familien- und Freundeskosmos einzulassen und den kleinen und großen Veränderungen über die Jahrzehnte hinweg zu folgen. Die Charaktere werden zu Vertrauten. Die natürliche Weise, in der das geschieht, lässt erkennen, dass nicht nur Lila und Lenù, sondern auch viele Nebenfiguren nur teilweise der Phantasie Ferrantes, zu großen Teilen aber ihrem Leben entsprungen sind, wie sie in *La frantumaglia* erklärt. Der Zyklus wirkt in keiner Weise konstruiert, sondern wie ein wirklichkeitsnaher Bericht tatsächlicher Ereignisse, der sich zudem dadurch auszeichnet, dass die Erzählerin die Begabung hat, einfühlsam bei sich und bei anderen geringste Gefühlsschwankungen und neue Denkrichtungen zu begreifen und zu deuten.

In der Frage beispielsweise, wie der Militärdienst umgangen werden kann, wird einmal mehr der Einfluss der Solaras deutlich, was Kettenreaktionen bis hinein in tief verborgene Emotionen der Betroffenen nach sich zieht. Dubiose Bekanntschaften und Schmiergelder sind notwendig, um bei den Familien im Rione bleiben zu dürfen. Antonio hat gleich mehrere Gründe dafür: Er ist der Haupternährer und ist sich sicher, dass Lenù ihm während seiner Abwesenheit untreu werden würde. Deshalb will er bleiben. Aber Lenù hält Nino inzwischen für unerreichbar und freundet sich immer mehr mit einer Zukunft in Bescheidenheit als Antonios Ehefrau an. Denn eines steht fest: Antonio würde sie nie schlagen. Im Gespräch mit Lila erlebt Lenù einen erstaunlichen Sinneswandel ihrer besten Freundin: Attraktiv gekleidet und geschminkt, wickelt sie die Solara-Brüder in der Bar um den Finger, als habe es den Schuh-Verrat nie gegeben. Sprachlos beobachtet Lenù, wie Lila berechnend mit ihren schlimmsten Feinden flirtet. Als aber Antonio von dieser Aktion hört, für den die Solaras noch schlimmere Feinde sind als für Lila, ist er so enttäuscht, dass er mit Lenù Schluss macht. Die hatte es nur gut gemeint und ist am Boden zerstört. Erst jetzt merkt sie, wie viele Gefühle sie für ihn hatte – trotz ihrer Schwärmerei für Nino. Als die »verrückte« Witwe Melina, Antonios Mutter, verschwindet und Lenù und Antonio sie gemeinsam entdecken, sagt er – immer noch enttäuscht und nun zum Militärdienst einberufen – »lass mich, du bist keine Frau«, was Lenù tief verletzt, von Elena Ferrante aber nicht kommentiert wird. Die Frage nach den Unterschieden und Gemeinsamkeiten zwischen Weiblichkeit und Männlichkeit ist einer der roten Fäden, die sich durch die Tetralogie ziehen.

»Das ist unerträglich«

Episoden dieser Art – jemand verschwindet, jemand verliebt sich, jemand provoziert – wechseln einander ab. Dabei geht die Erzählung selten so in die Tiefe wie in den ersten drei Romanen Ferrantes, sondern in die Breite, indem die Zeitgeschichte einbezogen wird. Diese wird jedoch nicht analysiert, sondern so gezeigt, wie sie sich auf die Romanfiguren auswirkt. Meinungsäußerungen finden statt, aber sie streben nie das Niveau eines Essays an. Es sind vielmehr die spontanen Gedanken der in die Zeitläufte verstrickten Menschen. Allerdings wird durch die häufige Nennung von Autoren und Büchern auf vertiefende Lektüre hingewiesen, die selten für Lila, aber oft für Lenù und ihre Freunde aus dem schulischen und später universitären Bereich das Fundament bildet.

Es ist unterhaltsam, das immer farbiger werdende Tableau der Lebensläufe der beiden Freundinnen und der vielen Nebenfiguren zu betrachten. Denkanstöße bekommt man dabei vergleichsweise selten, es sei denn, man begibt sich auf die Suche nach der erwähnten Literatur, was in den seltensten Fällen geschehen wird, will man doch den Handlungsfäden folgen. Die eingestreuten Zusammenfassungen und Verweise auf Weiterführendes genügen, denn es werden ab und an Extremsituationen eingestreut, etwa wenn Antonio sich in seiner Verzweiflung Erde in den Mund stopft, was an seine Mutter Melina erinnert, die zu Beginn des ersten Buches wegen ihres Liebeskummers im Rione in der Öffentlichkeit Seife aß. Immer wieder treibt das Vererben von Verhaltensweisen, Krankheiten, ökonomischen oder sozialen Ungerechtigkeiten die Autorin um. Sehr differenziert untersucht Elena Ferrante die verschiedenen Bereiche des so Übernommenen. Manchmal bleibt nur ausdauernder Kampf dagegen (Camorra), manchmal nur die Beibehaltung und Verinnerlichung (das Hinkebein der Mutter).

Die Ferragamo-Filiale an der Piazza dei Martiri

Die Solaras ermöglichen mit ihrem Einfluss die Eröffnung einer Cerullo-Schuh-Filiale an der zentralen Piazza dei Martiri. Heute beherrscht Ferragamo einen wichtigen Teil der Piazza. Nur wenige Schritte weiter in der Via Calabritto befindet sich das kleine, aber feine Schuhgeschäft »ferrante since 1875«. Ich schmunzle über den »Zufall« und unterhalte mich mit dem Geschäftsführer Salvatore Ferrante, der so aussieht, wie ich mir Michele Solara vorgestellt habe. Er sagt, vor kurzem sei das Filmteam von HBO bei ihm gewesen, ob sie ihn für das Making Of der Verfilmung von *Meine geniale Freundin* interviewen dürften, aber er habe abgelehnt. Er zeigt mir seine Kollektion: hochwertige Handarbeit. Die teuersten Paare bei 990 Euro. Er mache jetzt Schuhe in der fünften Generation, und ihr Geschäft sei im 19. Jahrhundert unweit von dem Fernando Cerullos entstanden. Die Webseite war bisher ohne Verweise auf Elena, ist aber zur Zeit in Arbeit. Auf Facebook sieht man Kurzfilme, in denen die Herstellung der Schuhe dokumentiert wird.

Ich mache ein Foto von ihm und denke an das Foto Lilas im Hochzeitskleid, dass die Solaras im Großformat im neuen Geschäft aufhängen wollen, zumal Lila ja auf der Feier auch ein selbstdesigntes Cerullo-Modell trug. Lila und Lenù wetten, ob Stefano es erlauben wird. Lenù meint, nein. Wenn sie verliert, darf sie in ihren Zeugnissen nie wieder einen niedrigeren Schnitt als Zwei haben. Lila ist überzeugt, dass Stefano es erlauben wird. Sie meint, sie hätte ohnehin gleich Marcello Solara heiraten sollen, der viel unabhängiger als Stefano sei. Sollte Lila verlieren, schreibt sie sich an einer Privatschule ein und wird mit einem besseren Schnitt abschließen als Lenù, so ihre Ankündigung. Das irritiert Lenù: Aus der besten Freundin wird auf diese Weise wieder rasch die größte Rivalin, denn Lenù ist sich sicher, dass Lila sie im Nu übertrumpfen würde. Dieser Moment und in der Folge viele weitere ähnliche Konstellationen zwischen den beiden Freundinnen bilden das Grundmotiv im Zyklus, die nicht enden wollende Hassliebe. Lila und Lenù bewegen sich von Anfang bis Ende zwischen Begehren und Liebe, zwischen Macht und Ohnmacht, zwischen Manipulation und Opferhaltung, zwischen Konkurrenz und Hilfestellung, zwischen Neid und Anerkennung. So weit die Pole auch auseinanderliegen, so nah sind sich doch die beiden Charaktere. Manchmal hat es den Anschein, als bestünde Lila zu einem Großteil aus der Phantasie der Erzählerin Elena Greco, wobei Lila nicht die einflussreiche Freundin, das bessere Gegenüber ist, sondern eine Variante des eigenen Ichs Elenas. Lila wirkt manchmal wie die Version Elenas, die alles anders macht, machen muss, weil sie keine weiterführende Schule besuchen darf und in Neapel bleibt: Lila als Elenas andere Identität, als Vorstellung eines divergierenden Lebenslaufs unter nur leicht veränderten Vorzeichen, was die Herkunft betrifft, die jedoch enorme Auswirkungen haben. Selten in der Literatur wurde die Abhängigkeit des Lebenslaufs von sozialen Bedingungen so eindrucksvoll und schonungslos demonstriert.

Lenù arbeitet in den Sommerferien als Babysitter. Sie geht jeden Tag ins Sea Garden mit zwei Mädchen. Sie erfährt, dass Nino mit guten Noten das Abitur gemacht hat und nach England gegangen ist. Elena ist eine gute Sitterin, bis eines Tages Lila auftaucht, die von ihrem fabelhaften Leben als Chefin in der Salumeria und wohl bald auch im Schuhladen berichtet. Sie ist gegen ihren Willen nun doch schwanger geworden und beschreibt paradoxerweise den Zustand als Leere im Bauch. Lila ist groß-

Salvatore Ferrante, Geschäftsführer des Schuhgeschäfts
»ferrante since 1875«

zügig und hilft ihren Freundinnen mit Geldspenden. Später, als Lenù in Schwierigkeiten ist und fast das Gymnasium schmeißen möchte, besorgt Lila ihr die kostspieligen Schulbücher. Davor aber, als Lila am Strand kurz die Aufsicht über die Kinder übernimmt, verletzt sich prompt eines der beiden zu beaufsichtigenden Mädchen. Elena wird den Verdacht nicht los, dass das Lilas Absicht war, und verliert ihren Sitter-Job. So hält Lila das Abhängigkeitsverhältnis auch während der kommenden rund fünfzig Jahre stets mit ihren merkwürdigen Aktionen aufrecht, wohl wissend, dass auch sie von Lenù abhängig ist.

Jetzt, da Stefanos größter Wunsch in Erfüllung geht, übt die schwangere Lila auch Macht über ihn aus, treibt ihn bis zur Weißglut, aber er wagt es nicht mehr, sie zu schlagen. Stefano möge sie, setze sie aber zugleich als Handelsware bei seinen Abmachungen mit den Solaras ein, erklärt Lila Lenù. Die empfindet ihre Freundin als verwirrt, als junge werdende Mutter, die selbst nicht weiß, was sie will, und keinen Frieden findet. Das kommt auch bei der Dekoration des neuen Schuhgeschäfts zum Ausdruck und bei der Bearbeitung des Hochzeitsfotos, die an die Bearbeitung des Passfotos in *Lästige Liebe* erinnert. Das mit schwarzen Streifen beklebte und bemalte Bild spaltet die Gemüter. Die einen halten es für avantgardistische Kunst, die anderen für eine Schmiererei. Michele Solara, der spätestens seit Lilas Messerattacke auf seinen Bruder Marcello nicht nur Respekt für Lila, sondern auch eine heimliche Leidenschaft für sie empfindet, beschreibt die Bearbeitung des Bildes als Selbstauslöschung, zumal nur noch ein Auge Lilas und wenige Gesichtspartien sichtbar sind.

Bei dieser Beschreibung nennt Lenù ihre Freundin ausnahmsweise nur Lì. Wenig später nennt sie sie ebenso überraschend nur Là. »lì« und »là« sind beides Adverbien, die »dort« bedeuten. Die geteilte Frau, die dort ist, immer nur dort, unerklärlich und unerreichbar.

Lenù zweifelt an Lilas Begründung, damit wolle sie optisch die Schuhe, das Eigenfabrikat, hervorheben, wobei der künstlerische Prozess zu einem »wilden Glück« bei Lila führt und Lenù sich davon anstecken lässt. Wenig später fragt sich Lenù, ob Lila ihr Talent in vielen Bereichen immer wieder in so extremer Weise beweist, um damit vor allem sie, Lenù, zu beeindrucken; ob ohne sie Lila die Orientierung und den Lebenssinn verlieren würde.

Zwischendurch fügt Elena Ferrante Überlegungen zu speziellen Themen ein, beispielsweise zur Ehe, insbesondere zur Übernahme des männlichen Nachnamens. Der Titel *Die Geschichte des neuen Namens* bezieht sich nicht nur auf Lila, die nicht mehr Cerullo, sondern jetzt Sarratore heißt, was sie für sich zu nutzen weiß. Erzählt wird auch von Lenù, die schon in der Grundschule in Nino Sarratore verliebt war und ihre Unterschrift mit ihrem Vor- und seinem Nachnamen übte. Etwa 1500 Seiten später ist ein Effekt, den die Tetralogie auf die Leser hat, dass sie sich fragen, ob das Vererben des Nachnamens durch den Mann noch zeitgemäß ist. Dass die Romane Ferrantes vielfach unter dem

Hashtag #MeToo zitiert werden, ist naheliegend. Dass sie eine Bewegung zur Beibehaltung des Namens der Frau bei der Eheschließung auslösen, was namensrechtlich in vielen Ländern längst möglich wäre, steht noch aus. In Deutschland entscheiden sich rund zwei Drittel der Paare für einen gemeinsamen Nachnamen, wobei in diesen Fällen rund 90 Prozent der Frauen den Namen des Mannes annehmen. Im letzten Band der Tetralogie sorgen die unterschiedlichen Nachnamen der Kinder Lenùs für Irritationen, da sich die beiden Airota-Kinder der kleinen Imma Sarratore überlegen fühlen. Beim Abendessen in Neapel im September 2018 mit Marcella Marmo sprach sie sich vehement gegen die Ehe aus. Die Tochter der Gastgeber hatte gerade geheiratet, und meine noch ledige Tochter hörte sich die Argumente aufmerksam an.

Als Lila und Lenù kurz vor der Eröffnung des Schuhgeschäfts in der vornehmen Via dei Mille spazieren, erinnern sich die beiden an das Mädchen ganz in Grün, das damals die Schlägerei auslöste. Lenù macht Lila Komplimente, sie sei viel schöner als das Mädchen damals. Es sei nur eine Frage des Geldes. Aber Lenù empfindet es als Heuchelei. Insgeheim denkt sie darüber nach, dass die Ungleichheit tiefer gehe und mehr betreffe als nur Geld. Lila und sie könnten ihre Ursprünge nie ganz verbergen. Nadia, das Mädchen, das Nino küsste, habe eine Überlegenheit, einfach so, ohne es zu wollen. »Das war unerträglich«.

Papagei der Papageien

Direkt und auch indirekt bekommen Lila und Lenù immer wieder die Machtkämpfe der Männer zu spüren. So prangt über dem neuen Schuhgeschäft nicht, wie zu erwarten war, der Name Cerullo, sondern in Leuchtbuchstaben »SOLARA«. Den reichen Brüdern war es gelungen, Lilas Bruder Rino und seinen Vater Fernando über den Tisch zu ziehen und damit zu trösten, dass doch alle Schuhe Cerullo-Modelle sind. Lila ist wütend, erkennt erstmals in aller Deutlichkeit die Abhängigkeit ihres Mannes und ihres Bruders von den Solaras und bricht mit dem Bruder. Die Aufregung ist so groß, dass Blutungen einsetzen und Lila nach nur etwas mehr als zehn Wochen Schwangerschaft einen Abgang hat. Damit festigt sie ihren Ruf, eine unberechenbare Frau mit eisernem Willen zu sein. Manche glauben an übernatürliche Kräfte, mit denen Lila sich durchzusetzen weiß. Für Stefano ist es ein herber Schlag. Er beginnt fremdzugehen.

Auf Anregung der Lehrerin Oliviero nimmt Lenù an einem Protestmarsch für den Frieden teil. Die Lehrerin gibt ihr auch Tageszeitungen. Lenù erzählt Lila davon: Das erste ihrer Zitate in einer langen Reihe ist »die grausame Realität der Vernichtungslager der Nationalsozialisten«. In der Zeitung *Il mattino* entdeckt Lenù dann einen Artikel zur Eröffnung des Schuhgeschäfts, der das bearbeitete Foto lobt. Leider habe man den Namen der Künstlerin nicht in Erfahrung bringen können. Der Artikel ist nicht gezeichnet. Später stellt sich heraus, dass Nino ihn geschrieben hatte. Aber es erscheint auch ein Verriss des Bildes, verfasst von Ninos Vater. Die Solaras ärgert das, zumal sie den dichtenden Schaffner dafür bezahlt hatten. Die bearbeitete Fotografie wird wenig später ein Raub der Flammen. Ob Lila oder eine der neidischen Freundinnen dafür verantwortlich war, bleibt unklar. Jedenfalls stört es Lila nicht. In einem heftigen Monolog vergleicht sie das Blut in der Salami mit dem Blut im Menschen. Nicht nur das Bild, alles solle verbrennen, ihre Ehe, die Schuhe, die Salumeria, die Solaras. Es ist ein Anfall von »smarginatura«. Dann sagt Lila, Lenù solle immer in ihrer Nähe bleiben.

Michele Solara erkennt das Talent Lilas immer deutlicher und möchte sie weiter fördern. Sie soll die Leitung des Schuhgeschäfts übernehmen und nicht mehr die gutgehende Salumeria leiten (zwischendurch wird deutlich, welche Meisterschaft Lila im Betrügen unliebsamer Kundschaft entwickelt hat). Stefano ist dagegen, aber Michele setzt sich durch, zumindest eine Zeit lang, denn Lila verabscheut die Solaras noch mehr als ihren Mann.

Lenù schleppt Elena zu einem Vortrag des Biologen Giuseppe Montalenti, den ihr die Lehrerin Oliviero empfohlen hatte. Das führt in der Folge zu angeregten Diskussionen der Freundinnen. *Meine geniale Autorin* versucht gar nicht, den Inhalt des Vortrags wiederzugeben; stattdessen schildert sie dessen Wirkung auf die Freundinnen. Es geht um Darwin, um den Ursprung des Menschen. Lenù will ihre Freundin veralbern: »Er hat gesagt, was mir schon klar war: Du bist ein Affe«. Aber Lila bleibt zunächst ernst, sie werde es nie vergessen, dass die Menschen Tiere seien. Die Unterschiede zieht sie ins Lächerliche: Löcher im Ohrläppchen für Ohrringe, die fehlten noch den Affen, aber nicht viel mehr.

Blick hinab vom Corso Vittorio Emanuele

Entscheidende Szenen spielen sich in der vornehmen Wohnung der Galianis ab. Die Lehrerin Lenùs am Gymnasium wohnt am Corso Vittorio Emanuele und hat Lenù zu einer Party eingeladen. Auch hier ist Lenù die treibende Kraft, die dafür sorgt, dass Lila ab und an ihrer Ehe und der Wurstwarenhandlung entkommt. Sie darf jemanden mitnehmen, und es gelingt ihr, Lila zu überreden. Hier werden die sich trennenden Wege der Freundinnen besonders deutlich: Lenù gelingt es, sich gut in das neue und wohlhabende Milieu der Akademiker einzufügen, Lila hingegen macht nicht mit und zieht sich zurück. Lenù hat sich durch Zeitungslektüre und Bücher das Vokabular angeeignet, um bei den Gesprächen der gebildeten Leute einigermaßen mithalten zu können, Lila hingegen fehlt dieses Wissen.

Auf der Party machen die beiden Bekanntschaft mit Armando, dem Sohn der Lehrerin Galiani, der Lenù lobt: Er habe schon so viel Gutes von seiner Mutter über sie gehört. Lila hingegen ignoriert er. Zwei weitere Überraschungen folgen: Nino Sarratore ist auf der Party, und seine Freundin, Nadia, ist die Tochter der Galiani.

In Forio auf der Insel Ischia

Beim Rock'n'Roll-Tanzen kommt Lenù einmal mehr ihre Brille in die Quere, die ihr seit ihrer Kindheit lästig ist. Immer wieder taucht das Brillenmotiv auf, weil Lenù sich damit wenig attraktiv fühlt oder weil sie ausnahmsweise positiv damit auffällt und durch ein anderes Modell noch interessanter wirken könnte. Die Gespräche sind ein Vorgeschmack auf zahlreiche Polit-Diskussionen, die vor allem im dritten Band noch folgen werden. Elena Ferrante vertieft auch hier nicht wirklich bestimmte Positionen oder Theorien, sondern fasst die gesellschaftlichen Debatten so zusammen, wie sie Elena Greco in Erinnerung geblieben sind. Bei den Galianis herrscht linkes Gedankengut vor. Nach der Party, die auf Lenù euphorisierend, auf Lila deprimierend wirkt, lässt Lila kein gutes Haar an den Galianis: Nichts in der Wohnung habe sich die Familie selbst erarbeitet, auch nicht die Wohnung selbst. Sie seien Angeber, zitierten aber ständig bekannte Denker. Sie

Der Badestrand Citara auf Ischia, an dem Lila und Lenù als 18-Jährige ihren schönsten Sommer erlebten, bis die Liebe dazwischenkam

seien nichts als Papageien. Und Lenù werde zum Papagei der Papageien. Hier macht sich bereits der Kontrast zwischen der später an der Basis sozial engagierten Arbeiterin Lila und der linken Bourgeoisie der Galianis bemerkbar, der auch der nur um zwei Jahre ältere Nino jetzt schon angehören möchte. Lila kämpft bald mit vollem Körpereinsatz vor Ort, die anderen theoretisieren und dekretieren von oben, was die Arbeiterklasse zu tun habe. Lila hat durch Heirat zwar ihre Leisten verlassen, aber sie wird bald dahin zurückkehren, zum Ursprung von Wurstwaren statt zu Schuhen.

Elena Greco bezeichnet diesen Streit als den zermürbenden Beginn einer Phase, die zum ersten großen Bruch führt und in eine lange währende Trennung.

Der mittlere und mit Abstand längste Teil innerhalb des Bandes *Die Geschichte eines neuen Namens* spielt im August auf Ischia. Ein Arzt empfiehlt Lila einen Urlaub am Meer, nur so könne sie sich von ihrem nervlich angespannten Zustand erholen und die Voraussetzungen für eine Schwangerschaft schaffen. Lenù hat erfahren, dass Nino Sarratore sich auf Ischia in Forio aufhält, um sich im Ferienhaus eines Kollegen auf Prüfungen an der Universität vorzubereiten. Stefano befürwortet die Ferien, weshalb Lila und ihre Mutter Nunzia sowie Lenù und Pinuccia, die Tochter des ermordeten don Achille Carracci und Schwester Stefanos, zu fünft in eine Ferienwohnung beim Citara-Strand ziehen. Jedes Wochenende kommen Stefano und Pinuccias Mann Rino, also Lilas Bruder, zu Besuch. Die stimmungsvoll ungemein nuancenreich geschilderten Liebeswirrungen in der flirrenden Sommerhitze nehmen die Stimmung aus *Die Frau im Dunkeln* auf, allerdings auf unbeschwerte Weise. Dieser Band hatte auch deshalb durchschlagenden Erfolg, weil er als ideale Strandlektüre gilt.

Lenù gelingt die Kontaktaufnahme zu Nino. Der besucht bald mit seinem Freund Bruno Soccaro, dem Sohn eines reichen Wurstfabrikanten aus San Giovanni a Teduccio, regelmäßig die beiden Mädchen am Strand. Als Quintett erleben sie heitere Tage am Meer. Lila ist entspannt, gut gelaunt und lernt schwimmen. Als Perfektionistin ist sie bald so gut wie Nino. Lenù ist glücklich, in Ninos Nähe zu sein. Pinuccia schätzt Brunos Aufmerksamkeiten. Lila schnappt sich Bücher von Lenù und beginnt, sich mit Nino angeregt u. a. über Samuel Beckett zu unterhalten. Das harmonische Gefüge gerät aus dem Lot, als sich Lila und Nino für alle offensichtlich ineinander verlieben. Zudem hält Pinuccia die Besuche Rinos kaum noch aus. Sie spürt, dass sie mit Bruno glücklicher sein könnte als mit Lilas Bruder, weshalb sie Hals über Kopf abreist, nur um nicht weiter in Versuchung zu geraten. Ferrante gelingt hier allerdings nur eine schwache literarische Umsetzung der theoretisch in *La frantumaglia* so eindringlich formulierten Notwendigkeit, das zu erzählen, was man selbst nicht versteht: Die Konstellation hier

Die Spiaggia dei Maronti auf Ischia, wo Lenù von Ninos Vater entjungfert wird

überzeugt weitaus weniger als in *Die Frau im Dunkeln*. Lenù beobachtet Pinuccias scheinbar widersprüchliches Verhalten, ohne es sich erklären zu können. Später erläutert Lila Lenù, was mit Pinuccia passiert ist und was die Leser längst wissen. Nie ist der Abstand der Erzählerin Elena Ferrante zur Ich-Erzählerin Elean Greco größer als in dieser Passage.

Ganz anders als Pinuccia verhält sich Lila, der die Ehe mit Stefano inzwischen egal ist. Sie hat gelernt, wie sie ihn mit sexuellen Gefälligkeiten um den Finger wickeln kann, und nimmt notfalls auch Schläge in Kauf, um letztlich doch ihre Interessen durchzusetzen. Jetzt hat sie das Gefühl, zum ersten Mal verliebt zu sein. Unter größten Mühen wird eine Liebesnacht für Lila und Nino organisiert. Davor soll Nino mit Nadia Schluss machen, die ihm glühende Liebesbriefe schickt. Lenù stürzt das alles in Selbstzweifel. Es bricht ihr das Herz, ihren Schwarm – »wie kann er in Liebesdingen nur so oberflächlich sein?« – in den Händen ihrer besten Freundin zu wissen, aber sie macht gute Miene zum bösen Spiel. Lila und Lenù – beide sind gerade erst 18 Jahre alt geworden – gelingt es sogar, die misstrauische Nunzia zu überzeu-

Die Eliteschule Scuola Normale Superiore (SNS) in Pisa, an der nicht nur Lenù studierte, sondern fast zeitglich Marcella Marmo und später die Tochter Anita Rajas, Viola Starnone. Hier im Bild die Autorin Chiara Strazzulla im Jahr 2009. Sie sorgte nicht nur für eine literarische Sensation, als der Traditionsverlag Einaudi erstmals einen Fantasy-Roman mit ihr veröffentlichte, sie schloss auch das Studium an der SNS erfolgreich ab und forscht, lehrt und schreibt seither weiter gen. Für Lila scheint das Glück in greifbarer Nähe zu sein, während Lenù Brunos Anmache zurückweist und sich unter zweifelhaften Umständen ausgerechnet von Ninos Vater, dem Bahnschaffner-Poeten, nachts an der Spiaggia dei Maronti entjungfern lässt. Diese hier in einer Mischung aus Abscheu und Wollust ausführlich geschilderte Szene wird später zu einer zentralen Passage in Elena Grecos erstem Roman. Die erste Menstruation danach ist nicht nur eine Erleichterung, nicht von Ninos Vater schwanger zu sein, sondern wirkt auf sie auch wie eine symbolische Auslöschung des Eindringens von Sarratore Senior in ihren Körper.

Zu Beginn des 69. Kapitels findet immer noch im Rahmen des Strandurlaubs eine Szene statt, in deren Verlauf Elena Greco sich in der Familientradition sieht: Sie nehme ein sanftes Verhalten ein, das dem ihres Vaters entspreche, wenn er Trinkgelder bekommt. Sie setze die gut einstudierte Maske ihrer Vorfahren auf, die diese benutzten, um Gefahren zu entgehen. Sie seien immer verängstigt gewesen, immer untergeben, immer freundlich und verfügbar. Das ist die einzige Stelle im Zyklus, an der Lenùs Großeltern beschrieben werden. Man kann sich fragen, ob hier im Furor der Diktion Elena Ferrante alias Anita Raja die Charakterisierung ihrer jüdischen Vorfahren entschlüpft ist. Im selben Kapitel beschreibt Lenù ihre Freundin, wie sie schon als kleines Mädchen ein Teufelchen gewesen sei, aber im guten Sinne, womit an das Goethe-Zitat erinnert wird.

Lenù flüchtet danach in ihr Schülerschicksal, gibt Nachhilfe, besteht das Abitur mit sehr guten Noten und wenig später die Aufnahmeprüfung an der Elite-Universität Scuola Normale Superiore in Pisa, die für sämtliche Kosten aufkommen wird. Mit großer Leichtigkeit und unter Ausschluss von Lisa und Nino erzählt Lenù nun von den Jahren 1963 bis 1965 als Studentin in Pisa. Analysiert hat diesen Abschnitt bis ins Detail der Schriftsteller und Literaturwissenschaftler Marco Santagata, der zum Schluss kam, dass Elena Ferrante Marcella Marmo sein müsse. Es ist faszinierend, seiner Beweisführung in einem mehrseitigen Artikel vom März 2016 im *Corriere della Sera* zu folgen. Sie ist bestechend. Aber das prompte Dementi der Professorin Marcella Marmo in Neapel war es ebenso.

Später erfährt Lenù, dass das Glück Lilas mit Nino in einer eigenen kleinen Wohnung nur 23 Tage dauerte. Es war Lilas Klugheit, die beim Redigieren eines Artikels Ninos zum Scheitern der Beziehung führte.

Lila ist wieder schwanger, ist überzeugt, dass das Kind von Nino sei, und bekommt einen gesunden Jungen, den sie nach ihrem Bruder Gennaro (Rufname: Rino) nennt. Als alleinerziehender Mutter geht es ihr zunehmend schlecht. Lenù besucht sie in Neapel, kann ihr aber auch nicht helfen. Sie bekommt die Schachtel mit den Heften Lilas und liest sie so aufmerksam, dass sie die Texte am Ende fast auswendig kann. In Pisa hat Lenù einen Liebhaber, einen Kommilitonen, der aber bald von der Uni fliegt. Sie trauert ihm nicht nach. Aber dann macht ihr auf eine äußerst schüchterne Art der kluge Pietro Airota den Hof, der aus einer sehr angesehenen Familie stammt. Sie werden noch an der Uni ein Paar. Weil er noch eifriger lernt als sie, beginnt sie in der Zwischenzeit ihre Erlebnisse auf Ischia aufzuschreiben, indem sie nur die Namen ändert und statt »ich« »sie« sagt. Sie gibt das Heft Pietro, der es an seine Mutter Adele weiterreicht, die es einem Verlag gibt. In kürzester Zeit hat Lenù einen Buchvertrag, und wenig später erscheint ihr Roman. Bei einer Lesung in Mailand wird sie von einem Journalisten kritisiert, aber dann nimmt sie ein junger Mann wortreich in Schutz: Nino.

9 *Die Geschichte der getrennten Wege:* Dritter Teil der neapolitanischen Tetralogie

Storia di chi fugge e di chi resta (*Die Geschichte der getrennten Wege*) ist der dritte Teil des vierteiligen neapolitanischen Zyklus von Elena Ferrante. In Italien erschien er 2013 beim Verlag e/o, in Deutschland 2017 beim Suhrkamp Verlag, übersetzt von Karin Krieger.

Das Personenverzeichnis zu Beginn des Romans ist erneut ausführlicher als in den vorangegangenen Bänden. Auch dieses Buch hat nur einen Teil, *Tempo di mezzo* (*Erwachsenenjahre*), und 123 Kapitel. Die deutsche Ausgabe weicht in Titel und Untertitel deutlich vom Original ab, denn »die Geschichte derjenigen, die flieht, und derjenigen, die bleibt« setzt einen deutlichen Akzent, und *Tempo di mezzo* meint einen Zeitraum dazwischen. Erwachsen sind Lenù und Lila auch im vierten Band.

Das erste Kapitel bildet wieder eine Rahmenhandlung innerhalb der Rahmenhandlung. Elena Greco berichtet aus ihrer Schreibgegenwart (diejenige Elena Ferrantes ist inzwischen 2012) heraus, dass sie Lila zuletzt im Winter 2005 gesehen habe, dass die Stimmung heiter und freundschaftlich, das frühere Vertrauen aber nicht mehr herzustellen gewesen sei.

Die beiden Freundinnen spazieren an ihrer Grundschule vorbei, als sie hinter einer Gruppe Schaulustiger die Leiche ihrer früheren Freundin Gigliola Spagnuolo entdecken. Der Rione wird als unverändert, die Freundinnen jedoch als deutlich gealtert beschrieben. Die Hoffnungen Lilas, in Neapel könne ein EDV-Mekka entstehen, würden sich niemals erfüllen. Niedergeschlagen fasst Elena sowohl das Ausharren Lilas in Neapel als auch ihre Flucht als Geschichten des Scheiterns zusammen, als geplatzte Illusionen. Pessimistisch folgert Elena, der Rione sei ein Spiegelbild der Stadt, Neapel das Italiens, Italien das Europas und Europa das des Planeten. Nicht der Rione sei krank, nicht Neapel, sondern die ganze Welt. Die Fähigkeit bestehe darin, vor sich und den anderen den wirklichen Zustand zu verbergen. Aber Lila akzeptiert diese negative Sichtweise nicht. Sie vermutet, Elena plane, darüber zu schreiben: »Du musst mich in Ruhe lassen, Lenù. Du musst uns alle in Ruhe lassen«, fordert Lila. »Wir müssen verschwinden, wir haben nichts verdient, weder Gigliola noch ich.« Lila droht ihrer Freundin: »Wehe, wenn du es wagst, über mich zu schreiben.« Sie sei in der Lage, in ihren Computer einzudringen und alle Dateien zu löschen.

In diesem dritten Band wird das Erfolgsgeheimnis der Tetralogie besonders deutlich: Der Erzählfluss wird immer breiter und ruhiger. Nur selten wird er von dramatischen Ereignissen unterbrochen. In der Opulenz, mit der die Ereignisse geschildert werden, verbergen sich aber brisante Passagen zum Gefühlsleben der Protagonistinnen, zu Gesellschaft und Politik, zum Feminismus oder zur Sexualität, die von großer Aufrichtigkeit und Sensibilität zeugen. Im wie mündlich berichteten Auf und Ab der menschlichen Lebensläufe erscheinen an bestimmten Wendepunkten Beobachtungen von erstaunlicher Radikalität, die nur diejenigen Leser finden, die sich Satz für Satz auf den großen Erzählzyklus einlassen; Beobachtungen, die ihre volle Wirkung nur im Gesamtzusammenhang entfalten. Diese besonderen Stellen wirken wie Geheimnisse, vertraulich erzählt von einer besten Freundin und gehütet wie von besten Freundinnen, den Hörerinnen und Leserinnen. Ehemänner und Lebensgefährten vieler Verehrerinnen Elena Ferrantes haben keine Ahnung davon, was sich in dieser scheinbar harmlosen und überdimensionierten Erzählung einer lebenslangen Freundschaft zwischen zwei Frauen verbirgt.

Tutto per tutti

Elena knüpft an das Ende des vorangegangenen Bandes an. Nach der Lesung unterhält sie sich mit Nino über Lila. Er sagt, es fehle ihr die Fähigkeit zur Hingabe, sie sei im Kopf und in allem schlecht geraten. Wörtlich übersetzt sagt Nino »schlecht gemacht« (»fatta male«), was deutlich stärker ist als der im Deutschen verwendete Begriff »verkorkst«. Ausdrücklich fügt Nino an, sie sei auch im Sex schlecht gemacht.

Dieses negative Urteil Ninos kann Lenù, die sich ja über zweitausend Buchseiten hinweg immer wieder mit Lila vergleicht, nicht mehr vergessen. Sie lässt ihre sexuellen Erfahrungen Revue passieren und fragt sich, was ihre Liebhaber von ihr dachten und denken. Sie stellt sich auch kurz vor, was Nino von ihr halten würde, wenn sie noch in derselben Nacht miteinander ins Bett gingen. Erst Monate später dreht Elena den Spieß um und untersucht detailliert, wie die Männer, mit denen sie bisher geschlafen hatte, »im Sex gemacht sind«. Sie vergleicht ausführlich und exakt deren Verhalten, wobei ihr Verlobter Pietro schlecht abschneidet.

Auch jetzt gehören die Liebeswirren zu den dramatischsten Passagen: Als Pietro beispielsweise sagt, er wolle in Neapel ihre Eltern kennenlernen, erschrickt sie und lehnt die Idee vehement ab. Ob sie ihn denn nicht mehr heiraten wolle. Um ein Haar macht Lenù an dieser Stelle mit Pietro Schluss. Und nur mit Mühe kann sie sich selbst eingestehen, dass sie versucht hätte, nach der Lesung mit Nino ins Bett zu gehen, wenn nicht überraschend Pietro aufgetaucht wäre.

Es erscheinen positive und wohlwollende Rezensionen ihres Romans (u. a. ein Hymne in der linksgerichteten *Unità*), aber im *Corriere della Sera* wird Elena Grecos Debüt verrissen. »Mittelmäßige Trivialität« wirft man ihr vor, und mittendrin prangt das Foto ihres lächelnden Gesichts, was für Lenù das Schlimmste an der Sache ist und womit Elena Ferrante indirekt auch hier ihre Entscheidung, ein Pseudonym zu verwenden und unerkannt zu bleiben, rechtfertigt. Lenù wird von der negativen Kritik in Selbstzweifel gestürzt, aber ihre künftige Schwiegermutter Adele, ihr Verlobter Pietro und der Verlag machen ihr Mut: Das Wichtigste sei, dass man über das Buch spreche. In der Tat erscheinen nun viele Besprechungen, von denen sich manche am Muster der *Unità* und manche an dem des *Corriere* orientieren. Lenù findet einen Großteil dieser Rezensionen oberflächlich, doch der Verriss, den Ninos Vater Donato im *Roma* schreibt, verletzt sie besonders. Möglicherweise hat er sich in der Strandszene wiedererkannt und will sich nun rächen, denkt Lenù. Auch im Rione stößt das Buch auf ein geteiltes Echo. Viele sind nur auf die gewagten und heiklen Stellen neugierig, die in den Kritiken erwähnt werden. Das Buch wird jedenfalls zu einem Verkaufserfolg, macht Lenù aber nicht glücklich, da ihr die Gründe nicht geheuer sind. Erst als Adele ihr klarmacht, dass sie die möglicherweise als obszön empfundenen Passagen offensiv verteidigen könnte, indem sie deren Entstehung und Funktion und die literarische Tradition erklärt, in der sie stehen, fasst Lenù wieder Mut.

Die schriftstellerische Arbeit Lenùs nimmt fortan im Roman viel Raum ein. Es lassen sich dabei zahlreiche Parallelen zum Werdegang

Elena Ferrantes ziehen: Was beim Debüt Elena Grecos die Strandszene ist, ist beim Debüt Elena Ferrantes die Masturbationsszene in *Lästige Liebe*. Naheliegend ist auch die Annahme, dass die im Folgenden ausführlich und detailreich beschriebene Tätigkeit Lilas in der Wurstfabrik ein Ergebnis der in *La frantumaglia* mehrfach erwähnten unvollendeten und unveröffentlichten Schriften Elena Ferrantes zur Arbeitswelt der Frau ist. Elena Grecos Wahl der Themen wird aber in Frage gestellt: Weniger Liebe, fordern Freunde Lenùs, mehr Politik. Ob man überhaupt Romane schreiben dürfe, angesichts der politischen Schieflage, provozieren sie. Als reagierte Elena Greco direkt darauf, konzentriert sie sich zunehmend auf gesellschaftliche Missstände und auf den Klassenkampf in Italien in den 1970er Jahren. Zudem beschäftigt sie sich mit der Rolle der Mutter und konkret mit der Schwangerschaft, wie dies in ähnlicher Weise in den früheren Romanen Elena Ferrantes geschehen ist. Hell werden auch die sozialen Unterschiede in den verschiedensten Konstellationen ausgeleuchtet, was insbesondere beim Besuch Pietros in Neapel gelingt. Im Nu fügt sich der wohlhabende junge Mann aus dem Norden in die Familie des Pförtners ein. Besonders Lenùs Geschwister und ihr Vater sind von Pietro begeistert.

Enzo kümmert sich inzwischen rührend um Lila und ihren Sohn Gennaro. Er überzeugt sie, an einem EDV-Fernstudium teilzunehmen. Mit zunehmender Begeisterung lernen die beiden die Geheimnisse rund um Lochkarten und die ersten Programmiersprachen kennen, wobei sich der wache Verstand Lilas einmal mehr als hilfreich für ihre Freunde erweist. Aber die harte Arbeit in Brunos Wurstfabrik, die ausbeuterischen Strukturen ohne jeglichen gewerkschaftlichen Schutz kosten Lila viel Kraft. Als Bruno ihr ein unsittliches Angebot macht und sie betatscht, wehrt sie sich entschieden. Damit kühlt das freundschaftliche Verhältnis rasch ab. Erschwerend kommen die Aktionen der kommunistischen Studenten hinzu. Bei einer Veranstaltung, zu der Nadia geladen hatte, hielt Lila aus dem Stegreif einen Vortrag über die Situation einer arbeitenden jungen Mutter und die Schwierigkeiten, die mit den Arbeitgebern entstehen können. Bald taucht dieser Text auf einer Flugschrift der Kommunisten auf, und nicht nur Bruno glaubt darin seine Wurstfabrik wiederzuerkennen. Nadia hatte Lila davor nicht um Erlaubnis gefragt. Auch Lenù treibt die Situation um. Sie versucht sich erstmals als Journalistin. Prompt veröffentlicht die *Unità*

Lila wird in der Wurstfabrik ausgebeutet. Der Endkunde in der »Macelleria« ahnt meist nichts von den Arbeitsbedingungen

ihren Artikel, der auf die Missstände in Brunos Fabrik hinweist. Die beiden Veröffentlichungen würden Lila nun wohl den Job kosten. Schlägereien zwischen Kommunisten und Faschisten vor der Fabrik heizen die Stimmung zusätzlich an. Aber dann erweist sich, dass mittlerweile die Solara-Brüder Eigentümer der Fabrik sind. Sie haben im Rione mit großem Erfolg den ersten Supermarkt eröffnet, *Tutto per tutti* (»Alles für alle«). Michele, der Lila nach wie vor verehrt, sorgt dafür, dass sie die Stelle vorläufig behalten darf.

Zum ersten Mal fliegen

Unter diesen Wirren leidet vor allem Gennaro. Lila gibt sich zwar größte Mühe, sich gut um ihren Sohn zu kümmern, und versucht ihn auch zu fördern, doch die anfänglichen Erfolge beim Lesenlernen lassen sich nicht wiederholen. Zwischendurch bekommt Lila Zweifel an ihrer Mutterliebe, und später stellt sich heraus, dass Gennaro doch nicht Ninos, sondern Stefanos Sohn ist, was Lila erleichtert: So liegt Gennaros Talentfreiheit nicht an ihr.

Zu den herausragenden Szenen gehören die Arztbesuche Lilas und Lenùs und wie sich die beiden die noch nicht legal im Handel befindliche Pille besorgen, sowie Lenùs Besuch bei Gigliola in ihrer neuen und luxuriösen Wohnung, die ihr Michele Solara besorgt hat, den sie bald heiraten wird. Hier wird deutlich, wie sehr Gigliola leidet und wie sehr Michele Lila liebt. Diese Passage einleitend, schreibt Elena Greco, dass sie Gigliola hoch und heilig versprochen hatte, niemandem etwas darüber zu sagen und schon gar nicht darüber zu schreiben. Elena Greco tue es jetzt nur, weil Gigliola gestorben ist.

Lenù heiratet 1969 Pietro in Florenz und wird sofort schwanger, was ihr zunächst gefällt. Sie fühlt sich wohl mit wachsendem Bauch. Sie ist im vierten Monat, als ihr Buch einen Preis gewinnt, über den nur neapolitanische Zeitungen berichten. Lenù hat plötzlich Schmerzen im Bein und bekommt wieder Angst, bald so hinken zu müssen wie ihre Mutter, aber der Arzt gibt Entwarnung, es sei nichts Bleibendes. Lenùs Tochter Adele, benannt nach der Schwiegermutter, kommt 1970 zur Welt. Sie habe nie ein größeres Glücksgefühl empfunden als bei der Geburt, schreibt Elena. (Mit merkwürdiger Konstanz nennt sie immer wieder exakte Daten, hier den 12. Februar.) Allerdings gibt es dann Schwierigkeiten beim Stillen, die wie in Tagebuchnotizen wiedergegeben werden, ebenso die körperlichen Veränderungen und ebenfalls die Erleichterungen und zugleich neuen Probleme, die durch die Einstellung eines Kindermädchens verursacht werden.

Zufällig erfährt Lenù, dass ihr Buch ins Deutsche, Englische und Französische übersetzt wurde, allerdings ohne Erfolg. Aber Lenù lässt sich nicht entmutigen. Ihre Schwägerin Mariarosa Airota sorgt dafür, dass ein romanhafter Aufsatz in kämpferisch feministischer Tradition von Lenù bei einem kleinen, aber renommierten französischen Verlag erscheint. Aus Neapel erreichen sie inzwischen verschiedene Nachrichten, so wurde die Mutter der Solara-Brüder ermordet. Es geht das Gerücht um, dass sie mit ihrem gefürchteten roten Büchlein der Kopf des Solara-Clans war und vielleicht auch don Achille getötet hatte. Lenùs erster Verlobter Antonio Capuccio war geschwächt und krank aus dem Militärdienst zurückgekehrt und begann mangels Alternativen, für die verhassten Solaras zu arbeiten. Schließlich schickten sie ihn nach Deutschland, wo er eine Familie gründete. Nach der Ermordung der Solara-Clan-Mutter wurde er sofort zurückgerufen und fügt sich seither mit seiner blonden Frau und den drei blonden Kindern in den Alltag im Rione ein. Als Lenù erfährt, dass ihre kleine Schwester Elisa ausgerechnet Marcello Solara heiraten will, fährt sie sofort nach Neapel, um es ihr auszureden. Doch die beiden leben schon zusammen, und einmal mehr wird Lenù in einem langen Gespräch mit der neapolitanischen Wirklichkeit konfrontiert, so wie es ihr bei Gesprächen mit Lila passiert: Wer als Frau im Rione bleibt, muss schauen, wie sie über die Runden kommt und etwas vom größer werdenden Wohlstandskuchen abbekommt.

Nun häufen sich Motive, die schon aus den ersten drei Romanen Elena Ferrantes bekannt sind. Dazu gehören auch die Flirtversuche Elenas in Florenz mit Gästen, die Pietro nach Hause bringt. Einmal fehlt nur wenig zum Ehebruch. Aus schlechtem Gewissen verbringt sie daraufhin eine stürmische Liebesnacht mit ihrem Gatten und wird prompt ein zweites Mal schwanger. Immer mehr empfindet Lenù die Ehe als ein Gefängnis, als »eine Institution, die den Koitus jeglicher Menschlichkeit beraubt«. Lenùs Tochter Adele, genannt Dede, spürt, dass mit ihrer Mutter etwas nicht stimmt. Sie droht, dass ihre Puppe Tes es dem Papa sagen werde. Gemeint sind Lenùs kleine Fluchten zu fremden Männern, die jedoch nie zu Affären werden. Das ändert sich erst, als Nino auftaucht. Er ist in Neapel gut verheiratet, arbeitet an der Uni, hat einen Sohn und freundet sich mit Pietro an, der ihn sehr mag. Die beiden Intellektuellen treffen sich beruflich und privat immer öfter. Von Lenùs Töchtern Dede und Elsa wird er bald »zio Nino« genannt, und über lange Monate hinweg befragt sich Lenù insgeheim nach ihren Gefühlen für ihren einstigen Schwarm. Als Nino mehrere Tage auf Wunsch Pietros im Gästezimmer der Airotas übernachtet, beginnt er sich über Pietro lustig zu machen und ihn bei verschiedenen

Gelegenheiten vor Lenù und den Töchtern zu kritisieren. Alles geschieht freundschaftlich-ironisch, doch der Unterton ist aggressiv und überzeichnet tatsächliche Schwächen Pietros, die auch Lenù vertraut sind. Nino gelingt es so, Differenzen zwischen den Ehepartnern zu verstärken, was schließlich zu einem Streit und zum Höhepunkt führt: Nachts steht Lenù aus dem Ehebett auf und geht zwei Türen weiter mit Nino ins Bett, der schon auf sie gewartet hat. Daraus entwickelt sich in der Wohnung der Airotas eine heimliche Amour fou, die sich danach zwischen Florenz und Neapel so lange fortsetzt, bis letztlich beide bereit sind, ihre Familien zu verlassen. Nino hat eine neue Eroberung gemacht und Lenù endlich ihren Kindheitsschwarm bekommen, den ihr Lila mit 18 Jahren auf Ischia weggenommen hatte.

Das Ende von Lenùs Ehe vollzieht sich über Hunderte von Seiten – besonders gelungen ist die erste Begegnung Lenùs mit Ninos Gattin –, und immer weiter lesend gewöhnt man sich an Elena Ferrantes Fähigkeit, sich über jede Einzelheit dieses Rosenkriegs auszulassen. Unmerklich erscheint es nun durchaus plausibel, dass es nur eine Urheberin der Ferrante-Prosa gibt, die all die Motive aus den ersten drei Romanen, u. a. auch die kindliche Sexualität, noch einmal aufnehmen und auf andere, viel anschaulichere Weise erzählen wollte – warum nicht eine gebildete Frau wie Marcella Marmo, die über 25 Jahre lang unerkannt ihr Leben vielleicht nur wenig fiktionalisieren musste? Schließlich sind nach der ersten sensationellen Enthüllung im *Corriere della Sera* weitere Artikel von Literaturwissenschaftlerinnen erschienen, die erstaunliche Parallelen zwischen Veröffentlichungen Marcella Marmos und *La frantumaglia* aufgedeckt haben.

Besonders reizvoll in diesem dritten Band sind die Schilderungen der Versuche Elena Grecos, einen zweiten Roman zu schreiben. Pietro ist desinteressiert, und Lenùs einflussreiche Schwiegermutter findet die Protagonistin unsympathisch. Das Finale sei wie ein italienischer Western – unwillkürlich denkt man an den Hutnadelstich am Ende von *Die Frau im Dunkeln*. Auch Lila findet den Text schrecklich. Lenù sei darin nicht wiederzuerkennen. Und in der Tat: Lenù ist auf der Suche nach sich selbst, was exemplarisch bei einem Streitgespräch mit dem sich radikalisierenden Mädchen aus reichem Hause Nadia deutlich wird. Lenù strebt Nadias Wohlstand an, Nadia Lenùs proletarischen Ursprung. Beide werden ihr Ziel nie erreichen. Die eine wird zwar eine renommierte Schriftstellerin, die sich aber stets mit ihrer Herkunft auseinandersetzt, die andere eine Terroristin, sie sich nach Jahren im Untergrund der Polizei stellt.

Inzwischen gelingt es Michele Solara, in Neapel auf Umwegen das Netz um Lila enger zu ziehen. Er weiß von ihren und Enzos ständig wachsenden Kenntnissen im Bereich der EDV und bittet die beiden, bei ihm einzusteigen. Es winken üppige Gehälter, die von Ferrante immer wieder in hohen Lire-Beträgen ausgeschrieben werden: »Hundertfünfzigtausend Lire« usw. Am Rande erfährt man erst jetzt, dass Lenù Menthol-Zigaretten raucht. Die Erwähnung wirkt gekünstelt, genauso wie die Kolumne von Elena Ferrante, die im März 2018 im *Guardian* zum Thema Nikotinsucht erschien. Es wirkt, als wolle sie wieder Abstand zwischen sich und der eigenen Kunstfigur schaffen oder Fabrizia Ramondino damit nachträglich würdigen. (Die wöchentliche Kolumne Elena Ferrantes erschien ein Jahr lang von Januar 2018 bis Januar 2019 in der britischen Tageszeitung *The Guardian* und wird in Buchform bei e/o veröffentlicht.) Beim Abendessen mit Marcella Marmo rauchte meine Tochter zwischen zwei Gängen auf dem Balkon mit Blick auf den Golf von Neapel eine Zigarette. Bei der zweiten rauchte die Gastgeberin beim Dessert mit ihr am Tisch. Der Gastgeber hatte wie ich schon vor Jahrzehnten das Rauchen aufgegeben. Marcella Marmo äußerte sich nicht dazu, lehnte sich nur kaum merklich etwas zurück.

Der dritte Band endet mit einer heftigen Warnung Lilas, Nino werde Lenù nur schaden. Aber Lenù hört nicht auf sie, nimmt zum ersten Mal in ihrem Leben ein Flugzeug und verlässt für den neapolitanischen Professor für Sozialgeographie Nino Sarratore, für ihren Schwarm aus dem Rione, ihre bis dahin so intakte Familie.

10 *Die Geschichte des verlorenen Kindes:* Vierter Teil der neapolitanischen Tetralogie

Storia della bambina perduta (*Die Geschichte des verlorenen Kindes*) ist der vierte Teil des vierteiligen neapolitanischen Zyklus von Elena Ferrante. In Italien erschien er 2014 beim Verlag e/o, in Deutschland 2018 beim Suhrkamp Verlag, übersetzt von Karin Krieger.

Dieses Buch ist zweigeteilt, *Maturità. Storia della bambina perduta* (*Reife. Geschichte des verlorenen Kindes*) mit 110 Kapiteln, und *Vecchiaia. Storia del sangue cattivo* (*Alter. Geschichte des bösen Blutes*) mit 53 Kapiteln.

Der Abschluss des Zyklus beginnt wieder mit einer kleinen Rahmenhandlung und einer Drohung Lilas, die Lenù unter die Haut geht: »Denk an den Schmerz, den du deinen Töchtern zufügst«. Damit soll Lenù die Affäre mit Nino beenden. Doch das Liebesglück Lenùs ist so groß, dass sie dafür nicht nur ihren Mann Pietro verlassen, nicht nur mit allen Airotas brechen wird, denen sie so viel zu verdanken hat, sondern auch nach Neapel zurückkehren wird. Lenù wehrt sich innerlich gegen Lilas Vorbehalte, sie sei eher eine gute Mutter als Lila, die ihren Sohn schon für längere Zeit abgegeben hatte, auch an Lenù in Florenz. Intensiv wie streitende Schwestern vergleichen sich die Freundinnen in ihrem Gebaren ihren Kindern gegenüber.

Das italienische Original enthält viele Feinheiten, die nicht in die deutsche Übersetzung hinübergerettet werden können. Manche färben ganz wesentlich den Eindruck italienischsprachiger Leser, was Charakter und Selbsteinschätzung Lenùs betrifft. So wünscht sich Lenù zu Beginn des zweiten Kapitels, dass Lila sich stärker in die Geschichte einbringen möge, dass sie sie vielleicht lesen und korrigieren und ergänzen werde. Jetzt sei Lenù ein Innehalten und Zurückblicken jedenfalls nicht möglich. »Seit ich angefangen habe, unsere Geschichte aufzuschreiben ...«, übersetzt Karin Krieger, aber im italienischen Original heißt es bescheiden, ja selbstkritisch: »Da quando ho cominciato a buttar giù la nostra storia ...«. Wörtlich meint »buttare giù« niederwerfen. Es ist der feststehende Begriff für ein rasches, flüchtiges und achtloses Notieren. Es gibt im Italienischen keinen pejorativeren Ausdruck für das Schreiben. Er bezieht sich für gewöhnlich auf wenige

Zeilen, auf kurze Notate, die aufs Papier hingeworfen werden. Hier aber geht es um rund 2000 Buchseiten. Das macht die Formulierung »buttare giù« in diesem Zusammenhang bemerkenswert, denn sie passt sehr wohl für die Arbeit Elena Ferrantes und ihren Roman mit Überlänge. Sie ist so adäquat, dass Elena sie wenige Zeilen später wiederholt, und Karin Krieger übersetzt erneut neutral »schreiben«. Doch dieses Niederschreiben Ferrantes, dieses schnelle Hinwerfen enthält auch die positiven Komponenten der Tetralogie: Sie wirkt nicht durchdacht oder geplant. Sie wirkt wie aus einem Guss, geschrieben von einer Frau, die ihre Figuren und deren Schicksale vor sich sieht, weil sie sie einst selbst beobachtet und erlebt hat. Bar jeglicher Selbstkontrolle entsteht in einem bewundernswerten Kontinuum ein großes Stück Prosa. Sie erinnert in ihrer Spontaneität und ungefilterten Intensität an den Schreibrausch beispielsweise eines Jack Kerouac. Seinem Hauptwerk *On the Road* warfen Kritiker vor, es sei nicht geschrieben, es sei getippt. Doch hier wie dort liegen im vermeintlichen Mangel die Faszination und die Qualität.

Die Erzählung knüpft an das Ende des dritten Bandes an, an Lenùs ersten Flug, an den Kongress in Montpellier, bei dem Nino einen Vortrag halten muss. Das geschilderte Liebesglück liest sich wie die Langfassung von Leda in London mit Professor Hardy in *Die Frau im Dunkeln*. Elena betont mehrfach, dass sie sich nie so frei gefühlt habe wie in diesen wenigen Tagen. Sie habe den Eindruck, sich weit jenseits ihrer Grenzen zu befinden, als handle es sich um eine sanfte Form der »smargiantura«. Aber es geht auch um das Sich-aneinander-Gewöhnen, um Eifersüchteleien und andere Unsicherheiten zwischen Nino und Lenù, um den Kontakt zum alten Leben, zu den verlassenen Kindern, und wie ein Menetekel wird ihr bewusst, dass (auch) sie ihre Geheimnisse hat: Niemals dürfe Nino erfahren, dass es sein Vater war, der sie entjungfert hat. Sie ist 32 und Nino 34 Jahre alt, und der Start ins neue Glück ist voller Hindernisse: Die anstehenden Scheidungen sind das eine, die Wahl des Wohnorts das andere.

Als Lenù nach Neapel fährt, scheint schon der ganze Rione von ihren Eheproblemen zu wissen. Lila drängt auf ein Wiedersehen. Plötzlich wirkt der Zyklus wie eine gewaltige Dreiecksgeschichte zwischen Lila, Nino und Lenù. Zu dritt sitzen sie sehr unsicher in einem Café und besprechen die Zukunft. Der Druck auf Lenù, nach Neapel zu-

Hoch über den Badestränden Ischias. Die Vergangenheit lässt Lenù nicht los: Hier verliebten sich Nino und Lila, und Lenù ließ zu, dass Donato Sarratore an die Stelle seines Sohnes trat

rückzuziehen, steigt. Aber sie ist hin- und hergerissen zwischen Arbeit, Geliebtem, Kindern und Schwiegereltern, denn die sind es, die sich in Genua in der Zwischenzeit um die Kinder kümmern. Als letztlich auch Lenùs Mutter von den Problemen erfährt, kommt es zu einem heftigen Streit, in dessen Verlauf sich die Mutter möglicherweise eine innere Verletzung zuzieht. Pietro wohnt fassungslos der Auseinandersetzung bei. Die gesellschaftlichen Gräben zwischen ihm und Lenùs Herkunft werden im Verlauf der Tiraden von Mutter und Tochter immer deutlicher und daraufhin Lenùs Beziehung zu Nino immer enger.

Einmal gesteht Nino ihr, dass er damals ihren Aufsatz aus purem Neid nicht in der Studentenzeitschrift veröffentlicht habe. Für Lenù ist dieses Geständnis großartig, sie fühlt sich nicht nur geliebt, sondern jetzt auch intellektuell gewürdigt. Umso schlechter entwickelt sich das Verhältnis zu ihren Noch-Schwiegereltern. Sie kümmern sich liebevoll um ihre Töchter, kritisieren zunehmend Nino (»ein Denker ohne Tra-

Die Via Mezzocannone im Universitätsviertel Neapels, wo Lenù als Buchhändlerin arbeitete: Sie ist noch heute für ihre sehr spezialisierten Buchläden bekannt

dition«), und bald bricht auch die Feindschaft zu Lenù auf. Sie gibt Kontra: Sie wisse, dass Adele das Erscheinen des zweiten Buches in Italien verhindert habe und (von Pietro) dass Adele selbst auch Liebhaber hatte. Von Adele unterscheide sie sich durch Offenheit. Unterbrochen werden die Streitigkeiten durch Dienstreisen Lenùs. Eine führt durch die DDR und lässt an Anita Raja denken, die ja in jenen Jahren Christa Wolfs Übersetzerin und Freundin war.

Zurück in Genua, macht Lenù sich Sorgen wegen der Entfremdung zu ihren Töchtern, die sehr an ihren Großeltern hängen. Doch der Disput mit Pietros Eltern treibt Lenù emotional zurück zu ihren Wurzeln und gipfelt in der Erkenntnis, dass ihre eigene Mutter besser sei als Adele. Adele sei eine verlogene Bildungsbürgerin, die ihren Schmutz unter den Teppich kehre. Das ist zu viel für das liberal denkende Paar. Lenù solle ihre Kinder nehmen und verschwinden. Trotzig packt sie die Koffer, doch am Bahnhof weiß sie nicht, wohin sie gehen soll. Selbstkritisch gesteht sie sich ein, dass sie über die Autonomie der modernen Frau schreibt und Vorträge darüber hält, aber in der Praxis scheitert, denn kurz davor war auch Nino in Ungnade gefallen. Lila hatte ihn auskundschaften lassen und erfahren, dass er seine Ehe keineswegs beendet hatte. Er lebte immer noch mit seiner Frau zusammen und wollte sich auch nicht trennen. Die einflussreichen Schwiegereltern hatten ihm in Neapel eine lukrative Anstellung verschafft. Aber er liebe Lenù immer noch, und eine gemeinsame Wohnung habe er schon gemietet. Lenù lässt sich nicht darauf ein und zieht zu Mariarosa in eine WG, in der auch Mario wohnt, Lenùs erster Freund aus den Studienzeiten in Pisa.

Lenùs Töchtern gefällt das freie Leben, Mario beschäftigt sich viel mit ihnen, aber nichts kann Lenù darüber hinwegtäuschen, dass es ein Provisorium ist. Dass sie damit immer noch von den Airotas abhängig ist, scheint sie zu verdrängen. Nino versucht sie zu überzeugen, nach Neapel zu kommen. Über mehrere Seiten erstrecken sich seine rhetorisch geschickten Versuche, Lenù klarzumachen, dass sie nur seine Zweitfrau werden könne, dass er verheiratet bleiben müsse. Dann teilt er ihr noch mit, dass seine Frau Eleonora ein zweites Mal schwanger sei, dass sie von Lenù wisse und sich mit seiner Polygamie abgefunden habe. Der Streit eskaliert, aber lösen kann sich Lenù nicht von Nino. Im Gegenteil: Marios Suizid und Mariarosas in der Folge zunehmende Kritik an Lenù (sie war in Mario verliebt) sowie Pietros neue Beziehung zu einer Studentin treiben Lenù aus dieser multiplen Notsituation heraus nach Neapel in das gemachte (Zweit-)Nest Ninos. Sie ist zunehmend erfolgreich mit ihren Büchern und arbeitet mit Nino an seinen Texten, verhilft ihm zu einer Publikation bei ihrem Verlag und schläft mit ihm, obwohl seine Ehefrau in derselben Stadt hochschwanger von ihm ist. Lenùs Mutter laboriert an den Folgen der inneren Verletzung, die sie sich im Streit mit ihrer Tochter zugezogen hat, akzeptiert die Lebensform Lenùs nicht und lobt Elisa, die von Marcello Solara schwanger ist, wenn auch die beiden immer noch in wilder Ehe leben. Das Schlimmste für Lenù ist aber Mutters Lob für Lila, die inzwischen Chefin ihrer eigenen kleinen EDV-Firma ist, ihren Eltern eine Wohnung gekauft hat und sich um die Freunde im Rione kümmert.

Die Piazza dei Martiri, an der viele Jahre Cerullo-Schuhe verkauft wurden und heute Ferragamo residiert

Andeutungen statt Ausführungen

Immer öfter wird Lenù mit dem Vorwurf konfrontiert, sie lebe in einer Bücherwelt, die Wirklichkeit sei eine andere. Tatsächlich entdeckt sie nach Jahren ihrer Abwesenheit von Neapel ihre Unwissenheit bezüglich vieler wichtiger Einzelheiten im Leben ihrer Verwandten und früheren Freunde. Es macht den Reiz für die Leser aus, gemeinsam mit der Ich-Erzählerin diesen Geheimnissen auf die Spur zu kommen.

Zuvorderst beschäftigt Lenù die erworbene Unabhängigkeit Lilas. Ihre EDV-Firma nennt sich *Basic Sight*. Die Lochkarten gehören der Vergangenheit an. Lila und Enzo ist der Übergang zur neuen Computergeneration geglückt. *Basic Sight* bietet verschiedensten Firmen Dienste zur Automatisierung und Rationalisierung u. a. der Buchhaltung an. Das geschieht nicht mehr in der Wohnung der beiden, sondern in eigenen Büroräumen. Angestellt werden frühere Weggefährten, die mit den Solaras Schwierigkeiten haben. Als Lenù das von Lila selbst entworfene Logo sieht, denkt sie sehnsüchtig zurück an die Zeit, in der sie an Lilas überbordender Kreativität teilhaben konnte. Ihre Stelle hat nun Enzo eingenommen. Er ist ihr Compagnon, ein kühler Kopf und umsichtig agierender Geschäftsmann, der ideale Ausgleich zum heftigen Temperament der Chefin.

Von verschiedenen Seiten hört Lenù, Michele Solara haben den Verstand verloren. In der Tat ist es erstaunlich, dass Michele das gutgehende Schuhgeschäft an der Piazza dei Martiri geschlossen hat. Geleitet wurde es von dem weltläufigen und eleganten Sohn don Achilles Alfonso Carracci. Er hat mit Maria Sarratore, der Schwester Ninos, zwei Kinder, aber diese seien in Wirklichkeit von Alfonsos Bruder Stefano, dem Ex-Mann Lilas. Dieser müsse damit beweisen, dass nicht alle Achilles schwul seien, so Alfonso, dessen Veränderungen Lenù erst nach und nach registriert. *Meine geniale Autorin* schlägt hier eine Brücke zurück zum Anfang des Zyklus, als die Kinder Lenù und Lila oben an der Wohnungstür don Achilles stehen und ihre Puppen von ihm fordern, wonach der alte Carracci seinem Sohn Alfonso mürrisch zuruft, ob der etwas damit zu tun habe. Was man Hunderte von Seiten zuvor noch nicht ahnen konnte: Alfonso spielte damals gerne mit den Puppen seiner Schwester Pinuccia und den Kleidern seiner Mutter Maria.

Eine der schönsten Szenen auf dem Weg Lenùs zur Erkenntnis von Alfonsos sexueller Neigung spielt in einem Kleidergeschäft, in dem die beiden jetzt 36-Jährigen, fast gleichzeitig und gewollt schwanger gewordenen Freundinnen – Lila von Enzo, Lenù von Nino – Umstandskleidung anprobieren. Alfonso kennt den Inhaber der Boutique und ist als Begleiter dabei. Lenù traut ihren Augen kaum, als Lila ihn bittet, doch ein Kleid anzuprobieren, damit sie es besser einschätzen könne. Noch femininer als sonst taucht Alfonso mit seinen gepflegten langen Haaren aus der Umkleidekabine auf und gleicht Lila. Lenù erfährt, dass Lila schon sehr früh von Alfonsos Homosexualität wusste und ihm beim Finden seiner neuen Identität hilft. Da Michele Solara seine große Liebe Lila nicht bekommen kann, bildet er inzwischen heimlich ein Paar mit Alfonso, der unter Lilas Händen immer mehr zu ihrem Double wird. Lenù ist überrascht, in ihrem Rione in der Praxis das vorzufinden, womit sie sich als Autorin und Journalistin beschäftigt.

Schwerer zu durchschauen ist im Zuge der Trennung Lilas von den Solaras die geschäftliche Seite. Michele hatte nach Lilas Schwierigkeiten in der Wurstfabrik von Bruno Soccava Lila und Enzo mit ihren EDV-Kenntnissen in seine Geschäfte einbezogen. Offenbar kamen die beiden auf diese Weise an sensible Daten und an die Geldflüsse der Solaras. Lila hat sich so Michele um den Finger gewickelt, sich aber Marcello damit zum Todfeind gemacht. Lenù gerät zwischen die Fronten, denn ihre Schwester Elisa ist Marcellos Lebensgefährtin. Der Konflikt eskaliert, als Lenùs todkranke Mutter als Notfall ins Krankenhaus eingeliefert wird. Lila und Nino wollen sie dortbehalten, Elisa und Marcello wollen sie in eine vornehme Privatklinik bringen. »Wer befiehlt hier, du, Lina oder das Arschloch?«, setzt Marcello am Telefon Lenù unter Druck. Marcello und Elisa setzen sich durch, und bis auf Lila und Nino sind dann alle erfreut über den Luxus. Später wird Nino Lenùs Einknicken mit den Worten kommentieren: »So wird sich Neapel nie ändern.«

Lenù ahnt, dass Lila – wie so oft – viel mehr weiß, als sie erzählt. Vor allem beunruhigt sie, dass dies wohl auch Nino betrifft, weshalb Lila ihr trotz des nun gemeinsamen Kindes immer wieder rät, von ihm abzulassen. Aber Lenù will ungeachtet all der Schwierigkeiten nicht auf Nino verzichten. Besorgniserregend ist auch die Tatsache, dass Marcello Solara Drogen in den Rione gebracht hat und dass Lenùs Brüder Peppe und Gianni heroinabhängig und zugleich Marcellos Dealer sind. Nur so habe man die Klinikaufenthalte der Mutter bezahlen können, rechtfertigt sich Peppe. Und auch Elisa droht immer öfter damit, dass sie und Marcello alle im Rione kaufen könnten, auch Lenù und Lila und Enzo. Lenù, die immer noch über der Stadt in einer schönen Wohnung mit Meerblick in der Via Tasso lebt, wird zunehmend in den schmutzigen Alltag des Rione hinabgezogen. Wenigstens entsteht angesichts des Todes trotz aller Spannungen eine innige Beziehung zur Mutter. Diese wirft Lenù immer noch vor, dass sie Pietro verlassen und sich auf Nino Sarratore eingelassen hat, der schlimmer als sein Vater sei. Lenù aber sei ihr liebstes Kind. Sie solle mit Hilfe Lilas dafür sorgen, dass die anderen drei, Peppe, Gino und Elisa, sich von Marcello Solara befreien.

Bemerkenswert in Kapitel 48 ist eine Selbstkritik Elena Grecos angesichts der Fähigkeiten Lilas, kurz angebunden Sachverhalte zu schildern, die Phantasien bei den Zuhörern in Gang setzen. Sie müsste so

Ausblick unweit von der Via Tasso, wo Lenù als Schriftstellerin und Geliebte Ninos wohnt, bevor Lila sie wieder zu sich hinab in den Rione Luzzatti holt

schreiben, wie Lila erzählt, ermahnt sich Elena, statt all das breitzuwalzen, was sie weiß: Andeutungen statt Ausführungen, Brücken bauen, die in der Mitte enden. Aber auch beim kurz darauf folgenden Glanzstück dieses Bandes, der Schilderung des Erdbebens von Neapel im Winter 1980, hält sie sich – zum Glück für die Leser – nicht daran. Allerdings hört sie hier zum ersten Mal, wie Lila das Wort »smarginare« benutzt.

Die beiden hochschwangeren Freundinnen sitzen in Panik im Auto, und Lila erzählt von ihren Anfällen. Wegen Lilas Furor wagt Elena Greco nun einen Perspektivwechsel und lässt kurze Zeit Lila in der Ich-Form von ihren Ängsten sprechen. Lila schildert detailliert, wie es ihr in den Momenten der »Smarginatura« ergeht und in welch seltsamem Verhältnis dieser Konturen- und Kontrollverlust zu ihrem sonstigen Leben steht, in dem sie die Fähigkeit hat, Menschen fast nach Belieben zu manipulieren. Lenù solle sich die Ohren zuhalten, wenn sie wieder einmal böse zu ihr sei. Sie meine es nicht so. Aber sie könne nicht anders. Dagegen setzt Lenù ihr Wesen, ihr souveränes Ich, das stabil im

Wandel der Zeiten steht, dominiert zwar – so wie viele andere Menschen – von Lilas Talent, aber im Gegensatz zu ihr dem Chaos widerstehend. Nach den schlimmsten Wirren des Erdbebens sagt Lenù zu Lila, die Welt sei wieder in Ordnung, worauf Lila erwidert: »Welche Ordnung?«

Die beiden fast gleichaltrigen Freundinnen bringen zwei fast gleichaltrige Töchter zur Welt, die sie jeweils nach ihren Müttern nennen, Tina (die Verkleinerungsform für Nunziatina, von Nunzia) und Imma (für Immacolata). Damit heißt Lilas Tochter so wie Lenùs Puppe. Beide Frauen versuchen, rasch wieder voll in die Arbeit einzusteigen. Lila vermittelt Lenùs suchtgefährdeten Brüdern Arbeit außerhalb Neapels. Die letzten Worte Immacolatas an ihre Tochter machen ihr Mut: »Du bist du, und dir vertraue ich«. Da Lenù es nicht geschafft hat, einen neuen Roman zu schreiben, ihren Verleger aber nicht enttäuschen und zudem den Vorschuss behalten möchte, schickt sie ihm ein altes Manuskript, das vor mehreren Jahren Adele und Lila schlecht fanden, doch der Verlag ist angetan.

Die Verfilmung ihres ersten Romans steht in Aussicht, und Lenù schreibt intensiv weiter, denn ohne das Geld Pietros und Ninos könnte sie nicht ihren Lebensunterhalt bestreiten. Sie will aber finanziell unabhängig wie Lila sein. Ihre Zweifel an Nino wachsen, und sie überlegt, ob seine Geschichte nicht der nächste Romanstoff sein könnte. Wenig später erwischt sie ihn, wie er im Badezimmer im Stehen Sex mit der Haushaltshilfe, einer älteren und wenig attraktiven Frau, hat. In ihrer Not geht sie zu Lila, erzählt ihr alles und erfährt, dass Nino ein Weiberheld ist. Die Liste seiner Freundinnen ist lang, einige davon kennt auch Lenù, und er macht mit keiner definitiv Schluss, auch nicht mit Lila: Unaufhörlich und bis vor kurzem machte Nino ihr Anträge, er wolle wieder mit ihr zusammenziehen, was Lila natürlich von sich weist. Es stellt sich heraus, dass Nino die Beziehung mit Lenù vor allem deshalb eingegangen ist, weil sie die beste Freundin Lilas ist und er ihr auf diese Weise nahebleiben kann.

Eines dieser Mietshäuser im Rione Luzzatti könnte das Vorbild für die Wohnungen Lilas und Lenùs sein

Keine Zeit für Erfindungen

Eine Zeit lang scheint Lenù in ein Loch zu fallen, wie es in *Tage des Verlassenwerdens* beschrieben wurde. Aber hier stellt Lenù bald fest, dass sie Nino nicht mehr liebt. Sie vergleicht sein Sexverhalten mit dem seines Vaters und beginnt nun auch den Sohn zu hassen. Sie vermutet, dass die Sexsucht das Anzeichen für eine labile Heterosexualität sein könnte. Sie beneidet Lila um ihre Tochter, die das Ergebnis der stabilen Beziehung mit Enzo ist.

Vor der Aussprache mit Nino schickt Lila ihrer Freundin Antonio als Beschützer, Lenùs erste Liebe. Die beiden schlafen miteinander, was in ihrer Jugend nie geschehen ist. Lila bietet Lenù an, mit ihren drei Töchtern in ihr Mietshaus im Rione zu ziehen. Direkt über ihr ist eine passende Wohnung frei geworden, die viel günstiger ist als oben auf dem Vomero, zumal Nino nicht mehr die Miete bezahlt. In den folgenden Jahren enger Nachbarschaft vertieft sich die Beziehung zwischen den zwei Freundinnen. Sie kümmern sich abwechselnd um die Kinder und helfen sich gegenseitig. Die Umgebung allerdings wird immer problematischer. Die Solaras eröffnen eine Nachtclub und werden im Viertel immer einflussreicher, entsprechend nimmt die Korruption zu und auch die Zahl der Drogentoten.

In der zweiten Hälfte des Bandes wird die Arbeit Lenùs als Schriftstellerin noch wichtiger. *Meine geniale Autorin* treibt das Spiel der Bücher im Buch und der Romanfigur Lenù als Autorin mit Ähnlichkeiten zur Verfasserin so weit, dass sich kurz vor Schluss der Tetralogie sogar ein Buch Elena Grecos mit dem Titel *Die Freundschaft* inhaltlich mit dem Buch Elena Ferrantes *Meine geniale Freundin* überlappt. Fast wie in *Olivia, by Olivia* schafft Elena (Ferrante) eine Erzählerin namens Elena (Greco), die über ein Buch von Elena (Greco) schreibt, das große Ähnlichkeiten mit einem Buch von Elena (Ferrante) aufweist. Es ist ein selbstreferenzielles Spiel, das an russische Puppen erinnert, die sich selbst enthalten.

Auf Anhieb wirkt Ferrantes Kunstgriff virtuos und witzig, mit der Zeit jedoch bemerkt man, dass hier bei aller Leichtfüßigkeit eine Lücke gefüllt werden soll: Die vervielfachte buchinterne Elena soll der auf dem Umschlag genannten externen Elena helfen, das Vakuum, aus dem die beiden entstanden sind, zu kompensieren. Das Fehlen eines bürgerlichen Geburtsnamens, der für die artifiziellen Namen Greco und Ferrante verantwortlich ist, wird durch Selbstbespiegelung der letzteren ausgeglichen. Wie in André Gides *Paludes* (1895) praktiziert Ferrante hier eine »mise en abîme«, ein Bild im Bild, einen Namen im Namen, ein Buch im Buch. Einerseits wirkt dieser Effekt werblich vortrefflich, andererseits bekommt die stetige Wiederholung Suchtcharakter: Am »abîme«, am Abgrund, vollzieht sich diese Überkompensation eines schreibenden Ichs, das dem lebenden, aber sich verbergenden Ich gegenübersteht.

Die Wirklichkeit (Reaktionen auf den real erschienenen Band *L'amica geniale*) geht in Fiktion über: In Romanform wird geschildert, was mit dem ersten Band in Wirklichkeit geschehen ist. Diese Entwicklung, also die immer enger werdende Verbindung der erfundenen Geschichte mit der Realität Elena Ferrantes (die allerdings ja ihrerseits fiktionalisiert ist), beginnt im 88. Kapitel mit dem Besuch einer Fotografin der Illustrierten *Panorama*. Sie überrascht Lenù in ihrer einfachen Wohnung im Rione und knipst drauflos. Eröffnet wird die mehrseitige Homestory einige Wochen später mit einem großen Bild, auf dem Lenù mit Lilas Tochter Tina zu sehen ist, die aber fälschlicherweise als ihre eigene Tochter Imma bezeichnet wird.

In solchen Szenen malt Elena Ferrante aus, wie schrecklich es für sie gewesen wäre, hätte sie sich als Autorin zu erkennen gegeben. Sie zeigt, was bei der PR-Arbeit schiefgehen und wie sehr die Privatsphäre verletzt werden kann. Ein weiterer Schwerpunkt liegt auf der Differenz zwischen Fiktion und Wirklichkeit. *Ich hatte einen Roman geschrieben* notiert Elena Greco verzweifelt in Kursivschrift im vierten Band, weil die Geschichte in *Panorama* Rückschlüsse auf die tatsächlichen im Rione lebenden Menschen ermöglicht hatte. Der Rione war nicht mehr eine Erfindung, sondern ein identifizierbares Stadtviertel. Entsprechend werden die Solaras aufgrund von Lenùs Buch in *Panorama* als rücksichtslose Herrscher porträtiert, was die Brüder wütend macht. Sie vermuten, dass wieder Lila dahintersteckt, die mit ihren Aktivitäten schon dafür gesorgt hat, dass viele Menschen im Rione links gewählt haben. Lila freut sich inzwischen wirklich (das Manuskript hatte ihr vor Jahren nicht gefallen, gerade weil man zu leicht die Menschen hinter den Romanfiguren erkennen konnte) und ermuntert nun ihre Freundin, den nolens volens eingeschlagenen Weg weiterzugehen und einen Aufsatz zu schreiben, in dem die tatsächlichen Verhältnisse im Rione gezeigt werden. Etwas im Stil wie damals, als sie die Zustände in der Fabrik Brunos anprangerte.

Lenù zögert. Ihre gute Freundin Carmen Peluso hat Anzeige gegen sie erstattet. Aber Lila findet rasch heraus, dass die Anwälte der Solara-Brüder dahinterstecken und Carmen erpresst wird.

Beim Begräbnis Antonios, der wie einst Pier Paolo Pasolini am Strand brutal ermordet wurde, lässt sich Michele Solara von Lila provozieren und schlägt sie ins Gesicht. »Ich werde dir alles nehmen, was du hast«, droht Marcello. Lenù steht wie gelähmt daneben und schämt sich danach, dass sie nicht in der Lage war, Widerstand zu leisten und ihrer Freundin zu helfen. Erinnerungen an die Steinschlacht im Grundschulalter werden wach.

Lila zeigt Lenù »das rote Buch« der Solara-Mutter. Es handelt sich um zahlreiche Hefte, in denen u. a. Geldtransfers und Schuldscheine verzeichnet sind. Mit Begeisterung setzen sich die Freundinnen an ihren ersten Schreibcomputer und bringen das belastende Material in eine lesbare Form. »Wir müssen sie zerstören, Lenù, und wenn das nicht reicht, bringe ich sie um.« Lenù schickt den Text ihrem loyalen Verleger (der sie stets unterstützt und von dem Rummel um das neue Buch und den Verkaufszahlen begeistert ist), er solle es juristisch prüfen lassen, ob man damit die Solara-Brüder hinter Gitter bringen könne.

Zwei Wochen später kommt der negative Bescheid: Aufgrund des Reichtums der Solaras (»die können sich jeden kaufen«) und ihres politischen Einflusses würden die zusammengetragenen Fakten nicht reichen, aber der Text sei wichtig und solle trotzdem veröffentlicht werden. Doch Lenù gibt auf. Sie will nicht noch mehr Ärger. Lila aber schickt den Artikel hinter Lenùs Rücken dem *Espresso*. Erst ärgert sich Lenù, fühlt sich von Lila missbraucht, stellt dann aber fest, dass der Aufsatz, den Lila nicht mitunterzeichnet hat, ihrer journalistischen Karriere einen weiteren Schub verleiht.

Meine geniale Autorin wechselt geschickt Themen und Tempi: Parallel zur Camorra-Story legt sie den Fokus auf die zwei Kleinfamilien im selben Haus: Lila mit Enzo und Tina und dem schon erwachsenen Sohn Rino und darüber Lenù mit ihren drei Töchtern. Einerseits wiederholt sich das Beziehungsmuster der beiden Freundinnen bei den beiden Töchtern Tina und Imma, andererseits verlieben sich die Teenager Dede und Elsa in den suchtgefährdeten Rino. An bestimmten Wendepunkten glaubt Lenù, dass Lila absichtlich bestimmte Beziehungen und Neigungen nach eigenem Gutdünken forciert.

Als Nino zu Besuch kommt und alle gemeinsam an einem Sonntag im Rione spazieren gehen, verschwindet Tina und taucht nie wieder auf. Es gibt zahllose Gerüchte, was geschehen sein könnte, natürlich werden auch die Solaras verdächtigt, aber es lässt sich nichts beweisen. Als das Unglück geschah, spazierte Lila neben Nino und hielt Lenùs Tochter im Arm. Lenù war es wichtig, dass die Verbindung zwischen Vater und Tochter gestärkt wird, denn ihre verwöhnten Airota-Töchter machten der kleinen Solara-Tochter das Leben schwer. Bis zuletzt wird keine Gewissheit herrschen, ob Tina tot ist oder entführt wurde und noch irgendwo lebt. Lila äußert den Verdacht, dass eine Verwechslung vorlag aufgrund des Fotos in *Panorama*. Eigentlich sollte Elena Grecos Tochter entführt werden.

Blick hinab auf Neapel von einer Hotelterrasse über dem Corso Vittorio Emanuele

In einer einleitenden Rahmenhandlung für den letzten Teil der Tetralogie *Alter* erwähnt Elena Greco, wie ihr Buch *Un'amicizia* (*Eine Freundschaft*) zustande kam. 2006 besuchte sie von Turin aus, wo sie als Leiterin eines kleinen Verlages arbeitete, Neapel und schrieb während weniger Regentage in einem alten Hotel am Corso Vittorio Emanuele die Geschichte Tinas, obwohl sie nur wenige Jahre zuvor Lila fest versprochen hatte, nie etwas über sie zu schreiben: »Ich schrieb schnell, um mir keine Zeit für Erfindungen zu geben«.

Spurlos

Das Buch *Un'amicizia* wird als Pendant zum ersten Band der Tetralogie vorgestellt: Es gibt Elenas Karriere neuen Schwung, wodurch sich auch ihre vorhergehenden Bücher wieder besser verkaufen. Die Charakterisierung des Schreibvorgangs – schnell, ohne Erfindungen – lässt sich auch auf den gesamten neapolitanischen Zyklus übertragen. Elena Ferrante ist so frei und lässt ihre Ich-Erzählerin Elena Greco den Inhalt von *Un'amicizia* zusammenfassen: »Vom Verlust der Puppen bis zum Tod Tinas«. Es handelt sich also nicht nur um ein Buch im Buch, es ist dasselbe Buch im Buch. Darin habe sie das Trauma des Verlusts vervielfacht, um die Leser zu fesseln: Sie habe der verschwundenen Tochter denselben Namen gegeben wie der verschwundenen Puppe.

Die letzten Jahre in Neapel mit Lila sind geprägt vom Verschwinden Tinas und dessen Auswirkungen nicht nur auf Lila, sondern auf alle ihre Verwandten und Freunde. Das gibt Elena die Möglichkeit, das Schicksal der vielen Romanfiguren bis in die Erzählgegenwart zu skizzieren. Lilas Bruder Rino, der das Zeug gehabt hätte, mit den Cerullo-Schuhen »besser als Ferragamo« zu werden, stirbt an einer Überdosis Heroin. Die beiden Solara-Brüder werden im Rione vor der Kirche erschossen, in der sie getauft worden waren. Von den Tätern fehlt jede Spur. Nadia stellt sich der Polizei und beschuldigt viele kommunistische Weggefährten, in den bewaffneten Kampf der Brigate Rosse verstrickt gewesen zu sein, allen voran Pasquale, ihren früheren Geliebten, der viele Jahre im Untergrund lebte. Er verbüßt eine lange Haftstrafe, während der er ein Studium abschließt. Auch Enzo wird verdächtigt und kommt in eine zwei Jahre währende Untersuchungshaft, wird dann aber freigesprochen. Er erträgt das Leben mit Lila und ohne Tina nicht mehr. Die beiden verkaufen ihre Firma *Basic Sight*, worauf er nach Mailand zieht. Nino macht Karriere in der Politik, wird Abgeordneter in Rom, und endlich kann auch Imma richtig stolz auf ihren Vater und ihren Nachnamen sein. Allerdings muss Nino einige Jahre später im Zuge einer großen Korruptionsaffäre in Haft, kommt wieder frei, wird politisch konservativer und schafft es erneut ins Parlament. Bei der letzten Begegnung mit Lenù widert er sie nur noch an.

Lenù ist von der letzten Schwangerschaft ein leichtes Hinken geblieben. Lila sagt, sie behalte es absichtlich, damit ihre Mutter nie ganz sterbe. Lila selbst wird immer unzuverlässiger, löst all ihre Bindungen zu Mitmenschen, rät auch Lenù, mit Imma in eine andere Stadt zu ziehen (Dede und Elsa sind jeweils nach dem Abitur ihrem Vater nach Boston gefolgt). Lila streift durch die Stadt und hält sich oft in der Nationalbibliothek auf, um die Geschichte Neapels zu studieren. Lenù freut sich zunächst sehr darüber und ist überzeugt, dass Lila darüber schreibt. Sie bietet ihrer Freundin an, es zu lesen und in ihrem Verlag

Wenige Schritte von der Piazza dei Martiri enfernt befindet sich das Schuhgeschäft Ferrante. Es könnte Elena Ferrante inspiriert haben: Das Schuhgeschäft Lilas befindet sich nebenan

zu veröffentlichen. Mit der Zeit aber fürchtet sich Lenù vor einem möglichen Manuskript Lilas, ist sie sich doch sicher, dass es wie in ihrer Kindheit ungleich besser wäre als ihre eigenen Texte. Aber Lila verneint. Sie wolle keinerlei Spuren hinterlassen, schon gar keine Bücher.

Im kurzen Epilog findet Elena Greco eines Tages über ihrem Briefkasten in Turin ein in Zeitungspapier gewickeltes Bündel: Es sind die beiden Puppen, die vor sechzig Jahren verschwunden waren. Lenù geht davon aus, dass Lila selbst das Paket dort abgelegt haben muss, und hofft, dass sie nun doch noch aus ihrem Rione herausgekommen ist und etwas von der Welt sieht.

2016 nennt Elena Ferrante ihre Anonymität »meine kleine kulturelle Polemik«. Wie sehr hat sich doch der Tonfall seit dem ersten Erscheinen von *La frantumaglia* im Jahr 2003 verändert. Damals erläuterte sie ausführlich und überzeugend ihre Bedürfnisse und Wünsche, im Hintergrund zu bleiben. 2016 klingen ihre Äußerungen zum selben Thema geradezu zynisch: »Meine kleine kulturelle Polemik wird weiterbestehen, zumindest für mich, und ich habe nicht die Absicht, sie mit irgendeiner äußerst banalen Enthüllung zu beenden. Ich habe einen Pakt mit den Lesern geschlossen, an diesen Pakt halte ich mich. Ich glaube, dass Bücher nur sich selbst brauchen und dass sie sich ihre Leser selbst suchen müssen. Das ist der ganze Grund für meine Abwesenheit.«

Hier geht es nun um die dritte, um etwa 150 Seiten erweiterte Ausgabe von *La frantumaglia*, die erstmals 2016 erschien, nachdem in Italien von 2011 bis 2014 alle vier Teile des neapolitanischen Zyklus *L'amica geniale* veröffentlicht worden waren. Der ergänzte Zeitraum umfasst die Jahre 2011 bis 2016. Den Auftakt macht eine kurze Mail der e/o-Verlagsmitarbeiterin Simona Olivito an ihre Chefin Sandra Ozzola. Das wirkt ebenso wie der Beginn des ersten Teils von *La frantumaglia* gekünstelt, als müssten die Leser über Sachverhalte informiert werden, die intern längst bekannt sind. Solche Fragen Olivitos werden normalerweise mündlich geklärt, sollen hier aber die Besonderheiten im Fall Ferrante verdeutlichen: Pathetisch wiederholt Olivito die Frage, ob Sandra und Elena »sich von Angesicht zu Angesicht gesehen haben« beim Thema, ob man eine erweiterte dritte Ausgabe veröffentlichen solle. Olivito fragt, ob sie nach dem Muster der vorangegangenen Ausgaben die Redaktion übernehmen solle. Sandra antwortet, dass »wir uns nicht von Angesicht zu Angesicht gesehen haben, weil wir am Telefon waren«. Sie, Sandra, liebe *La frantumaglia* mit ihren vielen Themen und Figuren sehr. Das Buch sei fast wie eine Erzählung.

Sie habe den Erwerbern einer Lizenz von *L'amica geniale* versprochen, dass Elena mindestens ein Interview pro lizenznehmendem Land geben werde. Plötzlich seien es über vierzig Gespräche gewesen. Das erfordere eine Auswahl und Strukturierung. Das neue Material stimme mit dem alten überein. Alles in allem sei es die über 25 Jahre währende Geschichte eines Versuchs, nämlich dem, zu zeigen, dass sich die Funktion eines Autors komplett in seinen Schriften befinde. Die Verlegerin reduziert so die Texte Ferrantes in *La frantumaglia* auf die Erläuterung und Legitimation der Anonymität, womit sie selbst einmal mehr den Fokus auf das vermeintlich ungeliebte Thema setzt, statt auf die Inhalte des Geschriebenen hinzuweisen. Die nennt sie erst danach: Ferrantes Romane in der literarischen Tradition, die Rolle der Frau, die Rolle Neapels, die Geschichte Italiens. Auffallend ist die Betonung des Authentischen durch die Verlegerin: Deutlich werde nämlich auch, welche Mühe es der Autorin bereitet habe, ihre neuen Standpunkte zu formen, und wie sehr sich Ferrantes Begründungen verändert hätten.

Dann folgt der kürzeste Satz des Buches. »Cosa vera.« Das sei sehr wahr, wörtlich: eine »wahre Sache«. Wie ist das gemeint? Was daran ist wahr? Bezieht sich das darauf, dass Anita Raja beim Erbe von Fabrizia Ramondinos Pseudonym auf Glaubwürdigkeit und Kontinuität achten musste? Ging es darum, die abweichende Erzählhaltung als Weiterentwicklung ein und derselben Autorin überzeugend zu gestalten? Bedurfte es einer großen Anstrengung, den Abschied vom eher anspruchsvollen psychologischen zum eher unterhaltenden Roman epischen Ausmaßes als natürlichen Prozess und möglichst ehrlich zu erklären? Ging es darum, inhaltliche und formale Änderungen der Schreibweise als künstlerische Entscheidungen darzustellen, jenseits kommerzieller Überlegungen?

Damit nicht genug: Nach dem Satz »Cosa vera« setzt Sandra Ozzola nach: Man spüre in Ferrantes Antworten die Anstrengung auf der Suche nach den richtigen Worten, sich zu erklären. Heißt das, Ferrante müsse sich ab jetzt mehr anstrengen? Warum? *La frantumaglia* sei von Anfang an bis heute ein Projekt, das, ohne zu sehr zu verschleiern (»senza troppi veli«), die Romantexte begleiten will: ein Buch, das andere Bücher begleitet, eine Formulierung, die zum Slogan für *La frantumaglia* wurde.

Legitimation für *Meine geniale Autorin*

Diese Ergänzung ist in 17 Teile gegliedert. Der erste, *Die geniale Untergeordnete*, ist ein Interview mit Paolo Di Stefano, das am 20. November 2011 im *Corriere della Sera* mit der Überschrift *Ferrante; glücklich, nicht zu sein* erschien. In der Einleitung stand, *L'amica geniale* sei sehr anders (»molto diverso«) als die vorangegangenen Romane. Es sei ein wunderschöner »Bildungsroman«. (In Italien und auch in englischsprachigen Ländern wird gerne das deutsche Wort für den neapolitanischen Zyklus verwendet.)

Als Erstes will Di Stefano wissen, wie es zu dieser drastischen Änderung kam, worauf Ferrante antwortet, sie fände den neuen Roman gar nicht so verschieden von den früheren Romanen. Schon vor einigen Jahren habe sie die Idee gehabt, die Geschichte einer älteren Person zu erzählen, die die Absicht habe, zu verschwinden, was nicht mit sterben gleichzusetzen sei; ein Mensch, der keine Spuren von sich hinterlassen wolle. Der Gedanke der vollkommenen Auslöschung einer Existenz habe sie gereizt. Mit der Einführung einer Kindheitsfreundin als Zeugin habe sich das Projekt verkompliziert. Das Schürfen im Innenleben der beiden Mädchen sei in den Vordergrund gerückt. Es sei ein komplexes Projekt, es umfasse etwa 60 Jahre, aber Lila und Elena seien aus demselben Holz geschnitzt (eigentlich: »fatte con la stessa pasta«, »aus demselben Teig gemacht«), aus dem auch die anderen Romane gemacht seien. Jetzt interessiere sie sich für die Wechselwirkung zwischen einer starken Persönlichkeit und einer schwächeren. Elena, die Untergeordnete, erhalte gerade dadurch, dass sie im Schatten Lilas stehe, etwas Geniales, das wiederum Lila irritiere.

Es drängt sich die starke und erfolgreiche Schriftstellerin Fabrizia Ramondino auf und dazu die unbekannte Übersetzerin Anita Raja oder die unbekannte Historikerin Marcella Marmo. Die eine gebe der anderen Kraft, so Ferrante, was aber auch eine gegenseitige Ausbeutung nicht ausschließe. Dieses Verhältnis sei schwer darzustellen und habe sie herausgefordert.

Di Stefano verweist auf das Erzählen selbst, das im Roman thematisiert werde. Lila nehme die Fakten und lade sie auf natürliche Weise mit Spannung auf; sie verstärke die Wirklichkeit, indem sie sie in Worte fasse, zu Sprache reduziere. (Das lässt sich auch wie das Lob Marmos oder Rajas für Ramondino lesen.) Die Soziologie, offene und versteckte Gewalt, die Geschichte Italiens seien weitere Themen, so Di Stefano.

Sie versuche, möglichst viel anhand ihrer Figuren zu zeigen, so Ferrante. Als Beispiel nennt sie Lila, die mit etwa sieben Jahren reich werden will und versucht, Elena für dieses Ziel zu gewinnen. Autobiographisch sei *Meine geniale Freundin* in dem Sinn, dass sie eigene Erfahrungen genutzt habe, um eine Geschichte zu erfinden. Aber sie erzähle eben nicht ihre persönlichsten Geschichten. Reine Phantasie sei auch Di Stefanos kolportierte Meinung, ihr Name lehne sich an den Namen ihrer Verleger Ferri oder an Elsa Morante an.

Di Stefano kommt nicht umhin, sie nach ihrer wahren Identität zu fragen und ob sie es inzwischen bereut habe, unter Pseudonym zu schreiben. Schließlich beschäftigten sich nun die Literaturkritiker viel mehr mit dem »Mysterium Ferrante« als mit den Inhalten ihrer Bücher. Sie bereue es trotzdem nicht, so Ferrante. Es folgt eine vor dem bisherigen Hintergrund überraschende Legitimation für *Meine geniale Autorin*, für dieses Buch und meine Vorgehensweise: Die »Überbewertung der hypothetischen Persönlichkeit«, wie Di Stefano es nenne, störe sie nämlich gar nicht. Im Gegenteil: Wenn diese Überbewertung auf ihren Werken und auf der Energie der Worte beruhe, dann sei das eine ehrliche Emphatisierung, gegen die sie nichts einzuwenden habe. Dieser Hinweis entspricht einer radikalen Kehrtwende nach den Äußerungen der bisherigen Elena Ferrante, die immer betonte, es gehe nur um das Werk, um ihre Texte, niemals um die wirkliche Person dahinter. Erstmals befürwortet Ferrante (die gleiche Ferrante wie vor 2007?) im Sinne ihrer Verleger die Recherche nach ihrer Identität, solange die Suche ausschließlich auf Texten beruht. Damit werden indirekt auch alle Arbeiten der Literaturwissenschaftler gewürdigt, die mit rein sprachlichen Mitteln dem »Mysterium Ferrante« auf die Schliche kommen wollen. Ganz anders verhalte es sich mit der medialen Überbewertung ihrer Identität, so Ferrante. In den Medien überlagere die Ikone das Werk, verdränge das Interesse für die Person des Schriftstellers das Interesse an seiner Arbeit. Dann funktioniere ein Buch wie das verschwitzte Unterhemd eines Popstars; es sei nicht mehr als ein Kleidungsstück, das ohne die Aura des prominenten Trägers gänzlich uninteressant ist. Diese Emphase missfalle ihr.

Auch Di Stefano lässt wie viele seiner Vorgänger noch nicht locker: Ob der Verdacht sie störe, dass ihr Werk das Produkt mehrerer Autoren sei. Auf diese Weise würden wie in den gescholtenen Medien in *La frantumaglia* selbst die Hintergründe der Entstehung von Ferrantes Werk immer wieder thematisiert.

Das wurde von den Verlegern von Anfang an ausdrücklich befürwortet. Sie wollten *La frantumaglia* mit diesen investigativen Inhalten veröffentlichen. Inzwischen befürwortet das auch (die neue?) Ferrante selbst. Ungewöhnlich ausführlich gibt sie nun Auskunft: Sie finde die Frage hilfreich im Zusammenhang mit dem vorangegangenen Thema der Überbewertung ihrer Identität. Wir seien es gewohnt, die Kohärenz eines literarischen Werks vom Autor her abzuleiten, nicht vom Werk auf die Kohärenz des Autors zu schließen.

Die Einführung des Begriffs »Kohärenz« an dieser Stelle verblüfft. Ferrante selbst versucht jetzt die Möglichkeit einer multiplen Autorenidentität zu verwerfen. Die Norm sei nämlich der mehr oder weniger bekannte Autor, dem seine Schriften wie Mosaiksteine zugeordnet werden. So ergebe sich mit der Zeit ein Gesamtbild von Autor und Werk. Was, wenn der Urheber fehlt? Diese ungewohnte Situation führe zu Verwirrung, führe auch dazu, verschiedene Autoren als Verfasser von einem Buch zum nächsten im Werk eines Autors zu erkennen, sogar von einer Seite zur nächsten. Ferrantes Antwort vermittelt so den Eindruck, die Leser seien auf der falschen Fährte, wenn sie in dieser Ausnahmesituation glaubten, vier oder noch mehr Hände seien an Ferrantes Werk beteiligt. Jedoch ist ihre Antwort kein Dementi, sondern ein geschicktes Ausweichmanöver.

Di Stefano setzt noch eins drauf: Ob man nun endlich erfahren könne, wer sie sei? Ihre Antwort: »Elena Ferrante. Ich habe sechs Bücher in zwanzig Jahren veröffentlicht. Reicht das nicht?«

Diese ersten Antworten für den *Corriere della Sera* nach der Zäsur, nach dem radikalen stilistischen und inhaltlichen Wechsel, nach einer fast fünfjährigen Interviewpause wirken gut überlegt, so als hätten sich Ferrante und ihre Verleger »von Angesicht zu Angesicht gesehen« und das weitere Vorgehen in Gesprächen mit Journalisten exakt geplant. Schließlich waren wiederkehrende Fragen zum massiven Stilwechsel

Ferrantes zu erwarten gewesen. Sollte er mit dem Übergang von Ramondino zu Raja-Starnone zu tun haben, dann wurde die Vertuschung gut durchgeführt.

Der zweite Text *Höhenangst* ist ein Interview mit Karen Valby, das im September 2014 in *Entertainment Weekly* (USA) unter der Überschrift *The Writer Without a Face* erschien. Darin werden fast gleichlautend die Fragen wiederholt, die schon Di Stefano gestellt hatte. Jetzt reagiert sie etwas pathetisch: Wer jemals selbst geschrieben habe, kenne die Schwierigkeit, dass die Figuren nicht nur wirklichkeitsnah, sondern echt sein sollen. Damit das geschieht, müsse man an die Geschichte glauben, die man schreibt. Ihren Vornamen habe sie der Ich-Erzählerin gegeben, damit ihr die Arbeit leichter falle. Es folgt eine Äußerung, die bisherige Statements ähnlicher Art deutlich steigert: »Elena ist der Name, der mir am nächsten ist. Meine Identität ist komplett und rückhaltlos in den Büchern, die ich schreibe.« Dann nimmt sie Bezug auf Valbys Frage, ob sie nie Lust habe, das Fenster aufzureißen und zu schreien: »Ich habe diese Welt geschaffen!« Ferrante findet die Bemerkung mit dem Fenster lustig. Sie wohne in oberen Etagen, sei aber nicht schwindelfrei und gehe deshalb ungern ans Fenster. Zu den Verfilmungen befragt, äußert sie Kritik an Regisseuren, die mit den Buchvorlagen hochmütig umgehen, so als sei der Roman nur ein Ausgangspunkt für ihre Arbeit. Sie bevorzuge Regisseure, die sich respektvoll in die literarischen Texte vertiefen und sich dadurch anregen lassen, die Geschichten mit Bildern neu zu erzählen.

Der dritte Text *Jedes Individuum ist ein Schlachtfeld* ist ein Interview, das im November 2014 in der Zeitschrift *Io Donna* unter der Überschrift *Es ist Zeit, sich von Elena und Lila zu verabschieden* erschienen ist. Darin fragt Giulia Calligaro, was Ferrante wusste, als sie mit der neapolitanischen Tetralogie begann. Ferrante sagt, sie habe seit Jahren einige Ereignisse mit sich herumgetragen, die ihr wichtig waren, beispielsweise die Geschichte des verlorenen Mädchens. Aber in seiner Gesamtheit sei der Zyklus schreibend entstanden. Sie hätte nie gedacht, dass die Geschichte so lang wird. Das Schreiben bewahre die Ereignisse vor dem Vergessen, so Ferrante. Darauf sagt sie einen Satz, der wieder wie eine Rechtfertigung für die Zäsur klingt: Wenn man nicht im Laufe der Jahre ein passendes Instrument des Ausdrucks (»uno

Plakat in der Londoner Tube zur Theateraufführung
My Brilliant Friend im Rose Theatre in Kingston

strumento espressivo adeguato«) entwickelt habe, werde die Geschichte nicht geboren, oder sie werde geboren, aber ohne Wahrhaftigkeit.

»beh« und »mah«

Das neue Vokabular, das in diesem dritten Teil von *La frantumaglia* verwendet wird (u. a. »Amalgam«, »Dysfunktion«, »Effekt«, »Instrument des Ausdrucks«, »Kohärenz«, »Logik«, »Orchestrierung«, »Parameter«, »Risiko«, »Schemata«, »Selbstreferenzialität«, »Stereotype«, »Strategie«, »System«, »Technik«, »Trance«, »Trick«), passt nicht zur frühen Ferrante. »Instrument«, »(in)kohärent«, »orchestrieren« oder »technisch« verwendet Ferrante ab jetzt geradezu inflationär. Auch die Art des Nachdenkens über Schreibprozesse wirkt nun weniger leidenschaftlich, mehr theoretisch. Es fehlt die ausschweifende und überbordende Begeisterung der Kommentare zu den ersten drei Romanen. Es fehlen die schneidenden und bissigen Anmerkungen und die inhaltsbetonten, fast romantischen Erzählungen rund um die Romane. Es fehlen Erinnerungen an Kapern der Kindheit oder an das Briefeschreiben für ihre Großmutter. Intimität und Wahrhaftigkeit, die auf jeder Seite der ersten beiden Teile von *La frantumaglia* spürbar waren, sind wie weggeblasen. Stattdessen haben wir es mit kühlen und technikbetonten Erklärungen ihrer Arbeit zu tun. Auch wenn es um Herzensthemen geht, dominiert jetzt das Rationale.

Ferrante erklärt, dass es in der Freundschaft keine Regeln gebe. Freundschaft heißt auf Italienisch »amicizia« und enthält das Wort »amare«, »lieben«, weshalb sie so vieles bedeuten könne: von noblen Gefühlen bis hin zu niedrigen Beweggründen. Daher habe sie diesen Roman über eine »sehr robuste Beziehung« geschrieben, die ein ganzes Leben lang dauert und von vielen, sehr verschiedenen Emotionen geprägt wird. Die Frage nach dem fehlenden Happy End beantwortet sie mit dem Hinweis, dass es in ihren Beziehungsgeschichten zwischen Mann und Frau immer wieder glückliche Momente gebe; es genüge, dort abzubrechen. Es gebe »erzählerische Tricks«, die man anwenden könne. Das habe aber nichts mit Liebe zu tun, einem unbeherrschbaren Gefühl voller Überraschungen, die den Happy Endings fremd seien. Hinzu kämen die veränderten Beziehungen zwischen den Geschlechtern.

Die Erwartungen der Frauen seien inzwischen sehr hoch. Die bisherigen Muster, die auf vorgefertigten Geschlechterrollen basierten, seien zum Glück weitgehend verschwunden. Das größte Risiko bestehe nun darin, dass es eine reuevolle Sehnsucht der Frauen nach den »wahren Männern« von einst gebe. Es gelte jede Art männlicher Gewalt zu bekämpfen, aber auch die weiblichen Rückfälle gelte es zu beachten. Die große Menge der Leserinnen, die die sexuelle Energie der übelsten Romanfigur anbeteten, zeige diese Versuchung.

Fatalistisch zeigt sich Ferrante in Bezug auf soziale Veränderungen. Ein Mensch könne seine Klassenzugehörigkeit verbergen, aber nicht auslöschen. Der Einzelne sei ein Schlachtfeld, auf dem sich Privilegien und Mängel bekämpfen. Am Ende zählten die Generationen und ihr kollektives Verhalten. Die Anstrengungen eines einzelnen Individuums blieben unbefriedigend, sogar wenn es Verdienste und Vermögen anhäufe. Auch die Entwicklung in ihrer Heimatstadt sieht sie kritisch: Fortschritt sei dort nur der Fortschritt weniger zum Schaden der Mehrheit.

Der vierte Text *Komplize, wenn auch abwesend* ist ein Interview mit Simonetta Fiori, das im September 2014 in *La Repubblica* unter der Überschrift *Wenn ihr herausfindet, wer ich bin, dann höre ich mit allem auf* erschien. Nicht nur diese Art des Drohens, der ganze Stil von Elena Ferrantes Antworten hat sich geändert. Es ist kaum vorstellbar, dass die Ferrante der Interviews bis 2007 dieselbe ist wie ab 2014. Bescheidenheit und Nachdenklichkeit sind weg. Selbstkritik und -zweifel gibt es kaum noch. Stattdessen tauchen plötzlich informelle Füllwörter auf, die von der frühen Ferrante nie gebraucht wurden: »beh« (»nun«, »also«) und »mah« (»wer weiß«). Ferrante wirkt zudem aggressiv, an manchen Stellen beleidigt sie Simonetta Fiori.

Was ist passiert? Ist Elena Ferrante der Erfolg zu Kopf gestiegen? Ist sie arrogant und selbstherrlich geworden? Oder ist es die Erleichterung, dass die ersten Interviews seit der Zäsur, seit dem Erscheinen von *L'amica geniale*, glatt durchgegangen sind, ohne dass es neue Verdächtigungen gab?

Eine Autorin, die ihre Bücher begleitet

Simonetta Fiori erwähnt, dass die US-amerikanische Zeitschrift *Foreign Policy* Elena Ferrante unter die hundert einflussreichsten Persönlichkeiten der Welt zählt. Wie sie sich das »Ferrante-Fieber« erkläre.

Sie freue sich, weil dies ein Beweis für die Autonomie der Literatur sei. Die Gründe für den Erfolg seien darin zu suchen, was und wie Geschichten erzählt werden. Es sei ein Sieg ihrer Bücher, die sich ohne jegliches Patronat durchgesetzt hätten. Sie hätten sich das Recht verdient, von den Lesern gerade als solche Bücher geschätzt zu werden. Auf die Frage Fioris, ob Ferrantes Abwesenheit nicht viel zum Erfolg beitrage, reagiert sie gereizt: Diese Überlegungen beträfen nur die Medienschaffenden. Die stünden ständig unter Zeitdruck und seien eilige Leser. Außerhalb der Medienzirkel sei die Welt ganz anders: »Damit wir uns recht verstehen, die Leere, die ich absichtlich gelassen habe [...], wollen Sie mit einem Gesicht füllen. Die Leser hingegen füllen sie lesend.« Damit unterstellt Ferrante der Journalistin, sie habe die Bücher nicht oder nur oberflächlich gelesen. Ferrante wiederholt die Aussagen Northrop Fryes zu Shakespeare und sagt, ihr wirkliches Leben würde ihrem Werk nichts hinzufügen. Sie spricht wieder vom Pakt mit ihren Lesern und zum ersten Mal von »meiner Freundin Sandra«, der sie sehr viel erzähle. Elena Ferrante würde aufhören, Bücher zu veröffentlichen, wenn ihre Identität nicht verborgen bleibe. Ihre größte Angst sei heute, ihren kreativen Freiraum zu verlieren, der ja ganz ungewöhnlich sei und den sie für sich entdeckt habe.

Elena Ferrante hält es für einen großen Wert, für die Leser nicht nur Geschichten, Personen, Gefühle oder Landschaften zu orchestrieren, sondern auch die eigene Figur als Autorin, die wahrhaftigste, die es geben könne, bestehend nur aus Schrift. Dieser offensive Ton bezüglich ihrer Anonymität ist neu. Plötzlich spricht Elena Ferrante selbstherrlich davon, wie sie sich im Dienst ihrer Leser »orchestriert«.

Irritiert schrieb Simonetta Fiori in der Einleitung zum Gespräch, sie habe einige Zweifel bezüglich der Gewissheiten der Autorin. Ob es denn wirklich wahr sei, dass es ihren Leserinnen egal ist, wer sich hinter Elena Ferrante verbirgt? Ob die echte Biographie eines Schriftstellers wirklich so bedeutungslos sei? Ob die Medienschaffenden wirklich eine Horde teuflischer Analphabeten seien? Vielleicht vereinfache Elena Ferrante, aber einer großen Schriftstellerin sei alles erlaubt.

Der fünfte Text *Nie das Handtuch werfen* ist ein Interview mit Rachel Donadio, das im Dezember 2014 in der *New York Times* erschien. Donadio fragt sie nach den Gründen für den Erfolg im Ausland, insbesondere in den USA. Das nimmt Ferrante zum Anlass, James Wood zu würdigen, dessen Besprechung im Januar 2013 im *New Yorker* viel zum Erfolg beigetragen und ihr geholfen habe, ihre eigenen Bücher neu zu sehen. Denn wer schreibe, sei dazu verdammt, nie wirklich ein Leser seiner eigenen Texte sein zu können. Die Erinnerung daran, wie die Geschichten erstmals zu Papier kamen, sei für immer ein Hindernis, sie unbefangen wie andere zu lesen. Beim Schreiben habe sie sich nie gefragt, wie man ihre Figuren im Ausland aufnehmen würde.

Es fällt schwer, alle Stellen in *La frantumaglia* anzuzeigen, an denen Elena Ferrante erzählt, sie lasse nach der Veröffentlichung ihre Bücher allein, damit sie ohne Autorin ihren Weg gehen. Es gibt sehr viele solcher Stellen, und hier tut sie es wieder. Es ist aber falsch und wird durch ständiges Wiederholen nicht richtiger: Elena Ferrante lässt ihre Bücher nicht allein. Im Gegenteil: Wie kaum eine andere Autorin begleitet sie ihre Romane ausführlich mit eigenen Interpretationen und Kommentaren. Eifersüchtig wacht sie über die korrekte Auslegung ihrer Geschichten. Es gibt nur wenige Autorinnen der Gegenwartsliteratur, die mehr Interviews gegeben haben als Elena Ferrante. Allein in *La frantumaglia* sind es über 30 ausführliche Gespräche, in denen sie ihren Romanen zur Seite steht, um sie vor Missverständnissen zu schützen.

»Wir Frauen«

Elena Ferrante bedankt sich gegenüber der *New York Times* bei ihrer Übersetzerin Ann Goldstein und beim e/o-Ableger in den USA Europa Editions. Jetzt habe sie erfahren, dass ihre Bücher nicht nur ein italienisches Herz hätten. Sie sei überrascht und glücklich. Was folgt, liest sich wie der Werbetext eines Verlages. Ferrante erklärt, wie unglaublich erfolgreich ihr Debüt von Anfang an in Italien war, erst dank der Mundpropaganda der Leser, dann auch wegen der denkwürdigen Verfilmung. Eine solche PR in eigener Sache wäre bis 2007 undenkbar gewesen.

Es folgt eine neue Nuance bei der Begründung der zehnjährigen Veröffentlichungspause zwischen dem ersten und dem zweiten Roman: Ihre Abwesenheit, gepaart mit dem Erfolg, hätte die Aufmerksamkeit der Medien auf sie gelenkt. Auch deshalb habe sie lange nichts mehr in Druck gegeben. Erstaunlich ist auch die folgende Aussage: Nach *Tage des Verlassenwerdens* und der Verfilmung sei die Aufmerksamkeit der Medien noch einmal viel stärker als zuvor auf ihre Person gerichtet worden, weshalb sie sich erst dann entschlossen habe, ihr Privatleben definitiv vom öffentlichen Leben ihrer Bücher zu trennen. So konstruiert Elena Ferrante für ihre US-amerikanischen Leser ein Crescendo des Schutzes ihres Privatlebens, das es so nicht gab. Die Entscheidung, ihr Privatleben von ihren Veröffentlichungen zu trennen, stand von Anfang an fest. Im Gegenteil: Erst durch die Veröffentlichung der Interviews und von *La frantumaglia* gab sie immer mehr von sich, von Elena Ferrantes Privatleben, preis, wobei sie immer offenließ, wie vieles davon erfunden und wie vieles wahr ist.

Schließlich folgt eine Behauptung, die schon 2014 falsch war: »Nicht ohne Stolz kann ich sagen, dass in meinem Land, zumindest bis jetzt, die Titel meiner Romane bekannter sind als mein Name. Das scheint mir ein gutes Ergebnis.« Es wäre ein wünschenswertes Ergebnis, das ja, aber all ihre Überlegungen und Bemühungen führten nicht zum erhofften Ziel. Der Name der Autorin ist bekannter als die Romantitel, inzwischen auch in Israel, wo das Interesse an Anita Raja als möglicher Verfasserin berühmter Romane rasch wächst.

Auf die Frage, wo sie sich in der literarischen Tradition Italiens sieht, bezeichnet Ferrante die erzählerische Tradition ihres Landes als schwach. Es gebe zwar wunderschöne einzelne Passagen, die sehr auffallen und bewundernswert seien, aber nicht den großen Fluss einer Erzählung, der trotz der Dichte die Leser mit sich reißt. Das Selbstlob kontrastiert mit der früheren Bescheidenheit und Zurückhaltung.

Auch die Aussagen über ihre Arbeitsweise als Autorin unterscheiden sich in einem wesentlichen Punkt. Früher schrieb sie, ohne das Ende ihrer Erzählungen zu kennen. Jetzt erläutert sie, dass ihr der Schluss der Tetralogie von Anfang an bekannt war. Das literarisch suchende Schreiben in den ersten drei Romanen ist einer Vorgehensweise gewichen, die vornehmlich von Unterhaltungsschriftstellern praktiziert wird, die sich selbst nicht überraschen und nicht scheitern wollen: Sie definieren eine Form, den Rahmen ihres Romans, den sie dann so gut es geht füllen.

Auf die Frage, wann sie angefangen habe zu schreiben, widerspricht sie ihren früheren Kindheitserinnerungen. Bislang stellte sich Elena Ferrante als ruhiges und schüchternes, ja stilles Kind dar, das alles mit sich selbst ausmachte und unter einer jüngeren Schwester litt. (Vielleicht war es ein jüngerer Bruder, den sowohl Ramondino als auch Raja hatten.) Jetzt soll sie plötzlich ein Kind gewesen sein, das mündlich sehr gerne »und mit einem gewissen Erfolg« erzählte. Die werbliche

Selbstbeschreibung wird gern zitiert, u. a. auch im bereits erwähnten Dokumentarfilm »Ferrante Fever«.

Donadio fragt sie nach Domenico Starnone, der immer öfter genannt werde. Ferrante habe volles Verständnis, dass dieser es leid sei, immer wieder zu dementieren. Sie fühle sich schuldig. Aber sie schätze ihn sehr und sei sicher, dass er ihre Gründe, im Hintergrund zu bleiben, verstanden habe. Ihre Identität, auch ihr Geschlecht, lassen sich in ihren Texten finden, so Ferrante. Alles, was rundherum an Gerüchten blühe, dokumentiere den Charakter der Italiener zu Beginn des 21. Jahrhunderts.

Zum Schluss des Gesprächs gesteht sie, dass ihr von allen ihren Protagonistinnen Lenù und Lila am nächsten stehen, weniger, was die einzelnen Erlebnisse betrifft, mehr wegen ihres Verhältnisses zueinander, die eine voller Selbstdisziplin, die andere unordentlich. Das Wichtigste, das den Lesern nach der Lektüre bleiben solle, sei das Bewusstsein, nie aufzugeben. »Wir Frauen (»noi donne«) dürfen nie das Handtuch werfen«, fordert Ferrante. Wie sympathisch wäre es, hätte das ein Mann geschrieben: »Wir könnten von einem Augenblick auf den anderen alles verlieren, was wir erobert haben.«

Der sechste Text *Frauen, die schreiben* ist eine Art Heimspiel mit Verlängerung. Entstanden ist das lange Interview für die US-amerikanische Zeitschrift *The Paris Review*, wo es gekürzt im Frühjahr 2015 unter der Überschrift *Elena Ferrante, Art of Fiction No. 228* erschien. Die Fragen stellten aber nicht etwa Journalisten, sondern die Verleger Sandra Ozzola, Sandro Ferri und deren Tochter Eva. Es ist der Versuch, die Hintergründe zum Werk Ferrantes mit einer gleichsam offiziellen Lesart möglichst breit abzudecken. In einer Anmerkung schildern die Verleger die Begleitumstände: Für diese Unterhaltung hätten sich die drei mit Elena Ferrante in Neapel getroffen. Es habe keine Notwendigkeit bestanden, das Gespräch dort zu führen, aber Elena habe bei dieser Gelegenheit einige familiäre Probleme beheben können. Sie hatte die drei Ferris eingeladen, um das Ende von *L'amica geniale* zu feiern. Es war ein heißer Abend, und es regnete. Der ursprüngliche Plan sah vor, den Rione von Lila und Lenù zu besuchen und danach die Promenade am Meer entlangzuspazieren, aber Elena habe es sich anders überlegt. Sie sagte, man besuche die Orte der

Phantasie in den Büchern. In echt seien sie schwer wiederzuerkennen. Nach einem kurzen Spaziergang am Meer seien sie wegen des Wetters in die Halle des Hotel Royal gegangen, gegenüber vom Castel dell'Ovo.

Somit ist nun auch die Tochter Eva von Sandra und Sandro Ferri offiziell eine Geheimnisträgerin: Sie kennt das Gesicht – oder die Gesichter – Elena Ferrantes. Die Gruppe saß also in der Hotelhalle und konnte laut Selbstauskunft ab und an hinausschauen, die Passanten beobachten und sich vorstellen, dies seien Figuren aus den Romanen Ferrantes. Als ich mich in die Hotelhalle setzte, fand ich einen Sitzplatz am Tresen und konnte tatsächlich die Flaneure draußen beobachten. Von den tiefer gelegenen Sesseln aus ist das schwieriger. Ich blickte mich anerkennend um: Elena Ferrante hätte gleichzeitig im Raum sein können, und ich hätte sie nicht erkannt.

Das Gespräch habe sich bis tief in die Nacht hingezogen, sei am nächsten Tag beim Mittagessen und später in Rom im Hause der Ferris fortgesetzt worden. Am Ende wurden die verschiedenen Notizblöcke abgeglichen und das Material nach Elenas Vorgaben geordnet. Vielleicht ist niemandem aufgefallen, dass das Wort »technisch« fünfmal von Elena Ferrante gesagt wird und das Wort »Instrumente« dreimal. Beide Wörter kamen in *La frantumaglia* bis 2007 kaum vor. Der Wortschatz der Autorin ist ein anderer geworden.

Verschiedene Schreibzyklen

Die um Elena Ferrante erweiterte Ferri-Familie hält die Anonymität für ein gut begründetes literarisches Spiel. Sie wiegt sich in Sicherheit und thematisiert sie selbst, so wie es Elena Ferrante den Medien eigentlich vorwirft. Den Beteiligten scheint die Absurdität der Veranstaltung nicht klar zu sein, die vor allem Werbezwecken, nämlich der Publikation in *The Paris Review*, dient. Einerseits die Kritik an den Medien, deren Interesse an der Identitätsfrage sei zu groß, andererseits die Thematisierung in trauter Runde eben dieser Identitätsfrage, ohne neue Erkenntnisse hervorzubringen. Ein Großteil der Antworten Ferrantes findet sich mit nur leichten Variationen schon in den vorhergehenden Interviews in *La frantumaglia*. Jetzt nimmt sie sich viel Zeit

Die Promenade am Meer, il lungomare, im Sommer

und formuliert erstaunlich sachlich, was sie früher emotionaler und tiefschürfender ausdrückte.

Ihre Erzählungen entstehen aus Fragmenten der Erinnerung. Diese Fragmente nennt Elena Ferrante »frantumaglia«: Orte der Kindheit, Familienangehörige, Schulkameraden, Stimmen, Augenblicke großer Anspannung. Sie versucht die Splitter zu ordnen und beginnt dann zu erzählen, was aber meistens nicht klappt. Als Beispiel nennt sie *Lästige Liebe*. Sie hatte viele Episoden beisammen, die in der Peripherie Neapels spielen, wo sie geboren wurde und aufgewachsen ist. (Falls Anita Raja die Prosa von Elena Ferrante schreibt, wird hier gerade wieder gelogen. Falls Domenico Starnone diese Rolle übernimmt, dann handelt es sich nur um einen sehr lockeren Umgang mit der Zuordnung von Geschlechtern. Falls beide die Texte Ferrantes schreiben, wäre es interessant zu wissen, in welchem Verhältnis, um den Aussagen eine seriöse Basis zu verleihen.) Elena Ferrante fährt fort, dass sie an die Gewalt in der Familie dachte, der sie als Mädchen beigewohnt hatte, an Haushaltsgegenstände, an Straßen und vieles mehr. Sie fütterte die Haupt-

Die Eingangstür des Hotel Royal von innen: im Hintergrund das Castel dell'Ovo

figur Delia mit diesen Motiven. Die Mutter Amalia tauchte nur kurz auf und verschwand wieder. Sie existierte fast nicht. Wenn in ihrer Phantasie Delias Körper den Amalias streifte, schämte sie sich und ging rasch weiter.

Mit diesem Material schrieb sie kurze und auch sehr lange Erzählungen, die sie nicht zufriedenstellten. Die Mutter spielte darin nie eine Rolle. Dann verschwanden einige Motive, andere verschmolzen miteinander und neue kamen hinzu, die sich alle um das dunkle Mutter-Tochter-Verhältnis drehten. So entstand schließlich *Lästige Liebe* in wenigen Monaten. Bei *Tage des Verlassenwerdens* war es ähnlich. Jahrelang hatte Elena Ferrante das Motiv einer Frau im Kopf, die abends die Wohnungstür abschließt und sie am nächsten Morgen nicht mehr öffnen kann. Manchmal kamen kranke Kinder hinzu, manchmal ein vergifteter Hund. Erst später gruppierte sich alles um eine persönliche Erfahrung, die ihr unsagbar erschien: die Erniedrigung des Verlassenwerdens.

Diese Entstehungsgeschichten hat Elena Ferrante bis dahin nie so kurz und bündig zusammengefasst. Sie schrieb früher detailreich und fesselnd über das Entstehen der Romane. Hier wirkt es artifiziell, so als habe jemand die Aufgabe erhalten, aufgrund des vorhandenen Materials auf etwas einfachere Art und mit etwas anderen Worten nochmals dasselbe zu berichten. Die Vorstellung, dass die Familie Ferri gemeinsam mit den geistigen Erben Fabrizia Ramondinos unter strenger Geheimhaltung beschlossen hat, sich um einer vermeintlichen Authentizität und Kontinuität willen solch blasse Schriftstellergeschichten auszudenken, wäre für alle Beteiligten im Fall einer Entlarvung auf eine ganz andere Weise erniedrigend als das Verlassenwerden bei Elena Ferrante.

Journalisten und Literaturkritiker, die sich nicht nur mit der neapolitanischen Tetralogie, sondern mit Elena Ferrantes Gesamtwerk beschäftigen, bemerken diese Zäsur zwischen 2007 und 2011. Manche trennen daher die beiden Abschnitte voneinander und sprechen von »zwei verschiedenen Schaffensperioden« oder von »zwei Schreibzyklen«. Aber niemand hat sich bislang mit dem Intervall dazwischen beschäftigt. Niemand hat versucht, diesem Bruch eine Bedeutung beizumessen, ihn zu interpretieren oder Gründe für diesen radikalen Wechsel in der schriftstellerischen Arbeit Elena Ferrantes zu finden. Dabei hat sich nicht nur ihre Prosa verändert, sondern auch ihr Wortschatz und ihr Verhalten in Interviews.

Linguisten untersuchen derzeit alle veröffentlichten Texte Anita Rajas (Vor- und Nachworte in von ihr übersetzten Büchern, einige wenige Zeitschriftenartikel) und vergleichen diese mit Stil und Wortwahl in *La frantumaglia*. Was danach noch fehlt, ist ein Abgleich von *La frantumaglia* mit den Essays und Sachbuchtexten Fabrizia Ramondinos. Früher hätte die Familie Ferri solchen Analysen gelassen entgegengesehen. Heute wird wohl im Verlag der Aktenschredder eingeschaltet, auf dass der Mensch hinter Elena Ferrante ganz verschwinden kann. Aber da sind ja noch die Verlagsverträge, die Kinder, die künftigen Erben.

Stilistisch flexibel

Der Ferri-Ferrante-Zirkel bespricht in einem neapolitanischen Luxushotel das Thema Träume: eine gute Wahl, zumal das bis dahin nicht von Journalisten angesprochen wurde. Doch was Ferrante dazu zu sagen hat, ist wenig originell. Das Notieren von Träumen als regelmäßige Übung gehört zur Routine vieler Autoren, und die dabei auftretenden Schwierigkeiten wurden vielfach dargestellt.

Interessanter wird es bei Sandro Ferris Frage nach Ehrlichkeit in der Literatur. Ferrante weist auf die Grundsatzfragen hin, die sich Schriftsteller stellen müssen: Welchen Erfahrungen kann ich eine Stimme geben? Zu welchen Erzählungen bin ich imstande? Welche Ausdrucksmittel stehen mir zur Verfügung? Welche Wörter, welcher Satzbau, welcher Rhythmus entsprechen meinen Erfahrungen, die ich erzählen will?

Bemerkenswert ist Ferrantes Hinweis, dass sie für das Debüt *Lästige Liebe* den passenden Ton und die passende Vorgehensweise gefunden hatte. Aber dann gelang es ihr nicht, die Methode auf andere Themen zu übertragen. Das bedürfe der Übung, aber es müsse dann auch wie von selbst geschehen. Die Gewissheit danach, das Beste aus dem Stoff gemacht zu haben, die gebe es nie. Wer das Schreiben in den Mittelpunkt seines Lebens stelle, dem ergehe es wie Dencombe in *Die mittleren Jahre* von Henry James, der sterbenskrank und auf dem Höhepunkt seines Ruhms sich wünscht, noch einmal die Gelegenheit zu haben, eine Geschichte zu schreiben, um zu sehen, ob er sich noch verbessern kann. Oder es ergehe ihm wie dem Dichter Bergotte in Marcel Prousts *Auf der Suche nach der verlorenen Zeit* angesichts des gelben Mauerstücks in Jan Vermeers *Ansicht von Delft*: »So hätte ich schreiben müssen«. Wobei – das erwähnt Ferrante nicht – dieses gelbe Mauerstück von Kunst- und Literaturwissenschaftlern auf Vermeers Gemälde nicht zu verorten ist. Die plausibelste Erklärung für Prousts »Fehler« ist dessen schelmische Absicht, seine Kritiker, die sich auf jedes reale Detail in seinem Werk stürzen, in die Irre zu führen. Proust erfindet eine Besonderheit auf einem wirklichen Gemälde als Symbol für Vollkommenheit, die es ohnehin nicht geben kann. Der Schalk sitzt hier Proust im Nacken. Das erinnert an Elena Ferrante, die aus einer anfänglich ernsthaften Sorge um ihre Privatsphäre ein neckisches Versteckspiel mit ihren Lesern macht, um vor lauter Übermut in eine Tragödie, in die Selbstauslöschung, zu stürzen.

Es ist Sandra Ozzola, die als Erste nach der Identität fragt: Ob ein Schriftsteller mehrere Ausdrucksweisen haben könne. Sie frage das, weil italienische Kritiker und Schriftsteller aus Unwissenheit oder Bösartigkeit mehrere Autoren hinter Ferrantes Bücher vermuten.

Ferrante wundert das nicht. Es gebe kaum noch philologische Bildung und Stilkritik in den Medien. Wenn ein Autor beschließe, nicht gegenwärtig zu sein, dann würden in einem solchen Umfeld Missgunst und Phantasien dieser Art gedeihen. Die zuständigen Leute hätten nicht die technischen Mittel oder einfach nicht die Leidenschaft und Sensibilität von Lesern, um das fehlende Bild der Autorin mit Inhalten zu füllen. Deshalb seien sie nicht imstande, zu erkennen, dass der individuelle Stil eines Autors eine Geschichte hat und dass Diskontinuität dabei sehr oft vorkommen könne und gut sichtbar sei. Elena Ferrante nennt als Beispiel James Joyce und seine Werke *Dubliner* einerseits und *Ulysses* und *Finnegans Wake* andererseits. Wäre Joyce nicht als Urheber aller drei Werke bekannt, bedürfte es einer umfassenden philologischen Studie, um den einen Autor für die verschiedenen Schreibstile nachzuweisen, so Ferrante. Der Vergleich hinkt allerdings allein schon, weil Joyce sich von einem eher konventionellen Prosadebüt zu immer komplexer werdenden Erzählformen entwickelte: Gut Nachvollziehbares zu Beginn mündet in scheinbar ungeordnete und bruchstückhafte Sätze, in einen »stream of consciousness«, wird letztlich immer schwerer verständlich und führt zu einer eigenen Sprache. Bei Ferrante hingegen geht es in die entgegengesetzte Richtung: Von den eher anspruchsvollen psychologischen Romanen voller Leerstellen am Anfang ihrer Laufbahn verändert sie ihren Stil hin zu eher rückwärtsgewandter Unterhaltungsliteratur.

Elena Ferrante fährt fort, sie könne viele weitere Beispiele verschiedenartiger Werke nennen, die nachweislich von ein und derselben Person stammen. Schreiben bedeute vor allem das Bemühen, stilistisch flexibel zu bleiben.

Ferrantes Argumentation legitimiert vielfältige Ausdrucksweisen ein- und desselben Autors. Allerdings betrifft diese Vielfalt in ihrem Fall nicht nur die Prosa, sondern auch ihre Briefe, Essays und Interviews. Sandra hakt nach: Also nicht mehrere Autoren, sondern alles aus einer Hand? Darauf Ferrante: »Ich würde Ja sagen«, als wolle sie mit dieser vagen Bestätigung die Gerüchteküche am Brodeln halten wollen.

Lästige Liebe sei nach vielen langwierigen und missglückten Schreibversuchen in wenigen Monaten entstanden, ebenso die ersten zwei Teile von *Tage des Verlassenwerdens*. Beim dritten Teil habe sie aber Fehler gemacht. Die Tonlage schien ihr für das Ende nicht mehr passend. Sie habe lange daran arbeiten müssen, um eine Olga zu zeigen, die aus der Krise wiederaufersteht. Sie wage es bis heute nicht, das Buch zu prüfen, weil sie befürchte, der dritte Teil könnte nur durchschnittlich sein. Ferrante gibt wortreich Auskunft zum weiblichen Schreiben und spricht wiederholt von den »Techniken«, die aus früheren Epochen zur Verfügung stehen, von »Instrumenten«, die es gelte weiterzuentwickeln. Das Schreiben erfordere größten Ehrgeiz, maximale Skrupellosigkeit und Ungehorsam.

Die Skrupellosigkeit (»spregiudicatezza«) ist bezogen auf ihre Arbeit neu im Wortschatz Elena Ferrantes. Möglich, dass diese Eigenschaft eher die Inszenierung des Schreibens, weniger das Schreiben selbst betrifft. Bei welchem Buch sie am meisten riskiert, sich selbst am stärksten aufs Spiel gesetzt habe, will Sandra wissen. Das sei eindeutig *Die Frau im Dunkeln*. Sie habe die Protagonistin in Bereiche getrieben, die sie selbst nie für möglich gehalten hätte. Ledas Satz »Diejenigen Dinge sind am schwierigsten zu erzählen, die wir selbst nicht verstehen« könne als Motto für all ihre Romane gelten. Ihre Ich-Erzählerinnen Delia, Olga und Elena kämen am Ende ihrer Geschichten immer irgendwie heil an. Leda hingegen berichte von Unerträglichem und müsste ihre Schrift, ihren Status als Erzählerin verlassen, um ihre Tat, den Puppenraub, zu verstehen. Aber das kann sie natürlich nicht, weshalb Elena Ferrante meint, in diesem Fall vielleicht zu viel von sich selbst als Autorin erwartet zu haben: Würde die Verfasserin den Sinn verstehen, könnte sie daran sterben, so Ferrante. Von all ihren Büchern sei sie mit diesem am schmerzhaftesten verbunden.

Im Folgenden führt Ferrante ihr Bild der eigenen Prosa als Kette aus, an der ein Kessel hängt, mit dem Wasser aus den Tiefen eines Brunnens befördert werde. Die ersten, polierten und geschmierten Glieder der Kette entsprächen dem sicheren Auftreten emanzipierter Frauen zu Beginn ihrer Romane. Nervös werde sie beim Schreiben, wenn die nächsten Glieder, die rostigen und quietschenden, an die Reihe kämen.

Auf Sandros Frage, wie wichtig ihr die Leser seien, antwortet Ferrante mit einem scheinbaren Paradoxon, auf das sie selbst hinweist. Einerseits setze sie alle ihr bekannten »Strategien« ein, um die Aufmerksamkeit der Leser zu wecken, andererseits sei es ihr Ziel, die gewohnten Erwartungshaltungen der Leser zu enttäuschen und neue zu erzeugen.

Unzuverlässige Erzählerinnen, besonders auch im anglo-amerikanischen Raum, bilden die zur Zeit beliebteste Autorengruppe: Das nicht Absehbare wird heute gerne erwartet und hält die Aufmerksamkeit aufrecht.

Sandro setzt nach und will wissen, wie sie es mit der literarischen Tradition hält. Belesene Schriftsteller hätten den Vorteil, verschiedene Stilrichtungen aus verschiedenen Jahrhunderten miteinander verbinden zu können, so Ferrante. Eine Erzählung sei aber nicht gelungen und wirklich lebendig, weil der Autor fotogen sei, weil die Kritiker sie lobten oder das Marketing sie appetitlich mache, sondern weil sie in einer bestimmten Anzahl von inhaltlich sehr dichten Seiten die Leser nicht vergesse. Letztlich seien sie es, die das Feuer der Wörter entzünden müssten.

Sandro lässt nicht locker und sagt, viele Literaturkritiker stellten eine Verbindung her zwischen der schriftstellerischen Arbeit, die bei ihr besonders aufrichtig und ehrlich wirke, und ihrem Fernbleiben von der Öffentlichkeit, frei nach dem Motto: je seltener man erscheint, desto besser schreibe man. Ferrante rekapituliert ihre Gründe für das Pseudonym: Zu Beginn überwog die Schüchternheit, das Verlangen nach Unberührbarkeit. Später sei ihre feindliche Haltung gegenüber den Medien in den Vordergrund gerückt, die sich mehr auf ihre Identität als auf ihre Bücher konzentrierten. Im Folgenden kritisiert Ferrante, dass die bekanntesten italienischen Schriftsteller und Dichter auch Berühmtheit in anderen Bereichen erlangt hätten: Viele seien im akademischen Umfeld oder in der Verlagsbranche tätig, so als genüge die Literatur nicht sich selbst, so als brauche sie eine außerliterarische Bestätigung. Ähnlich verhalte es sich mit Prominenten, die Bücher veröffentlichen. Die Prominenz des Verfassers sichere dem Buch Aufmerksamkeit, das Buch alleine genüge nicht. Diese Verbindung sei den Medien sehr wichtig. Wenn die richtige Aura vorhanden sei, verkauften sich die Bücher, und alle seien zufrieden. Wenn sich die Bücher wunderbarerweise ohne jegliche Aura verkauften, würden die Medien eine Autorenpersönlichkeit erfinden. Dass aber auch die Bücher Elena Ferrantes von Anfang an eine ganz besondere Aura haben, die auf der Abwesenheit der Schöpferin beruht, blendet Elena Ferrante kurz aus.

Nun will auch Sandra wissen, inwieweit sich ihre Gründe geändert hätten, im Schatten zu bleiben. Der kreative Raum, der sich dadurch öffne, sei ihr sehr wichtig, wiederholt Ferrante. Das Wissen, dass ihre Bücher ohne ihre physische Präsenz auskommen, hätte ihr Möglichkeiten des Schreibens gezeigt, von denen sie nichts geahnt hatte. Sie verweist auf einen Brief des englischen Dichters John Keats. Darin spricht der 23-jährige Romantiker vom »chamäleonhaften Dichter« und beschreibt seinen Charakter: Er sei nicht er selbst, er habe kein Selbst, er sei alles und nichts, er habe keinen Charakter, ein Dichter sei das unpoetischste aller Geschöpfe, er habe keine Identität. Ferrante interpretiert diese Auffassungen Keats' als Trennung des Autors von seinem Werk. Keats subtrahiere den Dichter von seiner Kunst, außerhalb seines Schreibens sei er ein Nichts.

Wenig später drückt Elena Ferrante ihr Gefallen aus an der Gleichsetzung der Beziehungen, die Leser einerseits zu ihr, Elena Ferrante, hätten und andererseits zu ihren Romanfiguren. Der Autor müsse nicht eine Instanz außerhalb des Textes sein, im Gegenteil. Am besten sei ihr die Verbindung von Autor und Romanfigur mit Elena Greco gelungen.

Sandro spricht dann den Klatsch und Tratsch (»pettegolezze«) der Medien an, womit die Leere, die Ferrante lasse, gefüllt werden solle. Als Reaktion darauf entwickelt sie ihr Selbstbild weiter.

Lila bittet: Keine Interviews mehr

Die Aufgaben des Autors wüchsen nämlich unter diesen Umständen, so Ferrante. Die mediale Leere, die sie aus konventionellen Gründen Elena Ferrante nennt – »ich, Elena Ferrante« –, bedeute für sie die Verpflichtung, mit größtem Engagement Sekundärtexte zu liefern, um die Leere zu füllen. Wie? Indem sie den Lesern Elemente zur Verfügung stellt, die sie von der Ich-Erzählerin Elena Greco unterscheiden. Die Autorin, die physisch außerhalb des Textes nicht existiere, biete sich innerhalb der erklärenden Texte an, füge sich bewusst der Prosa hinzu und gebe alles, um wirklicher zu sein, als dies mit Autorenfotos, mit Autorenlesungen oder Auftritten in Fernsehsendungen möglich wäre. Auf diese Weise werde die Schrift für den Autor noch wichtiger, der sich »mit maximaler Ehrlichkeit« (sic!) dem Leser anbieten müsse.

Bei der Erläuterung der für sie neuen und glücklichen Umstände rund um das Verfassen von *L'amica geniale* (»alles war schon an seinem Platz«) erwähnt Elena Ferrante zum wiederholten Mal eine Quelle für ihren neapolitanischen Zyklus, eine ihrer Freundinnen, die vor einigen Jahren gestorben sei. Ferrante lasse sich rasch von extrovertierten Menschen faszinieren. Diese Freundin habe nichts Dionysisches gehabt. Sie sei eher eine jener Frauen gewesen, die sich für alles interessieren, Menschen, die sich scheinbar mühelos von ihrer besten Seite zeigen können. Allerdings langweilen sie sich nach einer gewissen Zeit und ziehen weiter. Dort, bei dieser Freundin, sei die erste Spur zur Freundschaft zwischen Lila und Lenù zu finden.

Naheliegend wäre die Besetzung (v. a. das Geschichtenerzählen und das Schreiben betreffend): Fabrizia Ramondino als Lila und Anita Raja als Lenù. In Wirklichkeit ist Ramondino aber 17 Jahre älter als Raja. Ramondino war es, die den Debütroman *Lästige Liebe* dem Regisseur Mario Martone empfahl. So berichtet er es vor laufender Kamera. War sie nicht nur in dieser Hinsicht Rajas Ansprechpartnerin, Fürsprecherin und vielleicht auch Vorbild? Das Verhältnis Ramondino–Raja könnte nach Angleichung des Alters die Basis für einige der kreativen Aspekte – zwei Literatinnen mit vielen gemeinsamen Vorlieben – in der Freundschaft zwischen Lila und Lenù bilden. Ferrante unterstreicht mehrfach, dass es ohne Lila ihre Freundin Elena als Schriftstellerin nicht geben könne. Gäbe es eine prosaschreibende Anita Raja ohne ihre Mentorin Fabrizia Ramondino? Aus guten Gründen verrät Elena Ferrante aber nichts weiter über diese ominöse Freundin in ihrem wirklichen Leben außerhalb ihrer Romane, eine Freundin, die nach ihrer eigenen Angabe am Anfang ihres größten Bucherfolges steht.

Elena Ferrante betont mehrfach, wie leicht ihr die Niederschrift des Zyklus gefallen sei im Vergleich zu den drei vorhergehenden Romanen. Früher habe sie nach wenigen Seiten Pausen eingeschaltet, um das Geschriebene zu lesen und zu bewerten. War sie unzufrieden, konnte dies zu Schreibhemmungen führen, da sie lange damit beschäftigt war, an den wenigen Seiten zu feilen. Ganz anders sei es bei *L'amica geniale* gewesen, wo sie nur alle dreißig Seiten, wenn überhaupt, einen Blick zurück geworfen habe. Die eigentlichen Korrekturarbeiten setzten sehr viel später ein und gingen dann vergleichsweise rasch voran.

Beim Charakterisieren der Hauptfiguren Elena und Lila macht Ferrante erstmals eine Bemerkung zur Leserschaft, die wie PR in eigener Sache wirkt: Es seien die Differenzen zwischen den Protagonistinnen, die vor allem den Leserinnen – aber sie glaube, auch den Lesern – die Möglichkeit öffne, sich sowohl wie Elena als auch wie Lila zu fühlen.

Im siebten Text (dieser und alle folgenden wurden in Tageszeitungen und Zeitschriften im Jahr 2015 veröffentlicht, nur die beiden letzten erschienen 2016) antwortet Ferrante einem norwegischen Journalisten, der als Erstes wissen will, ob sie keine Lust hätte, ihre Leser persönlich kennenzulernen und auf Lesetour zu gehen. Sie verneint, sie käme sich dann wie eine überfürsorgliche Mutter vor, die auch noch ihre erwachsenen Kinder ständig begleite, ihnen ins Wort falle oder sie auf peinliche Weise lobe. Ob ihre Töchter Verständnis hätten, dass sie auf Ruhm und Ehre verzichte, will der Journalist wissen. Es gebe einen Pakt zwischen ihnen und ihr, erwidert Ferrante. Sie dürfe alles machen, was sie wolle, nur nichts, wofür sie sich schämen müssten. Sie sei sich nicht sicher, ob ihr das immer gelungen sei, aber die Töchter schätzten es auf jeden Fall, dass sie den Erfolg nicht öffentlich auskoste. Danach stellt er eine witzige Frage: Was Lila und Lenù zu Ferrantes Wahl der Anonymität sagen würden (Ferrante hat längst aufgehört, diese Formulierung zu beanstanden). Lila und Lenù träumten doch beide davon, Neapel hinter sich zu lassen und reich und berühmt zu werden.

Ferrante hat da eine überraschend klare Vorstellung: Lenù würde sie erst für ihre Entscheidung beneiden, um danach ihren eigenen Weg weiterzugehen. Lila hingegen würde ihre Entscheidung für ungenügend halten. Sie würde Ferrante bitten, auch auf das Verfassen dieser Antworten zu verzichten.

Diese Äußerung Elena Ferrantes ist insofern bemerkenswert, als es die erste Stelle in ihrem Werk ist, an der *meine geniale Autorin* zumindest die Möglichkeit andeutet, dass sie sich anders verhalten könnte.

Erst mit dieser Antwort deutet sie an, dass ihr inzwischen klar ist, dass das gesamte Buchprojekt *La frantumaglia* ein Fehler sein könnte. Leider vertieft Ferrante den Gedanken nicht, legt ihn Lila nur in den Mund und Schluss. Besonders im vorhergehenden Gespräch wäre das ein wichtiger Ansatzpunkt für das Verlegerehepaar und dessen Tochter gewesen, um substanziell in der Frage nach dem Umgang mit der Identität voranzukommen.

Warum glaubt Ferrante, dass ihre Romanfigur Lila das Verhalten ihrer Schöpferin nicht gutheißen würde? Warum glaubt Ferrante, dass ihre geniale Figur Lila es falsch fände, dass Elena – nicht Greco, Elena Ferrante – Interviews gibt und dann auch noch ein Buch wie *La frantumaglia* veröffentlicht? Warum lässt sich Ferrante lieber von Lenù beneiden, als dem Ratschlag Lilas zu folgen? Es wäre vielleicht nicht zu spät gewesen, konsequent und ab sofort ausschließlich nur noch die Prosa für sich sprechen zu lassen, so wie Elena Ferrante es 1991 geplant hatte.

»Spirito fino«

Im Verlauf des Gesprächs erzählt Ferrante, dass sie sich sehr für autobiographische Texte interessiere, private Aufzeichnungen und Tagebücher. In der italienischen Tradition gebe es viele davon. Besonders interessant fände sie Schriftstücke, die nicht versuchen, die gewählte Ausdrucksweise gebildeter Schichten nachzuahmen. Die Zukunft des Romans lasse sie kalt. Hingegen könne sie sich für wahrhaftige Texte (»una scrittura di verità«) begeistern.

Der achte Text ist ein Interview mit einem Journalisten aus Brasilien, der sie sofort nach dem Mysterium Ferrante befragt. Sie solle bitte folgende Idee analysieren: eine romanhafte Biographie von Elena Ferrante, die an ihrer eigenen Fiktion arbeitet. Die These zeitigt Folgen. Zum ersten Mal spricht jetzt Ferrante in diesem Zusammenhang von einem »Experiment«: Damit wolle sie die Aufmerksamkeit auf die ursprüngliche Einheit von Autor und Text lenken. Ihr Experiment solle die Selbstgenügsamkeit des Lesers demonstrieren, der aus jener Einheit alles herausholen könne, was er brauche. Dann behauptet Ferrante:

»Ich erfinde meine Biographie nicht. Ich verstecke mich nicht. Ich schaffe keine Mysterien«. Sie befände sich sowohl in ihren Romanen als auch in diesen Antworten. Der einzige Raum, worin der Leser den Autor suchen solle, sei sein Text. Wer sie wirklich sei? Elena Ferrante, 13 Buchstaben, nicht mehr und nicht weniger. Auf die Frage, was ihr Aufrichtigkeit in der Literatur bedeute, bringt Ferrante es noch einmal auf den Punkt: Die Wahrheit sagen, wie sich das nur die literarische Fiktion erlauben könne.

Der neunte Text ist ein Interview mit einer Journalistin aus der Türkei, die auch als Erstes nach ihrer Abwesenheit fragt, allerdings etwas anders als ihre Vorgänger. Sie will wissen, ob Ferrante glaube, dass die Entscheidung, sich der Öffentlichkeit zu entziehen, den gegenteiligen als den erwünschten Effekt erzielt habe, dass sie jetzt nämlich noch viel präsenter sei und über die Inhalte ihrer Romane immer weniger gesprochen werde. Daraufhin erzählt Ferrante eine neue Version des Verlaufs ihrer Anonymität: Fast zwanzig Jahre lang hätten ihre Bücher in Italien und im Ausland ihr Publikum gehabt und seien gut von der Kritik aufgenommen worden. Dabei habe man von ihrer Abwesenheit abgesehen. Erst allmählich habe man sie als Person bemerkt, ohne dass dabei eine besondere mediale Aufmerksamkeit entstanden sei. Erst die internationale Verbreitung und der Erfolg von *L'amica geniale* habe das Interesse vor allem italienischer Journalisten geweckt.

Die ersten zwei Teile von *La frantumaglia* widerlegen ganz klar diese Aussage. Vielleicht wurden die Antworten nicht von Elena Ferrante, sondern beispielsweise von der Presseabteilung des Verlages gegeben. Vielleicht dachte man sich, dass das Interview nur in der Türkei gelesen werde und dort niemand den Wahrheitsgehalt überprüfen würde. Vielleicht hat man beim Einfügen des Textes in das Buch schlicht die beschönigende Falschaussage übersehen (bemerkenswerterweise ist er in der italienischen Ausgabe falsch nummeriert, mit 10. statt mit 9.). Vielleicht sind aber solche vermeintlichen Kleinigkeiten im Rahmen einer größeren Legendenbildung der Ferri-Ferrante-Familie inzwischen auch egal. Jedenfalls wenden sich angeblich erst jetzt die Medien an die Leser des Zyklus, indem sie die Frage nach ihrer Identität in den Mittelpunkt stellten. Danach stellt Ferrante die Frage nach dem Huhn und dem Ei. Nicht ihre Abwesenheit habe den Erfolg verursacht, sondern der Erfolg lenke die Aufmerksamkeit auf ihre Abwesenheit. Das fände sie gar nicht überraschend. Hingegen sei sie davon überrascht, dass Leser, die sie erst spät entdecken, manchmal wegen der Identitätsthematik in den Medien, ihren Büchern mit Misstrauen und Vorurteilen, wenn nicht gar feindlich gesinnt begegneten; so als mache sie sich mit ihrer Abwesenheit schuldig. – An dieser Stelle würde ihr Lila erklären, dass nicht ihre Entscheidung, abwesend zu sein, die negativen Reaktionen beim Publikum auslöst, sondern ihre gleichzeitige Anwesenheit unter falschem Namen und die unausgesprochenen Motive dafür.

Dieses Gespräch ist nicht nur falsch nummeriert, hier greift erstmals der Interviewpartner Antworten Ferrantes in den folgenden Fragen auf. Ob es telefonisch geführt wurde oder ob die E-Mails mehrfach hin- und hergingen, wird nicht erklärt. Die Journalistin möchte jetzt nämlich wissen, ob dieses erwähnte Misstrauen und die Vorurteile sie nicht negativ beeinflussen. Ferrante antwortet: »Das Einzige, was ich machen kann, ist, meine kleine Schlacht fortzuführen, um das Werk in den Mittelpunkt zu rücken.«

Natürlich ist Elena Ferrante viel zu intelligent, um nicht zu wissen, dass je größer die Schlachten, desto unwichtiger die Inhalte ihrer Romane werden. Mit jeder Schlacht um ihre An- und Abwesenheit gewinnt nämlich ihre Identität weiter an Bedeutung und wird ihr Name bekannter, womit auch die Verkaufszahlen ihrer Bücher steigen. Der Skandal besteht also weniger darin, dass ein Wirtschaftsjournalist der Spur des Geldes folgt und dabei Anita Raja als Autorin identifiziert, sondern eher darin, dass Anita Raja oder andere und ihre Verleger schlicht nicht die Wahrheit sagen.

Der zehnte Text ist ein sehr kurzes Interview mit einer isländischen Tageszeitung, das aber einen schönen Hinweis zur Geschlechterfrage enthält. Ferrante sagt, dass Männer keine Bücher von Frauen lesen, wenn man mal von wenigen Feingeistern (»spiriti fini«) absehe. Ich, spirito fino, lese weiter ihre Kampfansage an die Männer und wünsche Elena Ferrante möglichst viele männliche Leser, auf dass sich die »spiriti fini« vervielfachen.

Noch kürzer ist der elfte Text, das Interview mit einer britischen Kunstzeitschrift. Hier erfahren wir, dass an ihrem Arbeitsplatz die Reproduktion eines Bildes von Matisse hängt. Motiv: offenes Fenster, eine Frau sitzt am Tisch und liest einem Kind vor. Ich habe das Bild gesucht, aber nicht gefunden, und würde mich freuen, wenn es nicht existierte, weil *meine geniale Autorin* dann wie Proust ihre nach Realien dürstenden Leser mit Erfolg in die Wüste schickt. Am Arbeitsplatz befindet sich auch noch ein Flaschendeckel, den sie mit zwölf Jahren gefunden und immer noch nicht verloren hat. Die ersten Kunstwerke, die sie beeindruckten, waren ein Bild von Caravaggio (*Sieben Werke der Barmherzigkeit*) und der Gebissabdruck einer Freundin aus der Kindheit auf dem Handgelenk. Es geschah im Spiel, und eine Weile lang blickte Elena auf das runde Muster, als sei es eine echte Uhr. Ihr Lieblingstitel von Kunstwerken lautet *Ohne Titel*, und sie würde gerne ein Buch gleichen Namens schreiben, falls es das nicht schon gibt. Sie mag auch sehr den Titel *The Artist Is Present* und die Sinnumkehr, die ihm Marina Abramović mit ihrer Performance verleiht. Die Künstlerin war zwar anwesend, aber ihr Körper entsprach einem stummen Kunstwerk.

Der zwölfte Text ist ein Interview mit der niederländischen Tageszeitung *De Standaard*. Hier stellt sie Überlegungen zu ihren zwei besonders gelungenen Romananfängen in *Lästige Liebe* und *Tage des Verlassenwerdens* an. Erste Sätze seien das Ergebnis oft langwieriger Versuche, Geschichten zu beginnen, an deren Ende dann plötzlich ein guter Satz für den Einstieg erscheinen könne. Dann müsse man manchmal den Mut haben, alles Vorangegangene zu streichen. Zudem äußert sie sich mit einer in ihrer Mehrdeutigkeit unübersetzbaren italienischen Redewendung zum Thema des Verschwindens. Das Verschwinden von Frauen sei nicht nur als Kapitulation angesichts der männlichen Gewalt in der Welt zu interpretieren, sondern auch als strikte Zurückweisung. »Io non ci sto« bedeutet wörtlich übersetzt »ich bin nicht da«, und das im Sinn von: hier seht ihr mich nicht, hier verweigere ich mich und nehme euer Angebot nicht an. »Io non ci sto« bedeutet umgangssprachlich üblicherweise »ich bin nicht einverstanden«, »ich will nicht«, »ich mach nicht mit«. Die Ablehnung entspricht einer Verweigerung.

Die Frauen entziehen sich den Spielregeln von Mächtigen, die die Schwachen vernichten wollen.

Mit Sorge denke ich bei diesen Zeilen an Anita Raja, die sich zurückgezogen hat, nachdem sie ihren Rahmen verlassen hatte, nachdem ihr Rahmen von außen durchbrochen wurde. Sie wird möglicherweise zum Opfer der von ihr selbst beschriebenen, ja beschworenen »smarginatura«. Halb noch im Privaten, halb schon in der Öffentlichkeit erfährt sie am eigenen Leib auf einer viel gefährlicheren Ebene, was ihre Figuren in ihren Fiktionen erfahren hatten. Sie ist verschwunden, doch ihre Spuren kann sie nicht löschen, und die Vorstellung des sich Auflösens als Problemlösung ist nun bedrohlich nahe an sie herangerückt. Aus dem literarischen Spiel ist Wirklichkeit geworden. Weil ihr Temperament wohl weniger dem Amalias, mehr dem Delias, weniger dem Lilas, mehr dem Lenùs entspricht, könnte sie am Ende desillusioniert, aber gestärkt wie Olga, oder lädiert, aber klüger wie Leda, eine neue Stimmigkeit ihrer Identität suchen. Ein existenzieller Prozess ereignet sich womöglich gerade im Verborgenen in den Wohnräumen Elena Ferrantes, der letztlich mit Abstand betrachtet und dank Verfremdungseffekten der Stoff für eine gute Geschichte sein könnte. Allerdings muss *meine geniale Autorin* dafür sorgen, dass sie nicht endet wie Amalia und Lila oder wie Fabrizia und Elsa Morante, die drei Jahre vor ihrem Tod einen Suizidversuch unternahm. Sie muss die leichtsinnig selbst herbeigeführte Krise überstehen, um darüber schreiben zu können. Es wäre die reichhaltigste und wichtigste und wohl auch quälendste ihres Lebens.

Wenn sich Literatur und Leben kreuzen

Der 13. Text ist ein Interview mit der US-amerikanischen Schriftstellerin Elissa Schappell für *Vanity Fair*, worin Ferrante noch einmal betont, dass sie den Zyklus nicht als Tetralogie geplant habe, sondern als einen einzigen, sehr langen Roman. So betrachte sie *L'amica geniale* auch heute noch. Der zweite Band habe sich am leichtesten geschrieben, der dritte am schwierigsten. Elena sei eine komplexe Persönlichkeit, die sich selbst nicht verstehe. Die Aufgabe, die sie sich selbst gestellt habe, bestehe darin, Lila gegen ihren eigenen Willen in der Erzählung lebendigzuerhalten. Elena Ferrante bringt hier noch einmal die ominöse Freundin ins Spiel, die am Anfang von *L'amica geniale* steht: »Der Roman geht von meinen Erfahrungen einer langen, komplexen und quälenden Freundschaft aus.«

Erst seit 2011 verwendet Ferrante das griechische Wort »Gynaikeion« (latinisiert »Gynaeceum«, italienisch »gineceo«), das den nach außen meist abgeschlossenen Frauentrakt eines Wohnhauses bezeichnet. Sie setzt es nun gerne und häufig im Zusammenhang mit Literatur von Frauen ein und kritisiert damit die nach wie vor bestehenden Probleme im Vergleich mit der Literatur von Männern. Neu ist auch seit 2011 Ferrantes Begeisterung für Elsa Morantes 700-seitigen Debütroman *Lüge und Zauberei* (1948). Er sei für sie von fundamentaler Bedeutung. Mit seinem verwirrenden Plot, den vielen Protagonisten und Nebenfiguren eignet er sich gut, um für *L'amica geniale* einen literarischen Hintergrund zu schaffen. Bei den Erklärungen der Faszination, die vom Thema Freundschaft ausgeht, zitiert sie ein italienisches Sprichwort: »Dagli amici mi guardi Dio, dai nemici mi guardo io.« Das mache die Komplexität einer Freundschaft deutlich, die schnell und unberechenbar zur Feindschaft werden könne: Vor den Freunden beschütze mich Gott, vor den Feinden beschütze ich mich selbst. Der Feind sei das Ergebnis einer Vereinfachung, der Freund sei viel schwerer zu verstehen, in ihm komme die Komplexität des Menschen zum Ausdruck.

Schließlich bringt auch die Hartnäckigkeit Schappells Ferrante nicht aus der Fassung. Nachdem Schappell schon mit ihrer Frage nach der selbstgewählten Anonymität in Ferrantes Fettnäpfchen getreten war, bekommt sie auf eine weitere, durchaus berechtigte Frage ein hartes »Nein« Ferrantes. Schappell, selbst eine begabte Autorin und Journalistin, formuliert die Gretchenfrage folgendermaßen: »Es ist eigentümlich, dass Sie selbst beschlossen haben, das Geheimnis ihrer Identität für sich zu behalten, und sich damit gleichsam ausgelöscht haben. Das erinnert an den Wunsch Lilas, zu verschwinden. Gelänge es ihnen, mit derselben Aufrichtigkeit zu schreiben, wenn Sie eine öffentliche Person wären? Verleiht Ihnen die Anonymität ein Gefühl von Freiheit oder ändert sie nichts?« Ferrante verneint: Wer schreibt und veröffentlicht, mache alles andere, als sich auszulöschen. Sie habe ein eigenes Privatleben, und aus Sicht der Öffentlichkeit werde sie ausgiebig in ihren Büchern repräsentiert. Ihre Entscheidung sei eine andere gewesen. Sie habe einfach einmal und für immer vor 25 Jahren beschlossen, die Sorgen abzuschütteln, die mit Ruhm und Erfolg zu tun haben. Das sei für sie ein wichtiger Schritt gewesen. Heute scheint es ihr, als habe sie dank dieser Entscheidung einen eigenen Freiraum gewonnen, in dem sie sich aktiv und präsent fühle. Darauf zu verzichten, wäre sehr schmerzhaft.

Der 14. Text ist ein Interview mit der spanischen Tageszeitung *El País*. Auf die Frage, ob Lenùs Bedürfnis im Roman, alles zusammenhängend darzustellen, auch ihrem entspreche, sagt Ferrante, dass hier ein grundsätzlicher Unterschied zwischen Elena Ferrante und Elena Greco bestehe. Lenùs Obsession, alles schön kohärent darzustellen, empfinde sie als ein Kapitalverbrechen gegen die Wahrheit. Was wirklich zähle, sei Elenas Gefühl, ihr Werk sei nur ein schwacher Schatten im Vergleich zu den Geschichten, die Lila geschrieben hätte.

Der 15. Text ist ein bereits erwähntes Interview mit Liz Jobey in der *Financial Times*. Darin fragt Jobey, ob es für ihre Familie und engen Freunde, die ja auch Geheimnisträger sind, unangenehm sein könnte, wenn ihre wahre Identität enthüllt werden würde. Ferrante sagt, dass sie zu Beginn diese Sorge hatte, aber jetzt nicht mehr. Sie verspüre nicht mehr die Notwendigkeit, diejenigen zu beschützen, die sie liebt. Sie wüssten alle, dass ihr Leben das Schreiben sei, und ließen sie in ihrem Eck. Etwas später entlockt Jobey ihr mit dem Hinweis der Entlarvung als möglicher Scoop jenen besonderen Satz: »Wen könnte es interessieren, was von mir übrig bleibt, außerhalb der Bücher«. Die Frage Jobeys zielt nicht auf ein mögliches Ende, auf eine Entwicklung nach dem Tod, sondern auf die akute Möglichkeit der Enthüllung ihrer Identität, die ja wenig später in gewisser Weise auch eintritt. Hier kommt Ferrantes Wunsch zum Ausdruck, sich so aufzulösen, wie manche ihrer Frauenfiguren. Literatur und Leben kreuzen sich im Leben Elena Ferrantes nie dramatischer als in der Frage des Verschwindens.

La frantumaglia, das Buch der Reue

Der 16. Text ist ein Interview mit der britischen Zeitschrift *The Gentlewoman*, worin sie berichtet, nicht in den Wohlstand hineingeboren worden zu sein. Sie habe sich nur mit viel Mühe ökonomisch hochgearbeitet. Das kommt der Steigerung der Authentizität ihrer Figur Lenù zugute, entspricht aber nicht den sozialen Verhältnissen Anita Rajas. Vielleicht hat sich hier ihr Gatte Domenico Starnone eingebracht. Falls die beiden gemeinsam den Zyklus verfasst und die Journalistenfragen beantwortet haben, kommt dereinst viel Arbeit auf die Philologen zu.

Eine Veränderung zu den Jahren vor 2007, auf die Ferrante selbst hinweist, ist ihr neues Verhalten Presseanfragen gegenüber: Habe sie früher Mühe mit den Medien gehabt, so antworte sie nun sehr gerne auf schriftliche Fragen mit schriftlichen Antworten. Das helfe ihr, über bestimmte Themen genauer nachzudenken. Sie brauche als Autorin auch die »willentliche Aussetzung der Ungläubigkeit«, wie Samuel Taylor Coleridge 1817 formulierte. Er bezog sich auf die Bereitschaft der Leser, die Vorgaben eines Romans zu akzeptieren. Ferrante betont, dass der fiktionale Umgang mit biographischem Material für den Autor voller Fallen sei. »Elena« zu schreiben, habe ihr geholfen, eng an der Wahrheit zu bleiben.

Welche Wahrheit? Wie bei der doppelten Negation in der Grammatik vollführt Ferrante eine doppelte Fiktionalisierung in der Realität. Dann erwähnt Ferrante zum ersten Mal – es ist überraschend, dass sie das erst jetzt tut – die große Bedeutung Amelia Rossellis für ihr Werk. Rosselli (1930–1996) war eine bedeutende italienische Dichterin. Sie nahm sich in Rom auf den Tag genau 33 Jahre nach Sylvia Plath das Leben. Ferrante zitiert sie und hebt ihren Einfluss auf das Schreiben von Frauen für Frauen hervor. Wenig später gibt sie nolens volens wieder einen Auftrag an die Philologen. Es könnte auch ein Aufruf an Verfasserinnen von Fan-Fiction sein. Auf die Frage, ob sie es Lila jemals erlaube, ihre Geschichte selbst zu erzählen, folgt ein trockenes »nein«. Ferrante erklärt, dass es in der ersten Fassung von *L'amica geniale* sehr lange von Lila geschriebene Episoden gab. Dann habe sie aber diese Möglichkeit eliminiert. Lila könne nichts anderes als die Erzählung Elenas sein.

Natürlich kommt auch *The Gentlewoman* nicht ohne eine Frage nach ihrer Identität aus. Sie wird originell gestellt: Ob es richtig sei, dass für sie Elena Ferrante eine mysteriöse Person sei, ohne Haus, ohne Familie, die nur in ihrer Vorstellung existiert. Aber Ferrante lässt sich auch dadurch nicht aus der Fassung bringen. Es folgt wieder ein klares »nein«. Elena Ferrante sei die Autorin einer bestimmten Anzahl von Romanen. Sie sei nicht im Geringsten mysteriös. Sie zeige sich ja, vielleicht sogar zu sehr. Sie zeige sich in ihren Texten, dem Ort, wo sich ihr kreatives Leben voll und ganz entfalte. Damit meine sie, dass – nun folgen Formulierungen, die vor 2007 unmöglich gewesen wären – ein Autor die Summe seiner expressiven Strategien sei, die eine fiktionale Welt formen, eine sehr konkrete Welt, die von vielen Personen bevölkert werde. Der Rest sei ganz gewöhnliches Privatleben.

Der 17. und letzte Text ist weniger ein Interview, mehr ein Meinungsaustausch mit dem italienischen Schriftsteller Nicola Lagioia. Dieser schickte ihr Anmerkungen und Interpretationen zum Zyklus. Allerdings blieben sie monatelang liegen, da Elena Ferrante zunächst unter einer starken Erkältung litt und danach von der Polemik wegen ihrer Nominierung zum *Premio Strega* abgelenkt wurde. Zufälligerweise wurde auch Lagioia nominiert, aber die beiden korrespondierten (wie immer über den Verlag) weiter zu literarischen Themen und sahen sich nicht als Konkurrenten. Schlussendlich gewann Lagioia mit *La ferocia* (*Eiskalter Süden*).

Mit seinen Anmerkungen regt sie der 1973 in Bari geborene und in Rom lebende Lagioia an, genauer beispielsweise über Lilas und Lenùs Rione nachzudenken. Es fällt Ferrante sichtlich schwer, zu einem Fazit zu gelangen, aber dann zieht sie es doch, und es ist vernichtend: der Rione sei verflucht. Sie variiert ihre Überlegungen zur »smarginatura« und nennt u. a. Franz Kafka als Beispiel, den Anita Raja ins Italienische übersetzt hat.

Die Funktion Neapels wird diskutiert und inwiefern Curzio Malapartes Vision, es sei Europas Schicksal, dereinst wie Neapel zu werden, zutreffe. Ferrante verweist als Vorbild gleichsam in Abstimmung mit ihrem früheren Ich auf Anna Maria Ortese als Vorbild für ihr Neapel-Porträt. Das ganze Universum könne wie Neapel werden, schreibt sie mit verzweifeltem Unterton. Im Begleitbrief vom 30. September 2015 an Nicola Lagioia, ihrem letzten Dokument in *La frantumaglia*, zeigt *meine geniale Autorin* auf ihre zweifelhaft maliziöse Weise Reue: In ihren Romanen stehe schon alles. Die Bedeutung hänge von den Lesern ab. Jeder Text sei voller Möglichkeiten. Diese zu vernichten, vor allem als Autorin, indem man die »richtige Interpretation liefere«, sei eine Todsünde. »Jedes Mal, wenn ich es mache, bereue ich es.«

12 Ich bin Elena Ferrante: Ein Selbstporträt

Ich hatte das Glück, im September 2018 einen Abend mit Elena Ferrante zu verbringen. Sicher bin ich mir natürlich nicht, dass sie es ist, aber ich stellte mir mit guten Gründen vor, sie könnte es sein. Allerdings bestreitet sie es im Gegensatz zur schweigenden Anita Raja vehement. Die Neapolitanerin Marcella Marmo trägt eine Brille, lebte nach dem Studium zwei Jahre in Turin, wo sie für den Verlag Einaudi arbeitete, ist in Neapel als Professorin für Zeitgeschichte spezialisiert auf die Camorra und hat in eine Familie von Intellektuellen geheiratet, die an die Airotas erinnert – die Sacerdotis. Bezeichnenderweise hat sie sich für ihre akademische Karriere, die sehr viele Publikationen umfasst, den wohlklingenden Namen Marcella Marmo bewahrt, ihre Kinder hingegen heißen Sacerdoti.

Die Beweisführung des Autors und Literaturprofessors Marco Santagata im *Corriere della Sera* 2016, dass Marcella die Frau hinter Elena ist, überzeugte die Fachwelt so sehr, dass die Nachricht sofort um die Welt ging. Lachend erzählt Marmo von der Mail einer guten Freundin in New York, die nur schrieb: »Bist du es?«, worauf sie nur antwortete, »bist du verrückt?« Es gibt beim gemeinsamen Abendessen viele solcher Momente, in denen Marcella Marmo leichthin jeglichen Verdacht ausräumt. Mir ist dann vollkommen klar, dass ich mit einer sehr sympathischen, sehr gebildeten und faszinierenden Frau an einem Tisch sitze, die gar nichts mit Elena Ferrante zu tun hat und nur durch Zufall für kurze Zeit mit der Autorin der Tetralogie verwechselt wurde.

Nach Marmos überzeugendem Dementi 2016 wurde sie als zurückhaltend beschrieben. Das trifft im privaten Kreis nicht zu: Sie ist neugierig, wirkt quirlig und spricht wie ein Wasserfall. Ihr Mann Guido Sacerdoti, geboren 1944 in Neapel, war ein renommierter jüdischer Arzt und Kunstmaler und starb nach einer Operation im Juli 2013. Carlo Levi, der Autor von *Christus kam nur bis Eboli*, war der Onkel Guido Sacerdotis.

Vieles, was italienische Journalisten und Wissenschaftler nach Santagates Artikel noch an Indizien gesammelt haben, spricht dafür, dass Marcella Marmo unter dem Namen Elena Ferrante schreibt. Alles aber, was Marcella Marmo selbst dazu sagt, spricht dagegen. Daher gibt es für die folgenden Selbstzeugnisse Elena Ferrantes mehrere Lesarten und mehrere Möglichkeiten, sie zuzuordnen.

Elena Ferrante hat seit 1991 und bis heute sehr viel von sich erzählt. Sie hat sich, ihre Mentalität, ihre Arbeitsweise, ihre Herkunft bis hin zu ihren Geschwistern und Kindern oder ihre intensive Beziehung zu ihrer Geburtsstadt Neapel sehr detailliert geschildert.

Viele Informationen hierzu wurden in italienischen und internationalen Zeitschriften und Zeitungen, in Radiosendungen und Dokumentarfilmen veröffentlicht. Bemerkenswert: Die italienische Wikipedia-Seite nennt 1943 als Ferrantes Geburtsjahr und Neapel als ihre Geburtsstadt. Dasselbe steht bei Domenico Starnone.

Der Arbeitstitel dieses Kapitels lautete *Ferrante über Ferrante.* Ich wollte es ursprünglich distanziert und sachlich schreiben, aber je länger ich die entsprechenden Zitate zusammenstellte, desto klarer wurde das Bild von ihr. Die Ich-Form drängte sich als Reihe von O-Tönen, als Selbstbeschreibungen mit dichterischen Freiheiten auf: autobiographische Gedanken, die auf Originalaussagen Elena Ferrantes und der wenigen Menschen beruhen, die sie persönlich kennen.

Fabrizia Ramondino ist tot, aber Anita Raja, Marcella Marmo oder Domenico Starnone leben: Sie sind inzwischen »Elefanten im Raum«, ein Problem, das alle kennen, aber viele auf Wunsch des Verlages e/o und wohl auch auf Wunsch der Betroffenen nicht mehr ansprechen. Die Gewissheit, dass Anita Raja viel mit Elena Ferrante zu tun hat, ist da, wird aber nicht thematisiert. Die Evidenz wird verdrängt mit der Begründung, sie sei auf ethisch-moralisch verwerfliche Weise zustande gekommen. Doch die Gründe für das Schweigen sind schwach. Bis die Wissenden sich zu Wort melden, lohnt die Beschäftigung mit der »fiktionalen Wahrheit« Elena Ferrantes, die sie für wahrhaftiger hält als die Wahrheit. Diese jedoch wird sich früher oder später Bahn brechen. So ist es auffällig, wie sehr sich der Kulturbetrieb in Israel für Anita Raja heute interessiert. In jüdischen Tageszeitungen und Zeitschriften erscheinen zunehmend Artikel zum Ferrante-Fieber. Aber auch da übt man sich in Geduld und begnügt sich vorläufig mit den unzuverlässigen Informationen, die uns Elena Ferrante zugesteht.

Elena Ferrante: Die Autobiographie, Teil 1 – von den 1940er bis in die 1990er Jahre

Mein Name ist Elena Ferrante. Ich wurde 1943 in Neapel geboren, wo ich auch aufwuchs. Im Frühling 1995 war ich eine schöne Frau, noch keine fünfzig, großgewachsen, brünett und mit ausdrucksstarken Augen. So hat mich mein Verleger Sandro Ferri gegenüber der Tageszeitung *La Repubblica* beschrieben. Und der wird ja hoffentlich der Presse gegenüber die Wahrheit sagen, auch mein Alter und meine Jugendjahre betreffend: In Neapel lebte ich, bis ich aus dem Teenager-Alter heraus war. Anfang zwanzig lernte ich einen Studenten der Ingenieurswissenschaften kennen, der aus Griechenland geflohen war. Ich heiratete ihn, gründete eine Familie und zog mit ihm und den Kindern von Neapel nach Griechenland.

Über das Schreiben

Ich wollte schon als Jugendliche schreiben und hatte sehr hohe Ansprüche an mich selbst. Ich wollte mich nicht mit durchschnittlichen Ergebnissen zufriedengeben. Ich dachte, dass ich als Mensch nur erfolgreich sein könnte, wenn ich erfolgreich schreiben würde. Aber das war anmaßend. Ich habe mit den Jahren diese Selbstüberschätzung erfolgreich bekämpft und erkannt, dass es viele andere Bereiche gibt, in die man sich voll einbringen kann. So habe ich im Leben ein gewisses Gleichgewicht erreicht, sowohl privat als auch öffentlich, das ich für zufriedenstellend halte und nicht mehr missen möchte.

In meinen Texten psychologisiere ich viel, obwohl ich keine entsprechende Ausbildung habe. Ich habe auch nie eine Therapie gemacht, obwohl mich in bestimmten Phasen meines Lebens eine Analyse schon interessiert hätte.

Ich würde mich nicht als Hardcore-Feministin bezeichnen, allein schon wegen meiner Studien, wegen meiner persönlichen Disposition und wegen meines Charakters: Ich hatte viele Jahre Mühe, mich damit abzufinden, aber inzwischen fühle ich mich einigermaßen wohl in meiner Haut.

Ich bin eigentlich ein recht offener Mensch, aber weil ich oft ängstlich bin, legt man mir das manchmal als Reserviertheit aus. Jedenfalls bin ich nie öffentlich aufgetreten und gehöre auch keiner Partei an. Dazu fehlt mir der Mut. Ich habe auch keine Erfahrungen als kämpferische Feministin. Deshalb fällt es mir ja so schwer, viel von mir zu erzählen.

Die Massenmedien sind für mich ein echtes Problem. Das liegt an meinem etwas krankhaften Wunsch nach Unberührbarkeit.

Schreiben bedeutet für mich Vergnügen und Anstrengung zugleich. Wenn ich schreibe, ist das nicht nur eine geistige Tätigkeit, sondern im ganzen Körper spürbar. Ich werde dann zu einem anderen Menschen. Wenn ein Buch fertig ist, dann muss ich das Gefühl wieder loswerden, dass mir jemand viel zu nahegekommen ist. Zu diesem intimen Prozess muss ich dann Abstand gewinnen. Nur so kann ich wieder ich selbst werden und mich im Alltag wie davor benehmen. Dann kann ich nicht mehr in das Buch und das Buch kann nicht mehr in mich zurückkehren. Dann bleibt mir nur, mich vor seinen Nachwirkungen zu schützen. Ich habe es ja geschrieben, um mich davon zu befreien, nicht um seine Gefangene zu bleiben.

Beim Schreiben arbeite ich aufgrund von Gegensätzen: Klarheit der Fakten und schwache emotionale Reaktionsfähigkeit einerseits, andererseits eine Art Sturm des Blutes, ein Schreiben in Krampfanfällen. Ich versuche aber ein Überschneiden der beiden Momente zu vermeiden. Ich versuche, nur fließende Übergänge zu schaffen, ohne dass es eine Lösung gäbe, eine Kontinuität.

Beim Schreiben suche ich Formen für meine Innenwelt. Wenn ich ein Buch veröffentliche, dann habe ich beschlossen, anderen in angemessener Weise etwas darzubieten, was sehr intim ist und mir gehört.

Beim Schreiben konstruiere ich eine Geschichte. Ich setze sie aus meinen Erfahrungen zusammen, aus meinen Gefühlen, aus meinen Leseerlebnissen, meinen Überzeugungen und vor allem aus meinen geheimsten und unkontrollierten Tiefen.

Liebe ist eine lebendige und wohltuende Kraft sowohl für den Einzelnen als auch für die Gemeinschaft. Wenn die Liebe das Individuum verlässt oder schlimmer noch die Gesellschaft, dann werden die Taten der menschlichen Wesen tödlich. Die Geschichten und die Geschichte gehen dann dem Spiel des Massakers entgegen.

Ich bin keine Perfektionistin. Ich schreibe halt nur, wenn ich Lust dazu habe, und veröffentliche, wenn ich mich nicht zu sehr für das Ergebnis schäme.

Hätte ich die Texte, die ich nach dem Debüt geschrieben habe, für gut befunden, hätte ich ohne Probleme monatlich ein Buch veröffentlicht. Aber so war es nicht.

Ich war einige Male in Dänemark. Als Kind habe ich Andersens Märchen geliebt und als Erwachsene Karen Blixens Erzählungen. Meine Verbindungen zu bestimmten Orten entsprechen fast immer den Bezügen, die ich beim Lesen von Büchern herstelle, die von diesen Orten erzählen.

Über den Schmerz

Ich leide manchmal unter Olgas Krankheit. Olga ist die Protagonistin in *Tage des Verlassenwerdens*. Es ist auch die Krankheit meiner Mutter: die Frantumaglia. Sie kann sehr vieles bedeuten. Manchmal denke ich, dass sie einfach meine Art ist, der Angst vor dem Tod Ausdruck zu verleihen.

Mit einer gewissen Erleichterung habe ich festgestellt, dass ein Buch, wenn es einmal gedruckt und im Handel ist, sich von mir entfernt. Zuerst bedrängt mich der Text, später müsste ich ihm hinterherlaufen. Aber das mache ich nicht. Wenn es dem Buch gelingt, in den Kreislauf des Handels zu kommen, dann gilt das nicht für mich. Was von mir im Buch steckt, was auf die Leser vielleicht abstoßend wirkt oder sie vielleicht begeistert, soll nicht auf mich als Person übertragbar sein. Aber genau das geschieht ja, wenn im Klappentext das Foto des Autors abgedruckt wird und die Medien mehr über ihn erfahren wollen. Die Journalisten stellen diese Nähe wieder her, die ich vermeiden will. So soll das Schreiben für mich ein Raum vollkommener kreativer Freiheit bleiben [»uno spazio di libertà creativa assoluta«].

Ich glaube nicht, dass man einen Roman besser versteht, wenn man Informationen über die Lektüren, die Vorlieben und den Geschmack des Verfassers hat.

Als Jugendliche habe ich mit männlichem Zungenschlag geschrieben. Ich hatte den Eindruck, dass alle großen Autoren Männer waren, weshalb ich wie ein echter Kerl schreiben wollte. Danach habe ich angefangen, sehr aufmerksam die Literatur von Frauen zu lesen. Ich begann, mich mit winzigen Fragmenten darin zu beschäftigen, in denen spezifisch Weibliches erkennbar ist. Seit einiger Zeit habe ich Theorien dieser Art abgeschüttelt und schreibe, ohne mich zu fragen, was ich sein soll, männlich oder weiblich oder dazwischen.

Ich schreibe, damit meine Texte gelesen werden. Aber beim Schreiben denke ich nicht an die Leser. Ich suche die Energie, um innerhalb der Geschichte, die ich erzähle, tiefer zu graben. Die einzigen Momente, in denen ich mich vollkommen unabhängig fühle, ereignen sich, wenn ich nach Worten suche, um unter die Oberfläche banaler Formulierungen und Gesten zu gelangen. Und es erschreckt mich nicht einmal, wenn ich feststelle, dass das Graben nutzlos ist und sich unter der Oberfläche nichts befindet.

Ich habe nicht nur zwei Bücher in zehn Jahren geschrieben. Ich habe mehrere geschrieben und umgeschrieben.

Würde ich meine persönliche Geschichte erzählen, dann wäre mir das rasch viel zu privat. Im Rahmen einer stummen Zuhörerin habe ich mich für Feminismus und Psychoanalyse interessiert. Ich habe mich mit vielen Fragen zur Situation der Frauen heute beschäftigt und bin froh, dass das nicht direkt in meinen Romanen zum Ausdruck kommt.

Über die Kindheit

In Neapel bin ich aufgewachsen. Ich habe die Stadt lange Zeit als einen Ort empfunden, in dem ich ständig Risiken ausgesetzt bin; ein Ort voller Streitereien, Schläge, Tränen, unaussprechlicher Obszönitäten und vieler kleiner Konflikte, die in Wutausbrüche ausarten können.

Zu meinen frühen Kindheitserinnerungen gehört eine Katze, die mir mein Vater schenkte. Als ihn aber das Miauen zu sehr nervte, nahm er sie mir wieder weg und setzte sie an der Straße nach Secondigliano aus [ein Stadtteil an der nördlichen Peripherie Neapels].

Ich erinnere mich oft an meine Mutter: Als ich klein war, nahm sie auf der Straße meine Hand und hielt sie fest: dieses Gefühl, Haut auf Haut. Ich spürte ihre Angst vor der Gefahr, dass ich weglaufen könnte. Ich bekam selber Angst. Zu diesen Themen habe ich später Texte von Luce Irigaray und Luisa Muraro gelesen.

Ich war etwa neun Jahre alt, als die Abstellkammer in der neapolitanischen Wohnung meiner Kindheit zum ersten Mal eine enorme Bedeutung für mich bekam. Ich hatte zwei jüngere Schwestern. Die jüngste war vier Jahre alt. Sie war mir und der mittleren, siebenjährigen Schwester nur lästig. Wir schlossen sie oft aus unseren Spielen aus. Aber sie ging uns dermaßen auf die Nerven, dass ich ihr einmal den Tod wünschte. Ich wusste, der Tod lauert in der Abstellkammer in Form eines Ungeheuers. Ich schickte sie unter einem Vorwand dort hinein. Aber dann schämte ich mich. Kurz bevor sie die Tür öffnen konnte, hielt ich sie zurück und ging selber hinein. Ich sperrte die Tür hinter mir zu und litt Höllenqualen, bis meine Mutter mich befreite und mir eine Ohrfeige gab. Nach jenem Erlebnis dachte ich lange über Gerechtigkeit nach. Ich kam zu dem Schluss, dass Höflichkeit und Zurückhaltung die einzigen Möglichkeiten waren, andere nicht zu belästigen und zu verärgern, weshalb ich dann so ein stilles Kind wurde. Aber insgeheim war ich böse. Ich konnte mein Blut nicht beruhigen, das mich potenziell zur Furie werden ließ. Diese Diskrepanz quälte mich. Und das Wissen, dass ich jemanden in den Tod schicken konnte, ohne ihn zu begleiten.

Ich war elf Jahre alt: ein heißer Vormittag im Sommer in Neapel. Zwei Jungs, die heimlich in uns verliebt waren, luden mich und meine Schwester zu einem Eis ein. Unsere Mutter hatte uns streng verboten, den Hof vor unserem Haus zu verlassen. Aber die Versuchung war zu groß. Und wir gingen nicht nur bis zur Bar am Ende der Straße, sondern weiter bis zur Piazza Cavour und zum Museum. [Das wäre ein weiter Fußweg – rund drei Kilometer – vom Rione Luzzatti aus. Manchmal siedelt Elena Ferrante ihre Kindheit im Rione Sanità an, was in diesem Fall viel wahrscheinlicher ist.] Dann zog rasch ein Gewitter auf. Es blitzte und donnerte und schüttete wie aus Kübeln. Ich sah schon Mutter vor mir, wie sie nach uns schrie. Die Jungs waren weg. Ich hielt die Hand meiner Schwester. Zu Hause würde uns eine Strafe erwarten. Und da, zum ersten Mal, nahm ich die Stadt wahr. Sie wurde wie lebendig: ihr schmutziger Atem, ihre Autohupenschreie. Sie war anders und vertraut zugleich, begrenzt und endlos, gefährlich und aufregend. Ich erkannte sie, als ich mich verlief. Diesen Eindruck habe ich nie wieder vergessen.

In meiner Jugend zogen wir oft um. Ich wurde in vielen verschiedenen Wohnungen erwachsen.

Aus Neapel bin ich geflüchtet, sobald es möglich war. Aber ich habe die Stadt mitgenommen und betrachtete sie wie unter einem Mikroskop. Inzwischen entdecke ich gute Aspekte, die ich als Jugendliche nicht sehen konnte, und schlimme Seiten, die noch erbärmlicher sind als früher. Die Erfahrungen, die ich dort gemacht habe, erweisen sich inzwischen überall als hilfreich.

Meine Mutter hatte prächtiges schwarzes Haar und dunkle Augen. Ich beobachtete sie, als sie meine jüngste Schwester stillte. Manchmal wischte sie einen Milchtropfen vom Busen und ließ mich kosten.

Eines muss ich gestehen: Als ich mit etwa sechzehn Jahren erfuhr, dass es etwas wie Psychoanalyse gibt, erschrak ich, und sie erschreckt mich heute noch. Und ich weiß auch, warum. Sie führt dazu, dass man sehr weit schaut, jenseits aller erstellten Gewissheiten. Wenn der Blick sich wieder normalisiert, ist nichts mehr wie zuvor. Ich habe nie eine Analyse gemacht. Aber ich habe ziemlich viel Freud gelesen. Mit Leidenschaft habe ich Melanie Klein und Luce Irigaray gelesen. Ich kann aber nicht sagen, inwieweit das meine Bücher beeinflusst hat. Klar, *Lästige Liebe* hat viel mit der Forschung und den Diskussionen zur Beziehung von Töchtern zu ihren Müttern in den 1980er Jahren zu tun. Und der Titel hängt mit einem Abschnitt zur präödipalen Phase der Frau aus Freuds *Über die weibliche Sexualität* zusammen: »Wirklich ist während dieser Phase der Vater für das Mädchen nicht viel anderes als ein lästiger Rivale«. Das interessierte mich: der Vater als derjenige, der dem Mädchen die Liebe der Mutter entzieht. Das war dann auch der Arbeitstitel, »Lästiger Rivale«. Aber er deutete zu stark auf die Vaterfigur hin, und ich war glücklich, als mir der Titel »Lästige Liebe« einfiel. Da steht die Liebe im Mittelpunkt, die Liebe, die aus dem Vater einen lästigen Rivalen macht.

Meine Verleger Sandra Ozzola und Sandro Ferri kenne ich schon sehr lange. Manchmal gehen wir gemeinsam essen, trinken ein gutes Glas Wein und unterhalten uns über Literatur und die Branche. Das war auch im Spätsommer 1991 so, nachdem ich das Manuskript meines ersten Romans abgegeben hatte und wir die Einzelheiten für die Veröffentlichung im folgenden Jahr besprachen. Wir diskutierten über den Titel und einigten uns auf *Lästige Liebe*. Ein weiteres wichtiges Thema war die Frage, wie ich mich für das Buch engagieren würde. Ich sagte ihnen, dass ich anonym bleiben wollte, und hielt das später auch in einem Brief fest. Das hatte ich alles so mit meiner Familie abgesprochen. Ich erklärte mich aber bereit, mich schriftlich für das Buch zu engagieren. Sie akzeptierten meine Bedingungen, und bis heute hat sich nichts daran geändert. Als ich dann schon 1992 den *Premio Procida, Isola di Arturo – Elsa Morante* erhalten sollte, war ich sehr nervös, nicht, weil ich gleich für mein Debüt einen Preis bekam, sondern weil er im Titel den Namen Elsa Morante trägt. Ich liebe die Bücher von Elsa Morante sehr.

Meine Verleger sind Kämpfer. Sie schlagen ihre Schlachten, die so schwer zu gewinnen sind.

Ich hab's auch nicht leicht. Als ich nach dem Debüt am Nachfolger schrieb, begann ich jeden Morgen daran zu arbeiten, immer mit der Angst, nicht voranzukommen. Ich weiß aus sehr schlechter Erfahrung, dass irgendeine Kleinigkeit den Eindruck von Notwendigkeit mindern kann, den die Texte haben müssen, die ich gerade schreibe. Wenn dieser Eindruck der Notwendigkeit verblasst, verschwindet auch die Arbeit von Monaten. Dann bleibt mir nichts anderes übrig, als auf die nächste Gelegenheit zu warten.

Ein Wort zu prominenten Zeitgenossen, die mich beeinflussen und begeistern: Ich bin ihnen nie begegnet, ich käme mir zu dumm vor, um ein wie auch immer geartetes vernünftiges Verhältnis aufzubauen. Ich wäre wie gelähmt.

Ich bin keine gewissenhafte Leserin und habe ein schlechtes Gedächtnis. Ich lese zwar sehr viel, aber ohne System, und dann erinnere ich mich falsch an das Gelesene.

Inzwischen schäme ich mich nicht mehr, zu gestehen, dass ich als Teenager billige Frauenromane und Groschenhefte verschlang, die zu Hause die Runde machten. Das war Schund voller Liebe und Verrat, der aber unauslöschliche Gefühle in mir auslöste und eine Sehnsucht nach dramatischen Handlungen, die nicht einmal in sich stimmig sein müssen: Es ging um den Genuss starker und auch etwas vulgärer Emotionen. Das habe ich lange zugunsten der Literatur verdrängt. Aber ich finde, es hat viel mit meiner Fabulierlust zu tun und gehört wieder auf den Prüfstand.

Mit Neapel ist man nie fertig, auch nicht aus der Ferne. Ich lebte lange Zeit in anderen Städten, aber diese Stadt ist kein gewöhnlicher Ort. Sie ist die Erweiterung des Körpers, eine Wahrnehmungsmatrix, ein ultimativer Vergleichswert für jegliche Erfahrung.

Sollte ich wieder einmal intensiv über Neapel schreiben wollen, dann würde ich das im Sinne von Anna-Maria Orteses *La città involontaria* machen (die Reportage erschien im Band *Il mare non bagna Napoli*, deutsch: *Neapel. Stadt ohne Gnade. Erzählungen*). Ich würde ihre Geschichten gerne fortführen und weiterentwickeln: kleine und erbärmliche Gewalttaten, eine Fülle verschiedener Stimmen und Ereignisse, winzige und zugleich schreckliche Gesten. Aber um das zu vollbringen, müsste ich nach Neapel zurückkehren und dort leben, was mir aus familiären Gründen zur Zeit nicht möglich ist.

Elena Ferrante: Die Autobiographie, Teil 2 – von 2002 bis heute

Bis 2002 war ich sehr diszipliniert: zwei Romane, ein Interview mit Goffredo Fofi und sonst fast nichts. Ich war ja noch ziemlich unbekannt und mein Verleger Sandro Ferri recht gesprächig. Dem Journalisten Antonio D'Orrico gewährte er ein Interview, das im April 2002 in der Beilage des *Corriere della Sera*, dem Magazin *Sette*, auszugsweise erschien. Demnach bin ich nicht Goffredo Fofi. Das hat Sandro Ferri belustigt klargestellt. Nicht belustigt hat er klargestellt, dass ich nicht Fabrizia Ramondino bin. Ich bin auch kein schwuler Neapolitaner oder eine Frau aus Caserta, die zugegebenermaßen einen Lebenslauf besitzt, der meinem zum Verwechseln ähnlich ist. Sandro Ferri scherzt, er hätte geschworen, dass ich diese Frau aus Caserta sein müsse, wenn er mich nicht kennen würde.

Laut Ferri bin ich immer noch brünett, ziemlich groß gewachsen, um die fünfzig. Ich altere in den Augen meines Verlegers eben langsam. Seiner Ansicht nach bin ich eine Frau von südländischer Schönheit. Feurig. Der Ava-Gardner-Typ. Ich lebe wieder in Italien, habe zwei Töchter, und mein Mann ist nach wie vor Ingenieur. Nach dem Lesen meines ersten Romans dachte Sandro Ferri, ich sei eine verschlossene Frau. »Nein, sie ist warmherzig und sehr mütterlich. Und dieses mütterliche Verhalten zeigt sie auch gegenüber unserem kleinen Verlag«, sagt Sandro Ferri.

Ich habe Latein und Altgriechisch studiert, aber Studienabschlüsse sagen wenig darüber aus, was wir wirklich gelernt haben.

Ich lerne, ich übersetze und unterrichte. Dabei geht es mir wie beim Schreiben. Lernen, Übersetzen und Unterrichten scheinen mir keine Arbeit zu sein. Es sind Arten, sich zu beschäftigen.

Ich bin in einer Welt aufgewachsen, in der es normal schien, dass Männer (Väter, Brüder, Verlobte) das Recht hätten, dich zu schlagen, um dich besser zu machen, um dich als Frau zu erziehen, weil sie dein Bestes wollten.

Das ist eine Grundsatzerklärung: Seitdem ich 15 Jahre alt bin, glaube ich nicht an ein Reich irgendeines Gottes, weder im Himmel noch auf Erden.

Über das Schreiben

Wenn ich intensiv schreibe, dann sind die engsten Beziehungen die gefährdetsten: Verwandte, geliebte Menschen, Freunde.

Nicht ich verberge mein Schreiben, mein Schreiben verbirgt mich. Ich lese, denke, mache mir Notizen und zerstückle die Texte anderer. Und ich verfasse selber welche. All das nimmt immer mehr Zeit in Anspruch. Lesen und Schreiben finden in einem geschlossenen Zimmer statt. Damit verschwindest du aus dem Blickfeld anderer. Das größte Risiko besteht darin, dass auch die anderen aus deinem Blickfeld verschwinden.

Solange man nur für sich alleine schreibt, ist das eine freie Handlung. Um es mit einem Oxymoron zu sagen: Man offenbart sich im Geheimen.

Beim Schreiben versuche ich mich mit meinem ganzen Körper in die Worte zu werfen.

In meiner Jugend bedeutete das Schreiben für mich alles. Heute ist es nur eine von drei oder vier Tätigkeiten, die mein Leben bereichern.

Anna Karenina und Madame Bovary sind in gewisser Weise Nachfahrinnen von Dido und Medea ohne die dunkle Kraft, die jene Heldinnen der Antike dazu treibt, Kindes- oder Selbstmord als Rebellion, Rache oder Fluch zu nutzen. Sie erleben die Zeit des Verlassenseins eher als Strafe für ihre Schuld. Olga hingegen ist eine gebildete Frau von heute. Sie ist beeinflusst von der Schlacht gegen das Patriarchat. Sie weiß, was ihr zustoßen kann, und versucht sich vom Verlassensein nicht zerstören zu lassen. Ihre Geschichte erzählt davon, wie sie widersteht, wie sie zuunterst ankommt und wieder hochkommt, wie das Verlassensein sie ändert, ohne sie zu vernichten.

Ich war noch keine 14 Jahre alt, als ich in meiner Geburtsstadt Neapel mit einiger Mühe *Madame Bovary* im französischen Original las. Meine Muttersprache ist das Neapolitanische, durchmischt mit etwas Griechisch, Latein, Arabisch, Deutsch, Spanisch, Englisch und Französisch, viel Französisch. Ich erkannte mich in Berthe Bovary, der Tochter Emmas und Charles', wieder. Mir schien, als näherte ich mich meiner Mutter genau so, wie Berthe es mit Emma versuchte. Ich hörte deutlich die Stimme Emmas, die immer nervöser wurde und schrie: »Laisse-moi! Eh! Laisse-moi donc!« Sie klang so, wie meine Mutter, wenn sie sich zu sehr mit sich selbst beschäftigte, zu verschwinden drohte. Dann der Schlag mit dem Ellbogen, der Sturz, die Wunde auf der Backe, das Blut. Seither und bis heute bin ich mir nicht sicher, ob mich meine Mutter nicht mindestens einmal angeschaut und mit den schrecklichen Worten Emma Bovarys bedacht hat: »c'est une chose étrange comme cette enfant est laide!«. Der eigenen Mutter hässlich erscheinen: Der Satz traf mich mitten in die Brust und trifft mich heute noch schlimmer als der Stoß Emmas, der ihre kleine Berthe gegen die Kommode stürzen lässt.

Wenn ich ein Buch lese, dann denke ich nicht daran, wer es geschrieben hat. Als Mädchen kannte ich keine Autorennamen. Jedes Buch hatte sich selbst geschrieben.

Beim Schreiben gibt es für mich keine Rituale, keine Gewohnheiten. Ich schreibe einfach, wenn ich Lust dazu habe. Das Erzählen kostet mich viel Kraft. Was meinen Figuren geschieht, geschieht auch mir. Ihre guten Gefühle gehören ebenso zu mir wie ihre schlechten. So muss es sein. Sonst schreibe ich nicht. Wenn ich erschöpft bin, mach ich das Naheliegendste: Ich höre auf zu schreiben und kümmere mich um die tausend dringenden Sachen, die ich vernachlässigt habe, weil sonst das Leben nicht mehr funktioniert.

Die Inspiration zu Lila und Elena kam aus meinem Leben. Ich hatte mal eine Freundin, die mir sehr am Herzen lag. Diese Erfahrung war der Ausgangspunkt für *L'amica geniale.* Aber dazu kamen viele weitere Erfahrungen, die sich im Lauf des Lebens angesammelt haben. Und dann gibt es Erfahrungen, die nur schwer zu nutzen sind: flüchtige, peinliche, unsagbare Ereignisse, die sehr intim sind und allein mir gehören. Mir gefallen Geschichten, die vor allem aus solchen Erfahrungen entstehen. Elena und Lila sind so entstanden. Keine der beiden habe ich mit Leichtigkeit geschrieben. Ich liebe mehr Lila, aber nur weil sie mich gezwungen hat, sehr hart zu arbeiten.

Die Selbstauslöschung kann geschehen, wenn man sich vollständig den Süchten des eigenen Egos entzieht, bis es zur Gewohnheit wird.

Wenn ich ein Buch veröffentliche, dann nur, damit es gelesen wird. Das ist das Einzige, was mich interessiert.

Ich lese Besprechungen meiner Bücher und was man so über mich schreibt, zumindest das, was mir mein Verlag schickt. Aber ich mach es absichtlich mit Verzögerung. Die Rezensionen lese ich erst dann, wenn die Bücher sich weit genug von mir entfernt haben.

Dass ich in der Endauswahl zum wichtigsten literarischen Preis Italiens war, dem *Premio Strega*, bedeutet mir nichts.

Beim Schreiben verfolge ich zwei Ziele: alles erzählen, was ich weiß, und derweil zulassen, dass all das, was ich nicht weiß und nicht verstehe, in die Geschichte einfließt.

Ein veröffentlichtes Buch geht seinen Weg. Das Wichtige ist, dass es ihn ohne mich macht, oder besser gesagt, ohne den Teil von mir, der außerhalb der Buchseiten geblieben ist.

Jede Innerlichkeit ist im Grunde Magma, das auf Selbstkontrolle trifft. Dieses Magma müssen wir zur Sprache bringen, wenn wir unserem Text Energie verleihen wollen.

Was bin ich außerhalb meiner Bücher? Eine Frau, die sich nicht von vielen anderen unterscheidet. Lasst also die Autoren in Ruhe; liebt – wenn es sich lohnt –, was sie schreiben. Das ist der Sinn meiner kleinen Polemik.

Wenn ich nicht meiner Arbeit nachginge, wäre ich Schneiderin.

Ich gehöre zu den Leuten, die sich von allem angezogen fühlen, das durch irgendeinen Rahmen eingeschlossen ist, auch weil es mir hilft, mir vorzustellen, was außerhalb geblieben ist.

Die Aufgabe von Schriftstellern ist es, ohne Selbstzensur eine Wirklichkeit zu formen, die sie gut kennen, so als wären sie die einzigen Zeugen.

Unangenehme Wahrheiten sind das Salz der Literatur. Sie garantieren nicht das Gelingen, aber von dort aus nehmen die Worte Kraft und Geschmack auf.

Der Dialekt ist für mich das Lager meiner primären Erfahrungen.

Das Neapolitanische weiß von mir, von meinen Freundinnen, von unseren Erfahrungen Sachen zu erzählen, wofür ich mich schäme oder die ich liebe.

Eine Geschichte beginnt, wenn unsere Grenzen – eine nach der anderen – fallen.

In allen Interviews behalte ich viel, sehr viel von meiner Individualität für mich, was ich normalerweise in anderen Formen der Kommunikation problemlos zeigen würde.

Von den männlichen Figuren in *L'amica geniale* fühle ich mich Alfonso Carracci, dem Banknachbarn Elenas, am nächsten.

Frauen schreiben viel. Nicht, weil es ihr Beruf ist, sondern aus Notwendigkeit. Schreiben hilft ihnen vor allem in Krisenzeiten. Sie tun es, um sich Klarheit zu verschaffen.

Schreiben versetzt mich in eine gute Stimmung, Veröffentlichen nicht.

Ich glaube, heutzutage wäre es ein Fehler, wenn man es zuließe, dass die eigene Person bekannter wird als das eigene Werk.

Ich bin nicht im Wohlstand aufgewachsen. Die ökonomische Leiter hinaufzusteigen hat mich viel Mühe gekostet. Ich habe heute noch jenen gegenüber Schuldgefühle, die ich hinter mir gelassen habe.

Schreiben ist ein Akt der Überheblichkeit. Das wusste ich schon immer, weshalb ich immer im Verborgenen schrieb. Ich versteckte mein Schreiben vor allem vor den Menschen, die ich liebte. Ich fürchte mich davor, mich zu erkennen zu geben und abgelehnt zu werden.

Ich habe nie geschrieben, um meinen Lebensunterhalt zu verdienen. Aber manchmal schreibe ich Artikel, die nicht in *La frantumaglia* aufgenommen werden. Als Roberto Saviano mich für den *Premio Strega* vorgeschlagen hat, habe ich einen Brief veröffentlicht, den mancher missverstanden hat: Der Preis sei ein guter Preis, wenn ich ihn gewinne, und bleibe ein Problem, wenn nicht. Das war wirklich nicht sehr vornehm von mir. Ich kann da meine Verleger gut verstehen. Andere Texte fanden keinen Eingang, vielleicht auch, weil ich darin zu sehr andere Autorinnen lobe oder man mir zu nahe kommen könnte, wie die Rezension von Alice Sebolds Roman *La quasi luna* (*Das Gesicht des Mondes*), der 2007 in *La Repubblica* erschien. Tja, das Buch wurde von meinen Verlegern, also bei e/o, veröffentlicht. Vielleicht wäre das zu viel Eigenwerbung gewesen. Und natürlich gab es Leser, die vermuteten, ich hätte die Rezension gar nicht selbst verfasst. Dabei schreibt Sebold, die mit 18 Jahren brutal vergewaltigt worden war, im ersten Satz: »Wenn ich zurückschaue, muss ich sagen, es fiel mir leicht, meine Mutter zu töten.« Meint das die Ich-Erzählerin ernst? Man muss den Roman ganz lesen, um das zu verstehen. Der Vatermord hat eine lange und komplexe männliche Geschichte. Der Muttermord dagegen ist viel weniger in der Vorstellung der Leser vorhanden, und schon gar nicht ein Muttermord, der von der Tochter in einem guten Roman vollzogen wird. Darin wäscht die Ich-Erzählerin nach dem Mord ihre Mutter, als wäre sie ihre neugeborene Tochter oder eine Puppe. Meint es die Erzählerin ernst, wenn sie sagt, dass ihr der Mord leichtgefallen ist? Ich glaube, ja. Ich finde meine Rezension wichtig und Sebolds Roman noch viel wichtiger. Schade, dass das nicht in *La frantumaglia* nachzulesen ist.

Über Heimat

Ich habe Neapel verlassen, weil ich Arbeit suchte und sie außerhalb Neapels gefunden habe. Es war eine gute Gelegenheit, aus meiner Geburtsstadt wegzugehen. Dort hätte es für mich keine Erlösung gegeben. Aber man befreit sich nicht so leicht von Neapel. Die Stadt ist in meinen Gesten, meinen Worten und meiner Stimme geblieben. Sogar wenn ein Ozean zwischen ihr und mir liegt, ist das noch so.

Es stimmt schon, dass ich in Griechenland gelebt habe und jetzt wieder in Italien bin, wobei ich mit Griechenland meine, dass ich oft umgezogen bin, oft ungern, weil ich es musste. Jetzt aber werde ich wohl sesshaft. Es gab kürzlich einige Veränderungen in meinem Leben: Ich hänge jetzt nicht mehr von den Ortswechseln der andern, nur noch von meinen ab.

Neapel ist meine Stadt: Ich kann nicht von ihr absehen, auch wenn ich sie hasse. Ich lebe woanders, aber ich muss oft zu ihr zurück. Nur dort habe ich den Eindruck, mich zu befreien und wieder mit Überzeugung zu schreiben.

Neapel verlassen oder doch bleiben? Die Tetralogie zeigt beide Möglichkeiten: Lenù, die geht und zurückkehrt und wieder geht, Lila, die bleibt

Über Mütter

Nach meiner Erfahrung besitzen in Mutter-Tochter-Konflikten die Mütter die absolute Übermacht. Entweder man lernt sie zu akzeptieren, oder man wird krank. Ich muss zugeben, dass ich nie aufgehört habe, mich als eine blasse Tochter zu fühlen, nicht einmal als ich selbst Mutter wurde.

Könnte man die Mütter von ihren unförmigen Kleidern befreien, sähe man ihr Bedürfnis nach Erlösung.

Die neapolitanischen Mütter, die ich kennengelernt habe, waren fröhlich und offen, waren aber auch Opfer und gleichzeitig unfassbar verliebt in die Männer und in ihre Söhne. Sie waren bereit, sie zu verteidigen und ihnen zu dienen, auch wenn sie unterdrückt wurden. Töchter solcher Mütter zu sein, war nicht leicht.

Nachwort

Im September 2018 besuchte ich Neapel. Gegen Ende meiner Gespräche und Stadtrundgänge erkundete ich den Rione Luzzatti in verwaschenem Shirt, alten Jeans, Turnschuhen; Kamera im Plasticksack, Kreditkarten im Hotelzimmer. Von der Bahn-Haltestelle Gianturco geht es an der viel befahrenen Straße Via Emanuele Gianturco durch den legendären Tunnel unter die Bahngleise hindurch. Auf der anderen Seite geht es an den Tankstellen vorbei und Richtung Osten hinein in die Via Bussola und in den Rione Luzzatti. Die Kirche Parrocchia della Sacra Famiglia (später umbenannt in Chiesa San Giuseppe Maggiore dei Falegnami) ist nicht zu übersehen. Sie wird schon im ersten Band der Tetralogie zu Beginn des 15. Kapitels genannt, weil die Lehrerin Oliviero direkt neben der Kirche wohnt. Hier werden im letzten Band der Trilogie die Solara-Brüder erschossen.

Das Viertel wirkte in der Mittagshitze verschlafen: Es gibt nur wenige Geschäfte, und davon waren kaum welche offen. Nur wenige Menschen waren unterwegs. Fast kein Verkehr. Die Ruhe nach dem Sturm in Neapels Zentrum. Ich kaufte ein Mineralwasser und versicherte mich, dass ich wirklich im Rione Luzzatti war, worauf der Verkäufer bejahte und die bescheidenen Ausmaße des Viertels mit einer ausladenden Geste beschrieb: Oben von der Kirche hinab zu den Giardinetti an der Schule vorbei und unten wieder zurück. »Gar nicht groß«, sagte der Mann. Ich wanderte Straße um Straße ab, war fast immer alleine und fotografierte alles, was mir vor die Linse kam.

Bei den Wohnblocks versuchte ich zu erkennen, ob es noch die allerersten aus den 1920er und 1930er Jahren waren, die mit abblätternder Farbe, mit abfallendem Putz, als damals das Sumpfgebiet bewohnbar gemacht wurde, oder ob es welche aus den 1950er Jahren beziehungsweise später restaurierte Bauten waren. Der Rione ist atypisch für Neapel: Er besteht nicht, wie viele Leser meinen, aus engen Gassen, wie man sie aus Neapels Altstadt kennt, wie beispielsweise in der Via dei Tribunali, wo die TV-Teams von HBO und RAI etliche Szenen von *L'amica geniale* drehten. Den Rione Luzzatti bauten die Produzenten als Kulisse nach oder verlegten ihn kurzerhand in die vergleichsweise malerische Via Forio. Martone hingegen drehte *Lästige Liebe* in den

Rione Luzzatti: Ein schon vor Jahren flüchtig hingesprühter Schriftzug gewinnt im Zusammenhang mit Elena Ferrantes Tetralogie Symbolcharakter. Immer öfter reproduzieren die Medien dieses Graffito

entsprechenden Passagen vor Ort im Rione Luzzatti: Die Straßen sind hier breit, die Innenhöfe geräumig, die Wohnhäuser vergleichsweise niedrig mit höchstens vier Stockwerken. Man wollte nach dem Zweiten Weltkrieg Luzzatti zu einer Mustersiedlung für Arbeiter machen, die in den nahe liegenden Fabriken gebraucht wurden. Die Plätze sind schmucklos, aber offen und weit. Das ganze Viertel ist topfeben. Manchmal schaute jemand aus einem Fenster, manchmal trug jemand die Einkäufe nach Hause. Ein Kind rannte grußlos und voller Elan auf der anderen Straßenseite vorbei.

An einem Obststand fuhr ein Junge mit einer lauten Vespa heran und schrie etwas im Dialekt, das ich nicht verstand. Der Verkäufer antwortete. Ich ging weiter und hörte die Vespa hinter mir kreisen. Wenige Minuten später fuhr ein schwarzer Wagen mit verdunkelten Scheiben langsam an mir vorbei. Er stoppte etwa fünfzig Meter weiter vorne und hupte kurz. Aus dem Seitenfenster hing ein Arm. »Das ist es«, dachte ich, »jetzt nehmen sie mich in die Zange, rauben mich aus.«

Die Vespa kam von hinten näher. Das Vorgehen der jungen Gangster hatte mir ein Alter in der Nähe des Bahnhofs zwei Tage davor beschrieben.

Ich hatte im Bahnhof auch mit einem jungen Mann am Infopoint gesprochen. Ja, ab und an werde er nach Elena Ferrante und dem Rione gefragt, aber selten. Nein, Touren biete er keine an. Er wisse nichts davon. Aber es wäre eine gute Idee: »Dem Rione Luzzatti geht es nicht gut. Du verstehst, was ich meine. Wenn Touristengruppen ihn besuchen würden, das wäre eine gute Sache.«

Ich flüchtete in eine Passage zwischen den Häusern, in die Autos nicht hineinfahren konnten. Auch die Vespa käme da wohl nicht herein, ohne sehr aufzufallen. Ich ging im Zickzack zwischen den neueren Wohnhäusern rasch weiter.

Lila wohnt in bescheidensten Verhältnissen in den Jahren, in denen sie in Brunos Wurstfabrik arbeitet, mit Enzo und ihrem Sohn Rino im Viertel San Giovanni a Teduccio, dem südöstlichsten Neapels. Es grenzt an den Rione Luzzatti und an den Rione Barra, das von manchen Einheimischen inzwischen für eine No-Go-Area gehalten wird. San Giovanni a Teduccio wurde kürzlich in einem Zeitungsartikel als »Geisel der Camorra« bezeichnet. Es gibt dort kaum noch Geschäfte, sogar die Bushaltestelle wurde aufgehoben. Zur Einschüchterung rivalisierender Banden fallen oft Schüsse. Gemordet wird in Neapel aber auch mitten im Gewühl und am helllichten Tag, an Orten, die bei Touristen beliebt sind: Das Video eines Camorra-Killers, der in den Quartieri Spagnoli in der Piazzetta Santa Teresa am 17. November 2017 einen Rivalen erschießt, ist ein viraler Hit. Zwei Tage, bevor ich mich in den Rione aufmachte, war der Prozessauftakt zu diesem Mord Thema in den neapolitanischen Medien. Die Besonderheit auch für neapolitanischen Verhältnisse: Obwohl viele Zeugen den Mörder gesehen hatten und die Kamera das gefilmt hatte, schwiegen sie. Trotzdem gelang es den Carabinieri, den 23-jährigen Killer festzunehmen.

Später, nach meinem mehrstündigen Rundgang, als ich wieder an der Haltestelle Gianturco war, tauchten wie aus dem Nichts drei sehr junge und sehr leicht bekleidete Frauen auf. Sie hatten keine Koffer bei sich, zwei von ihnen trugen nicht einmal Handtaschen. Dem Akzent nach zu urteilen waren sie Amerikanerinnen. Ich lachte still in mich hinein: »Du bist so ein Angsthase«, dachte ich. »Wenn sogar diese drei

Die Kirche Parrocchia della Sacra Famiglia (später umbenannt in Chiesa San Giuseppe Maggiore dei Falegnami), in der die Solara-Brüder getauft, vor der sie später erschossen wurden

blutjungen Freundinnen den Rione besuchen, hast du dir mal wieder alles eingebildet.«

Ich dachte an Marcella Marmo, an Anita Raja, an Fabrizia Ramondino, an Domenico Starnone und Mario Martone: Sie alle kannten und kennen dieses Quartier. Vielleicht ereignet sich demnächst und zum ersten Mal in der Literaturgeschichte die grundlegende Verbesserung des gesellschaftlichen Zustands eines Stadtviertels aufgrund eines großen Romans.

Ich habe mir überlegt, wie detailliert ich vom privaten Abend bei meinen Freunden in der schönen Wohnung im Corso Vittorio Emanuele hier berichten soll, und entschied mich schließlich dafür, von einigen vielleicht bedeutenden Einzelheiten zu berichten, zumal ja alle Beteiligten wussten, dass ich an diesem Buch arbeite.

Vergangenes Jahr hatte ich dem Gastgeber, einem Uni-Professor, berichtet, dass ich die Stadt erkunden wollte. Wir kennen uns seit früher Jugend und sehen uns fast jedes Jahr in der Schweiz. »Du musst uns

Vergleichsweise malerische Fassaden in der Via Forio, die zusätzlich zu einem bei Caserta auf rund 25000 Quadratmetern erbauten Set als Kulisse für die HBO-Rai-Verfilmung dienten

besuchen«, sagte er sofort und lachte: »Du weißt, dass Marcella Marmo fast unsere Nachbarin und eine sehr gute Freundin meiner Frau (auch sie Uni-Dozentin) ist. Ich werde euch bekanntmachen.« Als aber seine Frau davon erfuhr, schaute sie streng. Marcella sei sehr verärgert (»seccatissima«) wegen der Sache mit Ferrante. Meine Hoffnungen, durch diesen glücklichen Zufall vielleicht Marcella Marmo persönlich kennenzulernen, schwanden gegen null. Danach mailten wir einige Male, ein Abend wurde festgelegt, aber sie hätten leider Marcella nicht erreicht.

Entspannt spazierte ich mit meiner Tochter den Corso Vittorio Emanuele hinab. Die beiden hatten sehr viel über Neapel zu erzählen, das wusste ich, Marcella hin oder her. Ich verzichte hier auf die weitere Beschreibung, denn es entspricht alles fast haargenau der Schilderung Elena Ferrantes, als Lenù und Lila zum ersten Mal die Gymnasiallehre-

Die »Giardinetti« im Rione Luzzatti, in denen Lenù in vielen Lebensabschnitten immer wieder Ruhe sucht

rin Galiani besuchen, die auch am Corso Vittorio Emanuele wohnt: der Lift, die prachtvolle Wohnung mit den hohen Decken, die Bücherregale, die Gemälde. Ich fühlte mich wie eine Romanfigur, nur stand jetzt nicht eine Schüler- und Studentenparty Anfang der 1960er Jahre bevor mit Nico Fidencos *What A Sky* oder Schnulzen von Paul Anka, sondern ein unbeschwertes Abendessen mit alten Freunden. Aber schon beim Betreten der Wohnung sah ich sie, Marcella Marmo, gut gelaunt, ja fröhlich und zuvorkommend und neugierig in einem roten Kleid mit einer passend roten Stoffblume im Ausschnitt. Ich hatte sie gleich aufgrund der Fotos erkannt, die ich davor im Internet gesehen hatte. Alle duzten sich sofort. Auf einem Beistelltisch lag der Katalog »Guido Sacerdoti – Tensioni e Armonie – 1958–1985« einer Ausstellung, die im Februar im Palazzo delle Arti Napoli in der Via dei Mille gezeigt worden war.

Wir unterhielten uns über die Bilder ihres verstorbenen Mannes. Später kamen wir auch auf Caravaggio zu sprechen, dessen *Sieben Werke der Barmherzigkeit* mir besonders die Gastgeberin ans Herz legte, woran ich mich unmittelbar nach der Rione-Tour auch erinnerte. Zur Beruhigung und Meditation besuchte ich in der Via dei Tribunali die Kirche der Bruderschaft Pio Monte della Misericordia und saß lange vor dem Bild. Elena Ferrante nennt dieses Gemälde als den frühesten künstlerischen Einfluss, an den sie sich erinnern kann.

Schon beim Aperitif erzählte Marcella Marmo überhaupt nicht ärgerlich, sondern sehr belustigt und in vielen Einzelheiten von ihrem Ferrante-Erlebnis. Vieles kannte ich schon aus dem Internet, manches war neu. Sie musste mir gar nicht erst sagen, dass sie nicht Elena Ferrante ist, das war allen im Raum von Anfang an klar. Und wir lachten bei ihren Anekdoten beispielsweise über ungebildete Journalisten: Wie zur Kontrolle schrieb sie einem auf seinen Wunsch hin eine Widmung in eines ihrer Bücher, ein Zitat aus Vergils Aeneis, das er prompt nicht verstand.

Marcella Marmo erzählte von aufdringlichen Reportern, vom anschließenden Aufklärungsbedarf in ihrer Verwandtschaft und im Freundeskreis und von den in der Folge geringfügig steigenden Auflagenzahlen ihrer Veröffentlichungen zur Camorra. Einen negativen Effekt nannte sie dann allerdings mit ernster Miene auch, dass sie nun nämlich mit ihrem unkonventionellen Uni-Foto auf Pornoseiten erscheine. Das ärgere sie schon. Und überhaupt: das Hinterlassen von Spuren im Internet.

Am großen Tisch saß mir gegenüber der Gastgeber, links von mir Marcella, rechts die Gastgeberin und neben mir meine Tochter. Es gab als »primo piatto« Spaghetti mit einer vorzüglichen Fischsauce, zum Hauptgang ein raffiniertes Fischgericht mit Gemüse, zum Nachtisch verschiedene Mozzarellasorten, und alles mit hauseigenem Olivenöl, guten Weinen und später noch hauseigenen Trauben. Es war köstlich und die Stimmung heiter und gelöst. Marcella war kaum zu bremsen, wenn sie mal angefangen hatte, zu einem bestimmten Thema zu sprechen, beispielsweise über die Funktion von Kirchtürmen. Ich lauschte und dachte, dass der Kraftakt, den Zyklus in so kurzer Zeit zu schreiben, gut zu ihr passen würde. So, wie jetzt die Worte aus ihr sprudelten, so sprudelten sie in die Tetralogie: Mündlich for-

Caravaggios »Sieben Werke der Barmherzigkeit« in der Kirche der Bruderschaft Pio Monte della Misericordia

mulierte Marcella präzise und mit vielen Hintergründen, schriftlich schreibt Elena an der Oberfläche und in epischer Breite, abseits wissenschaftlicher Analysen, aber in Kenntnis davon. Eifersüchtig definierte Truman Capote *On the Road* von Jack Kerouac einst als *getippt*, nicht als *geschrieben*, und übersah dabei den Sog, den spontanes und scheinbar aufrichtiges Schreiben auf die Leser ausüben kann. Es steckt eine Dringlichkeit in der Prosa Elenas, die beim Verfassen des neapolitanischen Zyklus in einen Furor mündet, den viele Leser schätzen und in dessen Verlauf die narrative Oberfläche durchbrochen und Abgründiges sichtbar wird.

Die Themen wechselten rasch an dem Abend, so wurden meine Tochter und ich über den Unterschied von Kaffeekochern aufgeklärt,

Täglich frischer Fisch in Neapels Gassen

der weniger bekannten Napoletana einerseits und der Mokka andererseits. Meine Tochter erwähnte, dass dies ihre erste Stadt in Europa ohne Starbucks sei, was in fröhliche Hymnen auf den neapolitanischen Espresso und die Kaffeetradition mündete.

Marcella Marmo wurde 1944, drei Jahre vor David Bowie, geboren. Die Gastgeber legten keine Musik auf, und es war an dem Abend auch nie von Musik die Rede. Der Song *The Man Who Sold The World* ist einer der wenigen Hinweise auf Populärmusik in Elena Ferrantes Werk. Ich erwähnte beim Hauptgang auf Nachfrage des Gastgebers, wie es mit meinen Recherchen vorangehe, dass ich dem Lied Bowies oder dem Buch *Olivia, by Olivia* nachgegangen war, um mehr Verbindungen zwischen den Lesern und der Prosa Ferrantes herzustellen. Ich sagte, dass ich mich aber im Wesentlichen an den Wunsch Ferrantes halte, sie ausschließlich in ihren Texten zu finden. Ich erwähnte noch einige Einzelheiten wie die Namensgebung (Ca… für Camorra) oder den

Wechsel der Wortwahl in *La frantumaglia* nach 2007, was aber niemanden beeindruckte.

Ich merkte, dass ich bei Äußerungen zu meiner Arbeit befangen war, dass ich mir bewusst überlegte, wen ich als Erstes anschauen sollte, denn ganz am Anfang hatte ich beim Thema Ferrante Marcella angeschaut, als redete ich mit Elena, was sie wohl belustigt ahnte. Sie schaute mir immer wieder tief und forschend in die Augen, was zwar sehr schmeichelhaft, aber gleichzeitig fast schmerzhaft war. Es geschieht mir nur selten, dass jemand mit seinen Blicken so weit in mich vordringt. Wir unterhielten uns auch über die 1968er Revolution und Drogen, aber wir hatten gewiss keine genommen.

Die drei Einheimischen wollten wissen, was wir von Neapel schon gesehen hatten und was noch geplant war. Da ich viele Handlungsorte der Tetralogie auf der Liste hatte, beispielsweise die beiden Strände auf Ischia oder den Posillipo, kamen wir auf diese Weise immer wieder auf Elena Ferrante zu sprechen.

Ich würde das alles hier nicht in dieser Ausführlichkeit schildern, wenn im Anschluss nicht drei merkwürdige Dinge geschehen wären. Ich hatte schon davor beispielsweise Domenico Starnone erwähnt, worauf alle vor allem seinen Roman *Via Gemito* lobten und etliche andere Werke, die mit Ferrante im Zusammenhang stehen.

Die erste Merkwürdigkeit betraf Anita Raja. Die Gastgeberin sagte, sie könne sich absolut nicht vorstellen, dass Raja die Bücher Elena Ferrantes geschrieben haben könnte. Dazu sei sie überhaupt nicht der Typ. Diese Einschätzung entspricht im Übrigen vielen Beobachtungen von Italianisten, die Raja persönlich kennen. Daraufhin sagte ich, dass die Lage nun aber für Raja sehr schwierig sei, dass sie gerade im wirklichen Leben verschwinde wie eine Romanfigur Ferrantes. Ihr italienischer Wikipedia-Eintrag sei schon gelöscht worden. Darauf folgte eine harsche Reaktion Marcellas: Das sei ja kein Wunder, sagte die Professorin keineswegs mitfühlend, sondern sehr kritisch, Raja habe es ja nun mit der Finanzaufsicht zu tun. Das sei ja bekannt. Marcella sagte es in einem Ton, als geschehe es Raja zu Recht.

Ich war verblüfft. Ich sagte, nie etwas Entsprechendes darüber gelesen zu haben. Schulterzucken bei den Gastgebern und ein »doch, doch« Marcellas. Meine späteren Nachforschungen haben nichts ergeben. Ich fragte mich bei Tisch, ob Claudio Gatti mehr Bilanzen und Zahlen des e/o-Verlages gesehen hatte als das Finanzamt, und ob Marcella Insiderwissen besaß, weil sie direkt vom Verlag von den Schwierigkeiten Rajas gehört hatte.

Die zweite Merkwürdigkeit betraf Fabrizia Ramondino. Ich sprach lobend von ihr und von der Möglichkeit, dass sie Elena Ferrante bis zu ihrem Tod am oder im Meer war. Da kam nichts, gar nichts, weder von den Gastgebern noch von Marcella, keinerlei Reaktion. Dabei mussten sie alle Fabrizia Ramondino, eine der wichtigsten neapolitanischen Schriftstellerinnen der Gegenwart, kennen, wenn nicht persönlich, so doch ihre Schriften, aber meine Worte gingen ins Leere. Dadurch wurde ich merkwürdigerweise mutiger.

Gegen Ende des Nachtischs sprach ich dann von der »Smarginatura« und erläuterte den Begriff, denn im Raum war nur die Gastgeberin gut vertraut mit den Büchern Ferrantes, der Gastgeber ein wenig, meine Tochter kaum und Marcella wohl auch nur ein wenig. Ich erklärte also den Begriff »Smarginatura« in der Drucktechnik und ließ dabei meinen Blick kontrolliert über die Anwesenden schweifen, meist im Uhrzeigersinn von Marcella bis zu meiner Tochter und wieder weiter, möglichst gleichmäßig. Jetzt war ich zufrieden mit meiner Selbstkontrolle, und als ich dann sagte, dass nicht Elena Ferrante die Erste gewesen sei, die das Wort in psychologischem Sinn verwendet hat, blickte ich bewusst niemanden an, sondern hinab auf den langen Tisch und auf meinen Teller. Ich führte den Sachverhalt in dieser Haltung noch kurz aus, wie in mich versunken.

Ich hatte die Methode bei einer Therapeutin gelernt: Sie stellte während einer Sitzung eine besonders wichtige Aussage oder Frage, entschuldigte sich dann, sie müsse noch etwas in den Computer eingeben. Auf dem Weg dorthin blickte sie in einen Spiegel, der über einem imaginären (weil früher entfernten) Waschbecken hing, und konnte so das Gesicht des Klienten sehen, der sich in diesen Sekunden unbeobachtet fühlte.

Nach einer kurzen Pause, in der Schweigen herrschte, hob ich also rasch den Kopf und blickte nach links zu Marcella. Was ich sah, beunruhigt mich bis heute: Sie schaute rechts neben sich, also in meine Nähe hinab. Ihr Gesicht war wie verrutscht. Die Herzlichkeit war verschwunden. Ihre Miene schien mir eine Mischung aus Ärger und Enttäuschung auszudrücken.

Abends am Gran Caffè Gambrinus, wo sich auch Lila und Lenù trafen

Ich habe heute das Gefühl, dass es nur ein Sekundenbruchteil war, dass dann das Tischgespräch fast nahtlos wieder über alles Mögliche mit derselben Herzlichkeit weiterging. Deshalb hatte ich gar nicht die Möglichkeit, den Hintergrund zu erklären, die Geschichte mit der Journalistin Raffaella Scarpa und der Romanfigur Lila, der Schuhmacherin. Bis jetzt geht die internationale Ferrante-Forschung davon aus, Ferrante habe nicht nur »Frantumaglia« als Neologismus eingeführt, auch die erstmalige Verwendung des Begriffs »Smarginatura« in psychologischen Zusammenhängen sei Ferrante zu verdanken. Sollte Marcella mit dem Sachverhalt vertraut sein, so war meine Äußerung an jenem Abend ein Schlag in die Magengrube. Später im Hotelzimmer bereute ich es, nicht nachgehakt zu haben. Ich glaube, vom Zusammenhang von »Smarginatura« mit Raffaella Scarpa zu hören, hätte Marcella gefreut. Aber Marcella hatte an dem Abend ohnehin sofort zurück zu ihrer überbordenden Fröhlichkeit gefunden und wirkte unbekümmert wie zuvor.

Den Gastgebern dankte ich noch in derselben Nacht mit einer Nachricht, es sei ein unvergesslicher Abend gewesen. Das war er wirklich. Nebenbei führte er mich zu einer neuen Überlegung: Demnach ist

Marcella Marmo von Anfang an Elena Ferrante. Anita Raja ist ihre Lektorin; möglicherweise bekommt Raja eine Agentenprovision; eventuell besitzt sie auch eine Funktion als Strohfrau, denn beim italienischen Exportschlager Ferrante geht es inzwischen um sehr viel Geld. Es wäre naheliegend, dass wegen der Indiskretionen im Zusammenhang mit Claudio Gattis Recherchen hinter den Kulissen innerhalb der literarischen Clique Streit ausgebrochen ist. Schließlich hat Elena Ferrante die Garantie ihres Verlages, dass ihre Identität geheim bleibt, und genießt den Schutz der Ferris, die das Copyright für alle ihre Buchveröffentlichungen besitzen. Das umfasst auch einen sorgfältigen und streng vertraulichen Umgang mit internen Papieren, was, wie Gatti gezeigt hat, sträflich vernachlässigt wird. Und um das Bild zu vervollständigen, war Fabrizia Ramondino Marcella Marmos Mentorin und eines der Vorbilder für Lila Cerullo. Ramondino ist demnach zumindest teilweise die geniale Lila, die so schreibt, wie die selbstkritische Elena glaubt, es nie hinzubekommen.

»Du spinnst«, sagte mir meine Tochter, als wir abends beim Caffè Gambrinus, wo es sich auch Lila und Lenù gut gehen ließen, unser letztes Eis löffelten. »Stimmt«, antwortete ich. »Auch wenn es so wäre, würde niemand es zugeben.« Ich kombinierte weiter: »Vielleicht ist es aber wirklich nur Anita Raja, und ihre Lila ist Christa Wolf. Aber Marcellas verrutschtes Gesicht: Fest steht, Anita kannte Fabrizia. Fabrizia war bis 2008 Elena. Anita war die Lektorin, trennte sich von Domenico und wurde nach Fabrizias Tod zur zweiten Elena. Das würde erklären, dass Marcella Domenico gut findet und Anita nicht. In dieser Konstellation hätte Marcella nichts mit dem Dreieck Raja–Ferrante–Starnone zu tun.« Meine Tochter hörte mir nicht mehr zu, sondern konzentrierte sich auf das Eis und die besondere Stimmung rund um das Gran Caffè Gambrinus.

Unabhängig davon, wer Elena Ferrante wirklich ist: Sie hat nolens volens der Literaturwelt den größten »Giallo« der Gegenwart beschert. *Meine geniale Autorin* hat falsche Fährten gelegt und Spuren verwischt. Am Ende verschwindet sie womöglich selbst wie Lila und hinterlässt uns nicht mal Puppen. *Meine geniale Autorin* steht mir nah, weil sie eine der wenigen Schriftstellerinnen von Rang ist, die frei von Narzissmus fest in sich ruht und dabei auf einzigartige Weise seelische Extreme der anderen erkundet.

Anhang

Das Phantom Ferrante und seine Personifizierungen

Seit der ersten Buchveröffentlichung Elena Ferrantes 1992 ist vor allem in Italien, aber inzwischen auch weltweit das Rätselraten im Gange, wer sich hinter dem Pseudonym verbirgt. Der Kreis der aussichtsreichsten Kandidaten umfasst inzwischen etwa ein Dutzend Personen. Hier porträtiere ich die aussichtsreichsten Autoren, nach Geburtsjahr geordnet und in Bezug auf ihre Verhältnisse zu Elena Ferrante. Dabei beachte ich Querverbindungen, was die Namensgebung sowie biographische und inhaltliche Gemeinsamkeiten betrifft.

Fabrizia Ramondino (geboren 1936 in Neapel, 2008 am Strand von Gaeta gestorben): Fabrizia Ramondino war die älteste Tochter des Konsuls Ferruccio Ramondino und der gebildeten und aus angesehener Familie stammenden Pia Mosca. Fabrizia Ramondino wuchs in wohlhabenden Verhältnissen vor allem in Palma de Mallorca (die ersten sieben Lebensjahre), in Neapel und in Frankreich auf. Sie, ihr Bruder Giancarlo und ihre Schwester Annalisa wurden mehrheitlich von Kindermädchen, weniger von der Mutter großgezogen. Sie wuchsen mit Neapolitanisch, Katalanisch, Spanisch und Französisch auf. Deutsch kam erst später hinzu, und an manchen Stellen betont Ramondino, dass auch das Hochitalienische erst nach dem Katalanischen und dem Französischen kam. Auch die italienischen Klassiker las Ramondino viel später als die französischen. Ramondino bezeichnet das Französische als ihre erste Sprache in ihrer Jugendzeit, in der sie sich literarisch bildete.

Mit Ausbruch des Krieges war die Familie gezwungen, oft umzuziehen, weshalb Ramondino als Kind und Teenager auch ärmliche Gegenden in und um Neapel kennenlernte und zeitweise selbst in Armut lebte. Von ihrem elften bis dreizehnten Lebensjahr ging Ramondino im französischsprachigen Teil Savoyens, in Chambéry, zur Schule. Ihr Vater starb wenig später 1950 vor ihren und den Augen ihrer Mutter in Neapel, da war Fabriza Ramondino vierzehn Jahre alt. Lange Zeit konnte sie nicht über dieses traumatische Ereignis sprechen. Erst sehr viel später verarbeitete sie es in den Büchern *Storie di patio* (dort in der

Erzählung *Il prefetto Luigi Ferdinando Baldaro*) und in *In viaggio*. Lange Zeit fühlte sich Ramondino von ihrem Vater im Stich gelassen. Es dauerte eine ganze Weile, bis es ihr gelang, nicht sich und ihre Verlassenheit in den Mittelpunkt zu stellen, sondern ihren Vater und seinen plötzlichen Tod unabhängig von sich zu betrachten. Als Natalia Ginzburg Fabrizia Ramondinos Debüt *Althénopis* lektorierte, forderte die etablierte Schriftstellerin die Nachwuchsautorin auf, mehr über ihren Vater zu schreiben, aber damals konnte Ramondino das noch nicht und wagte nicht einmal, Natalia Ginzburg von ihrem Trauma zu erzählen. Hier könnte ein Zusammenhang mit den kaum vorhandenen Vätern in Elena Ferrantes Werk liegen.

Als Kind hatte Ramondino zuerst in Spanien und später in Neapel im Jahr 1944 Bombardements aus der Luft erlebt. Seither und bis zuletzt ertrug sie nicht die besonders in Neapel beliebten Neujahrsböller, was an Lilas erste von Ferrante detailliert geschilderte »Smarginatura« an Silvester 1958 erinnert. Neapolitaner erzählten mir, dass sich oft noch heute in das Knallen der Feuerwerkskörper Pistolenschüsse mischen.

Ramondino besuchte Anfang der 1950er Jahre das Gymnasium Umberto di Napoli und wohnte – ausgerechnet – im Viale Elena (heute Viale Gramsci). Sie machte ein glänzendes Abitur, ging mit einem Stipendium nach Frankreich und wenig später mit 17 Jahren nach Deutschland: »Ich war so gut in der Schule wie unwissend in den Dingen des Lebens. […] Man schickte mich nach Deutschland, damit ich lieben und arbeiten lerne. Ich sollte erwachsen werden«, schreibt sie im *Taccuino tedesco*, worin sie gleich zu Beginn »le piccole edizioni economiche del Reclam Verlag« (»die kleinen preiswerten Ausgaben des Reclam Verlages«) erwähnt, dank derer sie die Werke Klopstocks, Goethes, Schillers und von Kleists las.

Ab 1957 lebte sie wieder in Italien, vor allem in Neapel, aber zeitweise auch in Triest, Rom und Mailand als Lehrerin, Übersetzerin und Dolmetscherin. Sie hielt sich einige Zeit in Rimini auf, wo sie Margherita Zoebelis pädagogische Konzepte kennen und schätzen lernte. Die Schweizer Flüchtlingshelferin, humanitäre Aktivistin und Frauenrechtlerin hatte dort das Centro educativo italo-svizzero gegründet, das zur Anlaufstelle und zum Treffpunkt innovativ denkender Kindergärtnerinnen und Lehrerinnen wurde.

Das legendäre Hinweisschild aus Holz auf das TIN (Teatro Instabile Napoli) ist immer noch an der Fassade des Palazzo Spinelli befestigt

Ramondino gründete gemeinsam mit Goffredo Fofi die *Mensa dei bambini proletari* (*Tafel für Proletarierkinder*), um die Kinderrechte zu stärken, die es in Armenvierteln wie Montesanto kaum gab. Sie war auch Mitgründerin der ARN (Associazione Risveglio Napoli), die sich dann in größerem Umfang um arme Kinder (oft Analphabeten) kümmerte und Kurse für Arbeiter organisierte. Diese Zeit schildert sie in *L'isola dei bambini* (*Die Insel der Kinder*).

1960 heiratete sie den Aristokraten Francesco Alberto Caracciolo, verliebte sich aber bald in Livio Patrizi, den sie bei politischen Versammlungen in der Villa Patrizi in der Via Manzoni auf dem Posillipo kennengelernt hatte. Patrizi zog nach Mailand, wo er als Redakteur arbeitete, und Ramondino besuchte ihn oft heimlich. Livio Patrizi wurde der Vater der gemeinsamen Tochter Livia Patrizi, die heute als Tanzlehrerin in Berlin lebt. Erst nach der Geburt ließ sich Ramondino von Caracciolo scheiden. Ramondinos Liebeswirren, die mit persönlichen Krisen einhergingen, erinnern an die Lenùs.

In jenen Jahren studierte Ramondino Romanistik an der Universität Neapel. Sie schloss mit einer Arbeit über den französischen Ökonomen und Soziologen Pierre-Joseph Proudhon ab, dessen Satz »Eigentum ist Diebstahl« heute noch zitiert wird und dessen positive Betrachtung der Anarchie wegweisend war. Die Arbeit wurde 1965 auf Anraten eines Kommilitonen in der Zeitschrift für Anarchie *Volontà* veröffentlicht.

Fabrizia Ramondino war Mitgründerin des CCC (Centro Coordinamento Campano), einer Initiative der Neuen Linken, die sich mit sozialen Fragen in Süditalien beschäftigte. Dazu gehörte es beispielsweise, dass sie neapolitanischen Frauen zeigte, wie sie mit der Spirale verhüten können, ohne dass ihre Männer es merken. 1966 arbeitete sie als Lehrerin an einem staatlichen Gymnasium in Neapel und unterrichtete daraufhin auch in anderen Städten Italiens.

Fabrizia Ramondino wirkte auf viele Zeitzeugen eher schüchtern und manchmal abweisend, aber sie konnte sehr temperamentvoll sein, und sie selbst beschreibt sich als gelegentlich vulgär in der Wortwahl.

In Neapel lebte Ramondino in den 1970er Jahren lange im Palazzo Spinelli in der Via Tribunali 97. Nach ihrem Tod war geplant, dort eine Gedenktafel für sie anzubringen, was aber bis heute nicht geschehen ist. Ums Eck befindet sich das TIN (Teatro Instabile Napoli), für das sie sich engagierte. 1977 veröffentlichte sie in Zusammenarbeit mit Goffredo Fofi eine Untersuchung zur Arbeitslosigkeit in Neapel. 1980 erschien ihr Prosadebüt *Althénopis*. Ihre Freundin Barbara della Polla Ferrante (Ferrante ist der Name ihrer Mutter), eine in Triest lebende Regisseurin und Gründerin der Cooperativa Cassiopeia (Initiative für ein weibliches Theater), beschäftigte sich früh mit Elena Ferrante. 2007 stellte sie Szenen aus *La frantumaglia* zusammen, die sich mit weiblicher Kleidung beschäftigen. Dazu bat sie Fabrizia Ramondino um Kontakte zum Verlag e/o. Fabrizia Ramondino könnte sich nach Barbara della Polla – die beiden lernten sich etwa 1990 kennen – Ferrante genannt haben.

Seit 1983 lebte Fabrizia Ramondino in Itri, nahe beim Badeort Gaeta, das eine gute halbe Stunde Zugfahrt nördlich von Neapel liegt. Ihr Bruder war Architekt und hatte für sie das Haus konzipiert. Ab 1983 studierte ihre Tochter Livia in der Folkwangschule in Essen bei Pina Bausch Tanz, weshalb Ramondino nun noch öfter als davor nach Deutschland fuhr. Sie arbeitete bis zu ihrem Tod als freie Schriftstellerin und Journalistin, Literaturkritikerin und Übersetzerin und veröffentlichte zahlreiche Romane, Erzählungen und Reportagen.

Marco Rossi-Doria, der das Vorwort zu *Insel der Kinder* geschrieben hatte, plante ein Interviewbuch mit Fabrizia Ramondino und besuchte sie oft in Itri. Am Tag ihres Todes schrieb er einen berührenden Text. Rossi-Doria erinnerte daran, wie sehr Ramondino das Meer liebte und dass sie eine gute und ausdauernde Schwimmerin war und sich elegant crawlend durch das Wasser bewegte (vor dem Auge der Leser taucht Lila auf, wie sie im Meer vor Ischia mit Nino um die Wette schwimmt). Sie sei ein bisschen so wie ihre Texte gewesen, von denen Ramondino selbst sagte: »Mein Schreibstil entspricht meinem Körper, zerbrechlicher Behälter meiner Maßlosigkeit (dismisura)«, was an Lilas Anfälle von »Smarginatura« erinnert.

Im Zusammenhang mit dem Erzählungsband *Arcangelo* erzählt Ramondino von romantischem Treibgut an einem von Touristenströmen verschonten Strand an der Amalfiküste in den 1980er Jahren. Dort hatte sie Freundschaft mit einheimischen Fischern geschlossen. Einer zeigte ihr vom Meer und vom Sand geschliffene Ziegelsteinstücke, Geschirr-, Kacheln- und Glasscherben und sagte: »Diese Scherben, die hier gestrandet sind, scheinen mir viele Menschenleben zu sein. Wer weiß, woher sie kommen?« Ramondino bezog die Frage des Fischers auf ihre literarische Arbeit: Es sei die eigene Neugier für diese bedeutungslosen Fragmente aus der Vergangenheit, die zu Erzählungen führten und zur Notwendigkeit, die Toten den Lebenden zurückzugeben, etwa so, wie es Proust mit seiner Madeleine ergangen sei. Elena Ferrante bezieht sich in *La frantumaglia* oft auf Proust, und diese Scherben Ramondinos haben Ähnlichkeiten mit den Scherben Ferrantes.

Ihre Benjamin-Zitate erinnern an die Ferrantes in *La frantumaglia* und sind nur ein Hinweis von sehr vielen auf die enge Beziehung Ramondinos zu Ferrante. In Interviews lobt sie Elena Ferrante. Sie war in der Jury des Procida-Morante-Literaturpreises, der 1992 an *Lästige Liebe* für den besten Debütroman ging. Wenn sich Ferrante-Forscher v. a. in Italien und den USA mit den Einflüssen Christa Wolfs und Ingeborg Bachmanns beschäftigen, dann immer und ausschließlich im Zusammenhang mit Anita Raja, die beide Autorinnen ins Italienische übersetzt hat. Dabei übersehen die Forscher, dass Fabrizia Ramondino die Texte Christa Wolfs und Ingeborg Bachmanns gut kannte und im Original gelesen hat. So schildert Ramondino im *Taccuino tedesco*, dass sie schon während ihres ersten Deutschlandaufenthalts 1954 Bachmann las, als sie bei einer Familie in Heidelberg wohnte. Die Vermieterin, die nach Weihnachten für einige Tage wegfahren musste, hatte Ramondino einen Teller Kekse und eine Sammlung mit Gedichten Ingeborg Bachmanns, die eine Freundin der Tochter der Vermieterin war, auf den Tisch gelegt: »Die Gedichte durfte ich alle lesen, aber durfte ich alle Kekse essen?«, überlegt Ramondino.

Fabrizia Ramondino war 1983 während der Pershing-Proteste in Mutlangen, wo sie Heinrich Böll kennenlernte und die Rede von Günter Grass auf Tonband aufnahm. Grass sprach von Christa Wolfs *Kassandra* und dass Literatur wie die Wolfs manchmal Hilfe leisten kann. Ramondino nahm auch Volker Schlöndorffs Rede auf und berichtete über die Ereignisse in italienischen Tageszeitungen und Zeitschriften.

Ramondino blieb bis zuletzt politisch engagiert, so las sie beispielsweise Roberto Savianos Debüt *Gomorrah – Reise in das Reich der Camorra* in einem Zug und war jene Dame, die während der Lesung in Berlin im Sommer 2007 im Zuschauerraum aufstand und rief: »Es freut mich, dass ihr Saviano applaudiert. Aber ich wünschte, das wäre hier nicht eine Kulturveranstaltung, sondern seine mutigen Anklagen würde endlich mal jemand im italienischen Parlament sagen und im europäischen und im deutschen!«

Die ersten zwei Seiten des *Taccuino tedesco* wirken wie ein erstes Exposé für die Tetralogie Ferrantes: Fabrizia Ramondino beschreibt sich als 17-Jährige und den Viale Elena, der Reichtum von Armut trennt wie der Stradone. Sie berichtet von einer Freundin, mit der sie sich auf das Abitur vorbereitet. Ramondino charakterisiert kurz und treffend ihren sozialen Stand und den ihrer Freundin. Ramondino schwärmt für die Schriftstellerin Anna Maria Ortese, ihre Freundin für die wunderschöne G. L., und dann schockt Ramondino die Leser mit der Schilderung, was die Nationalsozialisten in den Konzentrationslagern mit schwangeren Frauen bei der Geburt machten. Wie Lila spricht Ramondino (in diesem Fall ihre Freundin) Extreme aus. Manche Sätze aus dem *Taccuino tedesco* könnten von Elena Ferrante sein: »Dieser Satz wurde schneller geschrieben als gedacht, so als sei ich von den Worten besessen gewesen, als sei ich ein Medium gewesen, das durchquert werden muss.«

Ramondino schwärmt für Rilkes *Malte Laurids Brigge,* deutet lesbische Liebe an, erinnert sich an ihr Mitgefühl für einen geschlagenen

Hund und schildert eine suizidale Situation auf einem gefrorenen See, als sie aus Verzweiflung verschwinden wollte.

Ramondino ist halb ertrunken, halb nach dem Bad im Meer am Strand gestorben (je nach Zeugenaussagen), ähnlich wie ihre Protagonistin in *Im Spiegel einer Insel* (1999), ähnlich wie Amalia in Ferrantes *Lästige Liebe*. Der letzte Text, den Ramondino geschrieben hat, ist ein Nachruf für die *Repubblica* auf ihre Freundin und Übersetzerin Lea Ritter Santini, die achtzigjährig am 5. Juni gestorben war, was aber Ramondino erst mit Verspätung erfahren hatte.

Zwischen Fabrizia Ramondino und Goffredo Fofi, Anita Raja und Domenico Starnone gibt es die bereits erwähnten Querverbindungen. Aber es gibt auch eine Verbindung zu Marcella Marmo: Eines der Bindeglieder ist Carlo Levi, der Onkel Guido Sacerdotis, der wie Levi Mediziner und Maler war. Sacerdoti, der Mann Marcella Marmos, war Vorsitzender der Stiftung Carlo Levi und motivierte Autoren zur Würdigung von Levis Arbeit, unter ihnen Fabrizia Ramondino, Goffredo Fofi und Marco Rossi-Doria.

Goffredo Fofi (geboren 1937 in Gubbio in der Provinz Peruggia): Mit achtzehn verlässt Fofi seine Heimatstadt und geht nach Sizilien. Er engagiert sich gegen Arbeitslosigkeit, Armut und Mafia und setzt sich für einen Pazifismus im Sinne Gandhis ein. Er weitet seine Aktivitäten als engagierter Intellektueller bald auf ganz Süditalien aus und arbeitet an Netzwerken, die sich für Minderheiten einsetzten. Er war 1972 Mitbegründer der pädagogischen Einrichtung *Mensa dei bambini proletari* (*Tafel für Proletarierkinder*) in Neapel mit Fabrizia Ramondino und anderen. Er gründete mehrere Zeitschriften und wurde als Filmhistoriker bekannt. Als Literaturkritiker begleitete und förderte er junge und noch unbekannte Autoren wie Alessandro Baricco, Stefano Benni und Roberto Saviano, wobei es mehrfach vorkam, dass er die Debüts hoch lobte, um die nachfolgenden Romane zu verreißen.

Von manchen italienischen Journalisten wird Goffredo Fofi inzwischen »L'amico geniale« genannt. Er gehörte 1979 bei der Verlagsgründung von e/o zur »erweiterten Familie«, wie es das Ehepaar Ferri nennt. Von Anfang an dabei waren auch Anita Raja und Domenico Starnone. So wundert es nicht, dass das erste in der italienischen Presse veröffentlichte Interview, das Elena Ferrante gab (vor der Erstveröffentlichung von *La frantumaglia*), von Goffredo Fofi für den *Messaggero* geführt wurde. Noch bis zu diesem Zeitpunkt im Januar 2002, unmittelbar nach Erscheinen von *Tage des Verlassenwerdens,* war er der einzige, der ein Interview mit Elena Ferrante veröffentlichen durfte (er hatte sie schon 1995 befragt, aber Ferrante hatte ihre Antworten nicht abgeschickt). Es wurden nach 2002 zunehmend Stimmen laut, die vermuteten, Fofi interviewe sich selbst und er sei auch der Autor des Romans *Lästige Liebe* und der *Tage des Verlassenwerdens*.

Goffredo Fofis Schwäche für Pseudonyme zeigt sich u. a. in seiner Begeisterung für den Schriftsteller Secondino Tranquilli, der schon seinen ersten Roman *Fontamara* 1930 unter dem Namen Ignazio Silone veröffentlichte, den er auch später beibehielt, ein Autor, der die Literaturkritik bis heute polarisiert.

Wie Ramondino war auch Fofi ein Bindeglied zwischen dem Verlag e/o und dem Regisseur Mario Martone. Er war der Geliebte Elsa Morantes, die ihrerseits zusammen mit Natalia Ginzburg sehr Fabrizia Ramondino förderte. Wenn große Autoren wie José Saramango (kurz nach der Verleihung des Literaturnobelpreises) nach Italien kamen, wollten sie bei Podiumsdiskussionen von Fofi interviewt werden. Fofi korrespondierte und korrespondiert mit Derek Walcott, Kurt Vonnegut oder Salman Rushdie – und Elena Ferrante.

Domenico Starnone (geboren 1943 in Saviano, einer Gemeinde in der Nähe Neapels): Er ist wie Nino in der Tetralogie der Sohn eines Eisenbahners. Er arbeitete lange als Lehrer, später als Dozent und daneben als Journalist und Drehbuchautor. Wie Ferrante hat er in seiner Prosa Neapel mehrfach als eine Metapher für die Gegenwart gedeutet.

Sein Debütroman *Il salto con le aste* (*Der Sprung mit den Grundstrichen*) erschien 1989. (Davor war 1987 *Ex cattedra* erschienen, Tagebuchnotizen aus seinem Lehrer-Alltag 1985 und 1986.) Auffallend ist, dass Fabrizia Ramondino und Domenico Starnone ihre ersten Prosa-Bücher mit über vierzig Jahren veröffentlichten. Das würde auch für Elena Ferrante alias Marcella Marmo gelten. Starnone erzählt in seinem Erstling aus dem Alltag eines Grundschullehrers (der Titel nimmt auf das Erlernen der Schreibschrift mit Grund- und Aufstrichen Bezug). Der namenlose Ich-Erzähler, der stark autobiographische Züge trägt, ist ein desillusionierter Achtundsechziger und porträtiert einige politisch nach wie vor linksdenkende Freundinnen und Freunde, was aus den Jugendträumen geworden ist und wie die Gegenwart bewältigt wird. Bemerkenswert ist die Geschichte von Michele Astarita, einem Kindheitsfreund des Ich-Erzählers. Schon als kleiner Junge will Michele der Armut und dem Analphabetentum seines proletarischen Viertels in Neapel entkommen, indem er viel liest und schreibt. Noch in der Erzählgegenwart in den 1980er Jahren träumt er davon, ein berühmter Schriftsteller zu werden. Angeblich hat er einst einen Brief Italo Calvinos bekommen, der ihn ermuntert weiterzuschreiben. Die Geschichte der Freunde wirkt wie eine männliche Variante von Lila und Lenù, wenn sich der Erzähler und Michele im Gymnasium ausmalen, wie es wäre, Bücher zu veröffentlichen. Sie stellen sich ihre Namen auf den Umschlägen vor. Und dann versuchen sie es: »scrivere un romanzo a quattro mani« (»einen Roman vierhändig zu schreiben«), also das, was man heute Domenico Starnone und seiner Frau Anita Raja zutraut. Der Ich-Erzähler aber kokettiert, er habe keine Seite geschrieben damals im Gymnasium, wogegen Michele Hunderte von Seiten vollschrieb. Er habe sich die Leidenschaft bewahrt und die Manuskripte in einer versiegelten Kartonschachtel verwahrt.

Manche Passagen wirken wie eine männlich-oberflächliche Variante von *Meine geniale Freundin*: »Weil ich sein bester Freund war, ließ er mich oft schwören: ›Wenn ich sterbe, wirst du alle meine Manuskripte verbrennen.‹ Ich schwörte: ›Ich werde sie verbrennen.‹ Und er schaute mich prüfend an, um herauszubekommen, ob ich meinem Schwur treu bleiben würde. In Wirklichkeit hoffte er, dass ich wortbrüchig werden würde, dass ich, wenn er in das bessere Leben übergangen wäre, seine Texte veröffentlichen würde, um der Menschheit damit einen Dienst zu erweisen. Er stellte sich vor, dass nach seinem Tod die Buchhandlungen und die Kioske der Bahnhöfe voll mit Buchumschlägen mit der Aufschrift *Michele Astarita* wären.« Und Michele träumt weiter: Besonders witzig ist die Anekdote, dass Micheles Vorbild als Schriftsteller der gescheiterte Bohemien Noel Airman war, der in Greenwich Village lebte und in Wirklichkeit eine Romanfigur aus Herman Wouks *Marjorie Morningstar* ist. Hier schwingt das Spiel mit fiktiven und echten Personen mit. Starnone schreibt sein Romandebüt mit einer Mischung aus Heiter- und Bitterkeit, mit Komik und (Selbst-)Ironie. Seine Prosa hat hier atmosphärisch und stilistisch nichts mit

Ferrantes Debüt gemein, das drei Jahre später erschien. Starnone bringt die Leser zielstrebig zum Lachen, wenn er Micheles Aussprache nachäfft und *»bitgenerèscion«* buchstabiert, zu der Michele als italienischer Möchtegern-Beatnik gehören wollte.

Sein erfolgreichster Roman *Via Gemito* erschien in Italien im Jahr 2000 und wurde im Jahr darauf mit dem renommierten *Premio Strega* ausgezeichnet. 2005 wies der italienische Philosoph und Journalist Luigi Galella viele Parallelen zwischen *Via Gemito* und dem 1992 erschienenen Roman von Elena Ferrante *L'amore molesto* nach. Dabei fand Galella zunächst vor allem inhaltliche Gemeinsamkeiten, konzentrierte sich später aber auch auf stilistische Verwandtschaften und kooperierte dann mit EDV-Fachleuten, wodurch seine Ergebnisse durch computerbasierte Analysen bestätigt wurden.

Marcella Marmo (geboren 1946 in Neapel): Wie Lila und Lenù wurde sie in einfache Verhältnisse geboren. Ihr großer Bildungshunger erlaubte es ihr, der Armut zu entkommen und wie Lenù in Pisa zu studieren. Seit Jahrzehnten ist sie Professorin für Zeitgeschichte an der Universität Federico II in Neapel mit den Schwerpunkten Camorra und Geschichte der Frauen.

Marcella Marmos Buch »Il coltello e il mercato« von 2011

Marcella Marmo veröffentlichte 2011 ihr erfolgreichstes Buch *Il coltello e il mercato* (*Das Messer und der Markt*), worin sie umfassend die Geschichte der Camorra darstellt. Ihre Studien beziehen sich darin nicht auf die Camorra der Gegenwart, aber viele der geschilderten Vorgehensweisen der früheren Camorra entsprechen heutigen Mustern. Zudem nimmt sie oft Bezug auf aktuelle Ereignisse. Auf besonders eindrückliche Weise geschieht das, als sie von einem Gespräch junger Camorristi, einige davon noch Kinder, berichtet, das sie zufällig in den Quartieri Spagnoli belauschte.

Marmo konnte unbemerkt entkommen und nimmt dann wiederholt Bezug auf diese dramatische Szene, zumal sie zeigt, wie traditionell die Kriminellen von heute noch denken und wie sie ihre Einflussbereiche abstecken. Zudem zitiert Marmo schon im Vorwort und später mehrfach den Autor Roberto Saviano, den sie sehr schätzt und auch außerhalb dieser Veröffentlichung mehrfach lobend rezensiert. Roberto Saviano seinerseits schätzt Elena Ferrante sehr, was u. a. im Film *Ferrante Fever* dokumentiert ist. Saviano schlug Elena Ferrante 2016 für den bedeutenden Literaturpreis, den *Premio Strega*, vor, was zu Polemiken in den italienischen Feuilletons führte. Elena Ferrante ihrerseits schrieb – ein bislang einmaliger Vorgang – einen lobend-werblichen Satz zu Roberto Savianos Buch *The Piranhas,* der vom Verlag auf dem Umschlag abgedruckt werden durfte (erschienen im Herbst 2018 bei Picador, davor bei Hanser unter dem Titel *Der Clan der Kinder*, allerdings ohne das Ferrante-Zitat). Im Nachwort von *The Piranhas* bedankt sich Roberto Saviano bei Nicola De Blasi, ein Kollege Marcella Marmos an der Universität Neapel Federico II, mit dem sie schon zahlreiche Vorträge zur Camorra bestritten hat.

In *Il coltello e il mercato* zitiert Marcella Marmo Lucia Ferrante, eine Dozentin an der Universität Bologna (nicht zu verwechseln mit einer gleichnamigen Dichterin aus Rom), die sich auf Frauenthemen spezialisiert hat. Das von Lucia Ferrante herausgegebene Buch *Ragnatele di rapporti. Patronage e reti di relazioni nella storia delle donne* (*Netzwerke. Patronat und Beziehungen in der Geschichte der Frauen*) erschien 1988, also vor der ersten Veröffentlichung Elena Ferrantes, und wurde in mehrere Sprachen übersetzt, aber nicht ins Deutsche.

Eine Verbindung zwischen Marcella Marmo und Fabrizia Ramondino ist beim gemeinsamen Bekannten Marco Rossi-Doria zu suchen, der zuletzt mit Ramondino ein Interviewbuch plante und in derselben Zeit Vorträge in der Associazione culturale Centro Carlo Levi hielt, der Marcella Marmo eng verbunden ist, zumal ihr Mann Guido Sacerdoti der Neffe Carlo Levis und der Vorsitzende der Stiftung war.

Anita Raja (geboren 1953 in Neapel): Anita Raja verließ schon mit drei Jahren Neapel und zog nach Rom. Sie arbeitete als Übersetzerin und Herausgeberin für den Verlag e/o. Sie initiierte dort eine Buchreihe, in der als erster Titel Elena Ferrantes Debüt *Lästige Liebe* erschien. In dieser Reihe *Azzurri* sind nur drei Bücher veröffentlicht worden: neben *Lästige Liebe* von Elena Ferrante ebenfalls im Jahr 1992 von Sergio Lambiase *Memorie di una guida turistica* (bei S. Fischer 1992 unter dem Titel *O sole mio – Memoiren eines Fremdenführers* auf Deutsch). Der 1937 in Neapel geborene Lambiase zeichnet darin auf humoristische Weise ein authentisches Porträt Neapels in den 1980er Jahren. Lambiase arbeitet nach wie vor als Autor und Journalist in seiner Geburtsstadt. Er veröffentlichte u. a. 2012 das Buch *Io Fabrizia Ramondino non immaginavo di star di casa sopra di un teatro* (»Ich, Fabrizia Ramondino, hätte mir nicht vorstellen können, über einem Theater zu wohnen«). Das dritte und letzte Buch, das in der von Anita Raja betreuten Reihe *Azzurri* erschien, ist ein Roman von Anna Belardinelli, *Specchio di terra* (»Spiegel aus Erde«), der Kindheitserinnerungen Belardinellis in den Mittelpunkt stellt und nie ins Deutsche übersetzt wurde. Belardinelli hat sich inzwischen auf Kunstgeschichte spezialisiert und veröffentlicht vorwiegend im kleinen Verlag Edizioni Era Nuova aus Perugia, schreibt aber auch weiterhin Prosa, u. a. 2012 *Il bagaglio* (»Das Gepäck«), Erzählungen über Frauen und ihre Reisen.

Schon bald kursierte das immer wieder zurückgewiesene Gerücht, hinter den Romanen von Elena Ferrante steckten die Übersetzerin Anita Raja und ihr Mann, der Schriftsteller Domenico Starnone. Anita Raja ist die Übersetzerin von Christa Wolf, die wie Elena Ferrante bei e/o erscheint. Mit dem Verlegerehepaar Sandro Ferri und Sandra Ozzola besteht eine enge Freundschaft. Seit den Enthüllungen Claudio Gattis 2016 hat sie sich aus der Öffentlichkeit zurückgezogen. Dass sie, wie alle hier genannten Autoren, etwas mit Elena Ferrante zu tun hat, ist sicher. Daran, dass sie seit 1991 bis heute die Texte Elena Ferrantes schreibt, bestehen jedoch Zweifel. Die erfolgsabhängigen Honorare könnten ihr als Lektorin und Herausgeberin, als Strohfrau für eine dritte Person, also als Treuhänderin und Verwalterin des Pseudonyms Elena Ferrante, zugekommen sein.

Abbildungsnachweis

15, 38 viadeiserpenti.it; 62, 138, 147, 163 abebooks.de; 44, 109, 191 Archiv Bardola; 54 arte.it; 117 otago.ac.nz; 124 rollingstone.com; 135 wikipedia.org; 139 imbd.com; 161 futurevintage.it; 137 reporterinviaggio.it; 174, 308 amazon.it; alle anderen Fotos: Nicola Bardola